HAYMON verlag

Georg Haderer

Engel und Dämonen

Kriminalroman

Auflage:
4 3 2 1
2015 2014 2013 2012

HAYMON verlag
Innsbruck-Wien
www.haymonverlag.at

ISBN 978-3-85218-717-4

Umschlag- und Buchgestaltung, Satz:
hœretzeder grafische gestaltung, Scheffau/Tirol
Coverfoto: Ricardo Herrgott

Gedruckt auf umweltfreundlichem,
chlor- und säurefrei gebleichtem Papier.

Kill all my demons,
and my angels might die too.
Tennessee Williams

1.

In einem Wald zwischen Beaupain und Artillon liegt ein Mann. Seine Kleidung schmutzig, als wäre er immer wieder hingefallen oder gar gekrochen, Hose und Jacke feucht vom Morgentau, er liegt wohl schon seit einigen Stunden hier. In ein paar Metern Entfernung tippelt argwöhnisch ein Rabe umher – hin- und hergerissen zwischen dem Verlangen, vor der Konkurrenz in diesen Körper zu hacken, und der Gefahr, die von diesem Wesen noch ausgehen könnte. Ungeduldig schreit er in dessen Richtung. Entscheide dich endlich: tot oder lebendig. Wie zur Antwort beginnt im Wipfel einer Föhre ein Specht sein Tagwerk, zum Stakkato seines Schnabels fließt das Sonnenlicht über den Waldboden in Richtung des Mannes, der nun langsam den Kopf hebt, sich wie in einem tragischen Ballettstück auf seine Handflächen stützt und die Augen öffnet. Er reißt den Mund auf, als wolle er schreien, doch es kommt nur ein heiseres Stöhnen, ein schluchzendes Krächzen dann, worauf der Rabe aufflattert und sich in sicherer Entfernung auf einem Ast niederlässt. Mehr aus Neugier denn aus Hoffnung auf Beute verweilt er dort und sieht zu, wie sich der Mann aufrichtet und zwischen den Bäumen umhertorkelt. Dann bleibt er stehen, lässt sich auf die Knie fallen und presst seinen Mund auf einen Moospolster. Gierig saugt er ein, was das Moos an Flüssigkeit hergibt, bewegt sich auf allen vieren weiter, bis er die nächste kleine Oase gefunden hat. Den Raben langweilt dieses sich unzählige Male wiederholende Tun, er sucht das Weite, sieht nicht mehr, wie der Mann schließlich aufsteht und weiterirrt, bis er zu einem kleinen Bach kommt. Als er sich bückt und die Hände zu einer Schale formt, fällt ein Gegenstand aus seiner Jackentasche ins Wasser. Er greift danach, hält eine Pistole in der Hand, zögert einen Augenblick, lässt dann das Magazin aus dem Schaft gleiten. Sieben Patronen zählt er, zieht den Schlitten zurück, nimmt die verbliebene Patrone aus dem Lauf und drückt sie zu den anderen.

Elf fehlen, elf fehlen, murmelt er, betrachtet die Waffe erneut und steckt sie schließlich hinten in den Hosenbund. Er hebt den Kopf, sieht in den Himmel, bewegt stumm den Mund, lässt sich wieder auf die Knie nieder und trinkt. Später sitzt er auf einem Baumstumpf, die Ellbogen auf den Knien, das Gesicht in die Hände gelegt. Immer wieder schüttelt er heftig den Kopf. Irgendwann blickt er auf, kneift die Augen zusammen wie ein Kurzsichtiger ohne Sehbehelf. Niemand hört, wie er sagt: Mein Name, mein Name, mein Name. Mein Name ist Johannes Schäfer, ich bin einundzwanzig Jahre alt und wohne in Innsbruck.

2.

Bergmann allein im Büro. Mit einem schwarzen Kugelschreiber zieht er die Striche auf der Schreibunterlage nach. Jeden Tag kommt ein neuer hinzu. Wie auf einer Zellenwand. Dreiundzwanzig sind es mittlerweile. Er legt den Kugelschreiber beiseite, nimmt die Handschellen vom Tisch, öffnet einen der Ringe und schlägt ihn mit einer schnellen Drehung des Handgelenks an den Fuß der Schreibtischlampe. Einhändiges Tempoachtern, in Gedanken geht er eine Realsituation dazu durch: Tritt in die Kniekehle, Fixieren der Person durch Druck des linken Unterarms in den Nacken beziehungsweise Griff in die Haare, Sichern des rechten Handgelenks mittels Handfessel, bei Gegenwehr Ellbogen oder Finger bis zur Bruchstelle belasten, zweiten Ring anbringen, Abkühlphase abwarten beziehungsweise Person in Gewahrsam der Kollegen geben. Klack, klack, klack, der Fuß der Lampe weist zwei Dellen mehr auf, an denen der Lack absplittert. Schäfers Lampe gegenüber ist nur am Schirm beschädigt, an der Außenseite, die zum Fenster zeigt, dessen Griff analoge Schlagspuren aufweist. Ein rituelles Dacapo, das sich Bergmann herbeisehnt: Sein Vorgesetzter kommt bei der Tür herein, sieht sich um, als hätte er sich im Zimmer geirrt, setzt sich, trommelt mit den Fingern auf die Tischoberfläche und schlägt dann mit dem Handrücken den Lampenschirm weg, der blechern gegen den Fenstergriff knallt. War die Lampe an, hieß das in den meisten Fällen: Licht aus.

Bergmann steht auf, dreht sich um und nimmt aus dem obersten Regal einen Karton mit Glühbirnen; eine Großpackung zu vierundzwanzig Stück, die er nun auf den Schreibtisch stellt und den Inhalt zählt. Sieben. Gekauft hat er die Packung vor einem halben Jahr ... kurz vor Weihnachten, gewohntermaßen eine schwierige Zeit für seinen Chef: der Wind, der Wiener Nebel, kaum Tageslicht ... zwei Jahre zuvor hat Bergmann für Schäfer eine Tageslichtlampe gekauft, die dieser tatsächlich jeden Tag bei Arbeitsantritt einschaltete. Das grelle kühle Licht ließ das Büro von außen erscheinen wie das Treibhaus eines Marihuanazüchters. War Schäfer gut gelaunt, brummte er nach Einschalten der Lampe immer ein paar Minuten dieses Hank-Williams-Lied ... I wandered so aimless, my life filled with sin, I wouldn't let my dear saviour in. Then Jesus came like a stranger in the night, praise the Lord, I saw the light. I saw the light, I saw the light ... Jemand klopft an die Tür.

„Haben Sie gerade gesungen?“, fragte Kovacs grinsend, während sie einen Stuhl an den Schreibtisch stellte.

„Nein ... was gibt's?“

„Ist gerade gekommen“, Kovacs legte eine Akte auf den Tisch, die fast so dick war wie das Wiener Telefonbuch.

Bergmann schlug das Deckblatt zurück und überflog die ersten paar Seiten.

„Wiener Neustadt ... liegt meines Wissens immer noch in Niederösterreich ... was geht uns das an?“

„Das ist der Fall von diesem Bürgermeister, der mit zwei Promille in ein Möbelhaus gekracht ist ...“

„Ja ... das war in Niederösterreich, das war ein Unfall, das ist ein halbes Jahr her, also: was geht uns das an?"

„Ein Freund des Opfers hat den Unfallhergang noch einmal untersucht und ..."

„Dieser wahnsinnige Richter?"

„Genau der ... jedenfalls hat er offensichtlich ein paar Ungereimtheiten und polizeiliche Versäumnisse aufgedeckt und die Staatsanwaltschaft so lange bearbeitet, bis sie den Fall wieder aufgenommen hat ... und aufgrund einer möglichen Befangenheit der Ermittler dort ..."

„Die spinnen ... der Alte ist hinüber, der gräbt in der Pension alte Akten aus und will nachweisen, dass Franz Fuchs ein Agent des Mossad war ..."

Kovacs kicherte – kicherte dämlich, fand Bergmann –, sie nahm die Akte und legte sie aufgeschlagen zurück. Bergmann starrte auf ein Foto des Unfallwagens von Lady Diana, aufgenommen im berühmten Pariser Tunnel. Darunter zum Vergleich der Mercedes des verunglückten Bürgermeisters inmitten zerfetzter Sitzgarnituren.

„Nein, nicht mit mir", sagte Bergmann, als wäre er ein Kind, das vor einem Teller Kohlgemüse sitzt.

„Schreyer?", fragte Kovacs schelmisch.

Bergmann überlegte einen Augenblick. Schreyer. Schäfers Hofnarr. Ihr halbautistischer Inspektor, der sich zwar als wahres Recherchegenie etabliert hatte, aber in diesem Fall ... nein, zu komplex ... außerdem war der ohne seinen Herrn und Meister zu störanfällig.

„Sie machen das", Bergmann packte die Akte und drückte sie Kovacs in die Hände, „filtern Sie aus, was kompletter Schwachsinn ist, und erstellen Sie mir eine Kurzfassung ... maximal zehn Seiten ... zwei Tage?"

Kovacs sah ihn verblüfft an. Offensichtlich hatte sie damit gerechnet, dass der Akt ein paar Wochen zur Belustigung im gesamten Dezernat rotierte und dann als krude Verschwörungsfantasie abgetan würde. Vielleicht meinte er das nur als Scherz. Nein, Bergmann machte in puncto Arbeit nie Scherze.

„Sonst noch was?“

„Ja … gibt’s …“

„Nein, es gibt nichts Neues“, erwiderte Bergmann, ohne ihr in die Augen zu sehen.

Jetzt blickt er auf die Wanduhr. Sieben nach elf. Drei Stunden, ohne eine Leistung erbracht zu haben, für die der Steuerzahler aufzukommen hat. So geht’s auch nicht. Er zieht einen Stapel Akten heran und legt sie nebeneinander auf die Tischplatte.

Alsdann: Obdachloser mit Bruststich, dafür ohne Erinnerung, aufgefunden am 7. Mai am Lerchenfelder Gürtel auf der Grünfläche zwischen Straße und U-Bahn. Tatzeit gegen vier Uhr früh, entdeckt um halb sechs von einem Morgenspaziergänger – Typus Hundausführer, der regelmäßig die medial verkündeten grausigen Funde macht. Anschließend Notoperation, eine Woche später lag der Mann schon wieder im Billigwein-Koma in verwahrlosten Hauseingängen und pflegte das langsamere Sterben. Ohne Zeugen oder Zufall würden sie den Täter nicht kriegen. Bergmann platziert die Akte links oben auf der Tischplatte – die Ecke, wo die Prioritäten so hoch sind wie seine momentane Motivation.

Fall zwei: Ein toter Kroate am Hernalser Gürtel, verblutet nach einer Schnittverletzung am Oberschenkel, die ihm die Arterie durchtrennt hatte. Da sie am Fundort weder Kampf- noch Blutspuren gefunden hatten, sah das Ganze nach einer Kofferraumfahrt mit anschließender Deponierung aus. Warum ausgerechnet an einer Stelle, wo auch in der Nacht der Verkehr relativ stark und zudem einige Nachtlokale in der Nähe waren, blieb unklar. Eine Warnung an irgendwen? Dazu fehlte dem Kroaten jede Verbindung zum Milieu. Keine Vorstrafen, Arbeitserlaubnis … Raubmord schied ebenfalls aus, da der Mann Uhr, Geld und Papiere bei sich getragen hatte … vielleicht eine Verwechslung … auch Koller, dem Gerichtsmediziner, gab der Fall Rätsel auf. Die Wunde war mit einer dünnen, sehr scharfen Klinge verursacht worden, am ehesten ein Rasiermesser; doch bei einem Angriff mit einem solchen gegen den Oberschenkel hätte sich der Mann gewehrt und ohne Zweifel Abwehrverletzungen erlitten. Was bei Gesamtbetrachtung immer wieder zu absurden fiktiven Tatverläufen führte, etwa, dass sich der Mann nach der Arbeit mit Kollegen besäuft, dann auf dem Nachhauseweg in einem Park einschläft, worauf ihm ein Verrückter mit einer Rasierklinge die Oberschenkelarterie durchtrennt, literweise Blut in irgendeinem Behältnis auffängt, den Toten dann in sein Auto packt, am Gürtel parkt und sein Opfer neben die Straße legt. Das verlangte im Moment zu viel an Denkarbeit, als dass sie genügend freie Gehirne dafür hätten; ab nach hinten, rechts neben den Obdachlosen.

Fall drei: Ein Ehepaar, das zwei Wochen zuvor erschossen im Vogelweidpark im 15. Bezirk aufgefunden worden war. Hier sprach alles für einen Doppelselbstmord beziehungsweise Tötung auf Verlangen. Die beiden waren aneinander gelehnt auf einer Parkbank gesessen, jeweils an der linken Schläfe ein Einschussloch, beide Schüsse aufgesetzt, Pulverrückstände an der rechten Hand und am Ärmel des Mannes. In der Manteltasche der Frau hatten sie einen Abschiedsbrief in ihrer Handschrift gefunden: schwer krank, können sich nicht mehr länger selbst um sich kümmern, wollen in kein Heim und schon gar nicht ohne den anderen leben, die Kinder mögen ihnen bitte verzeihen. Akte zu, Rosen auf die Särge, Asche zu Asche, zwei Menschen wandern ins Himmelreich und in die Vergessenheit – einen Augenblick bitte noch, was ist mit der Waffe, wo ist die hin? Sie war weg, höchstwahrscheinlich gestohlen; von irgendwelchen halbstarken Balkanjungs, die sich nach Einbruch der Dunkelheit ohne Einspruch der Eltern im Park herumtrieben; von einem der bulgarischen Kleinzuhälter, die sich zwischen den Besuchen im Wettbüro dort mit ihren Prostituierten zum Abkassieren trafen; von einem Drogendealer, der zwischen den Büschen seine Heroinpäckchen vergraben hat; möglicherweise auch von einem braven Bankangestellten, der die beiden Toten beim spätabendlichen Joggen entdeckt und sich gedacht hat, dass er eigentlich schon seit der Schulzeit, als er ständig drangsaliert worden war, eine Pistole haben wollte.

So oder so würde die Waffe früher oder später wieder auftauchen. Wie wohl, fragte sich Bergmann. Würde es die besorgte Mutter sein, die sie im Zimmer ihres Sohnes unter der Matratze fände und der Polizei übergäbe? Nur zwei Kugeln daraus im Oberkörper eines ausgeraubten Juweliers? Oder die alte Walther P1 in der kalten toten Hand eines Amokläufers, der mit den verbliebenen sechs Projektilen ... wie auch immer, alle Details zur Waffe waren in den relevanten polizeilichen Datenbanken erfasst, viel mehr als abwarten konnten sie auch in diesem Fall nicht.

So, jetzt zum vierten Fall, dem beschissensten überhaupt: Suchen Sie den Mörder eines Mörders. 28. Mai, kurz nach Mitternacht: Ein Pärchen, das nach einem Lokalbesuch zur U4-Station Rossauer Lände geht, sieht auf der zum Donaukanal abfallenden Wiese einen menschlichen Körper liegen. Ungewöhnlich, aber wahr: Sie schauen nach, was es mit der Person auf sich hat, ob sie vielleicht Hilfe benötigt. Nein, jetzt nicht mehr, der Mann ist tot. Als Bergmann eintrifft – ohne Schäfer, der seit vier Tagen im Urlaub ist – und den Leichnam sieht, denkt er zuerst: nur gerecht. Dann: noch mehr Arbeit. Bei dem Toten handelt es sich um einen des mehrfachen Mordes verdächtigten Mann. Seit Anfang des Jahres soll er sieben Prostituierte stranguliert, erstochen, anschließend mit einem Brandbeschleuniger übergossen und angezündet haben, um allfällige Spuren zu verwischen. Bei seinem letzten Opfer kam ihm allerdings ein anderer Freier dazwischen, den er niederstach und den Tatort fluchtartig verließ. Gewebe- und Blutspuren unter den Fingernägeln der Toten sowie die Personenbeschreibung durch den Freier führten schnell zu einem Installateur, der wegen Körperverletzung vorbestraft war und bereits zwei Jahre in Haft verbracht hatte. Und damit auch erfahren genug war, um zu wissen, dass ihm nicht viel Zeit blieb, um unterzutauchen. Dass sie ihn jetzt in Wien fanden, erstaunte Bergmann. Der Mann hatte genug Zeit und Geld gehabt, um sich ins Ausland abzusetzen. Stattdessen treibt er sich auf der Lände herum und findet seinen Richter in stumpfer Gewalteinwirkung gegen den Hals. Wahrscheinlich ein Handkantenschlag, der ihm den Kehlkopf zerquetscht hat; möglicherweise eine der üblichen spätabendlichen Streitereien zwischen alkoholisierten Männern; allerdings hatte das Opfer sonst keine sichtbaren Verletzungen, was den Schluss nahelegte, dass der Angreifer überraschend zuschlug und kampferfahren war. Einer dieser jugendlichen Testosteronjugos, wie Schäfer sie nannte: frustrierte Schulabbrecher oder Arbeitslose, die ihr Zuviel an Zeit in suspekten Fitnessstudios verbrachten, wo ihnen das Zuschlagen ohne die Konsequenzen beigebracht wurde.

Selbstjustiz oder ein Racheakt waren natürlich ebenso wenig auszuschließen, dachte Bergmann und legte den Akt rechts neben den Obdachlosen.

Der restliche Stapel beinhaltete keine Tötungsdelikte. Und damit das, was den Einsatzbereich Leib und Leben tagtäglich am Laufen und Ermitteln hielt: Straßenschlägereien, Messerstechereien, Gewalt von Türstehern und gegen diese, prügelnde Ehemänner und Lebensgefährten, Pensionisten, die mit Luftpistolen auf lärmende Kinder schossen, Autofahrer, die sich wegen eines Parkplatzes an die Gurgel gingen, Pöbeleien unter Jugendlichen, die außer Kontrolle gerieten ... dass die Aufklärungsquote trotz der Anzahl der Delikte und der Personalknappheit bei fast achtzig Prozent lag, erschien Bergmann immer wieder rätselhaft. Andererseits: Die Mehrzahl der Täter war betrunken, dumm, aktenkundig, so laut, dass es sofort Zeugen gab, stand vor einer Überwachungskamera – oder schlicht alles zusammen. Welchen Beruf hätte ich eigentlich, wenn alle Menschen gut wären, fragte sich

Bergmann, lehnte sich zurück und legte umständlich die Füße auf den Tisch, nur ein paar Sekunden allerdings – er war nicht der *new sheriff in town*, der alte wäre hoffentlich bald wieder da, hoffentlich, hoffentlich, hoffentlich.

Am frühen Nachmittag – Bergmann hatte eben die Aussagen der Nachbarn eines krankenhausreif geschlagenen Reklamezustellers überprüft und deren Glaubwürdigkeit sowie Gewaltbereitschaft einzuschätzen versucht – rief Kamp ihn zu sich. Schon als er die Nummer des Obersts am Display sah, setzte in ihm der bekannte Widerstreit zwischen Hoffnung und Verzweiflung ein. Wir haben ihn gefunden. Tot oder lebendig? Doch Kamp wusste nicht mehr oder weniger als Bergmann selbst.

„Nichts Neues", begann er das Gespräch und Bergmann erkannte nicht, ob es eine Frage oder Feststellung war.

„Nein ... seine Mutter ruft jeden Tag zweimal an und fragt mich dasselbe ... seine Nichte oder sein Bruder täglich ... was soll ich ihnen sagen ..."

Kamp schaute an die Decke und strich sich mit beiden Händen über die Wangen, als überprüfte er seinen Bartwuchs.

„Ich weiß, dass Sie den Fall gern übernehmen würden", sagte er, als die Stille zu nichts mehr führte.

„Aber?"

„Sie kennen das Aber. Solange es keinen Hinweis auf ein Gewaltverbrechen gibt, suchen die Fahnder nach ihm, Kollege hin oder her ... außerdem sind wir ... sind Sie befangen ... was soll ich machen ..."

„Pervers ... die einzige Möglichkeit, dass wir ihn offiziell suchen dürfen, ist, etwas zu finden, das beweist, dass er wahrscheinlich getötet worden ist ..."

„So ist es eben ... haben Sie was gefunden?"

„Ich ermittle ja gar nicht."

„Lassen Sie das ... also?"

„Nein ... ich war dreimal in der Wohnung ... ein Anzug fehlt ... wenn er ihn nicht zur Caritas gebracht hat ... Sportkleidung,

Bergschuhe, sein Laptop ... ohne Befangenheit würde ich sagen, die Wahrscheinlichkeit, dass sich diese Person abgesetzt hat, ist durchaus gegeben ... zumal sein Verhalten in den letzten beiden Jahren sowie seine Aussagen ... ich kann nicht glauben, dass er einfach so verschwindet. Ohne sich zu melden ... zumindest bei seiner Familie ... das würde Schäfer ihnen nicht antun ..."

Sie sahen sich schweigend an, ihre Gedankenwege fanden zueinander, sahen an der Kreuzung das Wort Selbstmord und weigerten sich, es in Sprache zu wandeln.

„Wenn ich an den Fall Lopotka denke ...", sagte Kamp leise.

„Dann?"

„Da war unserem Major der Unterschied zwischen Finden und Erfinden herzlich egal ... mir ja auch, aber ich lag damals im Krankenhaus ..."

Bergmann schaute den Oberst einen Augenblick begriffsstutzig an. Dann lächelte er kurz.

„Verstehe ... haben Sie da einen Anhaltspunkt ..."

„Herr Chefinspektor", sagte Kamp nun formell, „ab morgen heißt Ihr Team Gruppe Bergmann. Das war gottlob keine einfache Entscheidung, aber ich brauche jemanden, der die Führung und Verantwortung übernimmt ... trauen Sie sich das zu?"

Bergmann fühlte sich überrumpelt. Und Schäfer? War diese Beförderung der erste Spatenstich zu dessen Grab?

„Ich weiß nicht ... also arbeitsmäßig schon ..."

„Vergessen Sie das andere einstweilen ... Sie leiten die Gruppe und übernehmen damit auch die Verantwortung dafür, was Sie neben der Bearbeitung des Tagesgeschäfts so finden ..."

„Also soll ich Schäfer jetzt doch suchen ..."

„Zwischen den Zeilen lesen ist nicht so Ihre Stärke", erwiderte Kamp. „Überlegen Sie es sich und geben Sie mir morgen früh Bescheid, dann informiere ich die Gruppe bei der Morgenbesprechung darüber."

„Nein ... also ja, ich mache es."

„Gut ... wurde ohnehin Zeit, dass Sie aus seinem Schatten treten ...“

„Aber nicht so ...“

„Werden Sie bitte nach Dienstschluss sentimental, Chefinspektor Bergmann ... was ich jetzt brauche, ist eine kämpferische Truppe und einen starken Anführer.“

Nachdem Bergmann das Büro verlassen hatte, starrte Kamp minutenlang auf den leeren Sessel vor ihm. Dann schenkte er sich ein Glas Cognac ein, stand auf und stellte sich ans Fenster.

3.

Für acht Uhr war Bergmann mit seinem Freund verabredet – oder Exfreund oder wie immer man das Verhältnis nennen sollte, das sie die letzten Wochen geführt hatten. Eine Analyse dieses Zustands wollte sich Bergmann nicht antun, ebenso wenig wie Schuldzuweisungen, die es auch nicht besser machen würden. Mit Zunahme der Konflikte war sein Harmoniebedürfnis ohne die übliche Phase von Streit und Versöhnung in Gleichgültigkeit übergegangen. Da ließ sich nichts mehr retten; wozu also dieses Treffen? Es würde ihm nur Energie entziehen, von der er zurzeit ohnehin nicht zu viel hatte. Er hatte andere Sorgen, dachte er nun laut und räumte seinen Schreibtisch auf. Ab dem nächsten Morgen hatte er die Gruppe zu führen; stark und kämpferisch, wie Kamp gemeint hatte, dem offensichtlich keine treffenderen Worte eingefallen waren. Wie hatte er das gemeint mit dem Finden und Erfinden? Indizien fälschen? Dass Bergmann die Vorschriften und Gesetze wie ein Elastikband behandeln sollte und nicht mehr als klare Grenzen? Das war nicht seins, das musste Kamp doch wissen. Er hielt noch etwas darauf, sich nicht korrumpieren zu lassen, Zeugen nicht einzuschüchtern, Tatverdächtige nicht zu misshandeln. Das war seine Würde, sein Stolz und sein Schutz.

Nachdem er sich dagegen entschieden hatte, vor seinem Treffen nach Hause zu fahren, um zu duschen und sich umzuziehen, ging er um den Schreibtisch und setzte sich an Schäfers Platz. Zog die oberste Schublade von dessen Rollkasten heraus und stellte sie vor sich hin. Alles schön ordentlich – weil er die Lade schon dreimal durchsucht und wieder eingeräumt hatte; die ursprüngliche Unordnung wiederherstellen zu versuchen, wäre verlogen gewesen. Er nahm eine quadratische Schachtel heraus und leerte den Inhalt auf die Tischplatte: kleine goldene Schutzengel-Anhänger, Kupferarmreifen mit obskuren Magnetnieten, Christuskreuze in verschiedenen Größen und Ausprägungen, Amulette, Heilsteine, eine Traumfänger-Miniatur – wer daran zweifelte, dass auch Polizisten einen Fanclub haben konnten, musste sich nur Schäfers Schachtel-Schrein ansehen, in dem er die Talismane und Dankesgeschenke lagerte, die in unregelmäßigem Abstand mit der Post eintrafen. Eine Flasche Wein wäre mir eigentlich lieber, hatte er ein paar Wochen zuvor bemerkt, als er einem Paket einen faustgroßen Rosenquarz entnahm, der ihn vor bösen Strahlungen oder Rheuma oder sonst was beschützen sollte. Gedankenverloren ließ Bergmann vor seinen Augen ein Lederband mit einem metallenen Amulett pendeln, auf das ein ihm unbekanntes Symbol geprägt war: ein auf dem Kopf stehendes Dreieck, durch dessen Spitze zwei Wellenlinien zogen. Das Ding wog schwer, was war das, Blei? Esoterisches Glumpert auf jeden Fall, nutzloser Plunder, dessen Wirksamkeit nun offiziell widerlegt war. Bergmann warf die Sachen zurück in die Schachtel und nahm sich zum wiederholten Mal den Rest des Schrankinhalts vor: Stifte, Zettel, Blöcke, steinhartes Studentenfutter, ein Taschenmesser, ein paar Muscheln, ein Fremdwörterbuch, tja, haha, und die quasi nur mehr verdeckt eingesetzte Kaffeetasse, die Schäfer zu Weihnachten 2006 in zehnfacher Ausführung in einem Souvenirladen als

Geschenk für sie hatte anfertigen lassen: „Ich sehe tote Menschen“ stand groß drauf, darunter „EB Leib & Leben – Gruppe Schäfer“. Einen Monat nach dieser gelungenen Bescherung mussten sie auf Anweisung von oben die Tassen aus den Büros entfernen: zynisch, rücksichtslos, es galt doch zu bedenken, dass auch polizeifremde Personen, möglicherweise Angehörige von Opfern et cetera. Verklärt lächelnd nahm Bergmann die Tasse zum Waschbecken mit, wusch sie aus, bereitete sich einen Tee und setzte sich wieder an Schäfers Platz.

Um viertel vor acht gab er auf – wenn wer in diesem belanglosen Bürokram ein Indiz finden konnte, dass Schäfer einem Verbrechen zum Opfer gefallen war, dann Schäfer, Punkt.

Mit fünfzehnminütiger Verspätung betrat er das Lokal im 5. Bezirk. Martin hatte bereits einen Tisch besetzt, sein Bierglas war mehr als halbleer, er blätterte in einem Magazin, zu schnell, als dass er etwas vom Inhalt mitbekommen konnte. Er hatte Bergmanns Eintreffen bemerkt, ließ sich jedoch nichts anmerken, bis dieser sich ihm gegenübersetzte und vorerst nichts, gar nichts zu sagen wusste.

„Nette Begrüßung ...“

„Hallo ...“

„Grüß dich ... willst du was essen?“

„Ja, warum nicht ...“

„Zwingen tu ich dich nicht.“

„Hast du schon was bestellt?“

„Nein, ich habe auf dich gewartet ...“

Sie blätterten schweigend in der Karte, deren Gerichte nicht halb so einfallsreich waren wie die Namen dafür.

„Ich glaub, ich nehm die Tagliatelle ... sollen wir eine Flasche Wein bestellen?“

„Mir reicht ein Glas ... aber wenn du ...“

Der Kellner trat an den Tisch, sie bestellten, warteten, bis der Wein kam, von dem Bergmann hoffte, dass er die Stimmung zumindest ein wenig lockern würde.

„Und? Habt ihr ihn schon gefunden, deinen ...“

„Nein. Können wir über etwas anderes reden, bitte ..."
„Nur zu gern ..."
„Wie war dein Tag?"
„Ts ... Stress, wie immer ... jetzt haben wir auch noch das Projekt in Oberwart gewonnen, das Einkaufszentrum ..."
„Gratuliere ... war das dein Entwurf?"
„Vom Team ... wundert mich eh, dass die sich an so was rantrauen ..."
„Am Land sind sie doch inzwischen wesentlich progressiver als in der Stadt ... zumindest, was die Architektur angeht ..."
„Ja ... wir beide bräuchten nicht aufs Land zu ziehen", Martin lächelte und versuchte Bergmanns Hand zu nehmen, die dieser rasch zurückzog.
„Okay ... so weit ist es schon."
„Entschuldigung ... es ist nicht ... es ist nur ... Scheiße ..."
„Das kannst du laut sagen ... also was, was denkst du?"
Bergmann starrte durch seinen Freund hindurch. Er hasste diese Frage. Mit siebzehn, als er noch glaubte, auf Frauen zu stehen, hatte er eine Freundin aus dem Nachbardorf. Immer, wenn sie irgendwo allein waren und er ein paar Minuten schwieg, fragte sie ihn: Was denkst du denn? Und „nichts" als Antwort war natürlich genauso unzureichend wie das Ausweichen hin zu „dass du schön bist" oder ähnlichen Banalitäten.
„Dass es mir momentan alles ein bisschen zu viel ist", bemühte er sich um die Wahrheit.
„Und was genau?"
„Die Arbeit ... unsere Streitereien ..."
„Hast du schon einmal darüber nachgedacht, dass das vielleicht zusammenhängt ... die Sorge um dein Schäferlein und ..."
„Halt die Klappe!"
„Ah, da wird der Herr Chefinspektor plötzlich emotional ... gut zu wissen ..."
Bergmann war danach, aufzustehen und zu gehen. Diese beschissene Eifersucht und diese dummen Sticheleien und dieses zwanghafte Umkreisen der immer gleichen Themen –

als ob man auf einem zugefrorenen See mit Schlittschuhen so lange exakt dieselbe Runde lief, bis die Kufen das Eis durchbrachen. Er mochte darauf wetten, dass innerhalb der folgenden Stunde das Gespräch erneut auf diesen Samstag Anfang Mai käme, wo er mit Schäfer zum Ikea gefahren war. Martin wollte mit ihm das Wochenende verbringen, doch Bergmann war danach, zwei Tage für sich zu sein, ein paar Sachen für die Wohnung zu kaufen, aufzuräumen und nichts zu tun. Und dann ruft am Vormittag Schäfer an: „Was machen Sie heute, gehen wir spazieren in den Wienerwald? ... Zum Ikea? Ah, da komme ich mit, ich brauche eh einen neuen Duschschlauch. Holen Sie mich ab?“ Was hätte er denn sagen sollen? Nein, lassen Sie mich in Frieden mit Ihrer Mir-fällt-die-Decke-auf-den-Kopf-Panik? Ja, etwas in der Richtung hätte er erwidern können, zumal er genau wusste, was Schäfer von Einkaufszentren hielt, dass es ihm nicht um den Duschschlauch ging, dass er sich an den Rockzipfel seines Untergebenen hängen wollte, weil ihm sonst die Leere seines Wochenendes unerträglich würde. Und natürlich überschritt hier das Berufliche die Grenze zum Privaten, hatte der Major die Befehlskette aus dem Büro mitgenommen und schepperte seinem Chefinspektor damit ins Telefon, aber das würde er nicht tun, wenn er Bergmanns Gesellschaft nicht als angenehm empfinden würde, und genau das war der Punkt, an dem Martins Eifersucht zumindest teilweise berechtigt war.

„Wir arbeiten seit zehn Jahren zusammen“, sagte Bergmann trotzig, „ich habe mehr Zeit mit ihm verbracht als mit sonst einem Menschen ... wie würdest denn du an meiner Stelle reagieren?“

„Ich weiß, wo mein Beruf aufhört und das Privatleben anfängt ...“

„Ja ... weil dich auch niemand um Mitternacht anruft und sagt, dass da ein Mann auf der Straße liegt, dem die Eingeweide heraushängen ...“

Der Kellner trat an den Tisch, stellte die Teller ab und erklärte ihnen, was sie zu essen im Begriff waren.

„Guten Appetit."
„Ja, dir auch."

Als Bergmann das Lokal um kurz vor zwölf verließ – nach dem so finalen wie peinlichen Satz, dass sie sich vielleicht einmal zwei Wochen nicht sehen sollten, um Abstand zu gewinnen, bla, bla, bla –, hatte er einen Schwips. Drei Gläser Wein in knapp vier Stunden, da putzte Schäfer zwei Flaschen weg, murmelte er, als er in sein Auto stieg. Ich sollte mich einmal so richtig volllaufen lassen, in eine dieser verrauchten Spelunken im Zweiten gehen und saufen, bis die Funkstreife kommt. Doch allein beim Gedanken daran zog sich sein Magen zusammen. Dankbar muss ich sein, dass ich nicht so bin, jetzt redete er in Gesprächslautstärke, entgeht mir irgendwas, wenn ich darauf verzichte, am Vormittag zwei Stunden auf ein Glas zu starren, in dem sich eine Alka-Seltzer-Tablette nach der anderen auflöst? Sicher nicht.

Ein heftiger Knall riss ihn aus seinen Gedanken. Wie war das denn möglich? Er hatte die Einfahrt zur Tiefgarage bestimmt schon tausendmal genommen, da fand er rückwärts und blind hinein, das konnte nur an dem Wagen liegen, dessen Kotflügel er zerstört hatte, der stand bestimmt einen Meter über die Begrenzungslinie hinaus. Er stellte den Motor ab, stieg aus und betrachtete den Schaden. Tja, da würde einer die nächsten Tage die Öffentlichen oder einen Leihwagen brauchen. Und die Schuldfrage war eindeutig zu beantworten, der beschädigte Wagen stand keinen Zentimeter über den zugewiesenen Parkplatz hinaus.

Bergmann nahm sein Handy, suchte die Nummer eines Kollegen von der Sicherheitswache und bestellte einen Streifenwagen inklusive Alkoholmessgerät.

„Wo ist er denn?", war die erste Frage des Beamten, als er selbstbewusst auf Bergmann zuging.

„Vor Ihnen."

„Sie? Sie schauen mir aber nicht sehr betrunken aus … das da der Schaden?“

„Ja … überprüfen Sie bitte meinen Atemalkohol und nehmen Sie einen Bericht auf …“

„Ist das Ihr Ernst?“

„Ja, wieso?“

„Stecken Sie ihm eine Visitenkarte unter den Scheibenwischer und die Sache ist geregelt.“

„Nein … was ist jetzt mit dem Alkomaten …“

„Wenn Sie meinen … und wenn Sie drüber sind?“

„Muss ich Ihnen jetzt das Gesetz erklären …“

„Nein … aber blöd wäre es halt, wegen dem Führerschein …“

0,6 Promille – im Aufzug lächelte Bergmann kopfschüttelnd sein Spiegelbild an; seinen Führerschein war er nicht los, dennoch schämte er sich. Betrunken Auto zu fahren fiel für ihn in die Kategorie Fahrlässige Körperverletzung; dieses Verhalten verachtete er zutiefst, nicht erst seit dem Mädchen, dessen Gehirnmasse auf diesem Zebrastreifen im 19. Bezirk allzu deutlich zu sehen gewesen war. Er schloss die Tür auf, ging direkt ins Badezimmer, duschte und setzte sich danach an den Esstisch. Vier Wochen würde er den Wagen jetzt nur mehr für Dienstfahrten verwenden, sagte er sich, irgendwo im Keller stand ja noch sein verstaubtes Fahrrad.

4.

Der Mann, der sich für den einundzwanzigjährigen Johannes Schäfer – gebürtig in Kitzbühel, wohnhaft in Innsbruck – hielt, saß an eine alte Buche gelehnt und atmete schwer. Krämpfe quälten seinen Magen. In den vergangenen Stunden war er durch den Wald gegangen, den Blick auf den Boden gerichtet, und hatte alles verzehrt, was ihm an Genießbarem untergekommen war. Großteils waren es Pilze gewesen – Goldröhrlinge, Eierschwämme, Trichterlinge, Trompetenpfifferlinge, Maronen, Steinpilze –, dazwischen immer wieder Klee, den er kniend in sich hineingestopft hatte, einmal eine bescheidene Ansammlung von Blaubeersträuchern, deren Früchte jedoch noch nicht reif genug waren. Dass er sich, kurz nachdem er eine Handvoll der Beeren ausgespuckt hatte, anhielt, den Platz nicht zu vergessen, um später die reifen Früchte ernten zu können, erschien ihm erst Minuten später widersinnig. Wie lange hatte er denn vor, hier auszuharren? Dieser Gedanke beendete vorübergehend seine animalische Futtersuche und ließ ihn an einen dicken Buchenstamm sinken. Wie lange noch, quousque tandem?, spazierte eine lateinische Floskel durch sein Gehirn, er haschte nach ihr, weil sie ihm gesicherte Erinnerung versprach, Lateinunterricht, ihr Lehrer mit dem Spitznamen Colonel Kurtz, er sah sein Bild, den feisten haarlosen Schädel, wuff, war er verschwunden, jetzt tauchte ein anderer Mann hinter seinen Augen auf: Conny? Ja, das war Konrad Mayer, ihr Pfadfinderführer. Der sie die Hälfte der wöchentlichen Treffen mit seinen öden Vorträgen gelangweilt hatte, zwei Dutzend Acht- bis Sechzehnjährige, mit den Füßen schabend wie eine Herde junger Stiere, im abgedunkelten Vereinsraum des Kolpinghauses, an der Wand vor ihnen die Bilder eines surrenden Overheadprojektors, Speisepilze, Beeren und andere essbare Wald- und Wiesenschätze, das letzte Chart: Achtung, Verwechslungsgefahr!, doch da war ihr Auffassungsvermögen von der Größe einer Pipette längst schon am Überlaufen, Fausthiebe, Papierkugelwürfe und erste Neckereien zwischen den Pubertierenden beendeten den Theorieunterricht meist vorzeitig, Ritalin gab es damals noch nicht, ADS bekämpfte man mit Völkerball und Orientierungslauf; und jetzt hatte dieses Wissen ihm vermutlich das Leben gerettet; wahrscheinlich, ein, zwei Stunden galt es noch den Bauchkrämpfen zu widerstehen, der Angst, dass doch ein Giftpilz dabei gewesen war, wenn nicht: danke, Conny!, puff, schloss sich vor dem sich verbeugenden Pfadfinderführer der Vorhang, der den Zuseherraum von der Erkenntnis trennte, dunkel wurde es wieder und trostlos; wenn nur die Fragen lange genug blieben, um sie zu verstehen; nicht der Schmerz im Hinterkopf war es, der ihn am meisten quälte, sondern die Unfähigkeit, in die Tätigkeit seines Gehirns ordnend einzugreifen; er begann zu weinen; das weichte die Mauer ein wenig auf, ein paar Menschen traten durch einen schmalen Spalt, er wusste, dass er sie kannte, dass sie ihm vertraut und geliebt waren, doch mehr blieb nicht. Dann kam ein Mann geradewegs auf ihn zu, milde lächelnd, im Gehen veränderte sich sein Alter, aus der Ferne hatte er ihn auf dreißig geschätzt, dann wurde er älter, und als er vor ihm stand, war er bestimmt Anfang siebzig, er trug kirchliches Ornat, grün und golden, Johannes, sagte er und ging vor ihm in die Hocke, Johannes, nicht einschlafen. Und er schlug die Augen auf, streckte seinen Rücken durch und begann zu singen:

Dich liebt, o Gott, mein ganzes Herz
Und dies ist mir der größte Schmerz
Dass ich erzürnt Dich, höchstes Gut
Ach, wasch mich rein in Jesu Blut

Dass ich gesündigt, ist mir leid
Zu bessern mich bin ich bereit
Mein Gott und Herr, mir doch verzeih
Nie mehr zu fallen Gnad' verleih

O Gott, schließ mir Dein Herz nicht zu
Bei Dir allein ist wahre Ruh
Lass nie mich von der Gnade Dein,
von Deiner Lieb' geschieden sein!

Nimm hin mein Herz, Herr Jesus Christ
Dein Herz für mich durchstochen ist
Ich bitt' durchs Blut des Herzens Dein
Mach mein und aller Herzen rein

Lass nie in Sünd' mehr fallen mich
Von ganzem Herzen lieben Dich
O heil'ger Geist, o höchstes Gut
Fach an in mir der Liebe Glut

O Gott mein Ziel, Dein werd ich sein
Mit Leib und Seel' auf ewig Dein
Tu nur mit mir zu jeder Zeit
Herr, wie Du willst, ich bin bereit

5.

Bergmanns Beförderung zum Gruppenleiter war der erste Punkt der Morgenbesprechung. Keiner der anwesenden Beamten zeigte sich wirklich überrascht oder äußerte sich dazu, doch die Spannung, die alle nicht gestellten Fragen im Raum erzeugten, veranlasste Kamp, gegen seinen ursprünglichen Willen auf das Thema Schäfer einzugehen. Ermittlungstechnisch gab es keine Fortschritte: Die letzte gesicherte Begegnung hatte am 26. Mai mit dem Nachbarn, Peter Wedekind, stattgefunden. Danach war Schäfer offensichtlich nicht mehr in seiner Wohnung gewesen oder hatte sich bei ihnen bekannten Personen gemeldet. Bankomat- und Kreditkarten waren nach diesem Tag nicht mehr belastet worden, das Mobiltelefon außer Betrieb. Es gab keine Ticketbuchungen bei Luftlinien, keine Aufnahme in Krankenhäusern unter Schäfers Namen und zum Glück auch noch keine nicht identifizierten Leichen aus dem EU-Raum, die Ähnlichkeiten aufwiesen. Insgesamt ein Status, der ein Verbrechen nahelegte und das Eingreifen ihrer Dienststelle rechtfertigen würde – also, weshalb zögerten sie noch? Vielleicht, weil Schäfer offensichtlich einiges an Gepäck mitgenommen hatte; weil er ein Mensch war, der seine Gedanken und Vorhaben oft genug vor seinen Kollegen und Freunden verborgen hatte; weil es ihm zuzutrauen war, dass er aus einer psychisch instabilen Verfassung heraus beschlossen hatte, nach Südamerika oder Südostasien zu verschwinden, ohne eine Spur zu hinterlassen. Vielleicht hatte Kamp es mit einer entsprechenden Weisung aber auch deshalb nicht eilig, weil er die mörderische Logik fürchtete, die ihrem Beruf immanent war: Indizien, die eine Ermittlung rechtfertigten, waren schon allein wegen des mangelnden Personals sehr nahe an einer selbsterfüllenden Prophezeiung. Anders gesagt: Wenn sie eine Leiche suchten, fanden sie meistens eine oder zumindest Teile davon.

Deshalb überraschte es Bergmann auch, als Kamp nach den üblichen Phrasen von unter Beweis gestellter Kollegialität, Professionalität und Führungsvermögen ihr Gespräch vom Vortag in sehr freier Interpretation wiedergab.

„Wie ich gestern mit Chefinspektor Bergmann besprochen habe, werden Sie alle unter seiner Führung die Ihnen zugeteilten Aufgaben in gewohnter Weise erledigen ... im operativen Ablauf sollten wir allerdings einige Änderungen einführen: Ermittlungsschritte, die nicht unbedingt sein Mitwirken erfordern, werden in zunehmendem Maße ohne ihn durchgeführt ... muss ja nicht sein, dass er jede Befragung im Außendienst wahrnimmt, wie das Major Schäfer gern praktiziert hat ... das will ich auf keinen Fall als Kritik an dessen Vorgehen verstanden wissen, das – wie Sie alle wissen – in den meisten Fällen erfolgreich war ... doch in puncto Organisation sollten Sie in Zukunft so funktionieren wie andere Ermittlungsgruppen auch ... das erfordert ein höheres Maß an Eigenverantwortung und professioneller Delegation, was ich Ihnen allen und vor allem Chefinspektor Bergmann ohne Weiteres zutraue ... und es sollte Ihrem Vorgesetzten auch mehr Spielraum geben, um die Fahnder bei der Suche nach Major Schäfer zu unterstützen ... ja, wenn sich das als Zeitverschwendung herausstellen sollte und Schäfer in den nächsten Tagen auftaucht, dann trete ich ihm persönlich in den

Arsch, das verspreche ich Ihnen ... aber wir sind es ihm auch schuldig, dass ... nun gut, an die Arbeit ...“

Zurück im Büro, ordnete Bergmann gedankenverloren seine Unterlagen und begann ein Organigramm zu erstellen, in dem er die Aufgaben seiner Mitarbeiter eintrug – solch eines als Vorlage in Schäfers Computer zu suchen, kam ihm erst gar nicht in den Sinn.

Jetzt war er also Gruppenleiter. Eine Position, die in seiner Karriereplanung ohnehin vorkam. Doch unter diesen Umständen ... er bezweifelte, dass irgendwer im Haus ihn heute fragen würde, ob sie am Abend die Beförderung feiern wollten. Irgendwie fühlte er sich als Lückenfüller ... wie ein Übergangspapst nach dem Giftmord am alten ... plötzlich kam ihm der Gedanke, dass nach dieser Beförderung irgendein Spinner glauben könnte, dass er selbst Schäfer weggeschafft hatte ... ein leichtes Spiel: er als die wichtigste Bezugsperson seines Vorgesetzten, vertraut mit all seinen Gewohnheiten und Eigenheiten, sogar mit einem Schlüssel für dessen Wohnung ausgestattet ... nichts leichter, als ihn unter einem Vorwand irgendwohin zu locken, zu töten und spurlos zu beseitigen ... wem, wenn nicht ihm als Freund und gleichzeitig Beamten der Kriminalpolizei könnte so ein Verbrechen besser gelingen? Hatte er sich nicht oft genug mit ihm gestritten und seine Methoden kritisiert? Hatte er ihn nicht sogar vor einem Jahr in Gegenwart von Kovacs geohrfeigt und beschimpft? Er lächelte bitter und schrieb auf das A2-Papier, das er an die Wand gepinnt hatte, unter Motiv: Bergmann, Karriere, event. Affekt.

Bis in den späten Nachmittag hinein fasste er alle Informationen, die er von der Fahndung bekommen hatte, gemeinsam mit seinem eigenen Wissen und dem wenigen, was ihm Schäfers Familie und seine paar Freunde mitteilen konnten, mithilfe eines Analyse-Programms zusammen. Jetzt war Schäfer also ein Fall; sein Fall. Wie armselig, dass ich das nicht schon vorige Woche gemacht habe, sagte er sich. Dass ich darauf warten muss, dass Herrchen Kamp „Hol das Stöckchen“ sagt. Eigenverantwortung sah anders aus. Kein Wunder, dass er von ein paar missgünstigen Kollegen hinterrücks Schäfers Pudel genannt worden war; dann sogar in seinem Beisein; bis er einem dieser Macho-Deppen nach einer Rempelei am Schießplatz die Schulter ausgekegelt hatte; dann war Schluss mit dem Gespött gewesen und Schäfer hatte ihm eine Flasche Wein geschenkt, die zu trinken Bergmann sich aufgrund ihres Preises bis heute nicht getraut hatte. Das wäre wohl ein perfekter Wiedersehens-Tropfen ... Mögliche Verdächtige, tippte er in den Computer, öffnete die Dateien mit den Fällen, die sie im vergangenen Jahr bearbeitet hatten, und suchte die Täter aus, die er für fähig hielt, sich an Schäfer rächen zu wollen, und die zugleich über genug Beziehungen außerhalb der jeweiligen Strafanstalt verfügten, um eine derartige Aktion überhaupt durchführen zu können. Kurz vor fünf kam Kovacs zu ihm.

„Bitteschön“, sie hielt ihm eine Klarsichtfolie hin.

„Der Bürgermeister?“

„Genau ... Sie wollten ja nur zehn Seiten, aber ...“

„Aber?“, er legte den Stapel, der mindestens das Doppelte umfasste, vor sich hin.

„Ich habe es nicht geschafft, so viel wegzulassen ... außerdem sollte ich es bis morgen machen ...“

„Was soll ich dann heute damit, wenn es noch nicht fertig ist?“

„Durchsehen und mir dann sagen, was Sie für unwichtig erachten“, sie klang genervt.

„Gut, mache ich ... was ist Ihr Gefühl?“

„Zu dem Unfall? ... Pff ... es ist verrückt ... wenn Sie nur den Bericht der Kollegen lesen, gibt's keine Zweifel ... aber nach den Sachen, die dieser Richter da erzählt ... ich weiß es nicht ... ich will mich ja auch nicht blamieren und sagen, dass er recht hat, aber ...“

„Das ist das Wunderliche an diesen Verschwörungstheorien, dass sie oft so glaubhaft sind ... Sie glauben also, dass es möglich ist, dass der Mann einem Anschlag zum Opfer gefallen ist ...“

„Ja.“

„Ist es wahrscheinlich?“

„Ich ...“, sagte Kovacs zögerlich, „keine Ahnung, der redet da dauernd von Politik und Finanzgeheimnissen, irgend so einem BOG-Verein und dem britischen Geheimdienst ...“

„Das überfordert Ihr Wissen und Ihre Erfahrung.“

„Ja ... von mir aus ... wenn Sie es so sagen wollen ...“ Sie setzte sich und ließ die Arme hängen.

„Das zugeben zu können erfordert Stärke“, sagte Bergmann und ging zur Kaffeemaschine. „Auch einen?“

„Nein, danke ...“

„Also, was ich sagen wollte: Man muss sich nicht schämen, wenn ...“

„Ich schäme mich ja gar nicht“, unterbrach sie ihn, „deswegen bin ich ja heute schon gekommen, weil ich nicht weiter gewusst habe ...“

„Ach so, ja“, erwiderte Bergmann irritiert, „stimmt. Ich wollte Ihnen nur grundsätzlich sagen, dass es ... also keinen Grund gibt, sich nicht an mich zu wenden, wenn Sie etwas brauchen oder ...“ Mein Gott, diese sechsundzwanzigjährige energiegeladene Jungamazone irritierte ihn noch mehr, seitdem er ihr direkter Vorgesetzter war. Vielleicht sollte er es einfach mit Schäfers Sonnenkönig-Methode versuchen: anschreien oder -schweigen, bis sie zerbrochen waren oder gekrochen kamen.

„Ich bin diese Rolle nicht gewohnt“, sagte er ohne Umschweife.

„Ja, verstehe ich ... ist ja für uns alle nicht leicht ... “

„Was macht Schreyer eigentlich gerade?“ Ja, er wollte ablenken.

„Jetzt zu Ihnen als neuem Chef oder altem Kollegen?“

„Was er macht, will ich wissen, Sie freches Luder!“ Gut, sie brachte ihn zum Lachen.

„Er hat einen Haufen Münzen vor sich liegen und schiebt sie über den Tisch wie ein Kartenorakel ...“

„O Gott“, stöhnte Bergmann, dem dieses Imitieren von Schäfers seltsam systemischer Verdächtigenaufstellung mithilfe von Münzen aus persönlichen Versuchen sehr geläufig war. Er sah auf die Uhr. „Auch schon egal ... aber wenn er morgen so weitermacht, geben Sie mir Bescheid ...“

„Sicher ... kommen Sie weiter?“, sie sah auf die Charts an der Wand. Jetzt hatte sie die Grenze überschritten.

„Wenn ich Ihre Hilfe bei dem benötige, was ich gerade tue, dann melde ich mich.“

„Okay ... gern ... schönen Abend ...“

„Ihnen auch.“

Ein paar Minuten, nachdem er die Wohnungstür hinter sich ins Schloss gedrückt hatte, begann Bergmann seinen Fernseher zu vermissen. Der war vier Wochen zuvor ohne Vorwarnung erloschen, während der nächtlichen Wiederholung der Barbara Karlich Show; sensibles Gerät, hatte Schäfer gemeint, was Bergmann damals wie nun in Gedanken daran ein schmales Lächeln entlockte; sensibel war wohl der falsche Ausdruck für einen fast neuen Flat Screen, der nicht einmal den Ablauf der Garantie abgewartet hatte, um den Geist aufzugeben; wirkliche Sensibilität würde sich wohl auch darin äußern, zu erkennen, dass der Mensch manchmal gerade das Stumpfe braucht, um der Wirklichkeit die bedrohliche Schärfe oder die schneidende Einsamkeit zu nehmen. Dem widersprechend fiel ein fast täglich stattfindender Dialog zwischen Bergmann und Leitner so aus:

„Hast du gestern XY gesehen?“

„Nein, ich habe keinen Fernseher ...“

„Noch immer nicht?“

„Nein ... kommt eh nur Mist.“

Dieser Mist, der ihm jetzt abging; der Stumpfsinn als Zusatzausstattung des modernen Menschen, als evolutionäre Modifikation, die einen wahlweise an die nächste Bar oder vor den Fernseher trieb, sinnierte Bergmann, während er auf einem Hocker in der Wohnküche saß und darauf wartete, dass das Telefon läutete. Eigentlich wäre Lisa dran im Zirkelsystem der abendlichen Schäfer'schen Familienanrufe. Punkt acht war es so weit.

„Bergmann ... Hallo Lisa ... Mir geht's gut, danke ... Nein, leider nicht ... Doch, ich würde es dir sagen, keine Sorge, aber wir haben wirklich nichts ... Wo? ... Am Klopeiner See ... Aha ... glaubst du ihm? ... Wann soll das gewesen sein? ... Und was war das genau? ... Zur Erweiterung der spirituellen Wahrnehmungsfähigkeit ... klingt nicht gerade nach deinem Onkel ... Ich werde mich darum kümmern ... Versprochen ... Ja, melde dich, dann treffen wir uns auf einen Kaffee, gern ... Dir auch ..."

Er legte das Telefon beiseite, ging zum Kühlschrank und nahm ein Fertiggericht aus dem Eisfach. Mit Lisa, Schäfers Nichte, telefonierte er am liebsten; sie hatte nicht diesen mütterlichen Tonfall, der zwischen Verzweiflung, Demut und unausgesprochenem Vorwurf oszillierte, sie wollte wissen, ob es etwas Neues über ihren Onkel gab, und übermittelte Bergmann jede noch so kleine Information, von der sie glaubte, dass sie ihm nützlich sein könnte bei Schäfers Auffindung. Ein Seminar in Kärnten, bei dem es um spirituellen Zugewinn gegangen wäre, hätte Schäfer laut eines ebenfalls anwesenden Freundes von Lisa im April besucht. Er würde es überprüfen; wie all die bruchstückhaften Informationen, die bei Vermisstenfällen oder unaufgeklärten Verbrechen eingingen. Sie hatten noch keine Pressemitteilung herausgegeben, hatten die Medien gebeten, noch ein paar Tage stillzuhalten; vorerst war der abgängige Major Schäfer nur in der Fahndungsliste auf der Website des Bundeskriminalamts publik – ein Tummelplatz für Hobbydetektive und Verbrechens-Groupies, die sich an den Bildern nicht identifizierter Leichen aufgeilten.

Dementsprechend niedrig war auch die Informationsdichte der Hinweise, die über diesen Kanal eintrafen – sie glich den Tauben, die sich tagsüber auf das Fenstersims vor ihrem Büro setzten, den schmutzigen Viechern, unter denen vielleicht einmal im Monat eine nützliche Brieftaube war. Wenn man Zeit und Lust hatte, konnte man ja jeden Taubenfuß einer genauen Betrachtung unterziehen, viel Spaß dabei.

6.

Soll ich dir zürnen für das, was du mir genommen? Oder dankbar sein für das, was mir geblieben? Eine kurze Phase spontaner Heiterkeit folgte dem Morgengebet, das er zu Sonnenaufgang begonnen und fast eine Stunde fortgesetzt hatte. Tief eingeprägte Muster waren dabei zum Vorschein gekommen: Vater unser, der du bist im Himmel ... Lamm Gottes, du nimmst hinweg die Sünde der Welt ... doch sprich nur ein Wort, so wird meine Seele gesund. Erst noch stockend, dann mit zunehmender Sicherheit betete er die Mantras ab, die er als Ministrant unzählige Male wiederholt hatte. Damals wie in Trance, das Ende der Messe herbei betend (wann kommt endlich „Der Friede des Herrn sei alle Zeit mit euch"), doch jetzt war es ihm ein Geländer, die einzige Spur, die sich nicht sofort verflüchtigte, und ob ich schon wanderte im finstern Tal, fürchte ich kein Unglück; denn du bist bei mir, dein Stecken und Stab trösten mich.

Am Vortag hatte er am Fuße eines Felshangs eine wuchtige Lärche entdeckt, deren tiefste Äste nicht einmal einen Meter über dem Boden wuchsen, einen Radius von fast zwei Metern einnahmen und so rund um den Stamm einen Hohlraum bildeten, der als sicherer und halbwegs bequemer Schlafplatz erschien. Als die Nacht hereinbrach, schlug er mit der Waffe, die er immer noch bei sich trug, eine Kerbe in den Stamm der

Föhre. Er wollte sicher sein, wie viele Tage und Nächte er in diesem Wald verbrachte. Drei bisher, meinte er zu wissen. Doch schon der vorige bestand nur noch aus Fragmenten, aus den Gerüchen von Pilzen und moosigem Wasser, aus Erinnerungsblitzen vermischt mit nebulösen Traumstücken, aus einem unkontrollierten Ineinanderfließen all dessen, sodass er keinem Ereignis oder Gefühl Zeit oder Ort zuzuschreiben imstande war. Schlimmer noch als diese Geistesverwirrung empfand er jedoch, dass der Körper, den er an sich wahrnahm, nicht zu der Person passte, die er zu sein glaubte. Seine Handrücken waren behaart, ebenso sein Oberkörper, auf dem er vom Brustbein bis hinab zum Schambein einen dichten Haarteppich in Form einer Sanduhr wahrnahm. Und wenn es ihm ein paar Sekunden gelang, aus einem angespannten Gedanken einen logischen Schluss für diesen Sachverhalt zu ziehen, löste er sich auf, noch bevor er ihn seinem Verstand einschreiben konnte. Ich habe meinen Verstand verloren, sagte er sich, ohne zu wissen, was das bedeutete; er gab wieder auf und ließ sich in den Strom der ungeordneten Assoziationen und Bilder fallen, die wovon auch immer ausgelöst wurden. Deshalb auch das Beten, in das er regelmäßig verfiel. Wenn er über einer kleinen Oase aus Sauerklee kniete, hielt er inne und rezitierte einen Psalm. Dann tauchte das Bild von Pfarrer Danninger auf, dazu der Geruch von modrigem Marmor, Weihrauch und brennenden Kerzen, kurz entstand so eine friedvolle und angstfreie Stille, in die er sich schmiegte wie ein müdes Baby an die Brust seiner Mutter.

7.

Natürlich war Schäfers Therapeut nicht begeistert, als Bergmann kurz nach sieben anrief und ihn ersuchte, noch vor der Arbeit auf ein kurzes Gespräch vorbeikommen zu dürfen. Aber „ungelegen“ war kein Argument, das der Chefinspektor auch nur eine Sekunde lang ernst nehmen konnte – dagegen musste er auf der Klaviatur seiner Überredungskünste gerade einmal den kleinen Finger einsetzen, den sanften Gewissenskitzler für die gesetzestreuen Bürger, der sie daran erinnerte, dass wohl jeder, der um das Engagement des Majors im Dienste der Republik Bescheid wusste, nur allzu bereitwillig et cetera. Den schon zuckenden Zeigefinger, der den Therapeuten darauf stoßen würde, dass er in einem begehrten Vertragsverhältnis mit dem Innenministerium zur Unterstützung von Exekutivbeamten in Belastungssituationen stünde, brauchte Bergmann gar nicht mehr.

Also war er um halb acht in der Praxis des Therapeuten, setzte sich in den Stuhl, in dem Schäfer Woche für Woche seine Verzweiflung durchgegangen war, und schlug sein Notizbuch auf.

„Das ist ganz ungewohnt ... dass hier jemand mitschreibt."

„Wollen wir Platz tauschen?"

„Nein, nein", der Arzt lachte, „über mich werden Sie ja wohl nichts wissen wollen ..."

„Ach, das weiß man im Vorhinein nie", erwiderte Bergmann, ohne sein Gegenüber anzusehen.

„Wie meinen Sie das?"

„Nur, dass man vorher nie weiß, wo ein Gespräch hinführt ... wir könnten uns zum Beispiel über den Stress unterhalten, den unsere Berufe verursachen, und dann sagen Sie wie nebenbei, dass Sie zum Glück ein kleines Häuschen am Attersee haben, wo Sie entspannen können ..."

„Dafür reicht es leider nicht ganz ..."

„Na ja, wem sagen Sie das ... aber wissen wollte ich eigentlich, ob Major Schäfer einmal mit Ihnen von so einem Entspannungsort gesprochen hat, wo er gern wäre ..."

„Hm ... allgemein gehalten, ja: Natur, Sommer, Wasser, sanfte Berge, Stille ..."

„Tirol, meinen Sie ..."

„Nicht unbedingt ... nein, Heimweh hatte ... Sie wissen schon, dass ich über meine Patienten nicht reden darf, oder?"

„Natürlich ... wir reden ja nicht über Major Schäfer, sondern allgemein über jemanden in einer Situation, die einer Ihrer Fallgeschichten entspricht ...“

„Verstehe ... ich habe da einen Freund, der Potenzprobleme hat ...“

„Was?“

„Vergessen Sie's ... also, Ihr Bekannter ... ich mag so etwas nicht ... fragen Sie mich geradeheraus, was Sie wissen wollen, und ich werde mich bemühen, im Rahmen des Vertrauensverhältnisses zu antworten.“

„Haben Sie irgendeinen Hinweis über den momentanen Aufenthaltsort von Major Schäfer?“

„Nein.“

„Hat er sich Ihnen gegenüber einmal dahingehend geäußert, dass er einfach alles hinschmeißen und abhauen will?“

„Möglich ... aber eher in einer Weise, die ...“

Beide schwiegen für einen Augenblick.

„Sie glauben nicht, dass er noch lebt“, fuhr Bergmann schließlich fort.

„Aus meiner Erfahrung ... also wenn jemand mit einer dementsprechenden psychischen Konstellation einfach verschwindet und ... ein Suizid ist in so einem Fall keine Seltenheit ... aber Sie kennen Herrn Schäfer besser als ich ... als sein bester Freund ist Ihnen bestimmt nicht entgangen ...“

„Als was?“

„Sein bester Freund, so hat er Sie bezeichnet ...“

„Sehr schön, aber auch nur Ihnen gegenüber ... also dass er zeitweise depressiv war, ist mir nicht entgangen, nein ... aber mit den Medikamenten, die Sie ihm verschrieben haben, ist das wirklich schnell besser geworden ...“

„Ja ... er war zweifelsohne ein schneller Responder ... aber im Gesamten ... als Mutter hätte ich ihn wohl als ewiges Sorgenkind bezeichnet ...“

„Können wir bitte im Präsens von ihm sprechen? Nur der Form halber ...“

„Natürlich, entschuldigen Sie, das war ...“

„Schon gut ... also: Was hat Ihnen solche Sorgen bereitet?“

„Ich habe immer das Gefühl gehabt, dass er nicht daran glaubt ... er ist zwar fast immer pünktlich erschienen, hat die Medikamente genommen, aber manchmal hab ich mir schon gedacht, das macht er mir zuliebe ... damit ich ein Erfolgserlebnis habe ...“

„Sieht ihm gar nicht ähnlich ...“

„Ha ja, Sie haben da andere Erfahrungen ...“

„Welche denn?“

„Na ja, mit seinen Wutausbrüchen und ...“

„Er hat mit Ihnen über mich geredet?“

„Natürlich ... Sie als sein ‚Lebensmensch‘ ... pardon, das hat er einmal im Scherz gesagt ...“

„Ach, lustig ... und sonst? ... Wovor hatte er Angst?“

„Das kann ich Ihnen nicht sagen ...“

„Nicht können oder nicht dürfen?“

„Wohl beides“, der Therapeut sah unauffällig auf seine Armbanduhr, was Bergmann nicht entging.

„Als er zum letzten Mal hier war ... in welcher Verfassung war er da? ... Hat er irgendetwas gesagt, das uns einen Hinweis geben könnte ...“

„Das ist jetzt, glaube ich, fast vier Monate her ... ich denke ...“

„Er ist seit fast vier Monaten nicht mehr bei Ihnen gewesen? Warum haben Sie das nicht gesagt?“, Bergmann sah sein Gegenüber scharf an.

„Warum ... ich meine ... ich kann meine Patienten nicht zwingen, zu mir zu kommen ... er hat die vorgeschriebenen Stunden absolviert und ...“

„Und von wem hat er dann die Medikamente bekommen?“

„Das weiß ich nicht, vielleicht ist er zu einem Kollegen gegangen ...“, sagte der Arzt nervös. „Hat er die Medikamente denn weiter genommen?“

„Bin ich sein Arzt?“

„Nein, aber ... also bei einem erwachsenen Menschen ...“

„Sorgenkind haben Sie ihn gerade noch genannt", Bergmann stand auf, „finden Sie heraus, ob er bei einem anderen Therapeuten war."

„Wie bitte?"

„Wenn er nach Ihnen noch in Therapie war oder Medikamente verschrieben bekommen hat, will ich wissen, von wem."

„Aber da wäre es leichter, bei der Versicherung nachzufragen ... wegen der Medikamente zumindest ..."

„Gut, mache ich ... und Sie finden mir den Arzt", Bergmann drückte dem Therapeuten kräftig die Hand und verabschiedete sich.

Auf dem Weg ins Kommissariat hatte er kurz ein schlechtes Gewissen, weil er dem Arzt gegenüber so angriffig geworden war. Was konnte er ihm denn vorwerfen? Dass er keine Zwangseinweisung veranlasst hatte? Nein, der Mann hatte schon recht mit dem Begriff Sorgenkind. Zu einem Mordverdächtigen ohne Unterstützung zu fahren, mit diesem eine gute Stunde Tee zu trinken und ihn dann per U-Bahn in die Sicherheitsdirektion zu bringen, fiel für manche vielleicht unter lebensmüde, aber bei Schäfer, der sich diese Aktion zwei Jahre zuvor geleistet hatte, schüttelte man eben wieder einmal mit dem Kopf, atmete tief durch und klopfte auf Holz, dass die nächste Verhaftung ebenso glimpflich ablaufen würde. War das passiert? Hatte Schäfer einen Verdächtigen ausfindig gemacht, ihn festnehmen wollen, die Situation war außer Kontrolle geraten ... aber in welchem Fall? Der Mörder des Installateurs?

„Herr Bergmann", Kovacs' Stimme aus ihrem Büro, an dem er eben vorbeiging.

„Bei mir", erwiderte er, „fünfzehn Minuten."

Er hängte sein Jackett an den Bügel, füllte den Wasserkocher und bereitete sich eine Kanne Kräutertee. Dann fuhr er den Computer hoch und ergänzte den Akt Schäfer um die Informationen, die ihm der Therapeut gegeben hatte. Sich ein paar Tage ausschließlich und ungestört darum zu kümmern, darauf hatte er jetzt Lust. Das wäre allerdings kein guter Start als Gruppenleiter, gestand er sich ein und hörte schon das Getuschel der anderen: Jetzt macht er schon auf Schäfer, kocht sein eigenes Süppchen und wir dürfen seiner Majestät nach Belieben dienen. Nein, er konnte nicht das machen, was er seinem Vorgesetzten oft genug übel genommen hatte: dieses Unstrukturierte, Chaotische, dieses Zufällige, in dem zumeist nur Schäfer selbst eine Art von Ordnung erkannte. Und wer hatte das System am Laufen gehalten? Wer, wer? Eigentlich bin ich schon längst Gruppenleiter, sagte Bergmann laut und streckte seinen Rücken durch. Klopf, klopf, Kovacs.

„War was los in der Nacht?", wollte er wissen.

„Ja, leider", sie legte ihm einen einseitigen Bericht und ein paar Bilder hin, „Mergim Dushku ... zwei Schüsse, einer in den Kopf, einer in die Brust, beide aufgesetzt ... war sofort tot ..."

„Ist das am Gürtel?", Bergmann beugte sich über die Tatortfotos, ohne sie in die Hand zu nehmen.

„Ja ... vor dem Senor ..."

„Ah, Freund Müller wieder einmal", sagte Bergmann, der den Besitzer des Nachtclubs schon zur Stammkundschaft zählte. Eigentlich hieß Müller Radkovic, hatte seinen kroatischen Namen allerdings aus geschäftlichen Überlegungen aufgegeben, was ihm tatsächlich dabei geholfen hatte, sich als Fixgröße im Rotlichtmilieu zu etablieren. So absurd es war: Auch wenn alle, die mit ihm zu tun hatten, wussten, dass er aus einem Dorf in der Nähe von Dubrovnik stammte, wurde er dank seines neuen Namens als Österreicher akzeptiert und hatte gleichzeitig den Vorteil einer Muttersprache, die seine Beziehungen zur postjugoslawischen Unterwelt stärkte. Milieugemäß hatte er durch seine Tätigkeit immer eine Hand in der Schelle und einen Fuß in der Zelle. Die Branche war seit der Ostöffnung verstärkt in Umbruch geraten – die Russen drängten in den Prostitutionsmarkt, die Nigerianer wollten ihren Löwenanteil vom Drogenkuchen, an dem die Albaner und Serben auch gern mitnaschten, bulgarische und rumänische Roma versuchten ihren Kleinstrich zu etablieren, den sie mit weiblichen Verwandten besetzten – und wo früher ein Stich ins Gesäß als kollegialer Hinweis zur Reviereinhaltung gegolten hatte, gehörten mittlerweile automatische Waffen zu jeder Großrazziabeute. Ohne Erpressung, Drohung, Körperverletzung und andere Delikte konnte jemand wie Müller seine Position nicht behaupten – die Gesetze des freien Marktes gingen hier wie anderswo nicht ohne Gesetzesübertretungen ab, das wussten sie auf beiden Seiten.

Doch auch wenn der diesbezüglich eher unbedarfte Innenminister immer wieder von *zero tolerance* sprach, hatte man sich auf den unteren Ebenen mit dem Kompromiss des geringeren Übels abgefunden. Solange Müller keine Kinder zur Prostitution zwang, seine Huren nicht über das übliche Maß hinaus misshandelte, solange er keinen offenen Krieg anzettelte, der über mediale Aufmerksamkeit das subjektive Sicherheitsgefühl der Bevölkerung beeinträchtigte, hielten sie eine Pattstellung, die darauf hinauslief, der anderen Seite nicht zu viel Ärger zu machen. Eine Hinrichtung vor einem von Müllers Nachtclubs brachte diese Stellung aber gehörig ins Wanken.

„Mergim ... Albaner?"

„Kosovare ... hatte Aufenthaltsverbot wegen Schlepperei ..."

„Irgendwelche Zeugen?"

„Genug, als wir hingekommen sind ... eigentlich müsste der Türsteher etwas gesehen haben ..."

„Aber der war gerade pinkeln ..."

„Richtig ..."

„Gibt's Kameras?"

„Ja ... das Opfer ist beim Verlassen des Lokals drauf ... der Mord muss allerdings im toten Winkel stattgefunden haben ..."

„Sagt Müller etwas dazu?"

„Der ist in Monaco, kommt heute Abend ..."

„Gesunde Bevölkerungsentwicklung ...", dachte Bergmann laut, während er den kurzen Bericht überflog.

„Wie bitte?“

„Ach, nichts ... nur ein Bonmot von unserem Meisterzyniker, als letztes Jahr die beiden Tschetschenen erschossen worden sind ...“

„Verstehe“, sagte Kovacs sichtlich angewidert.

„Das ist nicht meine Meinung ... also: Projektile so schnell wie möglich in die Ballistik, Verwandte und Bekannte ausfindig machen, einvernehmen, wenn die in Wien leben ... Schlepperei, haben Sie gesagt ... dann sprechen Sie sich mit Beranek ab, der kennt sich da aus ... Müller nehme ich mir dann selbst vor ... da nehme ich Leitner mit ...“

„Okay“, erwiderte Kovacs, ohne ihre Enttäuschung verbergen zu können.

„Sie werden noch genug Gelegenheit haben, ihn kennenzulernen ... je später, desto besser, glauben Sie mir ... ich werde übrigens zu Mittag nach Wiener Neustadt fahren, mir den Unfallwagen des Bürgermeisters ansehen ... dann schauen wir, dass wir das so schnell wie möglich ad acta legen ...“

„Haben Sie den Bericht durchgelesen?“

„Ja, gestern noch ... so wie Sie gesagt haben: möglich, aber nicht wahrscheinlich ... wenn man über den Bericht hinausschaut, verliert allerdings alles an Glaubwürdigkeit ...“

„Warum?“

„Weil es nicht in der Natur des Menschen liegt, Geheimnisse zu bewahren ... wie viele Menschen müssten laut unserem Richter an diesem Attentat beteiligt gewesen sein ... zehn, zwanzig, mehr?“

„So was in der Art, ja ...“

„Und von denen hat keiner ein schlechtes Gewissen, verplappert sich im Suff, will vor einer Frau angeben, braucht Geld und verkauft die Geschichte einer Zeitung ...? Einer allein, von mir aus, eine ganze Gruppe, nein.“

„Da haben Sie wahrscheinlich recht ... na dann, viel Spaß“, sie nahm die Akte wieder an sich, winkte kurz damit und verließ das Büro.

Er hatte gelogen. Den Unfallbericht und die Unterlagen des Richters hatte er nicht einmal nach Hause mitgenommen. Die Idee mit der Fahrt nach Wiener Neustadt war ihm spontan gekommen. Wenn er sein selbst auferlegtes Autoverbot ernst nahm, müsste er den Zug nehmen. Dort könnte er in Ruhe nachdenken; über das, was der Therapeut gesagt hatte, über die weiteren Ermittlungsschritte; bevor er zu Müller, dem Schwein, musste. Ich stehle mich davon, sagte er zu sich und lächelte. Das war eine Freiheit, die er sich schon ewig nicht, wenn überhaupt einmal genommen hatte. Stand davor noch an, die Gruppe zusammenzurufen, mit dem neuen Fall vertraut zu machen und neu einzuteilen. Den Obdachlosen mit Bauchstich würden sie wohl oder übel einstweilen vernachlässigen – so wie es die gesamte Gesellschaft mit ihm machte, musste sich Bergmann eingestehen und fragte sich kurz, ob es einen Ausweg aus dieser Form pragmatischer Ignoranz gab. Er öffnete den Webbrowser und suchte nach einer Zugverbindung nach Wiener Neustadt; im Gegensatz zu Schäfer, der das öffentliche Verkehrsnetz so gut kannte wie Rain Man ein gerade gelesenes Telefonbuch, war Bergmann diesbezüglich geradezu hilflos. Eine Viertelstunde zum Bahnhof Meidling; da plante er lieber eine halbe ein. Müsste er kurz vor eins aus dem Haus. Was für eine kindische Freude ihm das bereitete. Er hob den Hörer ab und bestellte alle Anwesenden zur Morgenbesprechung.

Als er um drei viertel eins das Gebäude verließ und zur U-Bahn ging, liefen ihm Kovacs und Schreyer über den Weg, die wohl gerade vom Essen kamen.

„Wo ist Ihr Auto?“, wollte Kovacs wissen.

„In der Garage, ich nehme den Zug ...“

„Sie? ... Ah, verstehe, what would Schäfer do ...“

„Wie bitte?“, Bergmann sah Kovacs fragend an und dann auf seine Uhr.

„Na, was würde Schäfer tun ...“

„Danke, so weit reicht mein Englisch noch. Nur, was Sie mir damit sagen wollen, kapiere ich nicht."

Kovacs sah ihn unsicher an, ob sie vielleicht wieder zu weit gegangen war. Dumme Rollen-Neuverteilung.

„Na weil es da so Armbänder gibt ... bei den Amis haben das viele ... WWJD ... what would Jesus do ... also, wenn man in ausweglosen Situationen ist und sich fragt, was man tun soll ... und ich hab gedacht ..."

Schreyer, der sah, dass sich seine Kollegin unweigerlich in ein Fettnäpfchen manövrierte, wandte sich ab, um sein glucksendes Kichern zu verbergen.

„Vielen Dank für die Aufklärung, Frau Kollegin ... aber ich darf wohl auch einmal mit den öffentlichen Verkehrsmitteln unterwegs sein, ohne gleich den Geist des Majors herbeizubeschwören", er sah abermals auf die Uhr, drehte sich um und winkte über die Schulter, hörte nur noch, wie Schreyer Au! schrie, wahrscheinlich weil Kovacs ihm in die Seite geboxt hatte.

8.

Wie ein Tourist fühlte er sich, als er mit der U-Bahn nach Meidling fuhr und dort seinen Bahnsteig suchte. Seine letzte Zugfahrt war schon Jahre her, dieses Verkehrsmittel wie auch Busse und Straßenbahnen waren in seinem Leben so gut wie nicht mehr präsent. Was würde Schäfer tun – diese vorlaute Göre Kovacs hatte zwar Witz, aber nicht viel Ahnung von den Beweggründen, die Schäfer fast ausschließlich und ihn nun außertourlich ins öffentliche Verkehrsnetz trieben. Von seiner Alkofahrt und dem anschließenden Gelübde, wie er es etwas übertrieben nannte, würde er der Inspektorin natürlich nichts erzählen; ebenso wenig von Schäfers Motiven. Dass sich die öffentlichen Verkehrsmittel hervorragend eigneten, um die menschliche Spezies zu studieren, etwa den Gesichtsausdruck eines Lügners am Handy („Ich bin schon am Flughafen ...“), die Ressentiments der Leute, wenn ein Schwarzer einstieg – das mochte durchaus eine nützliche Folgewirkung von Schäfers Verhalten sein, doch die Ursache war nach Bergmanns Ermessen eine ausgeprägte Auto-Phobie. Anders war es nicht zu erklären, dass Schäfer sich nach zehn Minuten im Stau aufzuführen begann wie ein Pavian, den man in eine Holzkiste sperrt. Der Nicht-Rhythmus, den das Autofahren in der Stadt mit sich brachte, destabilisierte ihn, und wenn nicht einmal mehr das Blaulicht dabei half, besser voranzukommen, dachte manch anderer Verkehrsteilnehmer, der von außen in ihren Wagen sah, wohl eher an einen Privattransport in die Entzugsklinik als an den Dienstwagen der Kriminalpolizei. Eine Ausnahme bildeten Fahrten in abgelegene und wenig besiedelte Gegenden. Einmal waren sie im Südburgenland unterwegs gewesen, um einen Zeugen zu vernehmen, und nach dem Tanken in der Nähe von Oberwart übernahm Schäfer das Steuer, tuckerte untertourig und mit leicht erhöhter Traktorgeschwindigkeit über die Landstraße, sah sich gelassen die Gegend an und nickte immer wieder, seinen eigenen Gedanken zustimmend, mit dem Kopf. An diesem Nachmittag war Bergmann, den das ungewohnte Tempo zuerst genervt und dann in eine angenehme Trance versetzt hatte, ein klares Bild von Schäfers eigentlicher Bestimmung erschienen: Sheriff in einer Kleinstadt inmitten der USA, Missouri, Kansas, Nebraska ... wo er in *slow motion* durch die Gegend fuhr, eine Ray Ban Aviator auf, und den paar auffälligen Jungs, die in sein Sichtfeld kamen, mit einem Wink des Zeigefingers zu verstehen gab, dass sie verdammt noch mal keinen Scheiß bauen sollten. Nach einer halbstündigen Fahrt durch einsame Wälder hielt er dann vor einem alten heruntergewirtschafteten Farmhaus, auf dessen wettergegerbter Holzveranda ein älterer Mann in einem Schaukelstuhl saß, aus einem Marmeladeglas eine goldbraune Flüssigkeit schlürfte und das Eintreffen des Sheriffs stoisch zur Kenntnis nahm.

„Mitch", sagt Sheriff Schäfer, nachdem er den Hut aufgesetzt und seinen Blick über den Hundezwinger, die zwei schrottreifen Pick-ups und den Hühnerstall hat schweifen lassen, dessen provisorisches Kaminrohr ihm sagt, dass dort keine Eier mehr gelegt, sondern schwarz destilliert wird.

„Tag, Sheriff ... Ärger?"

„Müsste mit deinem Ältesten sprechen ... ist er hier?"

„Frank? Nein. Ist Eichhörnchen jagen."

„Eichhörnchen, hm?"

„Ja, Eichhörnchen."

„Nimmt er wahrscheinlich eine 22er, für die Eichhörnchen ..."

„Klar, mit meiner wäre das Loch in dem Vieh das Einzige, das übrig bleibt ..."

„Immer noch die M1 Garand, was ..."

„Klar ... nicht umzubringen, die alte Lady ..."

„Ja ... wann kommt Frank zurück, hast du gesagt?"

„Hab ich nicht gesagt, aber gegen zwei vielleicht ... kann auch später werden ... weißt ja, wie sie sind ..."

„Ja ... gegen zwei, hm ... sag ihm nicht, dass ich da war, klar, Mitch?"

„Geht klar, Sheriff ... hat der Junge Ärger?"

„Kann sein ... wollen wir's nicht hoffen."

Dann, beim Wagen angelangt, öffnet Schäfer die Tür, wirft seinen Hut auf den Beifahrersitz und wendet sich nochmals dem Mann auf der Veranda zu.

„Übertreib's nicht Mitch, ja", sagt er und deutet mit dem Kopf auf den umfunktionierten Hühnerstall.

„Geht klar, Sheriff."

Ja, Mitch war in Ordnung, ein Schwarzbrenner und Wilderer, aber was war ihm nach dem Verfall der Preise schon übrig geblieben, Mitch war schon in Ordnung, aber sein Ältester, Frank, verdammt, mit dem würde es nicht gut gehen, da gab sich der Sheriff keinen falschen Hoffnungen hin.

Bergmann nahm den Bericht aus seiner Aktentasche, las zuerst Kovacs' Zusammenfassung, dann das Unfallprotokoll der örtlichen Polizei. Auf den ersten Blick war nichts daran unschlüssig: Der Fahrer war mit gut 120 km/h in einen Kreisverkehr gerast, das linke Vorderrad geriet auf die Betonbegrenzung, was den Wagen anhob und einen mehrfachen Überschlag verursachte, der in besagtem Möbelhaus endete. Ironie des Schicksals: Den Bürgermeister hatte nicht die Saltoparade umgebracht, die sein Auto fast hundert Meter durch eine Hecke, über eine Böschung und schließlich in die Schaufensterfront schoss, sondern ein Ungetüm von Couchtisch mit drei Zentimeter starker Glasplatte, die durch die Windschutzscheibe krachte und ihm die Schädeldecke kappte. Da hatten die Ingenieure aus Stuttgart noch so solide deutsche Wertarbeit liefern können – der Teufel ließ sich auch in einem österreichischen Möbelhaus nicht zum Schlafen verführen.

Warum der fünfundsechzig Jahre alte Mann derart flott unterwegs gewesen war, konnte sein Nachmittags- und Abendprogramm erklären: zuerst Eröffnung einer Ortsumfahrung, dann zwei Ehrungen hochbetagter Jubilare, anschließend Startschuss für das dreitägige Feuerwehrfest in der Heimatgemeinde. Hier ein Schnäpschen, dort ein Sektchen – dass man sich betrinkt, um so ein Programm zu überstehen, wunderte Bergmann nicht im Geringsten. Dass sich der Politiker mit einem Vollrausch – 1,8 Promille waren gemessen worden – in den Wagen setzte, schon eher. Aber diesen Umstand als Indiz für ein Verbrechen heranzuziehen, wie es der pensionierte Richter in seinen Recherchen anführte, war schon etwas gewagt. Als ob Menschen wie Maschinen einer zwingenden Logik zu gehorchen hätten. Die hätte laut dem Verschwörungsanhänger nie zugelassen, dass der Wagen derart die Kontrolle verloren hätte. Mercedes S-Klasse, neuestes Modell, ESP, BAS, Spurhaltesicherung, automatische Distanzregelung … ein komplexes Sicherheitssystem, das den Überschlag des Wagens verhindern oder ihn zumindest zuvor hätte abbremsen müssen, als dieser der Verkehrsinsel zu nahe kam. Also wie dann, dachte Bergmann und überblätterte schon leicht genervt die Expertisen selbsterklärter Terrorexperten, Geheimdienst-Insider und Investigativ-Journalisten, die mit zahlreichen Fotos von berühmten Schrottautos (Lady Di, James Dean, Albert Camus, Grace Kelly et cetera) angereichert waren, die allesamt von einer bösen unbekannten Macht auf die allerletzte Ausfahrt geschickt worden waren. Zum Unfall beziehungsweise Attentat, dem der Bürgermeister zum Opfer gefallen war, hatte der Richter verschiedene Theorien:

Am einfachsten wäre es gewesen, die Baustelle knapp vor der Verkehrsinsel mit einer simplen Blendanlage aus zwei Scheinwerfern und einer Batterie zu versehen, die dem Fahrer plötzlich ein frontal entgegenkommendes Fahrzeug vortäuscht. Dieser verreißt das Lenkrad, was in den meisten Fällen zu einem mehrfachen Überschlag führt. Um zusätzlich das computergesteuerte Sicherheitssystem des Wagens zu manipulieren, hätte ein Breitbandsender von fünfhundert Megahertz und dreihundert Watt Leistung gereicht, der in der Nähe aktiviert wurde und – Zitat eines Profis – die Elektronik voll gebraten hätte. War ein ausländischer Geheimdienst im Spiel gewesen, lag auch der Austausch des Steuerchips im Bereich des Möglichen, der alle relevanten Sensordaten so umgeleitet hätte, dass etwa der Befehl zum Bremsen eine Beschleunigung verursacht hätte.

Am wenigsten Glauben, dafür umso mehr Gefallen schenkte Bergmann der vierten These. Der zufolge hatte man – konkrete Namen fanden sich nirgendwo – dem Bürgermeister beim Feuerwehrfest Gamma-Butyrolacton, sogenannte K.-o.-Tropfen, ins Glas gegeben, ihn entführt, auf den Parkplatz vor dem Möbelhaus gebracht und anschließend getötet. Zeitgleich hatte ein professioneller Stuntfahrer mit dem eigens adaptierten Mercedes SLK den Unfall inszeniert. Dann war das Mordopfer in den Ausstellungsraum gebracht worden und mit der Glasplatte so zugerichtet, dass jede weitere Untersuchung überflüssig erschienen war.

Bergmann legte die Akte weg und seufzte. Dieser Richter – um die Worte ihres Forensikers Berliner Abstammung zu verwenden, der sich damit allerdings auf Schäfer bezogen hatte: der hatte doch einen an der Klatsche. Die Frage, die sich hier stellte, war nicht, wie er mit dem Fall, der höchstwahrscheinlich keiner war, umgehen sollte, sondern wie er diesen alten Paranoiker und seine Unterstützer dazu bringen konnte, ihr Treiben einzustellen und dem neuen Gruppenleiter nicht noch mehr Arbeit aufzuhalsen. Was würde Schäfer tun, fragte sich Bergmann und grinste in sich hinein. Der würde dem rüstigen Herrn wohl ein paar Prostituierte unterjubeln, die ihm noch einen Gefallen schuldeten. Dann ein paar eindeutige Bilder und das Ersuchen, doch bitte mit diesem Quatsch aufzuhören. Es waren ja nicht einmal Verdächtige angeführt. Ja, ein paar Namenlose aus dem politischen und wirtschaftlichen Umfeld des Bürgermeisters; noch am Abend vor seinem Tod soll er bei einer Parteisitzung die Banken allesamt als skrupellose Mafia bezeichnet haben; zudem ein paar scharfe Sätze in Richtung des ehemaligen Finanzministers und seiner Parteigenossen, die diese mit Betrug, Untreue und Steuerhinterziehung in Verbindung brachten. Wahrlich todesmutig, dieses Benehmen – wo so gut wie die gesamte Medienlandschaft seit Monaten über die Korruptionsaffären des Exministers berichtete und sogar die Staatsanwaltschaft schon ermittelte. Und die damalige blau-schwarze Regierung jetzt noch des Amtsmissbrauchs zu bezichtigen war ungefähr so erhellend wie fortwährend zu betonen, dass Scheiße stinkt.

Am Bahnhofsvorplatz nahm Bergmann ein Taxi und ließ sich zur Aufbewahrungsstelle bringen. Deren Leiter hatte früher als Mechanikermeister in der polizeieigenen Kfz-Werkstatt in Wien gearbeitet, bis dieser Arbeitsbereich zu einem großen Teil an private Werkstätten ausgelagert worden war. Auf dem Papier mochte das eine Ersparnis gebracht haben – doch die kleinen Gefallen außerhalb der bezahlten Arbeitszeit, das Fachwissen, mit dem der Mann den abgebrochenen Rückspiegel eines gesuchten Fahrzeugs einer Automarke zuschreiben konnte, zudem die Freundschaften, die zwischen vielen Polizisten und dem großmütigen Mechaniker entstanden waren, das alles stand auf einem anderen Blatt. Aber mach das einmal einem Minister klar.

„Servus Bergmann, alter Strizzi … sag bloß, die haben euch jetzt den Schlatter aufgehalst?"

„So ist es … wie geht's dir?"

„Besser als je zuvor … willst du gleich den Wagen sehen oder trinken wir davor einen Kaffee?"

„Bringen wir das bitte zuerst hinter uns … woher weißt du, dass ich wegen dem Bürgermeister da bin?"

„Na was glaubst du, wer mich fast jeden Tag heimsucht und mich über die Ermittlungsfortschritte in diesem brisanten Fall auf dem Laufenden hält?"

„The judge himself … du Armer …"

„Ach, so schlimm ist das nicht … ich darf mir seine Geschichten ja anhören, ohne dass er mir Arbeit macht …"

„Auch wieder wahr … ist das immer noch der Alte?", Bergmann deutete auf den schwarz-weißen Mischlingshund, der dem Mechaniker am Bein hing wie eine Kerkerkugel.

„Nicht derselbe, aber fast der Gleiche", der Mechaniker bückte sich und kraulte dem Hund den Nacken, „Dodge ist schon vor zwei Jahren gestorben … den habe ich ein halbes Jahr danach im Tierheim gefunden … ja, ist schon gut, Chevy …"

„Könnte ja fast eine Reinkarnation sein."

Der Mechaniker lächelte selig, drückte dem Hund liebevoll die Schnauze zusammen und richtete sich wieder auf.

„Der da", meinte er, als sie in einem Wellblechhangar vor einem zerbeulten Mercedes standen.

„Sieht gar nicht so schlimm aus …“

„Du hast ja sicher gehört, woran er gestorben ist.“

„Ja“, Bergmann stellte seine Aktentasche ab und ging langsam um den Wagen. „Ich frage mich wirklich, was ich hier mache.“

„Schon was Neues vom Schäfer?“

„Nein … als ob er von einem UFO entführt worden wäre …“

„Häng's dem Schlatter um!“, meinte der Mechaniker, lachte laut auf und drehte sich zum Werkstor um, vor dem ein schwarzer Bentley parkte. „Ach du Scheiße, wenn man vom Teufel spricht.“

Aus dem Wagen stieg ein drahtiger Mann im Nadelstreif, kahlrasierter Kopf, braungebrannt, die fünfundsechzig sah man höchstens seinem Wagen und dem Anzug an.

„Chefinspektor Bergmann!“, rief der Richter beim Betreten der Halle, „Enchanté!“

„Grüß Gott, Herr Schlatter“, erwiderte Bergmann und fühlte sich von dem alten Verschwörungsfanatiker irgendwie verfolgt.

„Das lobe ich mir, dass Sie so schnell gekommen sind … da sieht man gleich, wer bei euch noch ein Gespür für die wahren Verbrechen hat!“

„Komm, Chevy, jetzt gibt's Fressi“, hörte Bergmann den Mechaniker sagen und blickte hilfesuchend über die Schulter des Richters, der sich vor ihm aufgebaut hatte.

„Also, wie beurteilen Sie die Sachlage?“

„Was Ihre Thesen zum Unfallhergang angeht“, Bergmann fühlte sich völlig überrumpelt, „die sind in sich wohl schlüssig …“

„Ja, das will ich doch meinen.“

„Bezüglich des Motivs und allfälliger Verdächtiger sehe ich die Sache allerdings nicht so klar …“

„Was wollen Sie damit sagen?“

„Herr Doktor Schlatter … Ihnen als erfahrenem Justizbeamten muss ich nichts erzählen über die personelle und finanzielle Situation, in der sich unsere Dienststelle befindet ... um im Verdächtigenkreis, den Sie angeben, effizient ermitteln zu können, bräuchte ich eine Soko mit mindestens zwanzig Mann ..."

Der Richter hob kurz den Kopf zur Decke, führte den Zeigefinger seiner rechten Hand zur Unterlippe und umkreiste dann den Unfallwagen, wobei er beständig nickend unverständlich vor sich hin murmelte.

„Die Unterlagen, in deren Besitz Sie sind, entbehren natürlich noch der Vollständigkeit", sagte er, als er wieder vor Bergmann stand. „Schließlich musste ich mich vorher vergewissern, ob ich Ihnen trauen kann oder ... in den nächsten Tagen werde ich Ihnen Dokumente zukommen lassen, wesentlich brisanteren Inhalts, wie Sie versichert sein können ... das dürfte Ihre Ermittlungen entsprechend effizienter gestalten ..."

„Wen verdächtigen Sie?", nach dem ausweichenden Geschwafel des Richters spürte Bergmann plötzlich seine Chance, diesem den Wind aus den Segeln zu nehmen, ihn so weit zu bringen, dass er noch am selben Abend die Akte über den Bürgermeister in seinen atomkriegssicheren Keller brachte und seine Energie wieder Lady Di oder Grace Kelly widmete.

„Den BOG", sagte Schlatter nach kurzem Zögern und sah Bergmann an, als ob er ihm anvertraut hätte, dass der Papst eine Frau wäre.

„Den BOG ... und das ist wer?"

„Ha! Sehen Sie ... ein Verein, der zu den reichsten Österreichs gehört, und nicht einmal die Kriminalpolizei hat Kenntnis von ihm! Das müsste Ihnen doch allein schon zu denken geben ... B-O-G: Bündnis zur Optimierung gesellschaftlicher Strukturen ... davon haben Sie wirklich noch nie gehört?"

„Nein", erwiderte Bergmann, bemüht, höflich zu bleiben, „es gibt so viele Vereine und reiche Leute in Österreich ... und solange die keinen umbringen, sehe ich keinen Anlass, jeden davon zu kennen."

„Na dann haben Sie jetzt die Gelegenheit dazu!“

Bergmanns Handy läutete. Der Anrufer saß gut zwanzig Meter entfernt in seinem Büro und hielt wahrscheinlich gerade seinem Hund einen Keks hin.

„Ja“, meinte Bergmann ernst, nickte dem Richter zu und entfernte sich ein paar Schritte, „gibt's Zeugen? ... Auf jeden Fall ... Flughäfen, Bahnhöfe ... und vergesst die ungarischen Grenzer nicht! ... Ja, ich nehme den nächsten Zug!“

Er steckte das Handy in die Jacketttasche, drehte sich zu Schlatter um und sah ihn entschuldigend an.

„Es tut mir furchtbar leid, Herr Richter ... die Pflicht.“

„Gut gut ... lassen Sie sich nicht aufhalten ... ich kann Ihnen besagte Dokumente auch postalisch zukommen lassen ... was ich noch wissen wollte ...“

„Nein, leider, wir haben noch nichts über den Verbleib von Major Schäfer herausgefunden“, erwiderte Bergmann, nahm seine Aktentasche, ging langsam Richtung Werkstor und blieb neben dem schwarzen Bentley stehen.

„Nun denn, Chefinspektor ... viel Erfolg einstweilen und: Wir hören voneinander.“

„Danke, Herr Schlatter ... gute und sichere Heimfahrt!“

Bergmann wartete, bis der Wagen des Richters aus seinem Blickfeld war, und marschierte dann zum Bürocontainer neben dem Hangar.

„Danke, Markus ... ein paar Minuten länger und ...“

„Du wirst doch keinen Richter erschießen! ... Magst du jetzt einen Kaffee?“

„Gern ... wie du den Spinner immer wieder aushältst ...“

„Ich? Sehr gut ... was glaubst du denn, wer ihm gesteckt hat, dass ihr für diesen Unfall die Richtigen seid ... sonst bekomme ich euch ja gar nicht mehr zu sehen!“

„Tut mir leid“, sagte Bergmann halb amüsiert, halb schuldbewusst. „Du weißt ja, wie es ist ...“

„Kein Vorwurf ... wir beide halten es auch ohne die Wiener ganz gut aus, oder, Chevy?“

Kurz nachdem Bergmann in den Zug nach Wien eingestiegen war, rief Leitner an. Die Ballistiker hatten herausgefunden, dass die beiden Projektile, mit denen in der Nacht zuvor der Kosovare ermordet worden war, aus derselben Waffe stammten, mit der sich das alte Ehepaar umgebracht hatte. So schnell?, wunderte sich Bergmann, der frühestens in drei Tagen mit einem Ergebnis gerechnet hatte. Und natürlich hatte wieder einmal Koller dazu beigetragen. Dem Gerichtsmediziner, der auch die beiden Selbstmörder obduziert hatte, war neben dem Kaliber 7,62 auch irgendetwas an der Legierung aufgefallen, das ihn veranlasst hatte, die Projektile sofort an die Ballistik zu liefern und Kamp anzurufen.

„Gut ... heute Abend hast du hoffentlich nichts vor", sagte Bergmann ins Telefon, „wir beide werden nämlich den Müller besuchen."

9.

Kurz vor sechs trafen sie sich im Besprechungsraum – Bergmann, Leitner, Kovacs, Schreyer – und gingen die Bilanz des zu Ende gehenden Tages durch. Zwei Akten konnten sie abhaken: Der slowenischen Polizei war bei einer Verkehrskontrolle ein Mann ins Netz gegangen, den sie seit drei Wochen wegen versuchten Mordes an seiner Mutter suchten. Absprache mit der Staatsanwaltschaft, Auslieferungsantrag, Strich drunter. In der Steiermark hatte ein Waldarbeiter in einem Stausee die Leiche einer jungen Frau gefunden, die verdächtig war, ihren zehn Monate alten Sohn mit einem Polster erstickt zu haben. Gerichtsmedizin, Identifizierung, nächster Fall: Leitner hatte sich die Überwachungsvideos des Nachtclubs angesehen, vor dem der Kosovare erschossen worden war. Betreten hatte dieser das Lokal kurz nach Mitternacht, verlassen um zehn vor drei, ein paar Schritte später war er tot. Getötet mit einer Walther P1, die jemand einem alten Selbstmörderpaar in einem Park entwendet hatte. Wobei es wahrscheinlicher war, dass derjenige die Waffe zufällig gefunden und dann verkauft hatte, als dass er damit selbst den Mord begangen hatte.

„Kovacs, Sie gehen die Hehler ab ... erzählen Sie ruhig, woher die Walther stammt ... vielleicht ist ja einer von der gottesfürchtigen oder abergläubischen Fraktion darunter, der meint, dass Selbstmörderwaffen mit einem Fluch belegt sind ... Leitner, wir nehmen uns dann den Müller vor ... weiß er, dass wir kommen?"

„Ja, ab neun ist er im Club ... hat uns eh schon vermisst, hat er gemeint ..."

„Dem werden diese Sprüche auch noch vergehen."

Gegen Ende der Besprechung überlegte Bergmann, seine Kollegen zum Abendessen einzuladen – sah schließlich aber davon ab, weil er sich nicht im Klaren darüber war, wie sie diese spontane Gunstbezeugung auslegen würden. Als gönnerhafte Geste; als Symbol der neuen Hierarchie; oder schlicht als Diebstahl ihrer knappen Freizeit? Begnügte er sich eben mit Leitners Gesellschaft in einer Pizzeria ums Eck, wo sie wie zumeist inmitten von anderen Kriminalpolizisten saßen – verirrte sich ein Tourist dorthin, würde er angesichts der zahlreichen Lederjacken und darunter hervorblitzenden Waffen glauben, sich im Stammlokal der neapolitanischen Mafia-Zweigstelle Wien zu befinden. Und schnell kehrtmachen.

„Du bist heute mit dem Zug nach Wiener Neustadt", sagte Leitner, während sie auf das Essen warteten.

„Ja, und?"

„Nichts ... hab mich nur gewundert ... Schäfer war bisher ..."

„Hört bitte auf mit dem Stuss, dass ich jetzt zu Schäfer mutiere, wenn ich die Öffentlichen benutze ... bleibt einem mehr Zeit zum Arbeiten ... außerdem spart es CO_2 ..."

„Hm, der Klimawandel, ja", sagte Leitner, nahm einen Zahnstocher aus der Menage und fing an, darauf herumzukauen. „Weißt du, was das Problem ist?"

„Wobei?“

„Meine Frau ...“

„Die ist sicher nicht das Problem.“

„Lass mich ausreden ... vor ein paar Tagen, da sieht sie sich so eine Doku über den Nordpol an, vielleicht war's auch der Südpol, ist ja egal, jedenfalls was über das Ende der Eisbären, dass denen das Fressen ausgeht oder die bald alle ersaufen, wenn es mit dem CO_2 und dem Klima und der Polschmelze so weitergeht ... ich bin dann malen gegangen, kann mir so was nicht anschauen, da werde ich depressiv ...“

„Du malst ... nicht im Ernst ...“

„Wieso nicht ... hilft mir beim Entspannen ... besser als saufen, oder? ... Jedenfalls sitzt sie vorm Fernseher und kriegt das große Elend, als sie dem Eisbärjungen da zusieht, wie es ohne Mutter durch den Schneesturm irrt ... und die den Film gemacht haben, ja, glaubst du, die hätten den kleinen Pelzwuzel gerettet?“

„Das ist ja eine Dokumentation und keine Tierretteraktion“, erwiderte Bergmann und fragte sich, wie es Leitner immer wieder gelang, ihn in absurde Diskussionen zu verstricken.

„Egal ... ich jedenfalls im Arbeitszimmer beim Pinseln und höre, wie sie die Dusche aufdreht ... großer Weltschmerz, denke ich mir, da fährt sie immer mit mindestens einer halben Stunde Heißwasser dagegen an ... und mit heiß meine ich brühheiß ... verstehst du, wie Frauen das aushalten können? Alle, mit denen ich zusammen war – das waren jetzt auch nicht so viele, aber immerhin – aber alle haben bei bestimmt fünfundvierzig Grad geduscht!“

„Dafür halten Männer Kälte besser aus ...“

„Stimmt. Ich lüfte ja immer heimlich, weil dieses Kampfheizen im Winter ... jedenfalls gehe ich so nach zwanzig Minuten ins Bad und schaue nach, wie's ihr geht ... setze mich auf den Klodeckel und sage so nebenbei, dass sie mit dem ewigen Duschen auch eine ganze Menge CO_2 produziert, wegen dem Gas, das da in der Therme verbrennt, verstehst du?“

„Völlig“, erwiderte Bergmann. Der Kellner kam an ihren Tisch, stellte zwei Pizzen ab und wünschte original einen *buon appetito*.

„Genau ... ich meine: Wenn sie was dagegen hat, dass die Eisbären draufgehen, ist es doch nicht zu viel verlangt, dass sie einen Beitrag leistet, damit das mit dem Klima ... aber sie, weißt du, was sie gesagt hat?“

„Nein“, Bergmann schnitt seine Pizza auf und nahm ein Stück in die Hand.

„Schreit mich an: Bin ich jetzt schuld, dass die armen Tiere sterben, willst du mir das sagen?!“ Zwei Kollegen von der Sitte, die am Nebentisch saßen, drehten sich verwundert zu ihnen um.

„Bin ich raus aus dem Bad, Hände hoch, nicht schießen, und ab zu den Bildern ... und danach drei Tage lang Tschernobyl, frage nicht.“

„Tschernobyl“, Bergmann hatte den Faden verloren, „deine Pizza wird kalt.“

„Tödliche Strahlung halt ... auf Beziehungsebene ... nur weil ich ihr die Wahrheit gesagt habe ... Frauen ...“ Leitner schüttelte den Kopf, machte sich über seine Diavolo her und schmatzte fünf Minuten vor sich hin – die maximale Zeitspanne, die er ertrug, seinen eigenen Gedanken zuzuhören, ohne sich dazu zu äußern.

„Und wie geht's bei dir so? ... Also beziehungstechnisch ...“

„So lala“, antwortete Bergmann, den dieses Thema mit Leitner zu besprechen nicht sonderlich begeisterte. Zwar gab sich sein Kollege in puncto gleichgeschlechtlicher Liebe durchaus tolerant; nichtsdestotrotz hatte Bergmann jedes Mal das Gefühl, als gutmütige, aber groteske Laune der Natur betrachtet zu werden.

„Verhalte dich beim Müller heute friedlich“, lenkte er ab, „er ist eine Auskunftsperson, die uns möglicherweise behilflich sein kann und so weiter ... also kein Cowboygetue, bitte.“

„Gebt uns Bescheid, wenn ihr was braucht“, brachte sich der Kollege vom Nebentisch ein, „wird eh Zeit, dass er wieder einmal einen draufbekommt, der Radko ...“

„Danke“, sagte Bergmann, sah auf die Uhr und rief den Kellner um die Rechnung.

Der Portier des Senor, livriert wie ein Liftboy und mit der Figur eines Schneemanns, war auf dem Gehsteig an der Straßenecke damit beschäftigt, welke Rosen, Grabkerzen und Fotos wegzuräumen, die sich zwischen den Markierungen der Spurensicherung angesammelt hatten. „Tjetër në paqe“ war an die Hauswand hinter den verschwindenden Devotionalien aufgesprüht, wohl so was wie R.I.P. oder „Wir rächen dich“ auf Albanisch, mutmaßte Bergmann, während er den Wagen einparkte. Ein Ziviler gegenüber und sie hätten im Laufe des Tages mit Sicherheit ein paar nicht gemeldete Verwandte und Freunde des erschossenen Kosovaren erwischt, die ihnen weiterhelfen hätten können.

„Leg das wieder hin, du Pinguin!“, fuhr Leitner den Portier des Nachtclubs an, „das ist Entweihung einer Gedenkstätte.“

„Schlecht für Geschäft“, erwiderte der Mann träge, „Tod und Liebe nicht passen zusammen.“

„Hast du eine Ahnung“, murmelte Bergmann und ging zum Eingang.

Der Türsteher dahinter war von anderem Kaliber, wie Bergmann auf den ersten Blick erkannte.

„Herr Müller erwartet Sie“, sagte der drahtige, ganz in Schwarz gekleidete Anzugträger und gab den beiden Polizisten den Vortritt.

Keiner der üblichen Anabolikaaffen, die sich mit hochgezogenem Kinn vor einem aufbauten und damit vom Scheitel bis zur Sohle jeden K.-o.-Punkt darboten. Nein, Müller bevorzugte unscheinbare Profis, die sich in sicherer Distanz zu einer potenziellen Gefahrenquelle aufhielten, dafür binnen einer Sekunde je nach gewünschter Wirkung Handballen, Faust oder Rist an deren Schwachstellen platzieren konnten. Bergmann kam der Installateur in den Sinn, der Prostituiertenmörder, der auf der Lände mittels eines Schlags auf den Kehlkopf getötet worden war. Einer von Müllers Leuten?

Im Club befanden sich gerade einmal acht Gäste, von denen einer sogar seinen Laptop aufgeklappt hatte, die Tänzerin an der Stange hatte wohl gerade Pause, an der Bar standen drei Frauen in Reiz-Unterwäsche, rauchten, flüsterten miteinander und klimperten alle dreißig Sekunden routiniert kokett in die Runde. Der Bodyguard lotste Bergmann und Leitner in eine Gastro-Küche, die nicht den Eindruck machte, als wäre hier mehr als die Mikrowelle im Einsatz, oder vielleicht noch das einzelne Fleischmesser auf der Anrichte, mit dem Zechprellern ein Finger abgeschnitten wurde. In einem höchstens halb so großen Nebenraum saß Müller in einem Chefsessel aus schwarzem Leder und beobachtete die Überwachungsmonitore, auf denen in griesigem Schwarz-Weiß Frauen ihre Schlepperschulden und Männer ihren Triebstau abarbeiteten.

„Chefinspektor Bergmann", sagte der Clubbesitzer mit jovialem Grinsen, „kein Geld fürs Pornokino?"

„Kein Geld für Gästesessel?", erwiderte Bergmann, worauf Müller seinem Bodyguard einen Wink gab, der gleich darauf mit zwei Klappstühlen wiederkam.

„Was trinken die Herren?"

„Mineral, wenn Sie kooperativ sind ..."

„Veuve Clicquot beim nächsten blöden Spruch", ergänzte Leitner.

„Oho ... da höre ich doch Schäfer heraus", meinte Müller künstlich gekränkt, „was hält den Major davon ab, mich zu beehren?"

„Urlaub", sagte Bergmann, „aber er hat sicher ein Foto von Ihnen mit ..."

„Also, wie kann ich weiterhelfen?"

„Mergim Dushku ... war er Stammgast hier?"

„Hans", Müller schaute seinen Bodyguard an.

„Früher ... dieses Jahr höchstens einmal in der Woche ..."

„Irgendwelche Favoritinnen?", Bergmann deutete auf die Monitore.

„War nicht zum Bumsen hier ... hat das Ambiente gemocht ..."

„Bestimmt … Sie wissen Bescheid über seine Geschäfte?“

„Wie sollte ich“, erwiderte Müller, „wer sich benimmt, ist mein Gast, wer nicht, fliegt raus … und wenn es der Prinz von Monaco ist …“

„Also hat es nie geschäftliche Beziehungen zwischen Ihnen und Dushku gegeben … darf ich das so festhalten?“, Bergmann nahm einen Notizblock aus der Jacketttasche, was sein Gegenüber für einen Augenblick irritierte, lange genug, dass Bergmann es registrierte. „Kei-ner-lei Be-zie-hung“, begleitete er seine Notizen.

„Na ja … das kann ich nicht definitiv ausschließen … vielleicht hat er mir in der Vergangenheit ein paar Tipps gegeben …“

„Welche Mädels willig wären, von der Konkurrenz zu wechseln, zum Beispiel“, ergänzte Müller, nachdem die beiden Polizisten ihn schweigend angestarrt hatten.

„Vielleicht … vielleicht hat das ja jemandem nicht gefallen … da könnten wir durchaus damit leben, wenn es auf einem Parkplatz in Dubrovnik passiert … aber in Wien, mitten auf der Straße, das beeinträchtigt das Sicherheitsgefühl der Bevölkerung, das verstehen Sie bestimmt, oder?“

„Ganz meine Meinung … ein friedliches Miteinander … so ein Vorfall verstört die Kundschaft, das ist geschäftsschädigend …“

„Sie persönlich würden das diskreter erledigen, keine registrierte Waffe, nicht vor Zeugen, und schon gar nicht vor dem eigenen Lokal … dessen Service übrigens unter Ihrem Vorgänger besser war … da hätten wir keine Viertelstunde auf ein Mineralwasser gewartet …“, sagte Leitner und zündete sich eine Zigarette an.

„Hans … schau nach, wo José mit dem Wasser bleibt … also, wenn ihr nicht davon ausgeht, dass ich es war, was soll dann das Theater …“

„Sie können es ja gar nicht gewesen sein“, erwiderte Bergmann und blätterte in seinem Notizbuch, „Sie waren auf Kurzurlaub in Monaco, Businessclass, gebucht zwei Stunden vor

Abflug, nur Handgepäck, eingecheckt im Oriental ... spontan Lust auf die Côte bekommen?"

„Eine Beziehungssache, die dringend geklärt werden musste ... also, wenn Sie mein Alibi überprüft haben ..."

„Sie erledigen so was nicht selbst ... dafür gibt es Hans und Konsorten ... aber das sind Profis ... den Dushku hat kein Profi umgebracht ... also wer dann?"

„Warum sollte ich das wissen?"

„Vielleicht wissen Sie es jetzt noch nicht", erwiderte Bergmann und bedankte sich mit einem Nicken bei Barmann José für das Mineralwasser. „Aber spätestens in einer Woche wäre sicher möglich, oder?"

„Wieso sollte ich eure Arbeit machen?"

„Wir sind unterbesetzt", erklärte Leitner und hob beschwörend seine Hände, „völlig überfordert ... wir schaffen es kaum noch, unsere Razzien zu koordinieren ... letzte Woche hätten die Kollegen von der Sitte das Scandaleux hochnehmen sollen, und wo trampeln die hinein? Ins Amoureux!"

„Ich hör mich um", erwiderte Müller launisch, stand auf und rollte seinen Sessel unter den Schreibtisch, „versprechen kann ich nichts."

„Vielleicht hören Sie ja auch zufällig was über den Installateur, der zwei von Ihren weiblichen Angestellten ermordet hat", Bergmann trank sein Glas leer und stand auf.

„Vor dem braucht sich keine mehr zu fürchten ..."

„Schon klar. Er ist auf der Lände in einen stumpfen Gegenstand gelaufen ... Handkante, Stahlrute, was denken Sie, Hans?"

Müllers Bodyguard blieb stumm, trat zur Seite und deutete mit der offenen Handfläche Richtung Ausgang.

„Bis demnächst", sagte Bergmann und legte seine Karte auf den Schreibtisch.

Sie saßen im Wagen, Bergmann hatte die Hand am Zündschlüssel und schien auf irgendetwas zu warten.

„Nicht so gut gelaufen", Leitners vorwurfsvoller Ton war nicht zu überhören.

„Abwarten ... wir wissen nicht, was Müller weiß, und er weiß nicht, was wir wissen ...“

„Und was wissen wir?“

„Dass er mit Dushku Geschäfte gemacht hat ... dass zumindest eine seiner Nutten illegal hier ist ... dass er nach Monaco geflogen ist, um sein Schwarzgeld zu waschen ... dass er weiß, wer den Installateur umgebracht hat ...“

„Ah ... da ist mir was entgangen ...“, erwiderte Leitner, worauf ihm Bergmann freundschaftlich mit dem Ellbogen an den Oberarm stieß.

„Du hast Müller noch nicht so oft getroffen wie wir ... also Schäfer und ich ... den knackst du nicht am ersten Tag, und nie, wenn du ihm die Fragen stellst, die er erwartet ... und wenn du ihm konkret etwas vorwirfst, hast du seine Anwälte am Hals“, Bergmann startete den Wagen, fuhr einmal um den Häuserblock und bog dann in den Gürtel ein. „Müller ist brutal und bauernschlau ... aber mit mehr als zwei Gedanken auf einmal wird er nicht fertig ... mit dem Mord an Dushku hat er direkt nichts zu tun, da bin ich mir sicher ... aber wenn er glaubt, uns davon abhalten zu können, dass wir ihm die Kollegen von der Wirtschaftskriminalität und vom Menschenhandel aufhalsen, rückt er vielleicht ein paar Informationen heraus ...“

„Ist mir zu hoch, ehrlich, Bergmann ... he, da vorn gibt’s Brösel!“

Beim Ausgang der U-Bahnstation Alser Straße standen zwei Streifenwagen mit eingeschaltetem Blaulicht, vier Uniformierte bemühten sich offensichtlich, einen Streit zwischen einer Gruppe junger Männer zu schlichten, die deutlich in der Überzahl waren. Bergmann parkte sich hinter einem der Streifenwagen ein und aktivierte ebenfalls das Blaulicht.

„Übertreib’s nicht“, wandte er sich an Leitner, bevor sie beide die Wagentür öffneten.

Er war einfach zu müde gewesen, um schlichtend einzugreifen. Sagte er sich, nachdem die beiden Krankenwagen abgefahren waren und der Kleinbus der Verstärkung vier Randalierer gesichert im Fond sitzen hatte. Gut, den beiden jungen Türken hatte er die Achter angelegt, bevor sie kapiert hatten, dass der Mann im Anzug kein kokssüchtiger Geschäftsmann mit Heißhunger auf Nachschub war, sondern Chefinspektor Bergmann, inoffizieller Staatsmeister im Handschellen-Anlegen. Doch die vielleicht zwei Minuten, die danach vergingen, bis Leitner dem tobenden Schwarzafrikaner in den Oberschenkel schoss, hätte er nützen können, um kalmierend einzugreifen. So what, der Neger hatte ein Messer in der Hand gehabt – schwerer Fehler, wenn Leitner ein paar Tage Streit mit seiner Frau und eine konfuse Befragung mit Mafioso Müller hinter sich hatte.

Obligatorisch standen sie danach beim Kebabstand vor der Station und ließen sich auf zwei Flaschen Almdudler einladen – dass der Besitzer aus Glaubensgründen keinen Alkohol ausschenkte, hatte nach Einsätzen wie diesem bestimmt schon einigen Polizisten eine verhängnisvolle Autofahrt nach Hause erspart.

„Er hat ein Messer gehabt", sagte Leitner, nachdem er die Hälfte der Flasche in einem Zug ausgetrunken hatte.

„Ich hab nichts gesagt", erwiderte Bergmann, der plötzlich Lust bekam, zu rauchen – ein Verlangen, das ihn konsequent einmal im Monat überfiel, ohne dass er sich erklären konnte, warum es dieses verhasste Laster immer wieder bei ihm versuchte.

„Mit einem Messer auf einen Polizisten losgehen ..."

„He, ist schon gut", Bergmann legte seinem Kollegen eine Hand auf die Schulter. Ein paar Minuten, dann würde das Adrenalin weit genug abgebaut sein, um Leitner nach Hause bringen zu können.

„Was ist eigentlich bei der Geschichte mit dem Wiesel herausgekommen?", Bergmann deutete dem Standbesitzer, ihnen noch zwei Flaschen Kräuterlimonade zu geben.

„Das hast du nicht mitbekommen?" Zack, das Ablenkungsmanöver hatte funktioniert. Wiesel war der Spitzname eines

Junkies gewesen, der sich ihnen als Informant angedient und wider erstes Erwarten recht brauchbare Informationen geliefert hatte. Drei Wochen zuvor war er nicht weit von der Stelle, wo sie jetzt standen, tot aufgefunden worden. Hämatome an Kopf und Oberkörper, drei gebrochene Rippen, Körperverletzung mit Todesfolge und nachlässige Ermittlungen hätten offiziell herausgeschaut, wenn nicht Kollege Bruckner und ein paar von der Drogenfahndung an dem hageren Zwei-Meter-Mann mit gewaltigem Vorbiss einen Narren gefressen und ihm so etwas wie Gerechtigkeit hätten widerfahren lassen wollen.

„Pass auf: Koller wieder einmal voll im Doktor-Watson-Wahn, misst die Blutergüsse auf der Brust ab und kommt drauf, dass sie von zwei Handballen stammen könnten ... verstehst du!?"

„Nein."

„Die wollten ihn wiederbeleben!"

„Wer?"

„Zwei Bekannte ... haben das Wiesel da in der Wiese gefunden, praktisch schon hinüber, und zack, zack, Herzmassage, Beatmung ... hat leider nichts mehr gebracht ..."

Bergmann nahm die zwei neuen Flaschen Almdudler und legte einen Geldschein auf den Tresen des Kebabstands, was der Besitzer beleidigt gestikulierend ablehnte.

„Sie wollten ihm helfen", murmelte Bergmann und trank einen Schluck.

„Ja ... hat mich echt gerührt ... Scheiße, wer hätte denn das Wiesel kaltmachen sollen ...!"

„Der Kroate ... der verblutet ist", sagte Bergmann nach einer Weile, „der ist nicht mehr als hundert Meter vom AKH entfernt abgelegt worden ..."

„Und?"

„Wir sind immer davon ausgegangen, dass ihn einer geschlitzt hat ... was, wenn es ein Unfall war ... beim Pfuschen oder was weiß ich ... er verletzt sich am Oberschenkel, blutet wie eine Sau, seine Freunde wollen ihn ins Krankenhaus bringen und auf halbem Weg verreckt er ihnen ..."

„Und warum schmeißen sie ihn dann aus dem Auto?"

„Illegale ... irgendein krummes Geschäft ... jemand, der keine Schwierigkeiten bekommen will ..."

„Bergmann, Bergmann", meinte Leitner anerkennend und hob die Limonadenflasche zum Anstoßen, „das ist fast schon Schäfer-Niveau ..."

„Muss wohl am Zugfahren liegen."

10.

Herr, ich weiß nicht, wo die Träume enden und die Wirklichkeit beginnt. Er zitterte immer noch. Lag im Morgenlicht wie ein Embryo und flehte die Sonne an, ihren Strahlen mehr Kraft zu geben. Dass die Wärme das Zittern vertrieb, das die Kälte der Nacht und dieser schreckliche Traum ihm auferlegt hatten. Er war auf einer Bank an einer Flusspromenade gesessen. Dunkel wie Erdöl und mit trägen Bewegungen trieb das Gewässer vorbei, dahinter Häuser, darüber die Nacht, ein paar mutlose Sterne. Immer wieder gingen Leute an ihm vorbei; zuerst ängstigte ihn ihre Anwesenheit, weil er sich nicht zu bewegen, also notfalls zu wehren imstande war; er saß auf dieser Bank, wie die Ulme neben ihm die Promenade zierte: angewachsen, leicht schwankend im milden Wind, der in Stromrichtung über die Stadt zog. Welche Stadt?, fragte er sich und versuchte vergeblich, sich umzudrehen. Da wandte sich einer der Passanten im Gehen ihm zu, mit einem tänzelnden Schritt, als wäre er achtzehn und wollte ein junges Mädchen beeindrucken. Er sah in das Gesicht des Mannes und erkannte sein eigenes. Was ihn für einen Augenblick erschreckte; dann beruhigte, weil der andere ihm freundlich zunickte und in der Dunkelheit verschwand; nicht allmählich, sondern wie ein Gespenst, das durch eine schwarze Mauer glitt; aus der nun ein Paar kam; er in einem hellen, dreiteiligen Leinenanzug und mit Hut, sie in einem schlichten geblümten Sommerkleid, was eine seltsame Diskrepanz zwischen den beiden erzeugte, eine Statusdifferenz, die aus einer anderen Zeit zu kommen schien, aus einem Stück von Schnitzler, heimliches Lustwandeln am Ufer des Flusses; die Frau tat ihm leid, weil er ahnte, wie die Geschichte ausgehen würde, fast hätte er sich hinreißen lassen, sie zu warnen, da wandten sich die beiden ihm zu und zeigten ihm ebenfalls sein eigenes Antlitz. Er legte seinen Kopf in die Hände und weinte; theatralisch, doch um nichts weniger schmerzerfüllt. Er fühlte eine Hand auf seiner Schulter, sah auf und blickte in ein vertrautes Gesicht, das diesmal nicht sein eigenes war. Ich bin's, sagte die Person, der er nicht einmal ein Geschlecht zuordnen konnte. Wer? Ich, wiederholte die Person, doch sobald sie ihren Namen aussprach, dröhnte der Fluss auf wie ein wütender Zensor, der keine eindeutigen Szenen zuließ. Er wandte sich dem Wasser zu: Bitte, ich muss seinen Namen wissen! Das schwere Grollen verstummte, er drehte sich dankbar um, doch da war niemand mehr. Erschöpft schloss er die Augen. Schwebte fort, als wäre er die melancholische Stimme aus einer schläfrig gestrichenen Geige; deren Ton sich plötzlich in ein grelles Pfeifen verwandelte, ein Tinnitus im Gehörgang eines Zyklopen, er schreckte auf und drückte sich die Zeigefinger in die Ohren, auf der Promenade schritten zwei Männer aufeinander zu, unverkennbar trugen sie beide sein Gesicht; als sie auf seiner Höhe waren, fuhr der eine blitzschnell seinen Arm aus und hieb dem anderen seine Handkante auf den Hals, worauf dieser den Kopf nach vorne streckte, die Zunge aus dem Mund stieß, die Hände auf die Brust schlug, kurz aufröchelte, zusammenbrach und die Böschung hinabrollte. Sie haben ihn getötet!, brüllte er von seiner Bank zum Gehweg hin, zornig und verzweifelt, unfähig, sich aufzurichten, unfähig, den Mörder aufzuhalten, der sich mit seinem eigenen grinsenden Gesicht entfernte, unfähig, dem Sterbenden zu helfen, dessen Augen, die seine eigenen waren, erloschen und dunkel wurden wie der gleichmütig dahinziehende Fluss.

11.

Zu viele Gedanken, um einschlafen zu können. Wie sollten sie Müller in die Zange nehmen, wen sollte er den Fall des verbluteten Kroaten neu aufrollen lassen, wie könnte es ihm gelingen, den Richter und seine Verschwörungstheorien in eine schalldichte Kiste zu sperren. Obendrein: Schäfer. Wenn er sich da nicht dahinterklemmte, würde das Tagesgeschäft noch ein paar Schaufeln Erde mehr auf seinen vermissten Chef werfen. Was für ein grausamer Vergleich, den ihm sein Unterbewusstsein da gesandt hatte. Irgendwo in seinem Kopf – wo die bösen Ahnungen und schlimmen Visionen hausten und an den Stäben ihres Käfigs rüttelten – war auch das Bild vom toten Schäfer zu finden. Und indem er es dachte, hatte er den Käfig schon geöffnet: der Sarg, der – natürlich bei weinendem Himmel – von seinen vertrautesten Kollegen über den Friedhof getragen wurde, die schluchzenden Blasinstrumente der Polizeikapelle (Chopin, Marche funébre), die Fahne der Republik, die Uniformen und Orden, die Salutschüsse, die vergeblichen Worte des Priesters, Familie und Freunde, die unter Tränen Rosen ins Grab warfen, erneut die Polizeikapelle (Ich hatt' einen Kameraden), nur seine, Chefinspektor Bergmanns, Abschiedsworte fehlten noch, es presste ihm die Tränen heraus, nur einen Satz davon zu formulieren, auch wenn er in seinem eigenen Bett lag, auch wenn es keinen Anhaltspunkt für Schäfers Tod gab, es schwemmte ihn weg, ich werde dir einen Meisenknödel an deinen Grabstein hängen, damit zumindest die Vögel immer bei dir sind, damit du nie allein bist, ah, ah, ah, reiß dich zusammen, rief er an die Zimmerdecke und hörte im selben Moment eine SMS in sein Handy einzwitschern. Isabelle, Schäfers Freundin, oder Ex, oder wozu auch immer die letzten Monate ihrer Beziehung sie erklärt hatten. Bist du noch auf?

Er stand auf und rief sie an, während er ins Wohnzimmer ging. Endlich jemand, der nicht zuerst die Frage stellte, ob es was Neues über Schäfer gäbe – obgleich Isabelle zweifelsohne zu jenen gehörte, die sich am meisten um ihn sorgten. Bergmann schätzte es als Zeichen ihres Vertrauens. Sie wusste ohnehin, dass er sie gegebenenfalls sofort informiert hätte. Nicht umsonst hatte sich zwischen ihnen – gleichsam parallel zu Isabelles Beziehung mit Schäfer – eine Freundschaft entwickelt, deren Innigkeit ihn zu Anfang erstaunt hatte. Du bist die Schwester, die ich mir als Kind immer gewünscht habe, hatte er einmal leicht angetrunken bei einer Feier zu ihr gesagt. Und sie hatte die Scham, die er ob dieser Offenheit gleich darauf empfand, mit einer innigen Umarmung erstickt. Schäfer, in seiner üblichen Eitelkeit, hatte immer wieder gemutmaßt, dass seine Freundin Bergmann in erster Linie dazu auserkoren hatte, um sich wahlweise nach einem Streit auszuweinen oder um Dinge zu erfahren, die er nur seinem Kollegen mitteilte. Sie ließen ihn gern in diesem Glauben. Was hätte es gebracht, Schäfer zu erklären, dass sie sich beide fühlten, als ob ihre Freundschaft schon viel länger währte als die Liebschaft auf dem anderen Kanal. In Bergmanns Augen war jene auch wertvoller. Auf jeden Fall beständiger, wie sich letztendlich herausgestellt hatte. Isabelles Umzug nach Den Haag, wo sie immer noch am Internationalen Gerichtshof arbeitete, hatten die beiden gut gemeistert – nach Bergmanns Ansicht war Schäfer ohnehin besser geeignet für eine Fernbeziehung, trotz des immer wieder aufkeimenden Misstrauens, der wechselnden Sehn- und Eifersucht, von denen Bergmann meist aus zweiter Hand erfahren hatte. Wessen Schuld es war, dass sich die Beziehung der beiden von länger werdenden Abständen zwischen ihren Treffen zu einem Zustand entwickelt hatte, der sich am ehesten mit „irgendetwas dazwischen“ erklären ließ?

Schuld war das falsche Wort. Es gehören zwei dazu, verschiedene Interessen, beziehungsunfähig, kommunikationsunfähig, vom Mars und von der Venus – Bergmann hatte all die Klischees, Erklärungsversuche und Vorwürfe gehört und sich in erster Linie davor gehütet, Partei zu ergreifen. Was hätte es gebracht, Isabelle nahezulegen, ihre Urlaubspläne mit Schäfer in kleinen Schritten anzugehen. Mit einem verlängerten Wochenende in ihm vertrauten Gefilden zu beginnen. Und nicht gleich einen zweiwöchigen Urlaub zu buchen, den Auto- und Flugzeug-Phobiker einem Zwölf-Stunden-Flug nach Réunion auszusetzen. Gut, dort gab es Berge und Wälder, wo es nicht übermäßig heiß wurde – doch es war eben auch eine Insel; und Schäfer war solchen Ansinnen, von welcher Seite auch immer, stets mit den Argumenten seiner Großmutter begegnet: Wenn der Herrgott gewollt hätte, dass wir fliegen, hätte er uns Flügel gegeben. Kein Wunder also, dass aus dem geplanten Strand-und-Sonnen-Traum eine Beziehungs-Eiszeit geworden war, die in Folge keinem der beiden aufzutauen gelungen war. Wenigstens für Bergmann waren die fragmentarischen Beschreibungen des Urlaubs in Abwesenheit des jeweils anderen sehr unterhaltsam gewesen:

Schäfer: Ich habe da ein sehr aufschlussreiches Gespräch mit dem Polizeikommandanten von Saint-Denis geführt.

Isabelle: Nach dem Abendessen hat er sich mit irgendeinem Provinzpolizisten besoffen.

Schäfer: Der Reichtum der Fauna dort ist wirklich unglaublich.

Isabelle: Und dann hat er sich verkatert den ganzen Tag im Wald verkrochen und Igel beobachtet.

Schäfer: Die Kräfte des Pazifiks, also das ist schon ein Thema für sich.

Isabelle: Das erste und einzige Mal, das er mit mir schnorcheln war, hat ihn ein Lifeguard herausholen müssen, weil er in die Strömung geschwommen ist.

Schäfer: Das war ein sehr interessanter Mann, dieser Schweizer, unglaublich gebildet, mit einem Scharfsinn und Weitblick, faszinierend.

Isabelle: In diesem Hotel hat er sich jeden Abend mit so einem französischen Wirrkopf besoffen, ein Tischler, glaub ich, nur Scheiße haben die beiden geredet.

Das war im November gewesen. Ist ihnen in den folgenden sechs Monaten irgendetwas aufgefallen an Major Schäfer? Hat er Verhaltensweisen gezeigt, die untypisch für ihn waren, hat er neue Kontakte gepflegt, sich von bestehenden Freundschaften zurückgezogen, hat er möglicherweise Drogen genommen? Nachdem Bergmann aufgelegt hatte, blieb er auf der Couch liegen und ging erneut die übliche Fragenliste bei Vermisstenfällen durch. Was war denn untypisch bei einem Unberechenbaren? Neue Kontakte? Keine Ahnung. Vielleicht war Schäfer nach der Arbeit ja regelmäßig zu Prostituierten gegangen, hatte sich gratis bedienen lassen und mit einem Zuhälter angelegt. Vielleicht war er korrupt gewesen und hatte ein paar Unterweltler erpresst. Hätte er, Bergmann, seinen Chef jeden Morgen, wenn dieser mürrisch und wortkarg am Schreibtisch gesessen war, nach seinem Befinden fragen sollen? Dem war nicht nur die Hierarchie entgegengestanden, sondern auch der Selbstschutz. Außerdem: Nein. Schäfer war nicht korrupt. Er war launisch, stur, wankelmütig ... aber auch ehrlich, loyal ... und dann steht der Nachbar vor den Kameras und sagt: Mein Gott, das hätte ich nie für möglich gehalten. Das war doch so ein korrekter und höflicher Mensch. Was man nicht sehen will, sieht man nicht. Noch dazu, wenn man befangen ist. Es hatte schon seinen Grund, warum Bergmann selbst keine Befugnis bekam, sich um den vermissten Schäfer zu kümmern. Auch Kamps inoffizielle Befugnis war ihrer Befangenheit geschuldet, ihrem Drang, nicht untätig zu bleiben, ihrer Sorge, dass die beauftragten Fahnder zu lasch ermittelten, sich nicht mit dem Eifer einbrächten, den sie selbst an den Tag legen würden, weil sie eben persönlich betroffen waren – hier biss sich die Katze in den Schwanz.

Nichtsdestotrotz nahm Bergmann sich vor, in den kommenden Tagen eine sachliche Analyse von Schäfers Tun und Benehmen in den Monaten vor seinem Verschwinden zu erstellen; ihn so gut es ginge auf eine Ebene mit den anderen Fällen zu bringen, die auf seinem Schreibtisch seiner harrten. Deshalb sollte er jetzt auch unbedingt schlafen gehen.

12.

Dass er an seinem zweiten Tag als Gruppenleiter verschlafen hatte – zum ersten Mal seit fast zehn Jahren –, das war wohl ein Wink vom Universum, dass seine neue Position ihn nicht wichtiger machte, als er zuvor gewesen war. Auf was für seltsame Gedanken man kommt, wenn einmal etwas nicht den gewohnten Gang geht, sagte er sich, als er in die Straßenbahn sprang. Viel plausibler: Wir haben einen Nachteinsatz gehabt, dann habe ich bis halb drei mit Isabelle telefoniert, und danach bin ich noch im Bett die ganze Aufgabenverteilung durchgegangen. Sogar die Sätze habe ich mir zurechtgelegt, die ich zu ihnen sage, sinnloses Kopfkarussell, das einen den Schlaf kostet, ich werde mir einen Wecker zulegen müssen.

Aus seinem Postfach ragte ein dickes braunes Kuvert, das er vorsichtig herauszog – eine reine Instinkthandlung, da auffällige Post ohnehin durch den Sicherheitscheck lief. Er sah auf den Absender und seufzte. Der Richter. Bergmann wollte sich gar nicht vorstellen, welch unglaublich brisante Informationen die zwei Kilo Papier fassten, die ihm da „persönlich“ und „streng vertraulich“ zugestellt worden waren. Auf dem Weg zu seinem Büro schaute er bei Kovacs und Schreyer hinein. Legte der Inspektorin das Kuvert auf den Schreibtisch, schöne Grüße aus der Anstalt, sah Schreyer dreißig Sekunden zu, wie dieser hochkonzentriert Münzen über die Tischplatte schob, und fuhr ihn dann an, mit ihm zu kommen.

„Wie stellst du dir das eigentlich vor?", Bergmann hängte sein Jackett über einen Bügel, setzte sich und sah Schreyer an, der nicht den Eindruck machte, als wüsste er, wovon sein neuer Chef sprach.

„Du arbeitest hier, oder?"

„Ja, schon ..."

„Und was genau zurzeit?"

„Ich ... also ich helfe Sandra, wenn sie was braucht und ..."

„Schreyer", Bergmann stützte die Ellbogen auf den Schreibtisch und verschränkte die Hände, „du läufst seit drei Wochen auf Stand-by ... ich kenne ja deine besondere Beziehung zu Major Schäfer ... und dass du während seiner Anwesenheit gute Arbeit geleistet hast ... aber im Moment schaut es so aus, als wärst du komplett abwesend ..."

„Das ist ... also ich bemühe mich schon ..."

„Wo?"

„Ihn zu finden ..."

„Schäfer? Indem du seine Spinnereien nachmachst und Münzen hin und her schiebst?"

„Ich hab gedacht ..."

Bergmann zog die oberste Schublade seines Schreibtisches auf und nahm einen Schlüsselbund heraus.

„Du fährst zu seiner Wohnung und drehst jeden Löffel um ... schaust dir jedes Buch an, die Balkonpflanzen, sein Kellerabteil ... morgen früh will ich eine fertige Inventarliste haben und dazu eine Aufstellung von allem, was dir irgendwie merkwürdig erscheint oder eine Spur ergeben könnte ... klar?"

„Ich soll in seine Wohnung?", Schreyer nahm zaudernd die Schlüssel in die Hand.

„Ja, jetzt."

Er hätte Schreyer für andere Aufgaben besser gebrauchen können, keine Frage; aber als er ihn da an seinem Schreibtisch gesehen hatte, die langsam über den Tisch wandernden Münzen ... das hatte Bergmann schon bei seinem Chef oft genug aufgeregt, diese mystische Schieberei ... aber Schäfer war Schäfer und Schreyer ein Lakai mit begrenztem Leistungsspektrum, der sich nicht anzumaßen brauchte, irgendetwas mit dem Major gemein zu haben. Hinfort mit ihm! Zumindest für den anstehenden Tag. Bergmann fuhr den Computer hoch, las seine Nachrichten und verfasste ein Mail an drei Gruppenleiter aus den Ermittlungsbereichen Sittlichkeitsdelikte, Wirtschaftskriminalität und Menschenhandel sowie eins an einen Bekannten bei der Gewerbeaufsicht für Gastronomie. Betreff: Müller. Darauf zu warten, dass dieser von sich aus mit dem Schützen antanzte, der den Kosovaren ermordet hatte, war Zeitverschwendung. Aber mit einer konzertierten Aktion gegen ein paar seiner Nachtclubs und Restaurants – da ein hygienischer Mangel, dort ein Schwarzarbeiter, da ein nicht vorschriftsmäßiger Notausgang, dort ein paar unklare Rechnungen – würde Müller unter seinem lila Polyesterhemd stärker zu schwitzen beginnen als von Haus aus und seine Ratten in die Kanäle schicken, wo sich der stinkendste Abschaum sammelte. Ja, Bergmann hatte Müller nie ausstehen können. Und bis jetzt hatte er seine Abneigung auch immer unter dem Harnisch des distanzierten Ermittlers in Ketten gehalten; vielleicht aus dem Diktum heraus, dass er nur die Tat, nie aber den Täter zu verabscheuen hatte; vielleicht auch wegen Schäfers aufbrausendem Naturell, das ohne entsprechenden Ausgleich den Richtern nicht mehr viel zu richten übrig gelassen hätte.

Die verspätete Morgenbesprechung dauerte keine halbe Stunde. Kovacs und Schreyer waren ohnehin eingedeckt, Leitner würde mit Bergmann die Arbeitskollegen des Kroaten noch einmal aufsuchen, und Strasser war immer noch auf einer Europol-Schulung in Skandinavien, die wer auch immer genehmigt hatte, um den so stark protegierten wie schwachköpfigen Chefinspektor doch noch irgendwo irgendwann als

Gruppenleiter durchdrücken zu können. Dass dieses Arschloch nie eine Identitätskrise bekam: Guten Tag, ich bin der Sohn vom Freund von dem Ressortchef, der mit dem Innenminister immer jagen und dann ins Puff geht; wie konnte man damit auf Dauer fertigwerden? Egal, im Gegensatz zum Anlass für Strassers Abwesenheit war diese selbst kein Grund, sich zu ärgern.

Miro Berkovic hatte, vor seinem Tod durch Verbluten und der anschließenden würdelosen Entsorgung am Gürtel, in einer Übersiedlungs- und Entrümpelungsfirma gearbeitet, die zehn Jahre zuvor von der Stadtverwaltung als Sozialprojekt für Langzeitarbeitslose und Haftentlassene gegründet worden war. Dass das Unternehmen schon nach zwei Jahren Gewinn abwarf, war dem Geschäftsführer zu verdanken, der sich vom Arbeitsmarktservice wenig vorschreiben ließ und seine Leute selbst aussuchte. Einen Job bekam nur, wer ihn wirklich wollte; wer sich trotz des geringen Gehalts nicht zu schade war, so schwere wie sperrige Einbauschränke in den vierten Stock eines liftlosen Altbaus zu schleppen, sich die Ellbogen am Rauputz abzuschrammen, sein Geld im Schweiß seines Angesichts zu verdienen, wie Männer es tun sollten ...

„Und wenn mir einer mit einer Fahne unterkommt, kriegt er genau noch eine Chance, beim zweiten Mal fliegt er!“, beendete der Geschäftsführer zu Bergmanns Erleichterung den Vortrag über seine heroische Mission. Sie waren noch nicht einmal aus dem Wagen gestiegen gewesen, als der Hundertzwanzig-Kilo-Mann schon über den Innenhof gestiefelt war, auf dem Weg zu ihnen zwei junge Glatzköpfe mit schwer tätowierten Oberkörpern zu mehr Tempo angetrieben, nach dem Grund ihres erneuten Auftauchens gefragt hatte und ohne Abwarten einer Antwort zurück in sein Büro gestampft war.

„Und Miro hat sich immer an die Regeln gehalten ...“, wollte Bergmann wissen.

„Miro war ein Lotto-Fünfer ... Sechser gibt’s in dem Geschäft nämlich keine, hähä ... der hat gewerkt wie ein

Betonmischer, vier Tage Krankenstand in sechs Jahren! ... Das ist bei der Post der Monatsschnitt ... die Sau, die ihm das angetan hat ...“

„Kommt es eigentlich vor, dass Ihre Arbeiter nach Feierabend eigenständig was dazuverdienen?“

Der Mann schaute die beiden Polizisten mit zusammengekniffenen Augen an, als könnte er sie erst dadurch verstehen.

„Ich bin ihr Chef, kein Kindermädchen ... wenn wer pfuscht, sein Problem ... solange er nicht am Tag danach herhängt ...“

„Wissen Sie, ob Miro gepfuscht hat?“

„Wird sich kaum ausgegangen sein ... der ist ja oft freiwillig bis zehn im Lager zum Aufräumen geblieben ... war sein Leben, da bei mir ... haben wir darüber nicht schon geredet?“

„Ja ... aber mittlerweile halten wir es für möglich, dass Miro durch einen Unfall gestorben ist ...“

„Was für ein Unfall ...“

„Wissen wir nicht ... er ist nur hundert Meter vom AKH entfernt abgelegt worden ... wäre doch möglich, dass er sich beim Arbeiten verletzt hat, dass ihn ein Freund oder Kollege ins Krankenhaus bringen wollte, dann ist er im Auto gestorben ... und weil irgendwer aus dem Trupp oder alle zusammen keine Lust auf unsere Bekanntschaft gehabt haben, haben sie ihn am Gürtel bestattet ...“

„Solche Drecksäue ...“

„Weniger schlimm, als wenn sie ihn umgebracht haben“, meinte Leitner, der bisher schweigsam an der Fensterbank gelehnt war.

„Die Männer, die wir das letzte Mal vernommen haben ... wer von denen ist gerade hier ...“

Der Mann hinter dem Schreibtisch setzte eine Brille auf, die in seinem fleischig-faltigen Gesicht fast versank, und klopfte mit beiden Zeigefingern auf die Tastatur vor ihm.

„Prikopa, Berlakovic, Svehlova ... die anderen sind unterwegs.“

„Holen Sie sie bitte herein und leihen Sie uns das Büro für eine halbe Stunde?“

„Mein Büro, mein Reich ... den Aufenthaltsraum drüben bei der Halle könnt ihr haben“, antwortete der Firmenchef und stemmte sich aus seinem Sessel, um die Arbeiter zu holen.

Dass er von den drei Männern sofort neue Informationen bekommen würde, hatte Bergmann ohnehin nicht erwartet. Sie schienen erleichtert, als er ihnen sagte, dass Berkovic vermutlich nicht ermordet worden war. Daraus konnte er mehreres schließen: dass ihnen ein Unfalltod schlichtweg nicht so an die Nieren ging; dass sie etwas damit zu tun hatten und nun von der Angst einer Mordanklage befreit waren; oder dass er sich irrte und einem oder mehreren Mördern gegenübersaß, die sich am Abend bei einem Bier über ihn kaputtlachen würden. Wie auch immer: Sie hatten seine Karte, vielleicht würde sich einer von ihnen melden.

„Zwei von denen sind auf Bewährung draußen“, sagte Leitner auf der Rückfahrt, „einen Scheiß werden die tun, sich selbst hineinzureiten ... aber das mit dem kroatischen Brauch, dass die Familie wissen will, was ihm zugestoßen ist, damit er den letzten Segen bekommen kann, Hut ab ... woher hast du das?“

„Erfunden, was sonst ... solche Typen kannst du ein Jahr in den Ethikkurs schicken und sie klauen dem Lehrer die Uhr ... aber wenn du irgendeinen okkulten Hokuspokus verzapfst, dann fällt immer wieder einer drauf rein ...“

„Stimmt ... kannst du dich an den Neger da erinnern, in Hernals, den Unkuirgendwas ...“

„Nein.“

„Der den anderen Neger da entführt hat wegen Drogen oder was ... sitzt mit ihm den halben Tag in seiner Wohnung vor dem Fernseher, Pizza und alles, aber immer die Knarre am Schädel, kurz nach Mitternacht macht er ihm das Licht aus ... und weißt du, was er gesagt hat, warum er so lange gewartet hat? Dass er doch am Sonntag niemanden umbringt! ... Auf so was musst du erst einmal kommen ..."

Kurz nach sechs fuhr Bergmann den Computer herunter und legte sein Jackett an. Noch eine Stunde im Prater laufen, dann nach Hause, Fertiggericht in die Mikrowelle, schlafen – so war der Plan, bis er auf die Straße trat und im selben Moment sein Handy den Doppelton einer Textnachricht aus der Tasche zwitscherte. Eine Adresse am Döblinger Gürtel – wenn er sich nicht täuschte, irgendwo bei den alten Arkadenbögen, über die die U6 führte; dort waren vor allem Reparaturwerkstätten, Lagerräume und andere Betriebe untergebracht, die vom Lärm der Straße und U-Bahn nicht beeinträchtig wurden. Bergmann zögerte, machte noch ein paar Schritte in Richtung Feierabend und drehte um. Wieder im Büro, sah er zuerst im Stadtplan nach, wo genau besagte Adresse war. Richtig getippt: Döblinger Gürtel, U-Bahn-seitig. Er fuhr den Computer hoch, öffnete den Webbrowser und loggte sich ins zentrale Melderegister ein. Niemand, der dort wohnte. Er sah im Handelsregister nach. Überflog den Eintrag und schnalzte dann ein paar Mal mit der Zunge. Konzessioniert als Lager, Gewerbetreibender: Heinz Müller. Also known as Vucas Radkovic, murmelte Bergmann, rief Leitner an und landete auf dessen Mailbox. Er nahm die Autoschlüssel aus dem Schreibtisch, verließ das Büro und klopfte bei Kovacs an, unter deren Bürotür noch Licht auf den Gang fiel.

„Haben Sie Lust auf eine Erkundungsfahrt in Sachen Müller?", fragte Bergmann und schaute irritiert auf seinen Zeigefinger, um den er den Autoschlüssel kreisen ließ. Peinlich, dachte er und steckte ihn in die Hosentasche.

„Sicher." Kovacs stand auf, legte ihr Holster um und nahm ihre olivgrüne Lederjacke vom Haken.

„Und von wem ist die SMS gekommen?"

„Keine Ahnung ... 0800-Nummer ... so ein Internetdienst wahrscheinlich ..."

„Und wenn es ein Treffpunkt sein soll, für eine Verabredung ...“

„Dann wäre eine Zeit dabei gestanden“, Bergmann drückte die Kupplung durch und legte den Leerlauf ein. Stau. So weit sein Blick reichte, bewegte sich gar nichts. Als ob diese SMS nicht bis zum nächsten Tag hätte warten können. Dann würde er jetzt schon die Hauptallee entlang joggen.

„Wenn ich jetzt Major Schäfer wäre ...“, sagte Kovacs vorsichtig.

„Ja“, murrte Bergmann, stellte das Blaulicht aufs Dach und drehte die Sirene auf.

Zehn Minuten später bog er vom Gürtel in eine Parallelstraße ab und parkte ein.

„Da ist erst 132“, sagte Kovacs.

„Ja ... direkt davor werde ich mich hinstellen ...“, Bergmann stieg aus, öffnete den Kofferraum, nahm eine Stablampe und eine schwarze Sporttasche heraus.

„Vielleicht will uns der Müller nur eine Falle stellen.“ Kovacs musste immer wieder ein paar Laufschritte einlegen, um die Schrittlänge ihres dreißig Zentimeter größeren Kollegen ausgleichen zu können. „Wir dringen unbefugt bei ihm ein, er filmt uns dabei ...“

„Ja, der hat sicher nichts Besseres zu tun“, entgegnete Bergmann und bog in die Unterführung ein. Was war ihm eigentlich lieber: Leitners abstruse Beziehungstheorien, Kovacs’ penetrante Kommentare zur aktuellen Lage oder Schreyers Schreckstarre? Gesteh es dir endlich ein, Bergmann: Noch eine Woche ohne Schäfer und du gehst vor die Hunde!

„Schon lustig“, sagte Kovacs, während ihr Vorgesetzter das Werkzeug aus der Tasche nahm und sich am Schloss der rostigen Flügeltür zu schaffen machte, „da heißt das Untergrund-Bahn und fährt drei Stockwerke über der Erde ...“

„Hm“, machte Bergmann und konnte sich eine Antwort sparen, da gerade eine Zug-Garnitur über ihre Köpfe hinwegdonnerte. Klack, das Türschloss war nicht der Rede wert gewesen, aber für das Vorhängeschloss und die dazugehörige Kette fehlte ihm die Geduld. Kurzauftritt Seitenschneider. Bergmann entfernte das Schloss samt Kette, zog die Tür auf, machte die Lampe an und schob Kovacs hinein.

Sie standen in einer Halle, so groß, dass das Licht von Bergmanns Lampe die hintersten Winkel nur mehr schwach erleuchtete. Keine Zwischendecke, gut zehn Meter über ihnen sahen sie das mächtige Stahlgerüst, das die U-Bahn-Gleise trug. Die Wände aus unverputzten roten Ziegeln, am Boden gestampfte Erde, in der Luft ...

„Hier stinkt's", sagte Bergmann und ließ den Kegel der Taschenlampe über eine Reihe staubbedeckter Autos gleiten – zwei Chevrolets, ein Dodge Pick-up, ein ehemals roter MG –, offensichtlich hatte Müller oder jemand aus seinen Kreisen hier die Objekte einer alten Sammelleidenschaft abgestellt, ganz hinten entdeckten sie unter schwarzen Planen noch einen Jeep aus den Fünfzigern, eine Beiwagenmaschine aus dem Zweiten Weltkrieg und einen ausgeschlachteten Rolls-Royce.

„Wie in einem Schlachthaus", flüsterte Kovacs.

„Was?"

„Es stinkt ein bisschen wie in einem Schlachthaus ..."

„Da", Bergmann deutete mit dem Lichtkegel auf einen dunklen, kreisförmigen Fleck, der sich deutlich von der Erde abhob.

Kovacs kniete nieder und führte ihre Nase dicht über den Boden.

„Also ich würde sagen: Blut."

Bergmann brachte kein Wort heraus. Er wusste nicht, ob Kovacs das Gleiche dachte wie er. Er wusste nicht, was er jetzt tun sollte.

„Wo kriegen wir jetzt einen Durchsuchungsbefehl her?", hörte er sie fragen, ohne jede Erregung in der Stimme. Ja, weitermachen, das musste nicht sein Blut sein, ran an den Staatsanwalt, her mit dem Durchsuchungsbefehl.

„Gar nicht", antwortete Bergmann und räusperte sich lautstark, als ob der Staub in der Halle für seine gebrochene Stimme verantwortlich gewesen wäre. „Raus hier", er leuchtete in Richtung Tür und ließ Kovacs vorausgehen.

Sei gingen zurück zum Wagen und setzten sich hinein, Bergmann nahm sein Handy und sprach mit jemandem, den Kovacs aus den paar Sätzen, die gewechselt wurden, unmöglich einer bekannten Person oder Position zuordnen konnte.

„Erklären Sie mir bitte, was wir jetzt machen?", fragte sie leicht gereizt.

„Bei der Polizei geht gerade ein Anruf ein. Aus dem Gebäude, in dem wir eben waren, kommen laute Schreie ... wir sind zufällig in der Gegend, sehen den Streifenwagen vorfahren, Servus, Kollegen, können wir helfen? Drinnen läuft dann alles so ab wie eben: riecht nach Schlachthaus, Blutfleck, Spur."

Kovacs sah Bergmann an, als wartete sie auf den Einsatz des Simultandolmetschers.

„Aha", war schließlich ihr einziger Kommentar. Kurz darauf fuhr ein Streifenwagen an ihnen vorbei. Bergmann drehte den Zündschlüssel und folgte ihm. Kaum zwanzig Minuten später rollten die Kleinbusse der Spurensicherung und ein Team mit Spürhunden an.

13.

Die Hunde schlugen nicht an. Keine Leiche in der Halle, weder im Augenblick noch im Lauf des vergangenen Jahres, das hätten die Tiere gewittert, wie ihnen der Hundeführer versicherte. Also standen sie zumindest auf keinem Friedhof: kein Massengrab der Widersacher, die Müller getötet und beseitigt hatte – denn so hatte Bergmanns Theorie kurzzeitig ausgesehen. Von einem oder mehreren Gewaltverbrechen mussten sie dennoch ausgehen. In der Mitte der

Halle, von den Scheinwerfern der Spurensicherung mittlerweile ausgeleuchtet wie ein OP-Tisch, hockten die Forensiker, pinselten und spachtelten, sprühten Luminol, packten Erde in Beweistaschen, einer hob immer wieder den ausgestreckten Daumen hoch: Okay, hier war Blut, nicht ein paar Spritzer, sondern ein paar Liter. Entsprechend angespannt war die Stimmung.

„Sollten wir nicht Müller verhaften?“, fragte Kovacs nervös.

„Nein ... und hören Sie bitte auf, vor mir herumzuscharren wie ein Stier in der Arena ... Müller weiß längst, was hier los ist. Wenn am Gürtel so ein Aufgebot antanzt, läutet bei ihm spätestens nach fünf Minuten das Telefon ... warum starren Sie mich so an?“

„Nichts, Tschuldigung ... ich habe nur gerade was gedacht ...“

„Schön ... und dass er weder selbst auftaucht noch einen Anwalt herschickt ...“

„... heißt, dass er an diesem Gemetzel da irgendwie beteiligt war ...“

„Möglich ... wenn wir ihn jetzt mitnehmen, bekommen wir aber nur, was wir schon wissen: dass er die Halle gemietet hat ... aber er ist schon länger nicht mehr hier gewesen, weiß nicht einmal genau, wo die Schlüssel sind, bla, bla, bla ... wir graben die Hütte um, versiegeln sie und lassen sie zwei Tage observieren ... davor haben wir sowieso keine Auswertung der Spuren ...“

„Und jetzt?“

„Jetzt warten wir, bis Leitner kommt und übernimmt, dann gehen wir schlafen.“

Es war kurz vor Mitternacht, als er die Wohnungstür aufsperrte und in eine Wolke schwüler, abgestandener Luft trat. Er zog die Schuhe aus, hängte das Jackett über einen Stuhl und öffnete alle Fenster in Wohn- und Schlafzimmer. Mit den Geräuschen der Stadt und der nur unmerklich abgekühlten Sommernachtluft zog auch eine sanfte Melancholie herein, die sich seufzend an Bergmann schmiegte, ihm zart auf die

Schultern drückte und ihn veranlasste, einen Stuhl ans Fenster zu rücken und in die Nacht hinauszuschauen. Ein kaltes Bier wäre gut; aber er war zu träge; rauchen würde jetzt zur Stimmung passen; aber er hatte keine Zigaretten.

„Und, wie war dein zweiter Tag als Gruppenleiter?“, fragte er sich selbst.

„Ja, eh ganz gut, das Autoritäre liegt mir noch nicht so, das muss ich noch feintunen ... Ich will ja nicht plötzlich als Tyrann dastehen ... aber auf der Nase herumtanzen lasse ich mir auch nicht ...“

„Du meinst den Schreyer ...“

„Auch ... wobei: der ist im Moment einfach nur verloren ... aber ich bin ja nicht sein Therapeut. Der ist erwachsen ...“

„Ist ja nicht der Einzige, der mit der neuen Situation umgehen muss ...“

„Nein, bestimmt nicht ...“

„Und die Kovacs?“

„Pff ... gute Polizistin ... so gut man mit sechsundzwanzig halt sein kann ... aufsässig ... ich habe immer geglaubt, dass Schäfer sie schlecht behandelt ... aber das hat er instinktiv richtig gemacht ...“

„Dein Telefon läutet ...“

„Was?“

„Dein Telefon!“

Als er das Handy endlich aus dem Jackett nahm, war es bereits verstummt. Anruf in Abwesenheit – eine Phrase, die ihn für einen Moment erheiterte. Wegen der fünf oder zehn oder dreißig Minuten, die er am Fenster verträumt hatte. Abwesend zu sein, das konnte auch eine Sehnsucht sein, das war eine nur logische Reaktion auf das, womit sie täglich zu tun hatten. Natürlich, niemand zwang sie zu dieser Arbeit. Es gab immer Alternativen. Bergmann drückte die Wähltaste.

„Kovacs, was ist ... können Sie allein nicht einschlafen?“

„Ja, träumen Sie weiter ... Entschuldigung, das war jetzt ... ich hoffe, ich hab Sie nicht geweckt ...“

„Nein ... also ..."

„Wegen der Halle ... ich wollte Ihnen das sagen, bevor es untergeht ..."

„Ich höre", Bergmann ging zum Kühlschrank und nahm ein Bier heraus.

„Es hat ähnlich gerochen wie bei einem Schlachter, da kenne ich mich aus ... Tierblut riecht anders ... und wie Sie da zu mir gesagt haben, dass ich nicht wie ein Stier herumtanzen soll ... ich meine: Wozu diese riesige ungenutzte Fläche?"

„Nur keine Angst vor verrückten Theorien", sagte Bergmann belustigt, dem nächtliche Anrufe wie dieser offensichtlich abgegangen waren, sosehr sie ihn manchmal auch genervt hatten.

„Hundekämpfe ..."

„Hundekämpfe", wiederholte Bergmann, nachdem Kovacs nichts mehr hinzufügte.

„Ja ... vielleicht waren die Spürhunde auch deswegen so nervös ..."

„Waren sie das?"

„Ja, ich kenn mich mit Tieren ganz gut aus ... denken Sie das doch einmal durch: diese Halle, versteckter Eingang, man hört absolut nichts von draußen ..."

„Ich habe in Wien noch nie mit Tierkämpfen zu tun gehabt", sagte Bergmann, „was nicht heißt, dass Sie danebenliegen ... warten wir auf die Ergebnisse der Spurensicherung."

„Ja, gute Nacht dann."

Er zog sich aus, duschte, putzte sich die Zähne und legte sich ins Bett. Freute sich auf einen tiefen, erholsamen Schlaf. Der sich nicht einstellen wollte. Was war das auf einmal? Er hatte nie Probleme mit dem Einschlafen gehabt. Viel früher vielleicht, wo er sich noch nicht so gut darauf programmiert hatte, nach Arbeitsschluss abzuschalten. Einmal unter der Decke, dauerte es gewöhnlich keine fünf Minuten und er sank in den Schlaf wie ein Stein auf den Grund eines tiefen Sees. Jetzt wälzte er sich herum; döste immer wieder weg, ohne der wachen Wirklichkeit ganz entfliehen zu können. Der Besuch in der Übersiedlungsfirma, das Verhör, die SMS, die Lagerhalle, Müller, der Richter, Schreyer in Schäfers Wohnung ... alles fiel ohne klare Grenzen durch seinen Kopf, vermischte sich, löste sich ineinander auf, er schlief ein und wachte Minuten später wieder auf. Als ob eine Schar Heinzelmännchen emsig versuchten, in seinem Oberstübchen Ordnung zu schaffen, sich aufgrund der neuen Situation aber nicht mehr zurechtfanden, immer wieder etwas umstießen oder fallen ließen und damit ihren Meister zwangsläufig weckten. Die erste Amsel, die kurz vor fünf durch das offene Fenster schrie, erledigte den Rest. Bergmann presste sich zuerst den Polster auf die rechte Gesichtshälfte, drehte sich dann ruckartig auf den Rücken und schmiss den Polster wütend in Richtung des Störenfrieds. Ach du Scheiße, murmelte er, als er gewahr wurde, dass sich ein Teil seiner sündteuren Öko-Daunen-Kräuter-Bettwäsche durchs Fenster verabschiedet hatte. Leicht panisch sprang er aus dem Bett, zog sich einen Morgenmantel über, verließ die Wohnung und stolperte die Treppen hinunter.

Der Polster lag zwischen den Mülltonnen; ein paar Flecken hatte er abbekommen, ein paar Federn hatten sich durch den Bezug gebohrt, aber sonst war er heil. Federn, ging es Bergmann durch den Kopf, als er in den Aufzug stieg, in Müllers Lagerhalle waren auch Federn herumgelegen, die er allerdings den Tauben zugeschrieben hatte, für die solche Räumlichkeiten ja ein Paradies darstellten. Aber es waren keine verschreckt aufgeflattert, und sie hatten auch kein typisches Gurren gehört, wie er sich jetzt erinnerte.

Als er den Wasserkocher aufsetzte, schloss sich der Kreis. Und sollte die Göre ihn doch als Schäfer-Plagiat hinstellen – er musste ihr das jetzt mitteilen.

„Kovacs, ich bin's ... Ja genau, von einer wie Ihnen werde ich mich noch umpolen lassen ... Klappe jetzt, ich denke, Sie haben recht gehabt ... mit den Hundekämpfen ... Und jetzt hören Sie sich meine Theorie an, und wenn Sie lachen müssen, halten Sie die Hand drauf. Also: Die SMS ... wenn die nicht von jemandem gekommen ist, der Müller anschwärzen wollte, sondern von einem von Berkovics Kollegen ... die habe ich am Nachmittag mit Leitner vernommen ... der Absender muss gar nicht gewusst haben, wem die Lagerhalle gehört ... Er hat mir die Adresse nur geschickt, weil der Unfall dort passiert ist ... Bei einem Hahnenkampf ... Ja, ja, das habe ich gehört, Kovacs ... Weil bei solchen Kämpfen den Tieren manchmal Rasierklingen an die Füße geklebt werden ... Natürlich ist das pervers, aber ich hab das nicht erfunden ... Vor Jahren in irgendeiner Doku ... Die Männer stehen rundherum, der Gockel fliegt panisch auf, stürzt sich auf Berkovic, fetzt ihm die Schlagader durch ... ich habe mit Koller gesprochen ... ohne Klemme oder Druckverband bist du nach zehn Minuten weg ... Danke, aber ohne Ihre Idee mit den Hundekämpfen wäre ich nie draufgekommen ... Machen wir, bis später."

Die morgendliche Laufrunde im Augarten – wo er auch seine neue Theorie auf ihre Ausdauer überprüfte – sowie die anschließende kalte Dusche – die auch seine eitle Begeisterung abkühlte – tischten ihm beim Frühstück eine Empfehlung auf, die da hieß: Zurückhaltung. Was er mit Kovacs besprochen hatte, sollte er nicht zum Thema der Morgenbesprechung machen. Nicht bevor die Forensiker einen ersten Bericht geschickt hatten. Der Ablauf von Miro Berkovics Todesnacht mochte durchaus schlüssig sein: Er geht mit einem Kollegen nach der Arbeit auf einen Sliwowitz oder fünf, irgendwann schlägt dieser ihm vor, ihn zu einer total verrückten Veranstaltung zu begleiten, wo sie zudem noch Geld gewinnen könnten. Also auf zum Döblinger Gürtel, klopf, klopf an Müllers Lagerhalle, Codewort Hahnenkamm, sie werden eingelassen, wetten auf einen Hahn oder auch nicht, irgendwann flippt eins der Tiere aus, geht mit seinen Rasierklingensporen auf Berkovic los, dem spritzt das Blut aus dem Oberschenkel wie aus einem Springbrunnen, sein Kollege packt ihn ins Auto, auf halbem Weg ins AKH ist Endstation, der Kollege kriegt die Panik, weil er noch auf Bewährung ist, denkt sich: Scheiß drauf, toter kann der Miro nicht werden, und legt ihn auf dem Grünstreifen neben der Straße ab.

Doch bei diesem Fall ging es nicht mehr nur um den unglücklichen Tod eines jungen Mannes. Es ging auch darum, ob sie Müller mit den Geschehnissen in seiner Lagerhalle in Verbindung bringen konnten. Bergmann grinste in sich hinein, während er sein Hemd zuknöpfte. Da rissen sich mehrere Dienststellen den Arsch auf, um Müller hochzunehmen, und dann sollten sie ihn wegen Tierquälerei und illegalen Glücksspiels drankriegen? Warum nicht. Al Capone war auch nicht wegen seiner unzähligen Gewaltverbrechen nach Alcatraz übersiedelt, sondern wegen Steuerhinterziehung.

Abermals war ein Paket für ihn gekommen – diesmal so groß, dass es nicht ins Postfach gepasst hatte und ihm direkt am Empfang gegeben wurde. Er sah auf den Absender und wusste Bescheid: Martin. Hatte ihm wohl die Sachen geschickt, die noch in seiner Wohnung gewesen waren. Bergmann sah den pathetischen Akt geradezu vor sich. Wie sein Exfreund die Zahnbürste, T-Shirts, Hemden, den Schlüssel auf dem Esszimmertisch platzierte, zu jedem Objekt erneut in Tränen ausbrach und ein Glas Rotwein auf ex trank, im Hintergrund in Endlosschleife eines dieser selten erträglichen Herzbruch-Lieder (I can't live, if living is without you).

Schon auf dem Weg die Treppen hinauf zerbrach allerdings Bergmanns zynischer Schutzwall. Er schaffte es gerade noch ins Büro, verschloss die Tür hinter sich und brach in Tränen aus. Ein Sturzbach, ein aufgestautes Weinen, das gar nicht mehr aufhören wollte und zum Schluss in ein grenzhysterisches Lach-Schluchzen kippte. Die. Einzigen. Beiden. Männer. Die. Mir. Etwas. Es klopfte. Bergmann ging zum Waschbecken, wusch sich das Gesicht mit kaltem Wasser und ging mit dem Handtuch zur Tür. Strasser stand davor.

„Hab mich nur gerade umgezogen", gab Bergmann eine nicht sehr logische Erklärung für die abgesperrte Tür.

„Ah, ja ... hab gehört, dass du in meiner Abwesenheit zum Gruppenleiter befördert worden bist ...“ In seiner Abwesenheit. Als ob Kamp diese Entscheidung getroffen hatte, weil dieser niederösterreichische Dorftrottel gerade nicht da gewesen war. „Gratulation.“

„Danke ... solange Schäfer nicht da ist, muss ja irgendwer die Gruppe führen ...“

„Du glaubst wirklich, dass er zurückkommt?“

„Strasser ... können wir bitte nachher darüber reden, ich muss noch ein paar Sachen vorbereiten für die Morgenbesprechung ...“

„Passt. Also bis nachher ... Chef.

14.

Eine Nacht noch, murmelte er, über seine feuerlose Feuerstelle gebeugt, dann suche ich mir was anderes. Er ließ die beiden Hornsteine aus seinen Händen fallen, die keine zündenden Funken schlagen wollten, und wurde von einem höhnischen Lachanfall geschüttelt. Dann suche ich mir was anderes! Ja, genau. Dieses Zimmer ist unter meiner Würde! Ich reise ab, umgehend! Wenn er schon panisch wurde, sobald er das vertraute Umfeld seiner Lärche verließ. In der Nacht hatte er Geräusche gehört; wie von vorsichtigen Schritten, die aufgrund der Dunkelheit dennoch den einen oder anderen Tritt auf einen dürren Ast nicht vermeiden hatten können. Er war nicht fähig gewesen, zur Waffe zu greifen, die neben seinem Kopf gelegen war. Hatte ganz flach durch den Mund geatmet, um nur ja kein Geräusch zu erzeugen. Kein Dachs, kein Fuchs, kein Rotwild. Ein Bär? Nein, die machten doch auch noch andere Laute: mpf, chr, hö oder so ... das war kein Bär, das war ein Mensch. Und ein Mensch: Wenn er ihm wohlgesinnt wäre, würde er doch seinen Namen schreien, oder? Er hatte Angst. Weil tief in ihm, wie ein archaisches Erbe, die Ahnung schlief, dass er in Gefahr war. Polizei? Nein. Die wären bestimmt mit Suchhunden gekommen, deren Gebell er von weitem gehört hätte; vielleicht bellten die aber auch gar nicht und er nahm diese Meinung nur aus Filmen, die er gesehen hatte. Aber kein Polizist würde allein mitten in der Nacht ... insgeheim hoffte er doch, dass es die Polizei war, die ihn suchte. Die würde ihn fangen wollen; aber nicht töten. Hatte er ein Verbrechen begangen? Vermutlich; wozu führte er sonst eine Waffe mit sich, in deren Magazin elf Kugeln fehlten. Wieso wusste er überhaupt, wie man mit einer Pistole umging? Das hatte er bei den Pfadfindern nicht gelernt. Das musste ihm jemand anderer beigebracht haben. Ruhig! Regungslos verharrte er über seiner kümmerlichen Feuerstelle; als ob der größte Feind nicht ein im Wald umherpirschender Meuchelmörder wäre, sondern das eigene Gehirn, das diesen ersten kurzen Fluss an folgerichtigen Gedanken ersticken würde. Was war dieser Zustand, in dem er gefangen war, fragte er sich nach einer Weile; vorsichtig, wie nebenbei, um den Riesen nicht zu wecken, der auf seinem Bewusstsein lag. Hat mir wer Drogen gegeben? Habe ich selbst welche genommen? Zu viele Pilze, die, die ... Kahlköpfe! Mit Jakob! Ein junger Mann wandelte hinter seinen nun geschlossenen Lidern vorbei; und wie schon bei dem Geistlichen vom Tag zuvor, veränderte sich auch sein Alter in Sekundenschnelle: erst ein Bub von vielleicht sechs Jahren, der ihm Blaubeeren in den Mund steckte, dann ein Junge, mit dem er das Schwarzpulver aus Feuerwerkskörpern in eine leere Konservendose schüttelte, dann ein Teenager, dem er einen Joint reichte, der so schlecht gebaut war, dass sie das Papier mit beiden Fingern zusammenhalten mussten, dann eine Almwiese, über die sie beide gingen, gebückt, ab und zu in die Wiese griffen und dem anderen stolz den Fund präsentierten: Kahlköpfe! Psilocybin! Rausch, Ekstase, Halluzinationen, raus aus dem biederen Tiroler Landleben, hurra die Gams! Grinsend lief er zu seinem Bruder und verwandelte sich im Lauf zurück in einen kleinen Jungen, der sogleich von den Armen eines alten Mannes empfangen, hochgehoben und an das Lenkrad eines Traktors gesetzt wurde; Großvater! Da saß er nun, die schmächtigen Hände an der riesigen Plastikkurbel, der Großvater lachte, zündete sich mit einem Streichholz die selbst gedrehte Zigarette an, beließ sie im Mundwinkel und half seinem Enkel, das motorisierte Ungetüm zu befrieden, zu manövrieren über die frisch gemähten Felder, dahinter der Wald, die Berge; wie weh tat diese Sehnsucht nun, die ihn vergeblich zurückrief in das stachlige Feld, über das er barfuß laufen konnte, hin zu einem Heuschober, um sich mit seinem Bruder darin zu verstecken, in der Gewissheit, dass sie nicht verloren gehen würden, dass es die Älteren gab, die sie zum Abendessen riefen, dass ihre Flucht eine erlaubte war, eine gesicherte, nicht wie jetzt, wo er sicher war, dass ihn jemand töten wollte.

15.

Die Morgenbesprechung verschob sich abermals. Weil Kamp alles über den nächtlichen Einsatz in der Lagerhalle wissen wollte, der die Telefone in der Abteilung für Öffentlichkeitsarbeit dauerläuten ließ. Damit hatte Bergmann nicht gerechnet. Keine WEGA im Einsatz, keine Schüsse, keine Absperrungen, kein Leichenwagen – zudem hatte er eine Pressemeldung routinemäßig untersagt, um Zeit zu gewinnen, bis die Spurensicherung mit Ergebnissen da war.

„Was ist Ihre Meinung?“, wollte Kamp wissen.

„Ich habe nur eine Theorie ...“

„Und? Darf ich die erfahren?“

Was soll’s, dachte sich Bergmann. Nach dem, was Schäfer in diesem Raum bereits an haarsträubenden Geschichten deponiert hatte, war seine Hahnenkampf-These geradezu bodenständig. Er unterbreitete dem Oberst den Fall also in allen Details und mit allen Schlussfolgerungen, die Kovacs und er daraus gezogen hatten. Kamps Reaktion: Lachen bis zum Hustenanfall.

„Ha ... ha ... chü, chü ... das darf nicht wahr sein ... cha, chr, chr, chr ..."

Bergmann dachte daran, aufzustehen und das Büro zu verlassen. Sollte der alte Knacker doch wen anderen verarschen. Zum Glück erklärte Kamp seine Heiterkeit umgehend.

„Stellen Sie sich das vor ... ha ha ... ich weiß nicht, wie viele Bauchstiche, verprügelte Huren, Erpressungen, Drohungen ... womit wir bei diesem Scheißer abgeblitzt sind ... und dann geht er uns wegen so was ... ha ha ..."

„Wie Al Capone", meinte Bergmann erleichtert.

„Ja, genau ... also, Schluss mit lustig: PK, wann, und was sagen Sie?"

„Heute Abend, da haben wir vielleicht schon mehr von der Spur ... sonst: aufgrund eines Anrufs eines besorgten Bürgers ... bei näherem Nachsehen stellte sich heraus, dass die Örtlichkeiten möglicherweise in Verbindung mit einem Gewaltverbrechen stehen ... aufgrund der laufenden Ermittlungen und so weiter ... bezüglich des Mieters: da müssen Sie Herrn Müller selbst befragen."

„Bene ... sonst alles im Griff?"

„Ja ... Strasser ist wieder da ..."

„War schon bei mir, der Schleimer, ja ... wollte wissen, wann er der Gruppe die Erkenntnisse aus seiner Fortbildung präsentieren darf ... hab gesagt, dass ich das mit Ihnen besprechen werde ... lassen Sie sich was einfallen."

Ja, er würde sich was einfallen lassen, dachte Bergmann auf dem Rückweg ins Büro. Mitternachtseinlage bei der Weihnachtsfeier. Strasser an einen Stuhl gefesselt, vor ihm eine Badewanne, und jeder, der wollte, konnte an ihm demonstrieren, wie das organisierte Verbrechen Menschen mittels Waterboarding gefügig machte. Und jetzt Schluss. In seiner Gruppe durfte es von Anfang an keinen Platz für emotional bedingte Beurteilungen geben, keine Ressentiments und keine persönlichen Aversionen, kein Mobbing – davon hatte Bergmann vor seiner Zeit in Schäfers Gruppe selbst genug erlebt.

Kaum hatte er sich an den Schreibtisch gesetzt, platzte Schreyer in den Raum.

„Aha, ist Anklopfen heute in der U-Bahn-Zeitung bei Out gestanden ..."

„Tschuldigung, keine Hand frei gehabt", sagte Schreyer und stellte einen Karton auf Schäfers Platz.

„Was ist das?"

„Die Sachen aus der Wohnung ... wo Sie gesagt haben, dass ich die verdächtigen heraussuchen soll ... bin erst vor zwei Stunden fertig geworden ... und eine Inventarliste", Schreyer strahlte förmlich vor Stolz und Bergmann begriff schlagartig, wie Schäfer den jungen Inspektor so lange bei Laune und Leistung hatte halten können.

„Brav, sehr brav ... irgendetwas besonders auffällig?"

„Ja, die Pornofilme sind weg ..."

„Was für Pornofilme?"

„Vor zwei Jahren ... da bin ich mit dem Major nach einer Firmenfeier zu ihm ... weil er nicht mehr heimgefunden hat ... und da haben wir uns in der Nacht noch einen Sexfilm angeschaut ... also eher ich, weil er ist gleich eingeschlafen, auf der Couch ..."

„Und der ist weg, der Film ..."

„Ja, war aber eh nicht so spannend ..."

„Ach ... na, vielleicht hat er die Filme weggeworfen, damit Isabelle sie nicht bei ihm findet ..."

„Kann sein, ja, im Keller waren sie auch nicht", sagte Schreyer fast bedauernd.

„Sonst?"

„Ein paar Zeitungen und drei Bücher, wo er was angestrichen hat ... ein Fotoalbum ... ein Messer, das an der Klinge ein bisschen braun ist ... und ein paar andere Sachen ..."

„Was möchtest du als Nächstes machen?", wollte Bergmann wissen und bedauerte sofort seine Frage. Befehle,

Befehle, Befehle – Schreyer war als Rudeltier irgendwo zwischen Kappa und Omega.

„Ich weiß nicht ...“

„Gut ... schlaf ein paar Stunden, und melde dich am Nachmittag bei mir ...“

Wenn es so weiterging, würde die Morgenbesprechung kurz vor Feierabend stattfinden, sagte er sich und nahm den Deckel von der Schachtel, die Schreyer gebracht hatte: ein Kinderfotoalbum, eine vergilbte Taschenbuchbibel, ein Stapel Stadtzeitungen, ein altes Schweizermesser ... Bergmann nahm es in die rechte Hand, die Klingen und verschiedenen Werkzeuge ließen sich nur schwer ausklappen, weil Sand dazwischen klebte, vermutlich hatte Schäfer es im Urlaub mitgehabt ... das Fotoalbum ... schon die ersten Bilder spülten eine seltsame Mischung an Emotionen in Bergmann hoch, einen geschüttelten Cocktail aus Sehnsucht, Nostalgie, Trauer, Zuneigung ... was jedoch nicht nur der gegenwärtigen Situation, Schäfers Abwesenheit, geschuldet war, sondern mindestens im gleichen Ausmaß der Qualität der Fotos: die ersten paar Seiten in kontraststarkem Schwarz-Weiß, Schäfer pummelig, fast immer schelmisch grinsend, oft gemeinsam mit seinem älteren Bruder Jakob, der ihm auf einem besonders anrührenden Bild eine Blaubeere in den weit geöffneten Mund schob. Dann grinste Bergmann: Schäfer als Ministrant ... bei den Pfadfindern, das hatte er erwähnt, aber Messdiener ... im weiten weißen Kleid, konzentriert die lange Kerze balancierend, der Blick heilig und ernst.

Und dann das Bild, das Bergmann völlig vereinnahmte: Schäfer am Schoß seines Großvaters, die Hände am Lenkrad eines Traktors, im Hintergrund ein frisch gemähtes Feld, Wald, Berge; auf den ersten Blick die Aufnahme eines professionellen Fotografen: die Lichtkringel der Gegensonne am linken oberen Bildrand, die selbst gedrehte Zigarette im Mundwinkel des lachenden alten Mannes, der energische Zugriff des Jungen im gestreiften T-Shirt auf die vergleichsweise riesige Plastikkurbel; mit ziemlicher Sicherheit hatte jedoch Jakob auf den Auslöser gedrückt, da zwei weitere Bilder ihn und Schäfer in Abwesenheit des Großvaters auf dem Traktor zeigten. Ewig verharrte Bergmann in der Betrachtung dieses Bildes, er wollte Teil dieses Szenarios werden, barfuß über das stachlige Feld laufen, sich in einem Heuschober verstecken, Kälber füttern ... seltsame Sehnsucht, die er nach dem Leben auf diesem vierzig Jahre alten Foto verspürte, hatte er doch in seiner eigenen Kindheit keinerlei Bezug zur Landwirtschaft gehabt ... es musste ja nicht diese Welt sein ... eine Fahrt mit seiner Mutter zum Supermarkt würde reichen, sie sanft lächelnd, er zappelig auf dem Beifahrersitz, voller Aufregung wie immer kurz vor Eintritt in diese bunte Wunderwelt, die nur ein paar Kilometer entfernt von dem Dorf lag, in dem er aufgewachsen war, und doch so wenig damit zu tun hatte ... verrückte Vergnügungsfahrt im Einkaufswagen, die ihn zwischen den hohen Regalen begeistert aufkreischen hatte lassen ... all das, bevor die Kindheit zerbrach, bevor die Geborgenheit torpediert worden war und leckschlug, bevor der Stiefvater in ihr Leben trat, sie umzogen, nun zwar in ein Haus, in dem er sogar ein eigenes Zimmer hatte ... aber wozu ... um allein zu sein und zu ahnen, zu befürchten, zu wissen, dass all das, was er jetzt, in seinem Büro, so schmerzlich vermisste, für immer verloren war.

Bergmann klappte das Album zu und legte es in die oberste Lade seines Rollkastens, in die verschließbare. Den Rest der Schachtel: später; alles auf einmal würde ihn im Galopp noch tiefer ins Jammertal reiten. Dieser Schreyer. Über irgendeinen schrägen Instinkt musste er verfügen; einen animalischen Kompass, der alles zutiefst Menschliche magnetisch anzog; wie sonst hätte er diese Kiste füllen können, Bergmanns persönliche Pandora. Verdammt, was war heute los mit ihm? Diese Schwermut war nicht seins; das war Schäfers Job; aber vielleicht lag es gar nicht an dessen Psyche;

vielleicht lag es an ihrem Beruf und an diesem Büro, wo sie sich parasitär eingenistet und Schäfer als Wirt ausgesucht hatte; und jetzt, wo dieser sich entzogen hatte, griff sie auf den Nächstbesten zu, besetzte Bergmann wie ein Dämon. Er erinnerte sich an einen Fall von vor etwa fünf Jahren: Eine entfernte Bekannte hatte sich umgebracht, nachdem ihr bei einer obskuren Spielart einer Familienaufstellung mitgeteilt worden war, dass ihr eigenes Selbst längst erloschen war und nur mehr die Fremdbesetzung in ihr existierte. Gegen die Veranstalterin dieses Psycho-Seminars, eine selbst ernannte Schamanin, war Anzeige erstattet worden; zu einem Verfahren kam es nie, da die Verstorbene erwiesenermaßen schon zwei Selbstmordversuche hinter sich hatte, und wie alle anderen Teilnehmer zu Beginn der Veranstaltung eine Zustimmung unterschrieben hatte, dass sie die Verantwortung für alle Folgen des Seminars übernähme, dessen Besuch keine ärztliche Behandlung ersetzen konnte et cetera. Bergmann hatte sich bemüht, den Fall einem anderen Staatsanwalt zu übergeben. Vergeblich; was in ihm kurzzeitig den Wunsch geweckt hatte, diese Psycho-Schlampe zu erschießen oder ihr zumindest die Kniescheiben zu zertrümmern.

Er schlug mit der Faust auf den Schreibtisch, als wäre er ein Vater, der sein lärmendes Kind zur Räson bringen wollte: Schluss jetzt mit der blöden Toberei! Bruckner erhörte ihn. Der Leiter der zweiten Ermittlungsgruppe rief an und fragte, ob Bergmann Zeit hätte, einen Einsatz zu übernehmen: ziemlich sicher eine schnelle Geschichte; in einer Wohnung im 2. Bezirk war ein Mann von einem herabfallenden Luster oder etwas in der Richtung getötet worden; wahrscheinlich hatten die Arbeiter Mitschuld, die am Dach herumgewerkt hatten; die hatten allerdings behauptet, einen Schuss gehört zu haben; na ja, zwei Beamte waren vor Ort und warteten darauf, dass jemand eine Entscheidung traf.

„Kein Problem“, sagte Bergmann, „ich schicke Kovacs und Strasser.“

Keine halbe Stunde später hatte Bergmann Kovacs erneut am Telefon – und war irgendwie dankbar dafür.

„Können Sie bitte herkommen?", flüsterte sie.

„Warum ... was ist passiert?"

„Da stimmt irgendwas nicht ... mit dem Toten ... und Strasser trampelt durch die Wohnung und führt sich auf ... nach Lehrbuch ist jedenfalls was anderes ..."

„Was stimmt nicht?"

„Ich weiß es nicht genau ... mein Instinkt sagt mir, dass hier was nicht stimmt ..."

„Ihr Instinkt ... okay, ich bin unterwegs."

Bergmann lief zu seinem Wagen, setzte das Blaulicht und fuhr in Alarmstufe-Rot-Manier aus der Tiefgarage. Das Gaspedal ist kein Ventil für Emotionen, das Gaspedal ist kein Ventil für Emotionen, mahnte er sich, was seinen rechten Fuß nicht überzeugte. Mit 90 km/h über den Ring, einem Fiaker scheuten die Pferde, quietsch, quietsch, hinunter zum Franz-Josefs-Kai, wrumm, wrumm, über die Schwedenbrücke, Seitengasse, Achtung Radfahrer, Praterstraße, das sah nach einem neuen Rekord aus.

Das Gebäude an der angegebenen Adresse war ein riesiger Backsteinbau, errichtet zu Beginn des 19. Jahrhunderts. Bis Anfang der achtziger Jahre war eine Spirituosenfabrik dort angesiedelt gewesen, dann stand der Bau leer, war ein paar Mal Ziel von Hausbesetzungen und gammelte vor sich hin, bis die Immobilienbranche die Gegend jenseits der Donau zum Aufschwunggebiet erklärt und eine Investorengruppe das imposante Gebäude gekauft hatte. In drei Jahren Bauzeit war es komplett ausgehöhlt und umgebaut worden, hatte außen immer noch den Charme der alten Fabrik, innen nun allerdings „8 exklusive Lofts von 120–230 m²", wie Bergmann auf dem Transparent las, das über dem Eingangstor an der Fassade hing.

„Vielleicht ist ja noch eins frei für einen Schießstand", wandte er sich an den Polizisten, der vor dem Haus Wache stand und gezwungen lächelte, weil er den Witz nicht verstanden oder nicht als lustig empfunden hatte.

Am Aufzug war gerade eine Monteurin beschäftigt, eine junge Frau in grauem Overall, die Bergmann entschuldigend anlächelte, er nahm die Treppen in den vierten Stock. Ein weiterer Uniformierter vor der Wohnungstür, dem er nur zunickte. Kovacs stand im Vorraum, von dem man in das Loft trat wie auf eine Waldlichtung: gut hundertfünfzig Quadratmeter ohne Trennwände, kaum Einrichtung, eine Sitzecke in Weiß, ein Bücherregal in Weiß, am Ende des Raums ein riesiger weißer Schreibtisch, an dem ein Mann saß, Kopf und Hände auf der Tischplatte, teils auf, teils neben ihm die modernisierte Variante eines Kristalllusters, Glassplitter und Mauerputz am Boden. Bergmann ging langsam auf den Toten zu; die Länge des Raums bedingte, dass er erst nach und nach etwas von dessen Verletzungszustand wahrnahm. Kovacs hatte recht gehabt: Hier war etwas faul. Auf der bestimmt sechs Quadratmeter großen Tischplatte Pläne, Feinwerkzeuge, Kabel, Metallröhren, ein Blutsee, der kaum von den oberflächlichen Verletzungen am Hinterkopf des Mannes stammen konnte. Bergmann beugte sich seitlich über den Toten, zerfetzte Halsschlagader, da nahm er den Geruch wahr.

„Bergmann, was machen Sie hier?“, Strasser, der wahrscheinlich gerade das Badezimmer nutzlos für die Spurensicherung gemacht hatte, stand hinter ihm.

„Halt's Maul, Strasser!“, Bergmann packte seinen Kollegen am Ellbogen, zog ihn Richtung Tür und deutete Kovacs, mit hinauszukommen, wo der Uniformierte stand. „Das Gebäude gehört evakuiert. Ihr fangt oben an, Sie rufen Verstärkung und weisen Ihren Kollegen an, niemanden hereinzulassen. Keine Panik verursachen, erzählt was von Gasgeruch im Keller, wahrscheinlich ungefährlich, aber Sicherheit geht vor ... worauf wartet ihr, los!“

Bergmann schloss vorsichtig die Tür des Lofts, setzte sich auf den Stiegenabsatz und nahm sein Handy heraus.

„Heim? ... Bergmann hier ... ich brauche euch im Zweiten ... Hunde, Entschärfungsdienst, das volle Programm ... Ist schon im Laufen, ja ... Danke ...“

Sein nächster Anruf galt dem Bundesamt für Verfassungsschutz und Terrorismus, dann rief er in der Sicherheitsdirektion an und bestellte ein Großaufgebot zur Abriegelung und Evakuierung der Nachbarhäuser.

16.

„Apex“, sagte Bergmann zu Kovacs, während sie beim Wagen standen und dem martialischen Aufmarsch der Sondereinheit zuschauten. Wer in den umliegenden, nicht zur Evakuierung bestimmten Häusern daheim war, lehnte am Fenster.

„Apex?“

„Acetonperoxid ... hat einen sehr eindeutigen Geruch ...“

„Ein Sprengstoff“, schlussfolgerte Kovacs.

„Ein Initialsprengstoff ... dazu die Pläne und die ganzen Röhrchen auf dem Tisch ... wenn die für Sprengkapseln gedacht waren, hat der einen ganz großen Bumm vorgehabt ... wissen wir schon, wer er ist?“

„Thomas Eisert. IT-Spezialist ... war bis vor einem Jahr bei SAP, verantwortlich für Programmimplementationen bei internationalen Konzernen ... seitdem ist er selbstständig ... keine Vorstrafen ...“

Kamp kam über den Hof auf sie zu, im Schlepptau Strasser, der geschäftig auf ihn einsprach.

„Jetzt drückt er ihm bestimmt gerade die Plantage hinein“, meinte Kovacs verächtlich.

„Welche Plantage?“

„Das Loft im dritten Stock ... der Besitzer macht auf, Strasser stürmt rein, reißt eine Tür auf, dahinter eine ordentliche Marihuanazucht mit Dampflampen und allem ...“

„Haben Sie den Namen?“

„Sicher ... wollen Sie, dass ich ihn gleich an die Drogenfahndung ...“

„Sicher nicht ... ich rufe ihn an, dass er die Pflanzen verschwinden lassen soll, sobald die Wohnung wieder freigegeben ist ... wir sind ja nicht die Stasi hier ...“

„Wie sieht's aus?“, wollte Kamp wissen.

„Erste Einschätzung: Er hat auf seinem Schreibtisch mit Acetonperoxid hantiert, um Sprengkapseln herzustellen; durch die Dacharbeiten ist der Luster herunter ... der war wahrscheinlich nur provisorisch aufgehängt ... hat das Apex entzündet, Exitus ...“

„Und jetzt suchen wir die Bombe“, folgerte Kamp.

„Wenn es eine gibt“, erwiderte Bergmann, „noch wissen wir so gut wie gar nichts über den Mann ...“

„Vorsicht ist besser als Nachsicht ... gut gemacht, Bergmann ... ah, da rauscht das BVT an ...“

Kurz vor fünf zogen die Hundestaffel und der Entschärfungsdienst ab, die evakuierten Geschäfte und Wohnungen konnten freigegeben werden. Während der Polizeisprecher die Medienmenschen mit informationstechnischen Salzburger Nockerln fütterte – aufgeblasen, viel verheißend, doch ohne großen Inhalt –, und das Gros der Schaulustigen abzog, um ihre Handybilder und -filme ins Internet zu stellen, setzten sich die Gruppenleiter in einem Kleinbus zusammen und besprachen das weitere Vorgehen. Priorität hatte die Auffindung von möglichen Mitwissern, Komplizen und natürlich des Sprengstoffs – zumal die in der Wohnung sichergestellten Gegenstände Bergmanns Vermutung bestätigten, dass Eisert dabei war, mehrere Sprengkapseln mit Acetonperoxid herzustellen. Der herabfallende Luster hatte den hochempfindlichen Initialsprengstoff gezündet, eins der Metallröhrchen hatte Eiserts Halsschlagader durchtrennt, der Lage des Mannes nach zu urteilen, war er sofort bewusstlos gewesen und verblutet.

„Das sieht fast nach höherer Gewalt aus", bemühte sich Bergmann, die angespannte Atmosphäre aufzulockern.

„Ja, der Herrgott hat die Situation eindeutig entschärft", antwortete Lorenz, der Beamte vom BVT.

„Ihr übernehmt, wir helfen euch bei den Befragungen, bis der Fall auf Schiene ist?"

„Wenn du Leute hast, gern ... ich habe schon eine Feierabendsperre ausgegeben, damit wir zumindest die nächsten zwölf Stunden in doppelter Besetzung arbeiten können ..."

„Ich gebe dir Schreyer hinüber für den Inhalt des Bücherregals ... am besten stellst du ihm einen Stapel hin und lässt ihn dann in Ruhe, bis er was auswirft ..."

„Mit Schreyer komme ich klar ... Schäfer hat ihn mir schon einmal geliehen ... was Neues über ihn?"

„Nein ..."

Die Erkenntnisse der folgenden Stunden führten dazu, dass es im Bundesamt für Verfassungsschutz und Terrorismus bald zuging wie in den Korridoren des Raumschiffs Enterprise bei Alarmstufe Rot. Kurz vor Mitternacht traf sich die Speerspitze der österreichischen Sicherheitsarbeit im Innenministerium: der Direktor des BVT, der Polizeipräsident, der Innenminister, der Chef der WEGA, ein Offizier des Abwehramts und weitere Personen, die Bergmann – der als erster Chefermittler am Tatort ebenfalls angefordert worden war – keiner bestimmten Behörde zuordnen konnte. Soweit er sich erinnern konnte, besser gesagt, es mitbekommen hatte, war es seit dem Briefbombenterror von Franz Fuchs zu keiner ähnlichen Aufregung gekommen. Berechtigt war sie auf jeden Fall: In Eiserts Wohnung hatten sie zahlreiche Pläne und Fotos von der UNO-City, dem Parlament, dem Westbahnhof und anderen politisch oder infrastrukturell bedeutenden Bauwerken gefunden. Als erste Reaktion darauf waren dort sowie an allen Wiener Bahnhöfen und am Flughafen umgehend zusätzliche Sicherheitskräfte positioniert worden. Parallel zur Objektsicherung standen die Recherchen zur Person

Thomas Eisert an, die das BVT leitete. Wie viele Beamte dafür bereits abgestellt waren, wie und wo sie arbeiteten, darüber konnte Bergmann nur mutmaßen; es lag in der Natur dieser Behörde, dass sie sich bedeckt hielt – zumal bei Bedrohungsszenarien dieser Art nie ausgeschlossen werden durfte, dass Personen aus dem Polizei- oder Militärdienst involviert waren. Bergmann unterdrückte ein Gähnen. Weil er müde war und weil ihn dieses Meeting langweilte. Er war pro forma hier, und weil er vielleicht ein paar Hilfsarbeiter beisteuern konnte, die außerhalb des eingeweihten Zirkels Klinken putzen gehen konnten. Das mochte vielleicht bei der jungen Kovacs 007-Euphorien auslösen, Schreyer davon abhalten, Münzen zu schieben, und Strasser zu irgendwelchen Aufstiegsträumereien verleiten; er selbst wollte nur ins Bett.

Um halb zwei schaffte er es, sich zu verabschieden, nachdem er mit Lorenz, dem Einsatzleiter des BVT, eine halbe Stunde über den Fall gesprochen und seine Mitarbeiter in vier jeweils vierstündige Schichten eingeteilt hatte – wenn sie länger arbeiten wollten, wäre das ihr Problem; er erwartete sie am folgenden Tag in der Sicherheitsdirektion.

Trotz seiner Müdigkeit beschloss er, einen Teil des Heimwegs zu Fuß zurückzulegen; woraus zuerst ein Drittel, dann die Hälfte, dann ein Ganzes wurde. Weniger aus Gewissenspflicht denn mehr, um Strasser eins auszuwischen, rief er unterwegs den Mann an, in dessen Wohnung sie am Nachmittag die Marihuanazucht gefunden hatten.

„Chefinspektor Bergmann hier, entschuldigen Sie bitte den nächtlichen Anruf, aber morgen ist es vielleicht zu spät ... Nein, keineswegs ... Hören Sie mir jetzt bitte zu? ... Also: Lassen Sie die Pflanzen und das ganze Equipment verschwinden und sprechen Sie sich mit einem Anwalt ab ... Ach ... na wenn Sie selber Anwalt sind, wissen Sie ohnehin, wie Sie sich da herauswinden können ... Genau ... Ich? Weil es mir gegen den Strich geht, Äpfel und Birnen zu vermischen, ganz einfach ... Keine Ursache ... Das mache ich, danke ... Gute Nacht ...“

Bergmann legte auf und überlegte, die Nachrichten abzuhören, die sich im Laufe des Abends auf seiner Mailbox gesammelt hatten. Jetzt ist es fast halb drei, ich stehe kurz vor dem Zusammenbruch, ihr könnt mich alle am Arsch lecken.

Um Punkt sieben schlug er die Augen auf, programmgemäß und ohne technische Hilfsmittel. Er ging in die Küche, um Frühstück zu machen. Über das Einweichen der Hirseflocken kam er nicht hinaus. Abgeschlagen setzte er sich an den Tisch, aß eine Banane und hörte die Nachrichten auf seiner Mailbox ab. Schäfers Mutter, Schäfers Nichte, Leitner. Martin: Gib uns noch eine Chance! Uns?, fragte sich Bergmann und legte die CD in den Player, die ihm Martin als Abschiedsgeschenk in den Karton mit den anderen Sachen gelegt hatte. Ein Abschiedsgeschenk mit Widerhaken und langer Leine natürlich; dazu musste man nur das erste Lied hören: Joy Division, Atmosphere. Walk in silence, don't walk away, in silence. See the danger, always danger, endless talking, life rebuilding, don't walk away.

Er wusste nicht, wie reagieren darauf. Also tat er gar nichts, fürs Erste, wischte mit dem Zeigefinger ein paar winzige Staubflocken über die Tischplatte und entschied sich dann, auf halbem Weg in die Arbeit in einem Kaffeehaus zu frühstücken. Die beiden Tageszeitungen, die er dort an seinen Platz mitnahm, hatten auf der Titelseite jeweils ein Bild der Spezialeinheit auf dem Weg in die ehemalige Schnapsfabrik. Woher der Hunger der Medien, die Sucht der Menschen nach solchen Aufnahmen kam. Aus amerikanischen Actionfilmen, wo die staatliche Ordnungsmacht nur zu erkennen und ernst zu nehmen ist, wenn ein vermummtes und schwer bewaffnetes S.W.A.T.-Team im Laufschritt und zu martialischen Klängen ein Gebäude stürmt? Was auch nur eine Fortsetzung der Blauröcke war, die aus einer Staubwolke am Horizont ritten, weit hörbar die Fanfare aus der Signaltrompete, um das von Indianern bedrängte Fort zu retten. Im Innenteil der Zeitung war ein Foto, auf dem Eiserts Sarg aus dem

Gebäude getragen wurde. Bergmann legte die Zeitung beiseite und widmete sich seinem Fruchtsalat. Die Leiche am Schreibtisch. Da war etwas gewesen, das ihm bekannt vorgekommen war. Oder? Mit geschlossenen Lidern und einer Erdbeere im Mund holte er sich das Bild vor Augen. Vergeblich. Er musste sich die Bilder ansehen, nahm sein Handy und rief Lorenz an, bevor irgendwer im BVT entschied, dass keine fremde Abteilung Zugriff auf die Beweismittel haben durfte.

„Servus ... Nein, beim Frühstücken ... Du, Eiserts Sachen, was da am Schreibtisch gelegen ist, wo habt ihr die jetzt? ... Okay ... Kannst du mir die Bilder schicken ... Macht Koller die Obduktion? ... Dann rede ich mit ihm, danke ...“

Wie nicht anders zu erwarten, war das Spektakel vom Vortag auch in Bergmanns Gruppe das bestimmende Gesprächsthema. In der Morgenbesprechung hatten sie allesamt XL-Kaffeebecher vor sich stehen, wirkten aber trotz Augenringen und schwerer Lider aufgekratzt und einsatzbereit. Endlich, Kinder, dürft ihr einmal Teil von etwas ganz, ganz Großem sein, dachte Bergmann. Und ich bin jetzt gleich der böse Chef, der euch klarmacht, dass wir mit dem Fall nichts mehr zu tun haben, weil das in den Aufgabenbereich von BVT und Abwehramt fällt, und überhaupt eine Nummer zu groß für euch ist. Nun, er hatte seine Truppe wohl unterschätzt. Keine Einwände, kein enttäuschtes Gemurre; dass sie in dem Fall weiter ermittelten, schien überhaupt niemand erwartet zu haben.

„Was passiert jetzt eigentlich mit Müller und seiner Tierkampfarena?“, wollte Leitner wissen, nachdem Bergmann seinen kurzen Vortrag über etwas gehalten hatte, das offensichtlich alle bereits wussten oder niemand wissen wollte.

„Wir warten die Ergebnisse der Spurensicherung ab ...“

„Es ist Tierblut ... zumindest der größte Teil ...“, brachte Kovacs ein.

„Sagt wer?“

„Die Forensik ... ein vorläufiger Bericht ist gestern Nachmittag gekommen ...“

„Gut ... dann geht das an die Staatsanwaltschaft, wir vernehmen Müller und sehen, wie er sich da herauswinden will ... gibt's eigentlich irgendwas über die Waffe, Leitner?"

„Nichts ... hätte mich auch gewundert. Eine P1 aus den Fünfzigern, das ist eher was fürs Antiquariat ... wer jemanden erschießen will, besorgt sich dann doch was Verlässlicheres ..."

„Eine Waffe, durch die drei Menschen umgekommen sind, ist mir verlässlich genug ... Strasser, du verfolgst das weiter, Leitner brauche ich jetzt für Müller ... Kovacs: Was treibt der Richter, nervt er noch?"

„Natürlich ... hab zweimal mit ihm telefoniert und ihm klargemacht, dass es dauert, bis ich sein Konvolut durchhabe ... übrigens: Der Eisert, der war auch beim BOG ..."

„Was soll das sein?", fragte Bergmann.

„Dieses Bündnis zur Optimierung gesellschaftlicher Strukturen ... so was wie ein Rotary Club ... der Richter glaubt ja, dass die hinter dem Tod des Bürgermeisters stecken ..."

„Ach die Geschichte ... das BVT weiß darüber Bescheid?"

„Natürlich ... was die inzwischen schon alles wissen, kann einem fast Angst machen ..."

„Vielleicht können sie uns ja auch bei Major Schäfer weiterhelfen", meinte Schreyer und sah erwartungsvoll in die Runde, als ob er gerade die Erkenntnis der Woche geliefert hätte.

„Ja, werde ich ihnen heute noch vorschlagen", erwiderte Bergmann, „die sterben momentan sicher vor Langeweile."

Zurück im Büro, setzte sich Bergmann an den Schreibtisch und legte das Gesicht in die Hände. War es die neue Funktion, die ihn so erschöpfte? Die Führerrolle. Die neue Macht, die ihn nach oben drückte. Und gegen das zusätzliche Gewicht kämpfte, das nun auf ihm lastete. Er nahm seinen Kugelschreiber und zeichnete drei Striche auf die Schreibunterlage. Drei Tage, an denen er kaum an Schäfers Abwesenheit gedacht hatte. Sich nicht nach den Ermittlungen der Fahnder erkundigt. Weder die Mutter noch die Nichte zurückgerufen. Ping, ein Mail kam herein: Lorenz hatte die Bilder von Eiserts Wohnung geschickt. Bergmann speicherte sie ab und sah sich die Detailaufnahmen der Leiche an. Der Anhänger um den Hals. Bergmann stand auf, ging um den Schreibtisch, öffnete Schäfers Devotionalienlade und nahm das goldene Amulett heraus, das er Tage zuvor betrachtet hatte. Es sah dem Anhänger von Eisert ähnlich, dem Material und der Form nach, die Abbildung darauf war allerdings eine andere: bei Schäfer das Dreieck mit den zwei Wellen, bei Eisert eine grob skizzierte Figur, fünf kurvige Linien, die wohl den Körper symbolisierten, ein Kreis für den Kopf, darüber ein Bogen wie ein halber Heiligenschein. Bergmann griff zum Telefon und rief ihren ersten Gerichtsmediziner an.

„Koller, grüß dich ... Ja, in Gedanken spiele ich schon mit der Frühpension ... Strasser war immer schon eine Sau ... Ja, hast du den Eisert bei dir? ... Auf den Fotos hat er einen Anhänger um den Hals, so ein Amulett ... Gold? Bist du sicher? ... Nein, mit dem BVT lege ich mich deswegen nicht an ... Kannst du was mit dem Bild darauf anfangen? ... Ein Engel? Darauf wäre ich nicht gekommen, aber wenn du meinst ... Ich komme vorbei und erzähle es dir persönlich ... Danke, bis bald."

Koller war ziemlich sicher, dass der Anhänger aus Gold war, möglicherweise eine Legierung. Für Bergmann sah er eher aus, als hätte wer eine alte Messingtürklinke eingeschmolzen, ein paar Klumpen daraus geformt, etwas hineingekritzelt und dann in einer Fußgängerzone den Touristen als Glücksbringer der Maya verkauft. Er steckte den Anhänger in ein Kuvert und dann in die Jacketttasche, um ihn im Lauf des Tages ins kriminaltechnische Labor zur Überprüfung zu geben. Bei Schäfer musste man schließlich auf alles gefasst sein.

17.

13:30 Uhr: Tote Frau in Hernals. Bergmann schnappte sich Kovacs und fuhr mit ihr zur angegebenen Adresse.

„Wer hat angerufen?“, fragte er den Beamten vor dem Haus.

„Schüler ... sitzt drinnen ... wahrscheinlich ein Suizid.“

Bergmann und Kovacs gingen durch den schwach beleuchteten Hausflur, der nach nassem Altpapier und Katzenurin stank. Im Innenhof stand ein Uniformierter und schrie den Leuten in den oberen Stockwerken zu, dass sie sich gefälligst in ihre Wohnungen zurückziehen sollten. Auf einem der vier Müllcontainer lag die Frau, rücklings und nur mit einem Negligé bekleidet. Lehrbuch hin oder her – Bergmann konnte nicht anders, als den beigefarbenen Seidenstoff zurechtzurücken, damit ihr Geschlechtsteil nicht mehr zu sehen war. Dann wandte er sich an den Jungen, der bleich wie Gips auf einer Getränkekiste saß und den Boden anstarrte.

„Wohnst du hier?“

„Nein.“

„Aber ...“

„...“

„Was hast du hier gemacht?“

„Nichts ...“

„Geraucht, gekifft, getrunken oder gibt es von den Containern aus einen guten Ausblick auf ein Paar Titten?“, Bergmann ging neben dem Jungen in die Hocke. „Wie heißt du?“

„Marcel.“

„Also, Marcel ...“

„Wir haben geraucht ...“

„Wir?“

„Ja ... Hasan und ich, wir ... aber eigentlich rauchen wir nicht ...“

„Und wo ist Hasan jetzt?“

„Ist weg ...“

„Gut, Marcel ... was ist hier passiert?“

„Wir sind da hinten, hinter dem Container gesessen, haben geraucht ... und plötzlich ist die heruntergefallen ...“

„Habt ihr davor etwas gehört?“

„Was denn?“

„Einen Schrei zum Beispiel ...“

„Ja, geschrien hat sie ... aber nur kurz ...“

„Und davor?“, Bergmann nahm sich einen schäbigen gelben Babysessel, der neben anderem Sperrmüll herumstand, und setzte sich neben den Jungen. Zwei Beamte der Spurensicherung und der Gerichtsmediziner betraten den Hof, grüßten stumm und machten sich an die Arbeit.

„Weiß nicht ...“

„Hast du schon einmal einen Toten gesehen?“

„Nein ... ja, meinen Opa ... aber der war anders tot ...“

Verdammt, dachte Bergmann, wo sind denn diese Penner vom Kriseninterventionsteam wieder.

„Ich habe schon viele gesehen ... das macht einem immer wieder Angst, das kannst du mir glauben“, log er, „komm, gehen wir vors Haus ...“

Nachdem er Kovacs aufgetragen hatte, die Nachbarn zu befragen, setzten sie sich auf eine Bank beim Spielplatz gegenüber, hinter ihnen das Geschrei unbekümmerter Kinder.

„Was hast du gehört, bevor sie auf dem Container gelandet ist?“

„Sie haben sich gestritten ...“

„Ein Mann und eine Frau?“

„Ja ...“

„Was haben sie gesagt, weißt du das noch?“

„Sie, dass er ein Arschloch ist ... und er, dass sie eine Schlampe ist ... und sie, dass es ihm sowieso egal wäre, wenn sie tot ist ... und er, dass sie bitte springen soll, weil das wäre für alle ein Segen ...“

„Habt ihr da schon nach oben geschaut?“

„Nur kurz ... hat man aber nichts gesehen ... ist eh normal ...“

„Was?“

„Dass sie schreien ...“

„Die Erwachsenen ...“, Bergmann fühlte sich mehr und mehr überfordert. Wo waren diese beschissenen Psychologen.

„Ja ... und dann ist dieser Mann im Hof gestanden ... und ist zu ihr gegangen und hat geweint und geschrien, dass er das nicht wollte ...“

„Ein Mann? Wie alt war er ... ungefähr?“

„Weiß ich nicht ... so alt wie Sie?“

An der Straßenecke sah Bergmann den Wagen des Kriseninterventionsteams parken. Eine junge Frau stieg aus und zündete sich eine Zigarette an.

„Warum ist dein Freund nicht bei dir geblieben?“

„Der wollte nach Hause ...“

„Warum?“, Bergmann spürte, dass der Junge etwas loswerden wollte.

„Den Film hochladen ...“

„Ihr habt sie gefilmt, die Frau?“

„Hasan, ja, mit dem Handy ...“

„Und das will er ins Internet stellen? ... Wie heißt dein Freund mit Nachnamen? Und wo wohnt er?“

Mit der Adresse auf einem Notizbuchblatt lief Bergmann zum Beamten am Haustor. Im Eiltempo dorthin und verhindern, dass die Kröte den Film von der quasi nackten Frauenleiche ins Web stellte. Falls er schon online war, den Netzbetreiber informieren und löschen lassen, bevor die Datei um die Welt ging. Scheiß Ausländer, meinte der Beamte im Weggehen, und Bergmann hatte nicht die Energie, ihm zu widersprechen.

Die Beschreibung des Jungen vom Mann aus dem Hof traf auf den Lebensgefährten der Toten zu. Die Nachbarn im selben Stock bestätigten, dass es zwischen den beiden mehrmals in der Woche zu Streit gekommen war. Vor allem in der Nacht, da war einmal sie, einmal er spät und alkoholisiert nach Hause gekommen und ein paar Minuten später ging der Krach los. Hatte nie irgendwer die Polizei gerufen? Nein. Die beiden waren doch immer freundlich gewesen, so ist das halt, wenn man jung ist. Da der Mann nicht in der Wohnung war, wurde er zur Fahndung ausgeschrieben. Bergmann sah sich noch das Fenster an, aus dem die Frau gefallen, gesprungen oder gestoßen worden war, schaute auf die Uhr und gab Kovacs Bescheid, dass sie abrücken konnten.

„Eine halbnackte Leiche filmen und ins Internet stellten ... was ist bloß mit der heutigen Jugend los?", murrte er, als sie auf dem Rückweg ins Kommissariat waren. Kovacs lachte heraus, dass die Windschutzscheibe bespuckt war.

„Finden Sie das lustig?"

„Nein ... Entschuldigung, das ... das hat mich nur, das hat mein Vater immer gesagt ... jedes Mal, wenn meine Brüder irgendwas ausgefressen haben ... das war ziemlich oft ..."

„Dürfte ein kluger Mann gewesen sein, Ihr Vater", erwiderte Bergmann halb beleidigt.

„Na ja ... Schweinebauer ... viel mehr hat er nicht gekannt, glaube ich ... aber blöd war er nicht, stimmt schon ..."

„Schweinebauer, aha ... und eines Nachts sind Sie von einem schrecklichen Quieken munter geworden, sind in den Stall hinunter und dann mit einem Ferkel im Arm in den Wald gelaufen ..."

„Nein ... das hat mir nichts gemacht", erwiderte Kovacs und Bergmann fragte sich, an wem es lag, dass seine Witze nie so ankamen, wie er es sich vorgestellt hatte. Die musste doch Schweigen der Lämmer gesehen haben.

„Ich war schon mit vier beim Saustechen dabei ..."

„Saustechen ...", sagte Bergmann leicht angewidert.

„Ja, haben wir ihr eine Drahtschlinge um den Hals gelegt, dann hat ihr der Papa eins mit dem Fäustl über, das Messer in die Seite, und dann hat's schnell gehen müssen wegen der Blutwurst ... die ist am besten, wenn sie ganz frisch gemacht wird ... da sind alle Nachbarn gekommen und die Wirte sowieso, mein Vater hat die beste Blutwurst weitum ... also mit dem neuen Schlachtgesetz ist die nicht mehr so gut, aber immer noch ..."

„Ach ..."

„Ja, wegen der Angsthormone", Kovacs war nicht mehr zu bremsen, „von meinem Urgroßvater haben sie ja erzählt, dass er die Sau in den Arm genommen und sie gestreichelt hat, damit sie schön ruhig und entspannt ist ... und dann hat er ihr mit bloßen Händen das Genick gebrochen ... so ist sie ganz friedlich gestorben und die Stresshormone sind nicht ins Blut ..."

„Und Ihre Brüder, was machen die jetzt?"

„Einer ist in der Schweiz, einer in Schweden, einer in Australien, einer noch daheim ... der älteste sitzt in Stein ..."

„Wieso das?"

„Zeltfest ... hat einem einen Bierkrug übergezogen ..."

„Tot?"

„Ja."

„Tut mir leid."

„Mir auch ... aber vielleicht wär's später noch viel schlimmer gekommen ... der Hans ist ein Spinner, immer schon gewesen ..."

Kurz vor sechs wurde Bergmann informiert, dass sich der Mann der in den Tod gestürzten Frau gestellt hatte. Nein, gestanden hätte er nichts. Er säße einfach nur da, die Arme auf den Oberschenkeln, und ließe den Kopf hängen. Bergmann sah auf die Uhr. U-Haft oder Vernehmung, U-Haft oder Vernehmung? Zwanzig Minuten später standen zwei Beamte mit dem Mann in der Sicherheitsdirektion, nahmen ihm auf Bergmanns Geheiß die Handschellen ab und führten ihn in den Vernehmungsraum. Bergmann hatte sich noch nicht gesetzt, als sein Handy läutete, das er gegen seine Gewohnheiten mitgenommen hatte. Eine Sekunde überlegte er, Lisa wegzudrücken, dann nahm er ab, bat sie, einen Augenblick zu warten, und fragte den regungslos vor ihm sitzenden Mann, ob er etwas trinken wolle. Ein müdes Nicken als Antwort, Bergmann ging auf den Gang und bat die erste vorbeikommende Beamtin, Tee und Wasser in den Vernehmungsraum zu bringen. Dann nahm er die Hand vom Handy und stellte sich Schäfers Nichte; versuchte sie und sich selbst mit leeren Phrasen darüber hinwegzutäuschen, dass er in den vergangenen Tagen so gut wie nichts unternommen hatte, um ihren Onkel zu finden. Mitten in diese heiße Luft hinein stellte sie die Ansage, dass ihr Vater einen Privatdetektiv engagiert hatte. Als Bergmann in den Vernehmungsraum zurückging, wusste er im ersten Augenblick nicht, wer der junge Mann war, der da vor ihm saß.

„Wo waren Sie die letzten paar Stunden, Herr Melzer ..."

„Im Wald ..."

„Im Wald ... zum Nachdenken oder zum Davonlaufen?"

„Eigentlich zum Aufhängen", Melzer sah Bergmann an und verzog den Mund zu einem bitteren Lächeln.

„Woher sind Sie?"

„Ich? Aus Kärnten ... in der Nähe von Millstatt ..."

„Schöne Gegend, der See und die Berge ... habe ich letztes Jahr auf dem Weg von Kroatien herauf einen Abstecher hin gemacht ... wann sind Sie nach Wien gezogen?"

„Vor zehn ... vor elf Jahren ..."

„Hm ... braucht sicher seine Zeit, bis man sich da umstellt ... haben Sie Ihre Frau in Wien kennengelernt? ..."

„Nein ... in Kärnten ... da war sie auf Urlaub ..."

„Dann sind Sie wegen ihr nach Wien?"

„Nicht nur ... ja, eigentlich schon ..."

„Elf Jahre ... meine längste Beziehung hat gerade einmal vier gehalten ..."

Unvermittelt begann der Mann elendiglich zu weinen, er heulte und rotzte, er zerbrach vor Bergmanns Augen, der langsam aufstand, weil er aus Erfahrung wusste, dass solchen emotionalen Eruptionen völlige Erschöpfung genauso folgen konnte wie blinde Aggression.

Nach ein paar Minuten hatte sich Melzer wieder gefangen.

„Sie hat immer wieder so einen Scheiß gemacht ..."

„Was für einen?"

„Wenn wir uns gestritten haben ... dass sie sich aufs Gleis stellt und mich dann anruft ... einmal ist sie bei einer Raststätte über die Autobahn gelaufen ... das war zwar mitten in der Nacht, aber zwei Sekunden später sind ein paar Lkw vorbeigedonnert ..."

„Emotionale Erpressung", merkte Bergmann an.

„Was?"

„Jemandem auf diese Weise zu drohen ... ich kenne das ..."

„Ach, und ... wie ist es ausgegangen?"

„Wir haben uns getrennt ..."

„Das hätte ich auch tun sollen ..."

„Haben Sie sie gestoßen?"

Melzer sah zuerst Bergmann an und dann wieder auf seine Hände.

„Nein ... sie ist auf dem Fensterbrett gestanden ... und ich habe gesagt: Jetzt spring doch endlich ..."

„Und dann ist sie gesprungen?"

„Nein ... sie hat gesagt: Das täte dir so passen ... dann wollte sie heruntersteigen und der Träger von ihrem Nachthemd hat sich am Fenster verhängt ... sie hat daran gerissen, dann war sie weg ... sie war so schnell weg, das war wie ein blöder Zaubertrick ... das habe ich erst geglaubt, als ich sie unten im Hof gesehen habe ..."

„Wollen Sie heute Nacht zu Hause schlafen oder lieber hier bleiben?", Bergmann wollte so schnell wie möglich raus aus diesem Raum.

„Darf ich mir das ... das heißt, Sie glauben mir ..."

„Gibt es einen Grund, es nicht zu tun?"

Später saß Bergmann im Büro und hatte die Sachen aus Schäfers Wohnung vor sich liegen. Melzer hatte er in Verwahrung nehmen lassen – besser eine harte Pritsche als noch ein Toter auf dem Müllcontainer im Hof. Die Sache mit dem Privatdetektiv. War er jetzt beleidigt? Oder hatte er ein schlechtes Gewissen? Er blätterte die alten Stadtzeitungen durch, im Anzeigenteil hatte Schäfer drei Inserate markiert: Seminare zur Selbstfindung, Sinnsuche, Entspannung, oder was auch immer sich hinter obskuren Begriffen wie Channeling,

Enlightning oder Vitalenergetischer Körperarbeit verbarg. Bergmann nahm die vier anderen Ausgaben und schlug den Anzeigenteil auf. Dasselbe in Grün: Naturnahe Transzendenzerfahrung, Astral-Clearing am See, Aufstellungsarbeit im Ottensteiner Wald. Die Termine für die jeweiligen Veranstaltungen lagen im Zeitraum von Jänner bis Mai. Bergmann griff zum Telefon und rief einen der zuständigen Fahnder an. Ob sie etwas über irgendwelche Seminare wüssten, die Schäfer besucht hatte? Ob sie diese Zeitungen überhaupt durchgesehen hätten? Er legte auf und erinnerte sich an das Telefonat mit Lisa, bei dem sie ihm erzählt hatte, dass ein Bekannter von ihr Schäfer bei einem Seminar in Kärnten gesehen hatte. Warum war er dem nicht nachgegangen? Doch wenn er sie jetzt deswegen anrief, würde er ihr nur bestätigen, was sie und ihr Vater ihm ungesagt vorwarfen: dass er sich zu wenig kümmerte. Morgen!

Er öffnete das Fenster und lehnte sich hinaus. Es war kurz nach neun und immer noch hell. Es war Sommer und er bekam so gut wie nichts davon mit. Doch eigentlich war es andersrum: Die Jahreszeiten und das Wetter waren ihm seit jeher vergleichsweise egal und in seltenen Momenten wie diesem registrierte er diese Unempfindlichkeit oder Ignoranz oder Verdrängung. Natürlich war es auch ihm lieber, zum Zwitschern der Amseln durch den Prater zu laufen als zum Scharren der Schneepflüge, aber anders als Schäfer litt er nicht darunter. Wozu auch, es ließ sich ohnehin nicht ändern.

18.

Einen Augenblick fürchtete er, über Nacht taub geworden zu sein – die Kälte, die ihm in die Ohren gekrochen war, um sein Trommelfell spröde zu machen, damit die Waldameisen, die regelmäßig seinen Schlaf störten, es leichter perforieren, zernagen und in ihren Haufen tragen konnten. Doch Taubheit war es nicht. Er hörte ja die Vögel, den müden Wind in den Bäumen, das Gurgeln seines Bachs; doch er nahm es wahr, als hätte jemand die Lautstärke zurückgedreht, in einem anderen Raum, aus dem die Geräusche des Waldes nun zu ihm drangen. Er gähnte, hielt sich die Nase zu und machte einen Druckausgleich; ohne Ergebnis. Er wartete, bis das Sonnenlicht sein Revier geflutet hatte, stand auf und begann mit der Nahrungssuche. Mittlerweile sprach er mit seiner Umgebung: Hallo Föhre, na, gut geschlafen? Meister Specht, alles klar da oben? Und das brave Ameisenvolk; wenn mir noch einmal eine von euch in der Nacht ins Ohr kriecht, zünde ich euren Haufen an, verstanden! Er bückte sich über seinen Bach, trank und wusch sich das Gesicht. Er hörte ein Knacken im Unterholz, sein Körper spannte sich an, flucht- oder angriffsbereit, blitzschnell scannten seine Augen den Bereich, aus dem das Geräusch gekommen war, ein Eichhörnchen sprang an einem Baumstamm hoch, Friede.

Als die Sonne fast senkrecht über ihm stand, gönnte er sich eine Pause. Da das nahe Umfeld seines Schlafplatzes kaum noch Nahrung bot, hatte er seine Suche ausdehnen müssen und war in steileres Gelände gelangt. Am Fuß eines Felsvorsprungs hatte er Huflattich gefunden und ein paar Handvoll gegessen, bis ihm der bittere Geschmack zu viel wurde. Satt war sie noch lange nicht, fiel ihm die wiederkehrende Textzeile aus einem Kinderbuch ein. Die Raupe Nimmersatt! Er lächelte und lehnte sich an den warmen Fels. Auf welcher Seehöhe befinde ich mich? Wie war das mit der Waldgrenze, mit der Baumgrenze, mit dem Übergang von Laub- zu Nadelwald ... Föhren, Lärchen, Tannen ... ein Name geisterte ihm durch den Kopf: Tannhäuser. Ein Gesicht gesellte sich dazu, das eines zugleich freundlichen und Furcht einflößenden Mannes, jemand, dessen Zorn man nicht auf sich ziehen sollte; wessen Zorn hat sich auf mich gerichtet?, fragte er sich. Gott?

Und wieso umgab ihn seit seinem Erwachen dieses religiöse Geflecht wie ein bergender und zugleich beengender Mantel? Zumindest die Todesangst war ihm seit dem Vortag kein ständiger Begleiter mehr; vielleicht war auch diese kurz empfundene Taubheit am Morgen, diese immer noch anhaltende Gedämpftheit der Geräusche nur Ausdruck dafür, dass er auf dem Weg der Besserung war. Vielleicht war sein Empfinden jetzt normal; diese Entschärfung der Sinneseindrücke und Reize nur Ausdruck dafür, dass ihn das Leben zurücknahm. So übel war dieser Wald hier ja gar nicht. Er nährte ihn, er bot ihm einen Schlafplatz. Er hielt ihn am Leben.

19.

„Herr Bergmann?"

„Ja", Bergmann, das Telefon zwischen Schulter und Wange geklemmt, stand in der Küche und schnitt eine überreife Mango auf. Dieser Anruf kurz vor sieben war wohl die Rache des Therapeuten für den letzten Besuch.

„Ich habe ein paar Kollegen angerufen und mit der Krankenkasse gesprochen ... Herr Schäfer war bei Doktor Wieland in Behandlung, seine Praxis ist im 13. Bezirk ... Hallo?"

„Ja, ich höre Ihnen zu ... haben Sie länger mit diesem Wieland gesprochen?"

„Nein ... ich kenne ihn kaum ... ich bin über ein Rezept auf ihn gestoßen ... der Chefarzt bei der Krankenkasse, aber das dürfen Sie auf keinen Fall erwähnen ..."

„Keine Sorge, ich halte Sie da raus ... vielen Dank, Herr ... Doktor", Bergmann war der Name des Mannes entfallen.

Um acht traf sich Bergmann mit Kamp in dessen Büro. Um ein paar Dinge zu klären, die einen internen Filter brauchten.

„Haben Sie schon bei der Dienstaufsicht ausgesagt? ... Wegen Leitners Waffengebrauch ..."

„Nein ... der Bericht ist fertig und liegt bei denen ... gibt ja auch noch die Aussagen der Kollegen ...“

„Leitner muss aufpassen, das wissen Sie?“

„Sicher ... aber in dem Fall, Angriff mit einem Messer auf einen Polizeibeamten ... ich hätte es anders gelöst, aber in die Klinik hätte er trotzdem müssen ...“

„Ich weiß, ich weiß ... von mir gibt's keine Vorwürfe ... ist halt wieder ein Politikum wegen seiner Hautfarbe ... und Leitner hat schon ein paar diesbezügliche Einträge ... also: Bremsen Sie ihn, wenn nötig ...“

„Mache ich ...“

„Schäfer?“

„Gibt ein paar neue Spuren, aber wenig Konkretes ... in seinem Schreibtisch war ein Anhänger, der aussieht wie der von Eisert, aber ...“

„Von dem Bombenbauer?“

„Ja ...“

„Ist er schon im Labor?“

„Nein.“

„Dann schicken Sie ihn hin und sagen Sie denen, das hat Priorität ...“

„Ein Anhänger?“, Bergmann war verunsichert. Er erkannte nicht, woraus sich diese Priorität ergab – vor allem nicht, wie er sie bei den ohnehin mit Arbeit zugeschütteten Technikern rechtfertigen sollte.

„Das ist kein Missbrauch von Ressourcen“, Kamp hatte Bergmanns Dilemma gleich erkannt, „hier geht es darum, durch schnelle und effiziente Arbeit einen für die Kriminalpolizei sehr wichtigen Mann zurückzubekommen ... wer, wenn nicht wir, soll Schäfer denn finden?“

„Seine Familie hat einen Privatdetektiv beauftragt ...“

„Das auch noch ... wissen Sie, wen?“

„Nein.“

„Egal ... aber lassen Sie das nicht schleifen ... auch scheinbar unwichtige Dinge, Bergmann, Sie wissen ja, wie Schäfer gearbeitet hat ...“

Ja, das wusste er nur zu gut. Missmutig saß Bergmann im Büro und sortierte seine Akten. Wie Schäfer gearbeitet hat. Aber wer hatte denn die Munition dazu geliefert? Die Schreibarbeit gemacht, die Telefonate geführt, die Datenbanken durchforstet. Ohne seinen Dienst nach Vorschrift wären Schäfers Geniestreiche nur Streiche geblieben! Er gab den goldenen Anhänger in eine Beweismitteltasche, rief Schreyer an und schickte ihn damit ins Labor. Es gab genug Beamte, die es sich richteten, daran krankte das ganze System, an Leuten wie Strasser und seinen einflussreichen Freunden, die den Staat benutzten, um ihre eigenen Interessen und die ihrer Klientel zu befriedigen. Sie waren die echten Bösen – nicht die paar schwarzen Schafe, die die Hand aufhielten, Drogen aus dem Depot entwendeten oder Afrikaner unter Pauschalverdacht stellten –, zu stinken fing es beim Leithammel an, der ihnen vorlebte, dass es in Ordnung war, den persönlichen Nutzen über das Gemeinwohl zu stellen, der seine Schweine mästete, solange er Herr über den Trog war. Und das war es, was Kamp nun von ihm verlangte, oder? Die Arbeit, für die er von den Bürgern dieses Staates bezahlt wurde, hintanzustellen, um den verschollenen Major zu suchen. Bin ich ein Spießer?, ging es Bergmann durch den Kopf, ein Feigling, der sich hinter den Vorschriften versteckt?

Der Empfang rief an. Ein Herr Müller wünsche ihn zu sprechen. In fünfzehn Minuten, antwortete Bergmann, legte auf und rief im Labor an, um sich auf den aktuellen Stand der forensischen Untersuchung zu bringen. Ja, neben Federn, Haaren und Blut tierischen Ursprungs hatten sie auch menschliches gefunden. Die Blutgruppe stimmte mit der von Berkovic überein, ein DNS-Abgleich stünde noch aus. Zwei zerbrochene Rasierklingen waren ebenfalls aufgetaucht, was den Verdacht erhärtete, dass in der Lagerhalle Tierkämpfe stattgefunden hatten. Was denn sonst?, fragte sich Bergmann, nachdem er aufgelegt hatte, rituelle Schlachtungen?

„Herr Müller ... das freut mich aber ...“

„Bergmann, sparen wir uns das Hickhack, wir haben schließlich gemeinsame Interessen", sagte Müller, von dessen nonchalanter Bordellkönigaura nicht mehr viel zu spüren war.

„Ach, und die wären?"

„Das Gleichgewicht ... die Einhaltung einer gewissen Ordnung ... Sie wissen schon ..."

Bergmann grinste und ging zur Kaffeemaschine. Einen extrastarken für Müller und er würde die Nerven endgültig wegschmeißen.

„In Ihrer Lagerhalle am Gürtel haben Tierkämpfe stattgefunden ... Tierquälerei, illegales Glücksspiel, ganz zu schweigen von Ihrem Landsmann, der dort zu Tode kam ..."

„Warum sind Sie nicht früher damit zu mir gekommen? ... Darf ich hier rauchen?"

„Nein", erwiderte Bergmann und stellte Müller eine volle Kaffeetasse hin, „ich bin ja nicht Ihr Laufbursche ... außerdem: abgesehen von Berkovic fällt das nicht in meine Zuständigkeit ... der Fall liegt bei der Staatsanwaltschaft ... wenn die kriminaltechnischen Untersuchungen abgeschlossen sind, entscheidet die über das weitere Vorgehen ..."

„Bergmann", Müller nahm einen Schluck und verzog das Gesicht, „Sie wissen doch, wie leicht ich mich aus so was herausmanövriere ... wer sagt denn, dass ich von diesen Kämpfen gewusst habe? Gibt es Beweise, dass ich in den letzten Monaten überhaupt dort war? Zeugenaussagen?"

Netter Bluff. Bergmann gab einen Löffel Zucker in seine Tasse, einen Schuss Milch dazu und rührte bedächtig um.

„Tja, die Zeugen ... bis wir die alle ausfindig gemacht und befragt haben, das kann dauern ... langsam frage ich mich aber schon, weshalb Sie hier sind ..."

„Schauen Sie, Herr Chefinspektor ... ich weiß, dass Sie mich nicht ausstehen können ... das damals mit der Schwuchtel, das tut mir eh leid, das war nicht so gemeint ... Sie wissen ja, wie ich mich darstellen muss, wenn ..."

„Wie Al Capone", Bergmann lachte, „jahrelang beißt das FBI sich die Zähne an ihm aus und dann stolpert er über die Steuer ... Tierkämpfe, Müller, haben Sie das wirklich nötig?"

„Scheiße noch mal, natürlich nicht ... ich meine ... also, Sie helfen mir, ich helfe Ihnen ..."

„Wobei könnten Sie mir helfen?"

„Schäfer."

Jetzt wäre es an Bergmann gewesen, zu bluffen, doch Müller hatte ihn zu schnell erwischt.

„Wieso?"

„Karten auf den Tisch, Bergmann ... er ist verschwunden und ihr habt keine Ahnung, wo er ist oder ob er überhaupt noch lebt ... und ich kann euch vielleicht helfen ..."

„Fakten, Indizien, Beweise?"

„Haben wir einen Deal?"

„Sicher nicht ... bevor Sie mir nicht etwas Stichhaltiges auf den Tisch hier legen, haben wir gar nichts ... und wenn Sie mich verarschen, setze ich alle Hebel in Bewegung, dass es demnächst eine Soko Müller gibt ..."

„Fragen Sie in Stein nach ... Ihr Major hat sich dort mehrmals mit dem Hage unterhalten ... könnte was wert sein ..."

„Wer soll das sein, Hage?"

„H. G. wie Hand Gottes, an den erinnern Sie sich doch bestimmt noch ..."

„Den Tannhäuser ... der sitzt schon seit zehn Jahren ein ... was hätte Schäfer von dem wollen können?"

„Weiß ich nicht ... aber wenn es stimmt, darf ich mich darauf verlassen, dass diese Razzia-Scheiße endlich aufhört? ... Das ist geschäftsschädigend, jeden Abend tanzen die irgendwo an ... das Laufhaus in Rudolfsheim haben sie mir schon zugedreht ..."

„Was für ein Verlust für die heterosexuelle Männerschar ... ich verspreche Ihnen nichts, Müller, aber wenn Ihre Information was bringt, lege ich ein gutes Wort für Sie ein ..."

Müller stand auf und reichte Bergmann die Hand, die dieser nicht annahm.

Tannhäuser, die Hand Gottes – oder Hage, wie ihn die Gefängniswelt jetzt zu nennen schien –, der war Bergmann schon lange nicht mehr untergekommen. Ein Psychopath, der sieben Menschen getötet hatte. Und bestimmt nicht damit aufgehört hätte, wenn ihm nicht seine Krankheit und Major Schäfer einen Strich durch die Rechnung gemacht hätten. Tannhäuser war schwerer Epileptiker, oft mit mehreren Anfällen pro Tag, und in diesen Ohnmachtsphasen waren ihm laut seiner Aussage die Namen der Männer eingegeben worden, die er zu vernichten hatte; von Gott und seinen Engelsboten eingegeben, natürlich, von wem denn sonst. Während der Ermittlungen hatten sie herausgefunden, dass die Opfer allesamt entlassene Strafgefangene waren – Vergewaltiger, Mörder, Totschläger, Kindesmisshandler. Während des Prozesses hatten dann nicht nur Tannhäusers umnachteter Verteidiger, sondern auch einige Zeitungen und zahlreiche Internetseiten obskure Theorien über Tannhäusers Opferauswahl entwickelt: Die stark erhöhte Aktivität der Schläfenlappen, wie sie bei Epileptikern während eines Anfalls typisch ist – ein Blitzgewitter im Gehirn sozusagen –, war nämlich von renommierten Wissenschaftlern auch bei sehr gläubigen Menschen und in verstärktem Maße bei solchen mit religiösen Visionen beobachtet worden. Tannhäuser eine heilige Bernadette im Rächergewand? Ein Mensch, der einem äußeren Einfluss, welcher Art auch immer, ausgeliefert war, nur Befehlen von oben gehorchte? Diesen Spekulationen hatte der Staatsanwalt zwei so nüchterne wie für die Urteilsfindung entscheidende Argumente entgegengehalten: zum einen, dass nicht Gott es sein musste, der mit seinen Befehlen einen Kurzschluss im Hirn der Auserwählten verursachte, sondern im Gegenteil die organische Erkrankung des Gehirns solche Visionen auslöste; und zweitens den Umstand, dass der vermögende Tannhäuser einen Justizbeamten bestochen und sich damit die Daten von zweihundert verurteilten Verbrechern besorgt hatte – Deus ex Machina, doch die Maschine war ein Computer gewesen.

Bergmann drehte sich zum Fenster hin. Dass dieser Psychopath sich an Schäfer rächen wollte, weil der dessen Selbstjustiz vorzeitig beendet hatte, mochte auf den ersten Blick logisch erscheinen. Wenn man nicht wusste, dass Tannhäuser, der vor Gericht mit dämonischen Flüchen nicht gespart hatte, gegen Schäfer selbst nie ausfällig geworden war. Im Gegenteil: Im ersten Jahr seiner Haft hatte er ihm sogar Briefe geschickt, in denen er den Major als höher gestelltes Werkzeug der göttlichen Macht bezeichnete, die ihn, den kleinsten Knecht seines Herrn, nur kurzzeitig für würdig erachtet hatte und so weiter. Obendrein war Tannhäuser schon vor seinen Taten ein zurückgezogener Einzelgänger gewesen, der vom beachtlichen Erbe seiner Eltern gerade einmal die Zinsen ausgab. Keine Kontakte zur Unterwelt oder zu ähnlich gesinnten Selbstjustizlern – die rechten Fundamentalisten, die seine Freilassung gefordert hatten, waren von ihm als stinkende Satansbrut bezeichnet worden, die das flammende Schwert der himmlischen Gerechtigkeit et cetera.

Wie auch immer: In seiner momentanen Lage würde Müller es sich nicht leisten, Bergmann zu verarschen.

„Kovacs, kommen Sie bitte kurz herüber."

„Ihr Bruder, Hans, der sitzt in Stein, haben Sie neulich erwähnt ..."

„Ja, warum?"

„Besuchen Sie ihn regelmäßig?"

„Ein-, höchstens zweimal im Monat, warum?"

„Müller war gerade hier und hat gemeint, dass Tannhäuser etwas mit Schäfers Verschwinden zu tun hat ..."

„Der Tannhäuser? Die Hand Gottes?"

„Genau ..."

„Ah, verstehe ... ich soll meinen Bruder aufsuchen, ihn bitten, um Tannhäuser herumzuscharwenzeln und wenn er etwas Brauchbares liefert, bekommt er einen Flachbildschirm und eine Playstation in die Zelle ..."

„Vielleicht könnten wir ihm auch ein, zwei Jahre ersparen ... warum regen Sie sich jetzt so auf?“, fragte Bergmann verwundert.

„Weil ... Sie können das nicht verstehen ... das klingt für Außenstehende vielleicht kaltherzig, aber ich, meine Familie und ich ... wir denken, dass es nicht das Schlechteste für Hans ist ... er hat inzwischen eine Schlosserlehre gemacht ... er lebt in geordneten Verhältnissen und ...“

„Geordnete Verhältnisse? Wie alt sind Sie? Mitte siebzig? ... Ihr Bruder sitzt im Gefängnis ... glauben Sie nicht, dass er eine zweite Chance verdient hat? In Freiheit?“

Kovacs seufzte, schaute an Bergmann vorbei an die Wand.

„Wenn es nur die Geschichte beim Zeltfest gewesen wäre, vielleicht ... aber er ist uns alle angegangen ... mein Vater hat drei Narben am Rücken von einer Mistgabel, Robert hat er zwei Zähne ausgeschlagen ... der ist nicht normal, verstehen Sie, Familie hin oder her ...“

„Tun Sie’s einfach“, erwiderte Bergmann.

„Was?“

„Nach Stein fahren, ihn besuchen, was denn sonst?“, er hatte die Schnauze voll davon, von oben herumkommandiert und von unten abgewiesen zu werden. „Es geht um Schäfer, kapiert?“

20.

Kurze Zeit hatte er überlegt, sich bei Doktor Wieland als jemand anderer auszugeben – Bruder, Cousin, bester Freund –, doch im Gegensatz zu Schäfer, der fremde Rollen tatsächlich auszufüllen vermochte, fühlte Bergmann sich bei solchen Grotesken immer fehl am Platz und bevorzugte es, bei der Wahrheit zu bleiben: Chefinspektor der Wiener Kriminalpolizei, wenn Sie nicht kooperieren, verzichten Sie auf den Pluspunkt, der irgendwann im Leben fast jedes Menschen sehr nützlich sein kann.

Wielands Praxis befand sich im 13. Bezirk; dort, wo dieser an den Lainzer Tiergarten grenzte, die Gassen schmal, die Häuser niedrig waren und nur das abgeschwächte Verkehrsrauschen des dreispurigen Hietzinger Kais daran erinnerte, dass man in einer Millionenstadt lebte. Dazu die alten Kastanien und Ahornbäume, deren Äste vor den Fenstern der Praxis sanft schaukelten; die Immobilienpreise dieser Gegend hatten durchaus ihre Berechtigung.

Bergmann war zehn Minuten zu früh – zeitmäßig war die U-Bahn dem Auto tatsächlich überlegen –, befand sich allein im Wartezimmer und verzichtete darauf, sich zu setzen und zu einem der Magazine auf dem Beistelltisch zu greifen. Zwar hatte er keine genaue Vorstellung davon, wie sich Patienten von Psychotherapeuten in der Regel verhielten – kratzten sie sich ständig, rieben sie die Hände neurotisch gegeneinander, stießen sie alle paar Minuten ein paar Obszönitäten aus, oder versteckten sie sich eben zur Tarnung hinter einem dieser Magazine? –, doch sobald die Tür zur Praxis aufginge und der vorige Besucher herauskäme, wollte Bergmann lieber stehend angetroffen werden als versunken in einem der weißen Komfortstühle, dazu angetan, die drückende Last des Lebens zu mildern. Er war kein Fall. Er war nur unrund. Als er beim Verlassen des Gebäudes an Kovacs' Büro vorbeigekommen war, hatte er mitbekommen, wie sie sagte: „Sein Problem ist, dass er keinen Humor hat!" Und wo es sich gehört hätte, dass er die nur angelehnte Tür aufgestoßen und in den Raum geschrien hätte: „Auch das finde ich nicht lustig!", war er leisen Schritts weitergegangen und hatte seinem Groll erlaubt, sich auf dem Weg in den Dreizehnten zu vervielfachen. Humor! Natürlich hatte er den; es gab Dinge, über die er lachen konnte. Aber diesem zwanghaften Witzereißen mancher Kollegen konnte er nichts abgewinnen. Was war denn so lustig an einem jungen Mann, der nach dem Sprung von einem Kirchturm im 1. Bezirk neben einem Karikaturenzeichner zerplatzte? An einer Frau, die sich bei einer Tankstelle vier Säcke mit Eiswürfeln kaufte, um diese bei ihrem freiwilligen (und missglückten) Ertrinkungstod in der Donau als Ballast zu verwenden? Was war so lustig an dem schon so abgedroschenen Geplänkel zwischen Schäfer und dem Gerichtsmediziner? Ein ritualisiertes Geweihstoßen zweier Zyniker, die schon zu lange gemeinsam in diesem Beruf arbeiteten, als dass sie noch normal miteinander reden konnten. Daran wollte Bergmann sich nicht beteiligen. Er erkannte keinen Sinn dahinter. Aber das hieß noch lange nicht, dass er keinen Humor hatte!

Die Tür zum Ordinationszimmer ging auf, Wieland erschien mit einer elegant gekleideten Frau um die fünfzig, die offensichtlich nicht nur in die Psychotherapie, sondern auch in die plastische Chirurgie ordentlich investierte. Herr Doktor, nicht einmal ein neuer Nerz ist noch in der Lage, mir eine Freude zu bereiten, ging es Bergmann durch den Kopf, und dann: Ha, das war jetzt witzig!

Wieland half seiner Patientin in die Jacke, hielt ihr die Hand hin, die sie mit ihren beiden weich umschloss, er flüsterte ihr ein paar aufbauende Worte zu und brachte sie zur Tür. Was zum Teufel hatte Schäfer bei diesem Psychopriester verloren gehabt?

„Sind die da ein Zugeständnis an Ihre Patienten oder haben Sie sich selber noch nicht festgelegt?", Bergmann deutete auf die verschiedenen Glaubenssymbole, Figuren und Bilder, mit denen der Therapeut die Wände und Regale seiner Ordination dekoriert hatte: Jesus, Engel und andere Lichtgestalten, Buddha, Shiva, Yin und Yang und alles, was der Religionsmarkt sonst noch so hergab.

Wieland lächelte und drehte sich mit seinem Stuhl um neunzig Grad, als würde er sonst nicht wissen, wovon Bergmann sprach.

„Tja ... so tröstlich der Glaube sein kann, so einengend ist er mitunter auch. Aber das Gute daran ist, dass man sich jeden Tag entscheiden kann. Ich sehe das eher als Orientierung, als Übersicht über die zahlreichen Möglichkeiten, die einem offenstehen ... worunter natürlich auch die Psychotherapie und die Schulmedizin fallen ... also, Herr Bergmann ... Chefinspektor Bergmann ... wie kann ich Ihnen helfen?"

„Mein Vorgesetzter, Major Schäfer, wird seit geraumer Zeit vermisst ... er war bei Ihnen in Behandlung?"

„Ja ... drei Monate ..."

„Wissen Sie, wo er sich aufhält?"

„Nein ..."

„Wie war sein Zustand zuletzt? ... Aus medizinischer Sicht ..."

„Nun ... es war ein Aufwärtstrend erkennbar ..."

Aufwärtstrend? War das hier die Gesundheitsbörse?

„Inwiefern?"

„Ich würde sagen: Er hat sich gefestigt ... wobei ich mich diesbezüglich auch auf seine eigenen Aussagen verlassen musste, da ich ihn, wie gesagt, nur drei Monate behandelt habe ..."

„Haben Sie ihm Medikamente verschrieben?"

„Herr Bergmann ..."

„Vertrauensverhältnis, Schweigepflicht, schon klar ... aber ich weiß, dass er mit den Medikamenten, die er das letzte Jahr genommen hat, eher sorglos umgegangen ist ... und soweit ich mich informiert habe, kann ein plötzliches Absetzen von Serotonin- und Noradrenalin-Wiederaufnahmehemmern schwerwiegende Folgen haben: Schwindel, Realitätsverlust, Panikattacken, Suizidgedanken ...", Bergmann hoffte, Wieland mit ein bisschen Fachgeplauder aus der Reserve locken zu können.

„Nun, so viel darf ich Ihnen wohl sagen: Herr Schäfer hat schon zu Beginn unserer Sitzungen den Entschluss in sich getragen, die Medikamente abzusetzen und seine psychische Konstitution auf anderem Wege zu bessern."

„Aha ... und der wäre?"

„Zum einen sich Schritt für Schritt den maximal belastenden Faktoren zu entziehen ...“

„Er wollte kündigen?“

„À la longue ... ja ... ich habe diese Option ehrlich gesagt auch für sehr vernünftig gehalten ...“

Bergmann schluckte. Schäfer wollte aus dem Polizeidienst aussteigen? Und hatte ihm nie ein Wort davon gesagt? Natürlich, das intern übliche Ventil, das Vorhalten eines Auswegs: Ich habe die Schnauze voll, lange mache ich das nicht mehr und so weiter. Aber im vollen Ernst, das hätte wohl anders klingen müssen: Bergmann, ich muss Ihnen etwas sagen.

„Wann ... zu welchem Zeitpunkt wollte er denn aufhören, wissen Sie das?“

„Nun, möglicherweise hat er seine Kündigung auf diese Weise vorgenommen ... das wäre doch eine Möglichkeit, oder?“

„Nein, wäre es nicht ... Schäfer ist loyal, er würde mich ... er würde seine Familie und seine Kollegen nie derart im Stich lassen ... er würde uns zumindest darüber informieren, dass er noch am Leben ist ...“

„Das wissen Sie bestimmt besser als ich ... aber – und hier spreche ich aus Erfahrung mit anderen, ähnlich gelagerten Fällen: Sich von etwas oder jemandem zu verabschieden, das einen über Jahre begleitet hat, das zu einem Teil ihres Lebens geworden ist ... das schaffen manche nur, indem sie die Verbindung radikal kappen, zumindest für eine gewisse Zeit ...“

„Was ist die andere Möglichkeit? Dass er sich umgebracht hat?“

„Hm ... so tragisch es klingt, ist auch das ein Ausweg, den nicht wenige wählen ... leider ...“

Bergmann suchte nach einer Antwort, oder weiteren Fragen, ließ den Blick durch den Raum schweifen, irgendetwas musste er doch mitnehmen können außer Wiederholungen und Bestätigungen.

„Hat er Ihnen etwas über Seminare erzählt, die er besuchen wollte?“

„Welcher Art?“

„Mehr so spiritueller oder esoterischer Natur ..."

„Nicht, dass ich wüsste ... eine systemische Aufstellung wollte er machen, ja, das hat er einmal erwähnt ..."

„Bei wem?"

„Daran kann ich mich nicht mehr erinnern ..."

„Haben Sie ihm dazu geraten ... oder abgeraten?"

„Weder noch ... das ist nicht meine Aufgabe ..."

„Gut ... wenn Ihnen noch etwas einfällt ... oder wenn er sich vielleicht sogar bei Ihnen meldet ...", Bergmann stand auf und legte Wieland seine Karte auf den Tisch.

„Sollte er das tatsächlich tun, werde ich ihm sagen, dass Sie sehr besorgt sind und sich über eine Nachricht freuen würden ... gern, Chefinspektor Bergmann."

Verdammte Wortklauberei, Ausweicherei, Sprachspalterei ... gab des denn keine Menschen mehr, die ihm ohne Hintergedanken, Gegenleistungen, Berufung auf Schweigepflicht oder Angst vor Verdächtigungen etwas erzählten? Wo war der Tankwart, der sagte: Ja, klar, an den kann ich mich erinnern. Hat vollgetankt, Salzmandeln, was zu trinken und eine Schachtel Zigaretten gekauft ... hat mit Kreditkarte bezahlt, warten Sie, die Quittung habe ich noch hier ... Wo die Hausmeisterin, die jeden zu Boden gefallenen Postwurf über den Hof in den Container und jede Beobachtung in ihre Wohnung trug? Nachbarn, Freunde, Familie? Wie konnte ein Mensch einfach verschwinden? Es blieb ihnen wohl nichts übrig: Sie mussten an die Öffentlichkeit gehen. Es brachte nichts mehr, abzuwägen, ob das Mehr an Informationen, das sie erwartete, die Fahndungsarbeit vorwärtsbringen oder lähmen würde. Eine Ohnmachtserklärung, auch das wäre dieser Schritt; aber die hatte er ja schon erhalten, als ihm Lisa vom Privatdetektiv erzählt hatte, den Schäfers Familie eingeschalten hatte. Gut fünfzehn Minuten saß Bergmann nun schon auf einer Bank am Bahnsteig und sah den Zügen der U4 beim Ein- und Abfahren zu. Wissen, Erfahrung, Ausdauer ... das hatte er ohne Zweifel. Aber dieses Gespür, diese unlogische Logik, diesen kryptischen Kompass ... Brieftauben hatten angeblich Partikel von Eisenoxid am Schnabel, mithilfe derer sie den Heimweg fanden ... und Schäfer? Kryptonit? What would Schäfer do?, fiel Bergmann Kovacs' frecher Kommentar ein. Sich ansaufen vermutlich. Im Wald verirren und einen Hund erschießen, murmelte er und stieg in die U-Bahn.

21.

„Was ist los, alter Streber ... Freitag ist ... gehst du mit uns noch einen heben?", Leitner stand in der Tür und boxte sich in die linke Hand. Offensichtlich hatte er die interne Untersuchung gut überstanden.

„Wer ist wir?"

„Bruckner, Lechner ... soll ich die Kovacs und den Schreyer auch fragen?"

„Wenn du ... nein, lassen wir den Nachwuchs früh ins Bett ... gib mir noch zehn Minuten."

„Sicher ... ich bin drüben", erwiderte Leitner, doch leicht überrascht, dass Bergmann so wenig Widerstand geleistet hatte.

Bei einer anderen Kollegenauswahl hätte Bergmann auch bestimmt länger überlegt oder eher gleich abgesagt. Doch Bruckner und Lechner: Familienmenschen mit funktionierender Selbstkontrolle, ein Abend mit denen roch nicht nach verschwitzter Tabledance-Bar und vollgekotztem Taxi. Er fuhr den Computer herunter. Außerdem: Reden. Planlos. Nicht diese ausufernde Recherche und das großteils erfolglose Frage-und-Antwort-Spiel, mit denen er den Nachmittag verbracht hatte.

Zuerst hatte er sich die Internetseiten angesehen, die auf den Inseraten vermerkt waren, die Schäfer in der Stadtzeitung angestrichen hatte: energethik-zentrum.at, energie-dersterne.de, lichtkreis.at, incarnation.nets.at ... die Vielzahl der unterschiedlichen Themen, die dort behandelt wurden, war allein schon ein Grund, misstrauisch zu werden. Noch mehr Skepsisfurchen auf Bergmanns Stirn erzeugten die Themen selbst: der globale Transformationsprozess, das Todesphantom, die Polverschiebung, holomantische Heilweisen, Clearing, Engelweihen, Geistheilung, Rückführungen, Geomantie ... je länger Bergmann die Texte dazu überflog, desto gewisser war er sich, dass die Verfasser ihre Botschaften tatsächlich von woanders als aus dem eigenen Verstand empfingen: Psilocybin, Meskalin, übertriebener Marihuanakonsum ... Nein, diese Vorverurteilung war so bieder wie falsch: Er hatte genug dieser Menschen getroffen, um zu wissen, dass sie vergleichsweise unempfänglich für legale und illegale Drogen waren – zumindest für einen langfristigen Missbrauch, der psychische Schäden mit sich brachte; zudem waren sie seiner Erfahrung nach – und auch den Kundgebungen auf ihren Internetseiten nach – das genaue Gegenteil der Klientel, mit der er beruflich regelmäßig zu tun hatte: Seine typischen Gewalttäter waren Männer zwischen achtzehn und fünfundfünfzig, bescheidenes Bildungsniveau, Hang zum Alkohol, niedrige Aggressionsschwelle, primitiv gesagt: Balkanmigranten oder FPÖ-Anhänger oder beides.

Warum also hatte sich Schäfer für diesen esoterischen Schabernack interessiert? Tatsächlich, um sich von seinen Medikamenten lossagen und mithilfe holomantischer Irgendwas seine Depressionen in den Griff zu bekommen? Oder weil er auf ein Verbrechen gestoßen war? Oder beides: Er hatte probeweise an einem dieser Seminare teilgenommen – hilft's nichts, schadet's nichts – und war mehr oder weniger zufällig an Personen geraten, die sich illegaler Tätigkeiten schuldig gemacht beziehungsweise solche in Planung hatten. Bergmann sah sich einen der Nachberichte an, die zu *The Gathering: Lichtarbeiter-Event im Bregenzer Wald* veröffentlicht worden waren. Ein wenig pompöser Seminarraum – Typ Hotel Alpenrose –, auf den Sesseln hingebungsvolle Menschen in ökologisch korrekter Kleidung mit friedlich beseeltem Blick. Der Redner: „Durch die Zunahme von Sonnenwinden und die gesteigerte Poldrehung werden in naher Zukunft verstärkt Erdbeben, Vulkanaktivitäten und weitere Klimaverschiebungen stattfinden. Alle diese Veränderungen scheinen ein Ziel zu haben: dass im Jahre 2012 ein Evolutionssprung im Bewusstsein stattfindet, ausgelöst und unterstützt durch riesige kosmische Einwirkungen auf unser Energie-System. Ein solcher Quantensprung ist nur dann möglich, wenn das Chaos am größten ist. Deshalb ist es von Bedeutung, dass die LichtarbeiterInnen in diesen Zeiten des Wandels mit ihrem Wissen, ihren Energien und mit ihrer Lichtkraft das Massenbewusstsein anheben, aber auch das Erdgitternetz stabil halten und neue Energien und Dimensionen einbringen. Denkt daran: Siebenundneunzig Prozent unseres wahren Potenzials sind ungenutzt – die Schöpfung hat sich entschlossen, dieses Potenzial jetzt zu wecken! Und diese Schöpfung sind wir!"

Dann die *Rückführungen und Innere Reisen* auf Hvar: „Viele Entscheidungen, auf deren Grundlage wir täglich handeln, sind lange vor unserer Geburt getroffen worden. In der Rückführung erhalten wir Informationen über bisher unbewusste Muster und Strategien. In diesem Prozess lernen wir unsere Heilige Seele kennen, die Regisseurin all unserer Leben ist. Rückführungen ermöglichen Ihnen, all das zu sehen und zu verabschieden, was Sie bisher durch offene Enden in der Vergangenheit festgehalten hat. Durch die Trance-Induktion wird eine vollständige Körper-Entspannung erreicht – Ihr Gehirn wird nun von Alpha-Wellen durchflutet – und in diesem halbschlafähnlichen Zustand führe ich Sie in Zeiten – sei es ein früheres Leben, sei es die Zeit im Mutterleib –, in denen wir den Schlüssel, die Ursache für das in dieser Woche zu lösende Thema finden."

Die Beschreibung zu den Seminaren in Sharm el-Sheikh, auf Rhodos, Bali, an der Algarve, am Klopeiner See, im Waldviertel et cetera lasen sich ähnlich kryptisch. Hier wurden Begriffe gesät, die auf dem Boden von Bergmanns nüchternem Gehirn nur augenblicklich verdörren konnten. Vor knapp einem halben Jahr war er mit Martin bei einer Geburtstagsfeier mit einem Mann ins Gespräch gekommen, der in der Computerspiele-Branche arbeitete und dort auch zu Hause war. Womit der ihn vollgelabert hatte, war Bergmann ein Rätsel geblieben; Begriffe, Figuren und Welten, von denen er nie zuvor gehört hatte. Bei seinem Gesprächspartner gehalten hatten ihn allein dessen Enthusiasmus, sein Aussehen und die Fadesse, die die übrigen Partybesucher ausstrahlten. Wieso flüchten diese Menschen in so eine künstliche Welt und schotten sich völlig darin ab, hatte er Martin bei der Heimfahrt gefragt. Und der darauf: Dein Beruf ist für mich auch ein anderes Universum.

Also was? Diese Esoterikszene quasi undercover durchleuchten, um eine Ahnung davon zu bekommen, was Schäfer dort gesucht oder gefunden hatte? Bergmann rief sich den Computerspiele-Freak vor Augen und griff zum Telefonhörer, um die Nummern unter den Inseraten anzurufen. Bevor er sich diesen Wahnsinnigen auslieferte, wollte er zumindest den Kreis der Unverdächtigen erweitern. Mit mäßigem Erfolg. Darüber darf ich Ihnen am Telefon keine Auskunft geben. Nein, die Person, die diese Seminare veranstaltet hat, ist nicht mehr für uns tätig. Die Rufnummer, die Sie gewählt haben, ist zurzeit nicht verfügbar. Da müsste ich nachschauen, ob wir da noch eine Teilnehmerliste haben. Ja, aber da sind wir dem Datenschutz verpflichtet ...

Ein einziger Veranstalter hatte eine Anmeldung von Schäfer vorliegen, konnte aber nicht sagen, ob dieser an besagtem Seminar – Aufstellungsarbeit im Ottensteiner Wald – teilgenommen hatte. Den Kurs hätte nämlich ein Gasttherapeut abgehalten, am besten wäre es, mit diesem Kontakt aufzunehmen oder direkt im Seminarhotel anzufragen; die Namen der anderen Teilnehmer könne er Bergmann beim besten Willen nur mit einer richterlichen Befugnis geben. Dann die Antwort der Rezeptionistin: Die Bungalows für diese Seminare werden als Kontingent gebucht und vorab vom Veranstalter bezahlt; die Namen der einzelnen Gäste liegen uns leider nicht vor. Zuletzt hatte er Schäfers Nichte angerufen und nach der Nummer ihres Bekannten gefragt, der Schäfer am Klopeiner See gesehen haben wollte. Als er ihn am Telefon hatte, wusste Bergmann augenblicklich, dass dies der letzte Anruf des Tages sein würde. Dass die Leute ja überhaupt keine Vorstellung hätten von den Kräften, die über kosmische Energiefelder auf uns wirkten; das Potenzial, das ein Meister des Lichts in sich trägt, reicht aus et cetera. Ja, vielen Dank, und Schäfer? Den hätte er dort getroffen, eine strahlende Figur, aber auch beschattet ... Bergmann machte sich eine Notiz und legte auf. Nicht dass er in seiner Funktion als Ermittler zu wenige dieser Telefonate geführt hätte – aber zuletzt war eben meist Schäfer gegenübergesessen, hatte blöde Witze gerissen, ihm irgendwelche skurrilen Geschichten aus dem Internet vorgelesen oder ihn schlichtweg in den Volksgarten geschleppt, um ihm die Namen der hundert verschiedenen Rosenzüchtungen vorzulesen. Jetzt war er mit diesem ganzen Scheiß allein, oder fühlte sich zumindest so. Einen heben zu gehen war da nicht die schlechteste Option.

Erste Station war ein Wirtshaus in der Burggasse, wo Bruckner einen Tisch reserviert hatte. Die Speisekarte machte die Entscheidung leicht: fünf Hauptgerichte links und als Stammgast wusste man, dass es keines besorgten Blicks nach rechts bedurfte. Die zwei Flaschen Rot-Cuvée, die Bruckner bestellte, stellten auch gleich klar, dass hier nicht von einem schnellen Imbiss vor dem Nachhauseweg die Rede war. Als die zwei Wiener Schnitzel, Leitners Cordon bleu und Bergmanns Zwiebelrostbraten auf den Tisch kamen, war die zweite Flasche halbleer und der Informationsfluss entsprechend schnell: Lorenz hat mir gesteckt, dass sie Interpol und das FBI eingeschaltet haben. // Ja, sicher! // Im Ernst, der Eisert hat die volle Sekten-, Verschwörungs- und Apokalypsenbibliothek daheim gehabt, da war der Fuchs und seine Bajuwarische Befreiungsarmee ein Schas dagegen. Ich traue mich wetten, das hat was mit 2012 zu tun, Mayakalender, versteht ihr? // Biene Maja? // Ja ja, verarsch mich nur, aber erinnere dich, was los war wegen dem Y2K, wie viele von den Wahnsinnigen sich da verabschieden wollten und Weltuntergang und Pipapo! // Ja, bei den Amis, aber nicht bei uns, wir Österreicher sind zu gemütlich für so was, zum Glück. // Hat der Lorenz was von Hintermännern gesagt? // Eh, eh, top secret, meine Herren! // Also hast du keine Ahnung, du Waschbär. // Die haben sie vermutlich auch nicht. Oder warum bettle ich das FBI an? Damit sie mir nächstes Jahr eine Analyse schicken, warum der das Parlament in die Luft gejagt hat? // Scheiße, das ganze Parlament, weißt du, wie viele Arschlöcher da auf einen Schlag in den Holzpyjama gehen? // Leitner, reiß dich zusammen. // Ich meine ja nur. Bergmann, was sagst du dazu? // Ich habe acht Sprengkapseln gezählt ... die baue ich nicht, wenn mir der Sprengstoff fehlt. // Was ich gehört habe, hat der Eisert so ein Selfstorage-Lager gehabt und da haben sie Spuren von ANNM gefunden. // Sagt wer? // He, ich rede keinen Scheiß, Oklahoma City Bombing, sag ich nur, Timothy McVeigh, hat den davor irgendwer ernst genommen? // Leitner, trink nicht so schnell, da geht dir wieder die Fantasie durch. //Aber ganz unrecht hat er nicht, Eisert ist in der ganzen Welt herumgekommen mit seinen Computergeschichten. Und bei so einem brauchst du nicht glauben, dass du seine Mails oder irgendwelche Kontaktleute findest, das sind Spezialisten. // Die haben wir beim BVT auch. // Sicher, aber wir laufen hinterher. // Noch eine Flasche Wein, die Herren? // Sicher, Gefangene werden hier keine gemacht!

Kurz vor vier wankten Bergmann und Leitner aus einem Nachtclub in der Innenstadt.

„Lei-ei-tner ... das war verbotene Geschenkannahme, du korrupte Sau!“

„Was ... habe ich gefragt um die Witwe Klicko? ... Scheiß, der Müller hat’s ja eh ...“

„Müller, ja, die Sau ... muss ich bezahlen, die Flasche ...“

„Ja, Herr Dings, Gruppenleiter ... mit den Scheinchen, die sie dir in die Boxershorts gesteckt haben ... du geile Sau du, so ein Affentanz an der Stange ... Hut ab ... hätte ich Ihnen nicht zugetraut, Herr ...“, Leitner stellte sich an eine Hausmauer und öffnete seinen Hosenschlitz.

„Das ist, du Sau ... Verunreinigung ... mir ist so schlecht ...“

„In den Brunnen, Bergmann, in den Brunnen ... dann, warte, ich hole eine Münze raus, das bringt uns Glück ... oh, der teure Champagner von Herrn Dings, Müller ... ja, lass es nur raus, Brüderchen ...“

„Rufen Sie mir einen Streifenwagen, Untergebener Leitner! Der Gruppenleiter braucht ein standesgemäßes Ve-hi-kel!“

„Isch mir Befehl ... blau wie ein Blaulicht, die Gruppe Bergmann ... 133, Polizei ...“

Fünf Minuten Slalomgang auf der Kärntner Straße. Behutsames Heranfahren eines Streifenwagens.

„Herr Wachtmeister, hier ist meine ... Befähigung ... bitte nach Ottakring ...“

„Bergmann ... du wohnst im Zweiten, mit Verlaub ...“

„Ottakring, das ist ein Befehl ... ich nächtige bei Major Schäfer, hier sind die Schlüssel ... gute Nacht, Meister Lampe, Leitner ...“

22.

Die vergangene Nacht hatte ihm eine so ausschweifende wie rätselhafte Geschichte erzählt, die er im Laufe des Tages hartnäckig zu entschlüsseln suchte. Sein Vater, seine Mutter, sein Bruder, seine Großeltern ... diese Menschen aus seinem

Traum waren so eindeutig wie die meisten ihrer Handlungen: alltägliche Begebenheiten aus Kindheit und Jugend, meist im Duktus familiärer Verbundenheit erzählt, wenn auch von seufzenden Gefühlen begleitet, Sehnsucht, Heimweh, verlorene Liebe ... weniger klar war jedoch ihr Alter, das sich ständig zu ändern schien. Jakob: vom nur zwei Jahre älteren Bruder mit schulterlangen Haaren und Möchtegern-Revoluzzer-Bart zu einem erwachsenen Mann im Arztkittel, Kurzhaarschnitt, erste graue Haare über den Ohren, glattrasiert, verantwortungsvoller Blick, Brüderchen, was ist denn mit dir passiert? Auch sein Vater machte im Laufe der Nacht eine verstörende Wandlung vom kraftvollen Kerl mit behaarten Händen zum gebückt durch eine kleine Werkstatt huschenden Mann mit schütterem grauen Haar und knöchernen Fingern durch. Einzig seine Mutter schien in ihrem Alter gefangen; wobei ihr Gesicht auch weniger stark in Erscheinung getreten war als ihr gesamtes Wesen in der von ihm gefühlten Bedeutung: von der Liebe und Sorge hin zur Angst, zur Wut, zur Verzweiflung, zu einer zunehmenden Gelassenheit, die mit den immer noch bestehenden Sorgen zu leben gelernt hatte. Seine Eltern, ja, denen hatte er das Leben sicher nicht leichter gemacht mit seinem Zorn, mit seiner Verlorenheit, die ihn in den Exzess trieb, mit, mit, mit ... wer waren die Menschen und Tiere, die sich so plötzlich in sein junges Leben stürzten, ihn mit Messern schnitten, ihn bissen, schlugen, auf ihn schossen, ihn bluten ließen ... in welche Schlachten, welchen Krieg war er in diesen mystischen Sequenzen geraten, und wer waren die Leute, die auf seiner Seite kämpften, wer war dieser Hüne auf dem aus der Flanke blutenden Pferd, der an seiner Seite durch einen finsteren Wald ritt und die Gespenster in ihren schwarzen Kutten mit einem silbernen Schwert vertrieb? Er erkannte ihn wieder. An seiner Stimme. Der Mann, der ihm die Hand auf die Schulter gelegt hatte, als er sein vervielfachtes Ich auf einer Uferpromenade vorbeispazieren gesehen hatte.

Er hatte sich verirrt. War zu lange seinen Gedanken, seinem Traum nachgehangen, sodass er sich nicht wie sonst die Himmelsrichtung seines Marschs immer wieder bewusst gemacht hatte. Er bekam es mit der Angst zu tun. Doch warum? War dieser Platz nicht so gut wie der zuvor? Was hatte er denn zurückgelassen außer einer Kuhle unter einer Lärche? Aus irgendeinem Grund war ihm diese Stelle des Walds dennoch nicht geheuer und er begann zu laufen. Bis er eine Lichtung wahrnahm, dahinter eine Wiese wie nicht von dieser Welt: märchenhaft mit Akeleien, Feuerlilien und Wollblumen. Langsam, wie verzaubert schritt er zwischen den Blumen hindurch – vorsichtig, nur ja keine zertreten – und sah sich am Ende der Wiese auf einem schmalen Streifen puren Grases stehen, einen halben Meter tiefer das in der Nachmittagssonne schillernde Wasser eines Teichs. Ohne zu überlegen zog er sich aus, stieg zum Ufer hinab, prüfte mit der Hand die Temperatur und glitt hinein. Ein paar Züge schwamm er unter der Oberfläche, tauchte auf und tobte sich aus wie ein junger Hund im frischen Schnee. Wie eine reinigende Taufe war ihm das Wasser, erfrischend, klärend, reines nasses Glück. Er ließ sich auf dem Rücken treiben, im Blickfeld nur den Himmel. Wie schön es hier ist. Wie schön es hier ist und ich darf nicht bleiben, murmelte er, seine eigene Stimme nicht erkennend. Warum?, fragte er sich, fragte er die fremde Stimme, warum darf ich nicht bleiben?

Sie werden sie töten. Zuerst deine Dämonen, dann deine Engel. Lauf, Schäfer, lauf!

23.

Scham, o Scham, o grenzenlose Scham! Übelkeit und Kopfschmerz auch, natürlich, doch gegen diese ätzende Scham verhielten diese sich wie ein Hühnerauge am Raucherbein. Das war kein Kater, der auch ein wenig ins Gewissen biss.

Das war: alttestamentarisch. Er wollte versinken in Schäfers Bett, durch den Boden, durch das Erdreich, bis nach Australien, China oder was auch immer auf der anderen Seite lag. Nie, nie, nie! Noch nie in seiner Polizeikarriere hatte er sich so gehenlassen. Gehenlassen? Sich zum Affen gemacht, zum Narren, zum Proleten, zum Vollidioten, zu einer Schande nicht nur für die Polizei, für die Menschheit, die an Schanden nicht arm war! O Gott, er musste aufstehen, seine Körperkraft gegen diese demolierte und abgründige Psyche stellen, bevor sie ihn zum Sprung aus Schäfers Schlafzimmerfenster zwang. Er rollte sich aus dem Bett, ging ins Badezimmer und stellte sich unter die Dusche. Kaltes Wasser, bis es wehtat. Mit einem Handtuch um die Hüfte begab er sich in die Küche, setzte den Wasserkocher auf und durchstöberte Schäfers Teevorrat. *Kraft & Zuversicht* stand in Handschrift auf einem grünen Papierbeutel, der mit indianischen Ornamenten verziert war. Bergmann steckte seine Nase hinein. So scheußlich wie die Kräutermischung roch, konnte sie nur guttun.

Hohlköpfig saß er im Wohnzimmer, schlürfte das bitterminzige Gesöff und blätterte in einer Gratiszeitung der Stadt Wien, die auf dem Esstisch gelegen war. Auf der Seite mit den Veranstaltungstipps hatte Schäfer mit Kugelschreiber einen Kreis um eine Ankündigung gezogen: *Liebeswerben oder Blasenschwäche. Die Selbsthilfegruppe Katzenprobleme lädt zum Gedankenaustausch mit dem Katzenflüsterer und staatlich anerkanntem Tierverhaltensenergetiker Edmund Kross. Gemeinsam an Probleme und deren Lösungsmöglichkeiten herantasten steht im Vordergrund der neuen Wiener Tieraktion.* Bergmann las den Text ein zweites und ein drittes Mal und wurde unvermittelt von einem Lachanfall geschüttelt. Bald liefen ihm die Tränen übers Gesicht, er hämmerte mit der Faust auf den Tisch, brüllte vor Lachen; sobald er sich einigermaßen beruhigt hatte, las er die Anzeige noch einmal und prustete erneut heraus. Die Türglocke. Bergmann stand mit schmerzendem Zwerchfell auf, schlüpfte in seine Hose und ging zur Tür. Schäfers Nachbar, der Bergmann verblüfft ansah.

„Herr Bergmann ... Guten Morgen ... Entschuldigung, ich dachte, dass Johannes zurückgekommen wäre ..."

„Herr Wedekind! ... Nein, nein ... leider, leider", Bergmann wurde seine nicht kontrollierbare Heiterkeit peinlich, „ich habe nur hier geschlafen wegen ... weil ich mich ausgesperrt habe und der Schlüsseldienst ... in der Nacht wird das ganz schön teuer ..."

„Ach so, ja ... möchten Sie mit mir frühstücken?"

Bergmann starrte Wedekind ein paar Sekunden an. Was bedeutete diese Frage?

„Frühstücken?"

„Ja ... in Johannes Küche wird nicht viel zu finden sein, nehme ich an ..."

„Johannes ... Major Schäfer?"

„Geht es Ihnen nicht gut, Herr Bergmann?"

„Ach, doch doch ... wir haben gestern eine Feier gehabt, zu meiner ... da habe ich offensichtlich ein bisschen zu viel getrunken ..."

„Na dann kommen Sie ... ich mache Ihnen Rühreier mit Speck ..."

„Dann waren Sie gestern Nachmittag auch da?", rief Wedekind aus der Küche, um das Brutzeln des Specks zu übertönen.

„Gestern? Nein ... ein Kollege von mir, Inspektor Schreyer ... aber das war auch nicht gestern ...", Bergmann hatte es sich in einem Korbstuhl bequem gemacht und bewunderte das geschmackvolle Interieur.

„Ach ... dann vielleicht Isabelle ..."

„Die ist in Den Haag ... wie kommen Sie darauf, dass jemand in der Wohnung war?"

„Weil ich es gehört habe ... jemand hat aufgesperrt ... und eine halbe Stunde später wieder zugesperrt ..."

Bergmann hievte sich aus dem Korbstuhl und gesellte sich zu Wedekind in die Küche.

„Sie sind nicht hinüber gegangen?“

„Nein, ich habe wen zum Massieren dagehabt ... aber da war bestimmt wer drüben, ich habe ja gehört, wie der herumgewerkt hat ...“

Bergmann schloss die Augen und knetete mit zwei Fingern seine Nasenwurzel. Kommt schon, Gedanken, vorwärts. Wie ermüdete ägyptische Sklaven einen Steinblock für den Pyramidenbau schleppten seine Neurotransmitter die Impulse weiter, die er aus Wedekinds Information ausfilterte. Er ging zurück in Schäfers Wohnung und holte sein Telefon.

„Heinz ... Servus ... sag, kannst du mir heute jemanden ausleihen? ... Für die Wohnung vom Schäfer ... Ich weiß, aber wie es aussieht, hat sich da jemand gestern Zutritt verschafft ... Nein, nur Abdrücke, das reicht einstweilen ... Warte kurz.“ Bergmann wandte sich an Wedekind: „Sind Sie heute den ganzen Tag zu Hause?“ Wedekind nickte stumm. „Wenn ich nicht mehr da bin, lasse ich den Schlüssel bei seinem Nachbarn ... Danke dir.“

Bergmann stieg in den U-Bahn-Waggon, behielt die Sonnenbrille auf, die er aus Schäfers Wohnung mitgenommen hatte. Dieser Tag war so gleißend und grell; zudem wollte er es vermeiden, fremde Blicke aufzufangen. Zugegeben: Sein Zustand hatte sich gebessert, die Übelkeit und der Kopfschmerz waren verflogen, Dank sei Wedekinds Frühstück inklusive Ingwer-Karotten-Koriander-Chili-Ananas-Shake. Von einem klaren Kopf konnte dennoch keine Rede sein. Ein durcheinanderfallendes Chaos hatte er dort oben; als ob Zeit, Raum und Logik außer Kraft gesetzt worden wären. Die U-Bahn traf am Westbahnhof ein – fünf Stationen und er hatte das Gefühl, mindestens eine halbe Stunde auf seinem Platz gesessen zu sein. War er eingeschlafen und die ganze Strecke hin und retour gefahren? Er sah auf die Uhr. Kurz vor Mittag. Und? Wozu? Er hatte keine Ahnung, wann er Wedekinds Wohnung verlassen hatte. Dann diese Stimmen, die sich von den anderen Fahrgästen an seine Ohren schlichen, erst leise ein paar kaum verständliche Worte („… Bauchdecke nicht hart ist, brauchst du dir keine Sorgen … nein, Elfriede“), dann an- und abschwellend („… das hab ich ihm ja gesagt, aber er kapiert's nicht, er kapiert's nicht …“), dann so wuchtig, dass er sich den linken Zeigefinger in die Ohrmuschel drückte („So einer gehört an die Eier aufgehängt und angezunden!“). Am Stephansplatz stieg er aus, lief die Treppen hoch, drängte sich durch eine Gruppe japanischer oder koreanischer Touristen, die vor dem Ausgang ihrem Reiseleiter lauschten, wich in eine Seitengasse aus und verfolgte einen menschenarmen Weg in den 2. Bezirk.

Endlich daheim, duschte er abermals eiskalt, spazierte dann gedankenverloren und nackt durch die Wohnung und drehte Martins CD auf Nachbarschaftsstreitlautstärke. Alex Harvey, The Faith Healer.

> If your body's feelin' bad
> And it's the only one you have
> You want to take away the pain
> Go out walkin' in the rain
> You watch the flowers go to bed
> Ask the man inside ya head
> Your spirit never has to grieve
> All ya got to do's believe
>
> The faith healer
> The faith healer
>
> All ya got to do is feel
> Your body's going to start to heal
> Fingertips and holy fire
> Everlasting sweet desire
> It don't matter what the doctor said
> The healer man will sail away
> Immortality for two
> The miracles, can come to you

The faith healer
The faith healer

Can I put my hands on you?
Can I put my hands on you?

Einer plötzlichen Eingebung folgend beendete er seinen wüsten Trancetanz und begann zu packen. Was für eine Eingebung, zum Teufel?, er musste raus aus der Stadt, bevor er verrückt wurde. Der Plan: Waldviertel, das Hotel am Ottensteiner See, wo dieser Esoterikquatsch stattgefunden hatte, viele Bäume, frische Luft und kühles Wasser, Schwimmen, vielleicht ein Besuch bei seinen Eltern, nur vielleicht, über das Feld spazieren, weitum kein Mensch, der Geruch vom Land. Das Auto? In diesem Zustand? Er suchte im Internet nach einem Zug. Vom Praterstern gab es um fünf vor vier eine direkte Busverbindung. Eine halbe Stunde, das ginge sich aus, wenn er sich konzentrierte.

Als der Bus über den Zubringer auf die Autobahn auffuhr, begann sein Herzschlag sich zu beruhigen. Nie wieder, schwor er sich. Nie wieder würde er derartige Mengen an Alkohol trinken. Noch dazu dieses Gemisch aus Wein, Sekt, Whisky, Ginger Ale und was Leitner sonst noch alles herbeigeschleppt hatte. Was Bergmann immer noch mächtig wurmte, war, dass sie sich vom Geschäftsführer des Nachtlokals hatten einladen lassen. Nicht auf alles, daran glaubte er sich zu erinnern – doch den Veuve Clicquot, den er kurz darauf dem Donnerbrunnen geopfert hatte, den hatten sie sicher nicht bestellt. Ein Geschenk des Hauses, na von wem wohl, Müller, dieses Aas, hatte die Situation schamlos ausgenutzt; dabei hatte Bergmann ihn nicht einmal zu Gesicht bekommen. Oder doch? Er hatte einen Filmriss, einen kurzen, aber doch lang genug, um die Geschehnisse der vergangenen Nacht nicht vollständig rekonstruieren zu können. Hatte Leitner ihm vielleicht sogar Drogen verabreicht? Wäre nicht das erste Mal, dass der etwas abgezweigt hätte. Nein, nie im Leben hätte er so etwas genommen. Getrunken, ja, dieses Biest abfüllen, das sich so plötzlich in ihm breitgemacht und Durst!!! geschrien hatte, das war nicht er selbst gewesen, aber das machte es um keinen Deut besser. Über dem Lärmschutzwall neben der Schnellstraße zitterten ein paar Falken, das Brummen des Dieselmotors machte ihn müde.

Ein Mann weckte ihn mit einem sanften Tippen auf die Schulter. Bergmann sah sich schlaftrunken um. Der Bus hatte angehalten, die Gegend kannte er nicht. Diese dichten Nadelbaumwälder, diese staubige Straße, das war nicht der Weg ins Waldviertel. Mit einem hydraulischen Zischen öffnete sich die hintere Tür. Alle anderen Mitreisenden drehten sich zu ihm hin. Er verstand nicht, was hier vor sich ging. Wo war er? Der Busfahrer erhob sich von seinem Sitz, drehte sich um und gab Bergmann mit einer Geste zu verstehen, dass er hier aussteigen solle. Der wollte widersprechen, doch seine Stimme war verloren gegangen. Er schüttelte den Kopf, nein, ich will hier nicht raus, hier ist nichts und niemand, fahren Sie gefälligst weiter. Der Fahrer wiederholte seine Geste und die Passagiere begannen heftig zu nicken, als wollten sie ihn anfeuern. Bergmann bekam Angst, stand auf, griff in die Ablage nach seiner Reisetasche und stolperte aus dem Bus, der ihn gleich darauf in eine nach Diesel schmeckende Staubwolke hüllte. Er sah sich um. Etwa hundert Meter weiter in Fahrtrichtung kletterte plötzlich eine Frau aus dem Straßengraben und winkte ihm. Er hob seine Tasche auf und lief in ihre Richtung. Iris?, sagte er verwundert, nachdem er seine Halbschwester erkannt hatte, was tust du hier? Sie gab keine Antwort, deutete mit ausgestrecktem Arm in Richtung Wald und lief davon. Ein steiniger Pfad führte vom Straßenrand leicht abfallend zu den dicht stehenden Bäumen; Föhren oder Lärchen, das wusste Bergmann nie zu unterscheiden, doch ihr Duft rief in ihm immer noch den Campingplatz in Kroatien wach, wo er als Sechsjähriger mit seinen Eltern auf Urlaub gewesen war. Gleichzeitig mit dieser Erinnerung setzte auch das Sirren der Zikaden ein, das seine weitere Wanderung durch den Wald wie eine Sirene begleitete, von der er nicht wusste, ob sie ihm zur Warnung oder als Wegweiser diente. Ein See. Erst eine Wiese, märchenhaft mit Akeleien, Feuerlilien und Wollblumen, dann ein schmaler Streifen pures Gras, dann einen halben Meter tiefer das grüne Wasser. Bergmann ging behutsam über die Wiese, nur auf keine dieser wunderbaren Blüten steigen, dann stand er am Ufer und sah ihn. Wie ein Gemälde, dessen Name und Ursprung ihm nicht einfielen, lag Schäfer dicht unter der Wasseroberfläche, die Augen geöffnet, die Lippen fast unmerklich bewegend. Panisch sprang Bergmann in den See, griff nach Schäfer, der zurückwich und jetzt zu schreien schien, seine Stimme kam aus dem Wald hinter Bergmann: Töte meine Dämonen nicht! Töte meine Dämonen nicht! Bergmann versuchte es erneut, fiel in den See, grub mit seinen Händen nach Schäfers Körper und fand nur feuchten Schlick.

„Alles in Ordnung, junger Mann, Sie haben nur geträumt“, der Busfahrer hatte seine Hand auf Bergmanns Schulter und sah ihn belustigt an. Er war der einzige verbliebene Fahrgast.

„Wo sind wir?“

„Ottenstein. Alles aussteigen bitte“, der Fahrer ging grinsend nach vorne und setzte sich wieder hinters Steuer.

Bergmann wischte sich übers Gesicht. Sein Hemd war nass, ihm war kalt. Klimaanlage, er würde sich bestimmt eine Erkältung holen, dachte er benommen, als er aus dem Bus stieg. Dann setzte er sich gegen alle Gewohnheiten in die Wiese neben der Bushaltestelle und trank die Flasche Mineralwasser leer, die er sich am Praterstern an einem Kiosk gekauft hatte. Er biss sich auf die Zunge. Noch einmal. Noch einmal. Au, ja, ich bin wach. Er war den Tränen nah. Was für ein bescheuerter Traum. Er träumte so gut wie nie. Und wenn, dann das, was er am Tag erlebt hatte, eins zu eins. Und nicht so einen Irrsinn. Iris. Die hatte er seit über einem Jahr nicht gesehen. Töte meine Dämonen nicht, was sollte das denn heißen? Arschloch Alkohol. Er stand auf, schaute nach links und rechts und überquerte die Straße. Die Abkürzung zum Stausee gingen nicht mehr viele Leute, wie er an dem von Bärenklau, Brennnesseln und anderem Gestrüpp überwucherten Weg erkannte. Dem Bärenklau wich er vorsichtiger aus als den Brennnesseln; diese waren kurz schmerzhaft, aber eigentlich harmlos; jener aber enthielt ein perfides Gift, das erst in Verbindung mit Sonnenlicht seine ganze Haut verätzende Boshaftigkeit entfaltete, eine sogenannte Photodermatitis, von der Bergmann als Kind nach dem Himbeerpflücken ein langes Klagelied singen hatte können.

Badehose vergessen, Scheiß drauf, er glitt nackt in den See und schwamm unter Wasser, bis er es nicht mehr aushielt. Ein euphorisches Auftauchen, gefolgt von schnellen, vielleicht auch wütenden Kraulzügen, die er nicht einstellen konnte, bis er mit den Händen in den Kies griff. Das war weit. Zu weit?, fragte er sich, als er zum gegenüberliegende Ufer sah, wo die wenigen Badegäste so groß wie Legofiguren waren. Es führte eine Promenade um den See, auf der er in einer halben Stunde an seinem Liegeplatz wäre, sagte er sich, und wusste gleichzeitig, dass diese Option außer Frage stand. Zurück ins Wasser. In der Mitte des Sees angelangt, hielt er inne, versuchte sein tobendes Herz durch langsames gleichmäßiges Atmen zu beruhigen. Eine leichte Panik, die sich nur steigerte, als er sich auf den Rücken legte. Was sollte er jetzt tun? Schreien? Beten? Er schloss die Augen und kraulte los, spulte zu den Tempi seiner Arme ein Mantra ab: Du wirst nicht sterben, du wirst nicht sterben, du wirst nicht sterben. Bis er mit dem Kopf an eine Wurzel stieß, die unter Wasser aus dem Ufer ragte.

„Gut trainiert“, sagte eine junge Frau, als er zu seinem Handtuch wankte. Sehr wahrscheinlich, dass sie seine Tränen für Seewasser hielt.

„Geht so“, erwiderte Bergmann, legte sich auf den Rücken und schickte einen stummen Dank nach oben.

„Schwimmen Sie öfter hier?“ Kannte er sie? Dieses Gesicht ... na ja, der Weibchentypus, den ein Meter neunzig und eine profilierte Muskulatur zwangsartig in Balzhaltung brachte. Ach, was würde ein Hetero für diese prall zur Schau gestellten Brüste und das Versprechen geben, das der nur mit Schamvollrasur tragwürdige Stringtanga gab. Dieses Gesicht ... er versuchte sie sich angezogen vorzustellen ... in einer Uniform ... die machte bekanntlich einen ganz anderen Menschen aus jemandem ... Krankenschwester? ... Egal ... was hatte sie ihn gefragt?

„Früher, ja ...“

„Kommen Sie aus der Gegend?“

„Waldhausen ... also, da bin ich geboren ...“

„Und jetzt?“, sie drehte sich auf den Bauch und zündete sich eine Zigarette an.

„Was jetzt?“

„Geh’ ich Ihnen auf die Nerven ... dann ...“

„Nein, nein ... ich habe nur die Frage nicht verstanden ...“

„Ob Sie jetzt noch hier leben, in der Gegend ...“

„Nein, in Wien ... schon lange ...“

„Okay ...“

„Und Sie?“

„Ich lebe in Zwettl ... immer schon ... gefällt mir da ...“

„Kann ich verstehen ... ist ja auch schön hier ...“

„Ja ... ich bin übrigens die Selma ...“

Bergmann drehte sich zur Seite. Irgendetwas an diesem Tag war ganz und gar nicht koscher.

„Selma ... ist das ein Künstlername?“

„Weiß ich nicht ... müssen Sie meine Eltern fragen ...“, Bergmann hatte keine Ahnung, ob sie ihn verarschte oder nicht.

„Ich heiße Bergmann, also Bernhard ... Bernhard Bergmann ...“

„Künstlerfamilie?“

„Nein, gar nicht ... wieso?“

„Wegen dem E-A-E-A-Schema ... Bernhard Bergmann ...“

„Nein, meine Mutter ... also, ich bin ein lediges Kind und hieß schon Bernhard vor Bergmann ...“

„So was ... lediges Kind, am Land“, sagte sie gespielt vorwurfsvoll, was Bergmann nicht registrierte.

„Ja ... soll's geben ...“

„Und ... haben Sie einen Freund?“

Bergmann biss sich erneut auf die Zunge. Konnte er nicht endlich aufwachen!?

„Was ... wieso ...“

„Sind Sie nicht schwul?“

„Was geht Sie das an ...“, er stand auf, schlüpfte in seine Shorts und zog sich seine Hose an.

„Oh oh ... sorry, mein Fehler ... ich wollte Sie nicht vor den Kopf stoßen, tut mir leid ...“

„Woher wissen Sie das?“, Bergmann schüttelte sein Hemd aus und sah sie an.

„So was spüre ich ... habe ich immer schon gekonnt ...“

„Ach ... meine Vermutung ist eher: ein Mann ohne Ehering, der Ihrem zugegeben sehr attraktiven, kaum verhüllten Körper mehr als fünf Minuten nahe ist und nicht zu sabbern anfängt oder sein Zelt in der Badehose verstecken muss, ist eindeutig vom anderen Ufer ...“

„Polizist?“

Bergmann sah ihr ein paar Sekunden in die schalkhaften Augen, dann setzte er sich wieder in den Kies.

„Haben Sie ein Auto?“, fragte er.

„Ja, sicher ... wieso?“

„Weil ich aus schicksalhaften Gründen mit dem Bus hier bin und eigentlich zu meinen Eltern müsste ... die wohnen aber in Scheutz und ...“, Bergmann warf einen Stein in den See, „wenn ich sie anrufe, dann gibt es wieder eine ewige Diskussion, dass mein Stiefvater meiner Mutter das Auto nicht geben will, und er selber kann nicht so schnell kommen, weil er sich irgendeinen Scheißdreck im Fernsehen anschauen muss, das erste Training vom Mattenspringen oder irgend so was Abartiges ... ich könnte natürlich auch in ein Hotel, aber ... na ja, im Umkreis von zwanzig Kilometern um mein Elternhaus in ein Hotel gehen, das ist irgendwie seltsam ...“

„Na, jetzt sprudelt es aber richtig ... von mir aus können wir gleich fahren ...“

„Ja? Ich gebe Ihnen auch Geld fürs Benzin ...“

„Ja, ganz sicher.“

24.

„Hättest du doch angerufen, jetzt habe ich überhaupt nichts da ...“, Bergmanns Mutter war von seinem unangekündigten Besuch erfreut und enttäuscht zugleich. „Und die Geschäfte haben jetzt auch schon zu!“ Sie legte das kleine Messer beiseite, mit dem sie eben noch Marillen zum Einkochen entzweit und entkernt hatte, nahm ihre Küchenschürze ab und umarmte ihn unbeholfen, wobei sie achtgab, keine Obstflecken auf sein Hemd zu bringen.

„Was Ordentliches zum Essen schadet dir nämlich nicht“, sagte sie liebevoll vorwurfsvoll, nachdem sie einen Schritt zurückgetreten war und seine Taille einer Schnellvermessung unterzogen hatte.

„Du hast ja eh immer den ganzen Gefrierschrank voll“, Bergmann stellte seine Tasche unter den Küchentisch und setzte sich auf die Eckbank.

„Ja ... weil der Papa so gut wie nichts mehr isst ... Leberknödelsuppe habe ich eine frische“, fiel ihr ein, worauf sie zum Kühlschrank hastete, als gelte es, den Hungertod ihres Sohnes abzuwehren.

Bergmann hatte sich inzwischen die Bezirkszeitung genommen und blätterte sie aufmerksam durch.

„Der Weninger ist gestorben“, kommentierte er eine der Todesanzeigen.

„Ja ... aber das war schon eine Erlösung, wenn man bedenkt, was der gelitten hat die letzten Jahre ...“

„Was hat der gehabt?“

Mit dem Topf in der rechten Hand drehte sie sich zu ihm hin und gab mit der linken Hand die bekannte Säuferpantomime: gluck, gluck. Bergmann reagierte angemessen: verzog das Gesicht und schüttelte bestürzt den Kopf, ohne ein Wort zu sagen.

„Magst du einen Gespritzten?", sie hielt die Weinflasche schon in der Hand.

„Nein, danke ... meinem Magen geht es heute nicht so gut ..."

„Weil du nie was Ordentliches isst ..."

„Mama ..."

„Weil's wahr ist ..."

Das plötzliche Einsetzen des Fernseherlärms verriet Bergmann, dass sein Stiefvater die Ankunft eines fremden Fahrzeugs mitbekommen, sich nach einer angemessenen Zeit aus seinem Fernsehstuhl erhoben, die Wohnzimmertür geöffnet hatte und jeden Augenblick auf der Schwelle zur Küche stehen würde.

„Ah, der Herr Sohnemann!", der alte Mann hatte sein Quantum an Spritzwein offensichtlich schon intus.

„Hallo Papa ..."

„Was verschafft uns die Ehre ..."

„Nichts ... wollte meine Eltern wieder einmal sehen ...", Bergmann blätterte über zu den lokalen Fußballergebnissen.

„Ja, bestimmt!", Bergmann senior lachte hustend, nahm eine Packung rote Marlboro aus seiner Hemdtasche, fischte sich eine Zigarette heraus und hielt die offene Schachtel seinem Stiefsohn hin. Der fingerte umständlich eine Zigarette heraus, stand auf und folgte seinem Stiefvater wortlos vors Haus.

„Viel los bei euch?", Bergmann senior ging in der gekiesten Einfahrt auf und ab und blickte auf den Boden. Er bückte sich, hob einen toten Käfer auf, zeigte ihn seinem Stiefsohn und warf ihn dann auf die Straße hinaus.

„Immer ...", Bergmann paffte an seiner Zigarette und zwang sich, nicht zu husten.

„Ja, sicher ... scheiß Stadt ..."

„Mehr Menschen, mehr Morde ..."
„Ja ja, was weißt du schon ... weißt du, was der Hillinger gemacht hat, letzte Woche?"
„Nein."
„Hat letzte Woche seine ganzen Kühe erschossen und sich dann aufgehängt, ja ..."
Bergmann wusste nicht, ob er seinem Stiefvater glauben konnte. Nach einem derartigen Ereignis hätte ihn seine Mutter bestimmt angerufen. Andererseits: War er die letzten Wochen jedes Mal ans Telefon gegangen?
„Und warum?"
„Na was glaubst du?", Bergmann senior nahm zwei tiefe, schnelle Züge, ging zum Gartentor und warf den Zigarettenstummel auf die Straße.
„Keine Ahnung ... Depressionen, eine Psychose ..."
„Ja, Depressionen, Scheißdreck", der Stiefvater drehte sich zum offenen Feld hin und fuchtelte energisch in die Richtung, wo die Hochspannungsmasten standen.
„Da hat er sich aufgehängt?"
„Ach, Scheißdreck ... wegen dem Strom, deswegen hat er das gemacht ... der macht die Leute wahnsinnig, der Elektrosmog ..."
„..."
„Davon haben die uns nichts gesagt, wie ich das Haus gekauft habe ...", eine weitere Zigarette.
„Deswegen war doch der Grund viel billiger", konnte Bergmann nicht umhin, zu widersprechen, „weil die EVN da die neuen Leitungen geplant hat ..."
„Ja, Leitungen ... aber das mit dem Elektrosmog, was der für Auswirkungen hat ... schau dir an den Hillinger!"
„Das glaub ich nicht, dass der ..."
„Ja was weißt du schon ... so lange bei der Gendarmerie wie ich war, musst du erst einmal sein ..."
Zwei Minuten Schweigen.
„Das neue Hotel, da oben beim See ... weißt du, wem das gehört?"

„Was?“, Bergmanns Stiefvater beruhigte sich ein wenig und hielt seinem Stiefsohn abermals die Zigarettenschachtel hin, „na ja, aus der Stadt halt welche ... keinem von da ... warum? Haben die was verbrochen?“

„Nein ... ich wollte nur wissen, welche Seminare die machen ...“

„Drogenfresser sind das, wenn du mich fragst ... wie ich oben war letzten Sommer mit deiner Mutter in die Schwammerl ... durch den Wald gelaufen und geschrien haben die ... dass der Jagdverband da nichts sagt!“

Bergmann schickte einen Dankesseufzer zum Himmel, als seine Mutter durchs Fenster rief, dass die Suppe fertig wäre.

Dann war es so, wie er es sich vorgestellt, wie er es sich gewünscht hatte. Im Unterhemd lümmelte er auf der Couch, blätterte Bezirkszeitungen durch, die seine Mutter ab Erscheinen immer ein halbes Jahr lang aufbehielt, das Fenster stand offen, brachte mit der kühlen Abendluft den Duft von Heuballen und die Rufe der Nachtvögel herein, sein Stiefvater schlief mit dem Kinn auf der Brust, der Fernseher lief ohne Ton, übertrug Bilder von einem Krieg, dem Bergmann keine Gegner zuordnen konnte, die Mutter saß auf einem Holzstuhl – wegen dem Kreuz –, hatte ihre Lesebrille auf und konzentrierte sich darauf, die Knöpfe am Hemd ihres Sohnes stärker anzunähen; keiner davon war auch nur annähernd locker, das wusste Bergmann genau. Ob das mit dem Elektrosmog neu ist, hatte er sie beim Essen gefragt, ob das nicht langsam bedenklich wäre mit Papa. Irgendwas braucht er halt, hatte sie nach einem Seufzen geantwortet; dann soll er die Nordfassade streichen, meinte Bergmann, die hätte es dringend nötig, oder das alte Holz endlich einmal aufarbeiten, das schon seit letztem Herbst hinter dem Haus lag; du darfst nicht vergessen, dass er nicht mehr so jung ist, hatte sie gesagt; dann würde er es eben tun, erwiderte Bergmann und hörte schon die Axt auf den Hackstock niedersausen. Dann blieb er an einer Kleinanzeige hängen: Suche Grundig-

Fernseher Modell P42, muss kaputt sein, weil ich die Teile brauche. Warum?, fragte sich Bergmann, und im nächsten Moment: Hatte Schäfer diese Inserate vielleicht nur zur Belustigung eingekreist? Wieso sollte er sich denn für inkontinente Katzen interessieren? Oder für diese abgedrehten Esoterikveranstaltungen. Ja, er traute es Schäfer sogar zu, dass er dort aufgekreuzt war, um an einem leichenfreien Wochenende einmal kräftig abzulachen, um sich zu vergewissern, dass er selbst so verrückt gar nicht war. Telefon. Leitner. Die arme Sau hatte Bereitschaft.

„Ich bin nicht in Wien."

„Sei froh", erwiderte Leitner, „ich glaube, hier hat's vierzig Grad ... nicht zum Aushalten ... bist du wieder fit?"

„Geht langsam wieder ... aber so einen Rausch habe ich seit dem Abrüsten nicht mehr gehabt ... zum Schämen ..."

„Übertreib nicht ... mehr als zwei Viertel und ein paar Kurze waren es bei dir sicher nicht ... hast ja immer Mineral getrunken dazwischen ..."

„Blödsinn ... ich war heute noch den ganzen Tag daneben ... vielleicht haben die uns in der Puffbar was in die Gläser getan ..."

„Ja ... Dreihundert-Euro-Sprudler, den du im Schnelldurchlauf ..."

„Erinnere mich nicht ... war was los bis jetzt?"

„Ja, deswegen rufe ich ja an ... so ein fetter Bulgare ist auf den Posten in der Hermanngasse ... versuchter Mord ..."

„Versucht? Und der kann noch selber hinspazieren?"

„Ladehemmung wahrscheinlich ... der ist aus der schwindligen Bar da Hasnerstraße, Ecke Gürtel ... geht zum Auto und plötzlich steht einer vor ihm, hält ihm das Eisen an den Kopf, drückt ab, nichts ..."

„Hm ... und dann?", Bergmann setzte sich auf und griff zu den Schinkenrollen, die seine Mutter auf den Tisch gestellt hatte.

„Davongerannt wie die schwulste Maus von Mexiko ..."

„Aha ... und? Was soll ich da jetzt machen?“

„Gar nichts ... auf der Wache war der alte Plank, den kennst du ja ... hat sich die Waffe beschreiben lassen, ist auf die P1 gekommen, die unseren Zigeuner da letzte Woche gelocht hat ... du weißt schon, die Walther von dem Opa ... da ist der Bulgare schon bei mir in der Tür gestanden ... und jetzt: listen, cowboy!“

Bergmann hatte inzwischen vergessen, ob Leitner in irgendeiner Weise angedeutet hatte, dass er Unterstützung brauchte. Falls so etwas anklingen sollte, würde er rechtzeitig einen Akkuausfall vortäuschen.

„Der sagt aus, dass der mit der Waffe höchstens achtzehn war ... eher sogar jünger ...“

„Phantombild?“

„Machen wir gerade ... was hältst du davon?“

„Pf ... hat der Bulgare das andere Opfer gekannt?“

„Nein ... sagt er zumindest ...“

„Vorstrafen?“, Bergmann griff zur Fernbedienung und tauschte den Moderator einer Volksmusiksendung gegen Robert Downey Jr.

„Sicher ... AS Roma ...“

„Was?“

„Alles Schwerverbrecher, die Roma ...“

„Leitner ... wenn schon Rassistenwitze, dann bitte lustige ... das erste Opfer war Roma, der Bulgare jetzt auch ... und?

„Der Täter, also wenn es der gleiche ist, ist keine achtzehn, hellhäutig, blond ... läuft mit einer halbkaputten P1 herum ... wie wär's mit krankem Ausländerhass?“

„Hm ... ehrlich gesagt bin ich gerade nicht ganz auf der Höhe ...“

„Irgendeiner von diesen Neonazi-Freaks vielleicht ... der findet die Pistole bei den zwei Alten, wichst sich in seinen persönlichen Rassenkampf hinein ...“

„Nimm dir die Schulen vor“, Bergmann hatte plötzlich das seltene Gefühl, dass Leitner recht hatte. „Setz den Park, wo er die Waffe gefunden hat, ins Zentrum ... da kommt er vielleicht durch, wenn er heimgeht ... die beiden Tatorte sind vermutlich auch nicht sehr weit weg vom Wohnort ... da sind meines Wissens nicht mehr als drei, vier Schulen im Umkreis ..."

„Das soll ich jetzt machen?"

„Na weswegen rufst du mich denn an?"

Gegen elf meldete sich noch der Forensiker, der in Schäfers Wohnung nach neuen Fingerabdrücken gesucht hatte: Ja, es gab welche, jede Menge. Kurz hatte Bergmann ein schlechtes Gewissen – am Nachmittag war ihm eingefallen, dass möglicherweise dieser Privatdetektiv in der Wohnung gewesen war; und er hatte bei Schäfers Familie nicht nachgefragt, um sich darüber Klarheit zu verschaffen. Doch die heitere Art seines Kollegen am Telefon beruhigte ihn. Anzunehmen, dass sich wieder einmal einer gefunden hatte, dem diese freiwillige Verpflichtung wesentlich lieber war als die verpflichtende Freizeit eines sonnigen Sommerwochenendes.

Aber abgleichen müsste er die Abdrücke heute nicht mehr, sagte Bergmann, hoffend, dass diese noch in den nächsten Minuten digitalisiert und durch alle verfügbaren Datenbanken rasen würden, um alsbald die Person zu überführen, die für Schäfers Verschwinden verantwortlich war. Schöne Träume.

25.

Seine Mutter weckte ihn. Nicht, dass sie in der Tür zu seinem Zimmer gestanden wäre, wie er im ersten Augenblick des Erwachens noch traumtrunken gemutmaßt hatte – vielleicht hatte er sogar „Nur noch ein paar Minuten" gemurmelt –, nein, der Lärm aus der Küche war es; und nicht das Ausräumen des Geschirrspülers, das sie bestimmt besonders behutsam vollzog, um ihren Sohn nicht zu wecken, der mit seinem Beruf ja ohnehin viel zu wenig Schlaf bekam, in dieser Stadt, mit diesen ganzen Verbrechern und so weiter, nein, das Radio war es, der regionale Sender mit seiner Schlagermedizin, die einen gleich beim Aufwachen vor die Wahl zwischen Heile-Welt-Rosskur oder Selbstmord stellte: Ja, das war Howard Carpendale, und so wunderbar wie seine Lieder, so ist auch das Wetter heute, ein wolkenloser Himmel jetzt schon in ganz Niederösterreich, da heißt es raus, raus aus den Federn und den freien Tag genießen. Bergmann zog sich den Polster über den Kopf, seine Blase drückte, Hansi Hinterseer kroch wie der schleimige Tentakel eines außerirdischen Monsters unter der Tür herein und saugte sich an seinem Ohr fest, Du hast mich heut noch nicht geküsst!, Mama, bitte!, flehte er stumm, dreh diesen Scheißdreck ab, da hast du dieses Konzert vorm Fenster, da singen die Vögel so schön, wie du es in Wien nie hören kannst, warum musst du deinen einzigen Sohn so quälen?

Er stand auf, trottete ins Bad und setzte sich aufs Klo. Hier war es still, kühl und still. Eine einzelne Fliege stieß ihren Kopf verzweifelt gegen das Fenster. Bergmann war zu träge, um sie hinauszulassen. Er hatte wieder geträumt. Oder, besser gesagt, ein paar Sequenzen seines Albtraums aus dem Bus wiederholt. Der See und Schäfers Stimme: Töte meine Dämonen nicht. Dieser Satz war Bergmann seltsam vertraut, aber er wusste nicht, woher. Die sinnlich übersinnliche Selma vom Ottensteiner Stausee war ihm auch kurz erschienen, wie eine lockende Loreley. Auf der zwanzigminütigen Fahrt zu seinen Eltern hatten sie miteinander geredet, hauptsächlich hatte sie geredet, ein Loblied auf die wunderbare Gegend, auf die Natur und die Menschen hier im Waldviertel, ein Loblied, das einen Landflüchtling wie Bergmann automatisch misstrauisch machte, weil er aus eigener Erfahrung wusste, dass sich die Unzufriedenheit mit einer Situation anfangs meist darin äußerte, dass man diese mit allen Mitteln zu verteidigen und schönzureden suchte. Aber was sollte es. Selma war sechsundzwanzig, jobbte als Wander- und Mountainbike-Führerin für zwei Hotels, und würde sich mit dem

Ersparten bald einen dreimonatigen Trip nach Südostasien leisten, wo es bestimmt auch wieder wunderbar sein würde, die Menschen und die Strände und so weiter. Er hatte ihr in keinem Punkt widersprochen, wozu auch, sie war klug, sah gut aus, nahm allem Anschein nach keine Drogen, die Chancen standen gut, dass sie den Eintritt in die Wirklichkeit ohne langfristige Schäden überstehen würde. Wobei es auch einen Moment gegeben hatte, kurz bevor sie beim Haus seiner Eltern angekommen waren, wo er sich beinahe von ihrem Enthusiasmus und ihrem wolkenlosen Strahlen hatte anstecken lassen. Wo sich für einen Augenblick der Vorhang geöffnet hatte, hinter dem all die anderen Optionen seines Lebens lagen – einige schon verrottet, andere leicht verstaubt, ein paar noch schwach glänzend. Doch der Blick auf diese Bühne bedeutete Wehmut, oder Sehnsucht, oder Verlust. Und mit dem Zuschlagen der Tür ihres alten Passat ließ er erleichtert auch den Vorhang fallen.

Als er den Geruch von Fleischbrühe wahrnahm – am Sonntag begann sein Mutter Punkt acht Uhr mit der Zubereitung des Mittagsmahls –, wusste er, dass es Zeit war, das Bad zu verlassen und zum Frühstück zu erscheinen. Alles andere hätte bedeutet, dass er viel Schlaf nachzuholen gehabt hätte. Und warum wohl. Weil diese Stadt mit ihren Mördern und so weiter. Er duschte, zog sich an und ging in die Küche. Seine Mutter hantierte am Herd, summte noch ein paar Sekunden zur Musik aus dem Radio, bevor ihr Sohn es entnervt abdrehte.

„Entschuldigung ... aber das ist so laut, da kann man sich überhaupt nicht unterhalten ...“, er setzte sich an den Tisch, wo ein ernährungsphysiologisch bedenkliches Frühstück stand: Grammelschmalz, Rohwurst, Weißbrot, Ei et cetera.

„Die Maria war gerade da und hat Eier gebracht ... weißt schon, die Mutter von der Theresa, deiner Schulkollegin ... die hat am Mittwoch ihr drittes Kind bekommen, ein Mäderl ...“, aus einer Thermoskanne füllte sie eine Tasse mit Kaffee und stellte sie ihm hin.

„Schön … da ist die Oma sicher stolz“, zur Abwechslung bemühte sich Bergmann erst gar nicht, das leidige Thema seiner Sexualität zu umschiffen, sondern schleuderte direkt den Anker hinein. Ein paar Minuten schwiegen sie beide.

„Bist du zum Essen da?“

„Sicher … glaubst du, das lasse ich mir entgehen.“ Sie wandte ihm kurz ihr Gesicht zu und lächelte.

Kurz vor neun zog er sich eine alte Hose und ein Hemd seines Stiefvaters an und ging zum Schuppen hinter dem Haus. Mit ziemlicher Sicherheit hätte es niemanden aus der Nachbarschaft aufgeregt, wenn er die Kreissäge angeworfen hätte. Immerhin ging er seinen Eltern zur Hand. Aber an einem Sonntag verstieß Lärm erzeugende Arbeit nun einmal gegen das Gesetz. Und da jeder in der näheren Umgebung wusste, welchen Beruf er ausübte, wollte er nicht das kleinste Risiko eingehen, dass ihm jemand unterstellte, er könnte sich sowieso alles erlauben. Das Gegenteil ist der Fall, murmelte er, als er Handsäge, Axt und den Auflagebock aus dem Schuppen holte, viel weniger kann ich mir erlauben. Er legte den ersten Stamm auf den Bock und legte los.

Zweimal hatte er seinen Arbeitsplatz im Garten bereits verlegt, um nicht in der prallen Sonne sägen zu müssen, als Leitner anrief. Gar nicht so easy, am Wochenende die Sekretariate von den Schulen zu erreichen und die gesammelten Jahresberichte mit den Klassenfotos zu bekommen. Aber nach zwei Weißbieren hätte er so richtig losgelegt. Na bravo, dachte Bergmann, da hat wieder wer den Ruf der Wiener Polizei verteidigt. Er hätte dem Bulgaren eben die Bilder vorgelegt, der hätte den Burschen, der ihn überfallen hat, eindeutig identifiziert. Patrick Senitschnig, fünfzehn Jahre alt, HTL-Schüler, wohnhaft Hütteldorfer Straße. Er würde sich jetzt eine Streife organisieren und den Knaben hopsnehmen.

„Bist du bescheuert, Leitner?“, Bergmann legte die Säge aus der Hand und stellte sich an die Hauswand. „Du verständigst gefälligst die Alarmabteilung, die übernehmen das ... Weil der vermutlich eine Waffe besitzt und damit als gefährlich einzustufen ist ... Ich habe weder Lust, dass der auf euch ballert, noch dass du ihn niederschießt ... Mir egal, wie alt der ist ... Das ist ein dienstlicher Befehl, hast du mich verstanden? ... Gut ... Melde dich, wenn ihr ihn habt ..."

Bergmann nahm die Axt und schlug ein paar Mal auf einen am Boden liegenden Stamm ein. Wie bescheuert konnte man eigentlich sein? Er selbst war im Jahr zuvor angeschossen worden; bei einem Einsatz, wo nichts auf einen bewaffneten Zusammenstoß hingedeutet hatte. Aber wenn es darum ging, jemanden zu stellen, der einen Mord begangen hatte und immer noch im Besitz der Tatwaffe war? Zwei Weißbier. Und wenn Leitner zwei zugab, hatte er bestimmt mindestens drei getrunken. Alkoholisiert in die Wohnung eines Tatverdächtigen zu platzen. Scheiße, wieso hatte er sich das mit dem Gruppenleiter angetan.

Nach dem Mittagessen lieh er sich das Fahrrad seines Stiefvaters, pumpte die völlig luftleeren Reifen auf, gab ein paar Spritzer Kettensägenöl auf die Kette, zog die Bremsen nach und fuhr los. Das Seminarhotel, wo Schäfer vier Monate zuvor offenbar ein Wochenende verbracht hatte, lag in zwanzig Kilometer Entfernung am Rand des Ottensteiner Walds. Anfangs ärgerte sich Bergmann, dass er sein Bianchi Sempre nicht dabeihatte. Auf dieser Rennmaschine und in seinem professionellen Outfit hätte er sich sicher besser gefühlt als auf der scharrenden Fünf-Gang-Mühle seines Stiefvaters. Doch in puncto modischer Eitelkeit war man in dieser Gegend ohnehin recht unbesorgt und nach zehn Minuten machte ihm die aufrechte Sitzweise sogar Spaß, zumal sie eine bessere Landschaftsschau ermöglichte. Und sein gewöhnliches Trainingspensum auf der Donauinsel würde sich mit diesem Fahrrad bei gleicher Strecke verdoppeln.

Nachdem er in der Nähe des Hotels gerastet und sich bei einem Brunnen den Schweiß abgewaschen hatte, begab er sich zum Empfang und wies sich aus.

„Aber von Wien sind Sie nicht hergeradelt?“, fragte die Rezeptionistin scherzend.

„Nein ... meine Eltern wohnen in der Gegend ... bei Scheutz ...“

„Ach ja ... meine Oma ist auch von da ... wie heißen Ihre Eltern denn?“

„Bergmann, so wie ich ...“

„Ah ... natürlich, bin ich blöd ... also, Herr Bergmann ... wegen diesem Seminar, das war von 12. bis 15. April ... wer da aller teilgenommen hat, kann ich Ihnen leider nicht sagen, weil das pauschal bezahlt worden ist ...“

„Und von wem?“

„Moment ...“, die Frau bewegte die Maus über das Pad und sah konzentriert auf den Bildschirm, „gebucht hat ein Verein mit Namen Bündnis zur Optimierung gesellschaftlicher Strukturen ... so was muss einem einmal einfallen ... und unterschrieben hat da ein Herr Phillipe Marsant ... hat aber Deutsch geredet, das weiß ich noch ...“

„Und Herr Schäfer war bei dieser Veranstaltung anwesend?“, Bergmann nahm ein Bild von Schäfer aus seiner Bauchtasche und zeigte es der Rezeptionistin, die es in die Hand nahm und eingehend betrachtete. Dann griff sie ohne einen Kommentar zum Telefon, wählte und gab Bergmann ein Zeichen mit dem Zeigefinger der linken Hand.

„Gerli ... was schnaufst du denn so, bist gerade im Stress ... Weil da ein Herr da ist von der Polizei ... Nein, brauchst dich nicht fürchten, ganz ein Netter“, sie zwinkerte Bergmann zu, „ja, kommst herüber.“

„Die Gerlinde kommt gleich ... wollen Sie inzwischen was trinken, Herr Bergmann, einen Kaffee vielleicht?“

„Gern ... wenn es keine Umstände macht ...“

„Nein, ist ja eh nichts los heute ... gestern war was los, da sind sie alle auf einmal gekommen ... aber das ist immer so, ich weiß auch nicht warum“, sie trat hinter der Rezeption hervor und ging zur Bar gegenüber, „Espresso, Cappuccino, Caffè Latte?“

„Ganz normal, einen Verlängerten, mit Milch bitte ...“

Gerlinde war für das Frühstücksbuffet zuständig und auch an jenem Wochenende im Hotel gewesen, als das Seminar stattgefunden hatte. Auch sie betrachtete Schäfers Foto eingehend und sagte dann:

„Ja, der war dabei ... ist immer mit dem anderen Herrn am Tisch gesessen ... der, wo der Finger gefehlt hat, weißt schon, Traudi ...“

Bergmann wandte sich fragend an die Rezeptionistin.

„Sie meint den Herrn Marsant ... dem hat an der linken Hand der kleine Finger gefehlt ...“

„Und mit dem ist Schäfer am Tisch gesessen?“

„Ja ... warum?“

Warum, weiß ich selbst nicht, dachte Bergmann. Aber das mit den vier Fingern: das erinnert ihn an etwas, da läutete eine kleine Glocke, von der er nicht wusste, wer an ihrem Seil zog.

Eine gute Stunde verbrachte er am Stausee, an einer schwer zugänglichen Stelle, die von der Masse an Sonntagsausflüglern verschont blieb. Erst einen Tag hier und schon hat mich das Einheimischen-Gefühl wieder, dachte er, als er sich nackt im Wasser treiben ließ. Vielleicht sollte er noch einen Tag anhängen; wenn er vorgab, dass vor Ort weitere Untersuchungen nötig wären, die mit Schäfers Verschwinden zu tun hätten, würde ihn bestimmt niemand verdächtigen, einfach blau zu machen. Das Problem war, dass er so einen gestohlenen Tag nicht genießen könnte. Und soweit er es überblickte, gab es hier in Wahrheit keine weiteren Recherchen. Im Gegenteil, er sollte so schnell wie möglich nach Wien zurück. Dieses Bündnis zur Optimierung gesellschaftlicher Strukturen – davon hatte auch dieser paranoide Richter erzählt; dass besagter Verein etwas mit dem Unfalltod des Bürgermeisters zu tun hätte. Und wenn Bergmann sich recht erinnerte, hatte

Kovacs erzählt, dass auch Eisert, der verstorbene Bombenbauer, Mitglied bei diesem Bündnis war. Ziemlich sicher bedeutungslose Zusammenhänge; fast jeder in Österreich war Mitglied in irgendeinem Verein, anders ließ sich hierzulande kaum Karriere machen, vor allem nicht in öffentlichen Ämtern. Bergmanns oberster Chef, der Innenminister, war seines Wissens bei den Schützen, bei der Freiwilligen Feuerwehr, beim Jagdverband, beim Rotary Club und so weiter. Die Fäden, die diese Netzwerke der Macht zogen, überkreuzten sich immer wieder; und wenn man nur lange genug daran zog, hatte man im Falle eines Verbrechens in höheren Kreisen gleich einen ganzen Pulk an Politikern, Vorstandsmitgliedern, Juristen, Bankiers und dergleichen an der Hand, die bissig nach einem schnappten. Nein, von diesem Zusammenhang versprach er sich wenig. Aber diese Geschichte mit dem fehlenden Finger – die ließ ihm keine Ruhe.

26.

Er war in der Schweiz. Nachdem er zwei Tage durch mehr und weniger unwegsames Gelände marschiert war, hatte er von einem Grat aus in einiger Entfernung die Häuser eines Dorfes oder einer Kleinstadt erblickt. Sein Plan, auf direktem Weg ins Tal zu gelangen, wurde mehrere Male von steilen Abbrüchen und Wildwasser führenden Bächen vereitelt – fast schien es, als ob die Zivilisation ihn gar nicht zurückhaben wollte.

Dann war er auf eine Schotterstraße gestoßen, die in engen Serpentinen talwärts führte; ging sie entlang, bis er nach einiger Zeit ein Motorengeräusch hörte. Kurz überlegte er, um eine Mitfahrgelegenheit zu bitten. Doch was sagen? Wie erklären? Wo er nicht einmal sein Äußeres kannte, das vermutlich dem eines entflohenen Sträflings ähnlicher war als dem eines harmlosen Wanderers. Er versteckte sich im Gebüsch und wartete ... ewig, wie ihm schien, bis ein uralter

Unimog im Schritttempo an ihm vorbeifuhr, am Steuer ein bärtiger Mann in blauer Arbeitsmontur. Das Fahrzeug trug ein Schweizer Kennzeichen. Die Schweiz? Dann war er nicht weit weg von zu Hause! Er wartete, bis das Brummen des Unimogs verklungen war, und folgte der Straße. Halb zog es ihn, halb hielt es ihn, murmelte er. Hin zu den Menschen, hin zu seiner Familie, zu seinen Freunden, zu ihr, die ... er hatte nicht nur ihren Namen auf der Zunge, nein, ihr Gesicht, ihren Körper, ihre Stimme, ihre Haut ... er hatte den Namen des Mannes auf der Zunge, der ihn in den Wald getrieben hatte ... und davor? ... Phillipe ... das Gesicht eines Freundes, oder eines Feindes? ... Er wusste es nicht, er brauchte einen Arzt, das zuallererst, einen Doktor, der sein Gehirn wieder instandsetzte, der ihm half, die Trümmer seines Erinnerns und Empfindens zu ordnen ... wo hat man dich zuletzt geseh'n ... warum drängten gerade diese Reime und Lieder aus seiner Kindheit immer wieder so stark in den Vordergrund ... Kleines Püppchen, freches Bübchen, wo hat man dich zuletzt geseh'n? Du wolltest doch zur Schule geh'n, was ist gescheh'n? Kleines Püppchen, freches Bübchen, die Welt ist groß und du bist klein, du kannst noch nicht alleine sein, sieh' das doch ein! Er weinte und lachte gleichzeitig, während er die beiden Strophen wieder und wieder in den Wald schrie. Was ist gescheh'n!?

27.

„Er kommt nicht dran an ihn", Kovacs nahm sich einen Stuhl und setzte sich an Bergmanns Schreibtisch.

„Wer an wen?"

„Mein Bruder ... an den Tannhäuser. Der soll vor zwei Monaten einen Mithäftling umgebracht haben ... oder zumindest hat er es veranlasst ..."

„Isolationshaft ..."

„Genau ... aber es stimmt, dass Schäfer den Tannhäuser besucht hat ... dreimal dieses Jahr ...“

„Haben Sie mit Tannhäuser gesprochen?“

„Nein ... da brauche ich eine Genehmigung ... außerdem: Heiße ich Clarice Starling, dass ich mich freiwillig mit so einem Monster einlasse?“

Clarice Starling? Also hatte sie Schweigen der Lämmer doch gesehen. Bergmann überlegte.

„Ist eh besser, wenn ich selbst hingehe ... was anderes: Dieses BOG, das laut dem Richter aus Wiener Neustadt für den Unfall des Bürgermeisters verantwortlich ist ... was haben Sie darüber herausgefunden?“

„Von rechtlicher Seite scheint alles in Ordnung zu sein ... ist in den Siebzigern von zwölf Männern gegründet worden, die alle aus dem Jägermilieu stammen ... inzwischen haben sie vierhundert Mitglieder in ganz Österreich ...“

„Vierhundert? Wieso hört man dann von denen nie was?“

„Weil sie in der Öffentlichkeit so gut wie nie als Rechtsperson auftreten ... ich schätze die eher als Netzwerk einflussreicher Leute ein, die im Verein ihre gemeinsamen Interessen absprechen und dann in ihrer offiziellen Position schauen, wie sich die umsetzen lassen.“

„Hm“, Bergmann öffnete die Website des Zentralen Vereinsregisters und gab BOG ein. „Präsident, Vizepräsident, Sekretär ... Merz ... das ist dieser Immobilientyp ... aber von den organschaftlichen Vertretern kenne ich da keinen ... Sie?“

„Nein ... aber ich schicke Ihnen gleich die gesamte Mitgliederliste ... geht es da um diesen Bombenbauer?“

„Möglicherweise ... aber dann nimmt sich ohnehin das BVT den ganzen Verein vor ... muss ich mit dem Lorenz reden“, murmelte er.

Er schaute auf die To-do-Liste, die er auf die Schreibunterlage gekritzelt hatte, gleich nachdem er ins Büro gekommen war.

Schäfers Eltern. Hatte er angerufen. Der Privatdetektiv war bestimmt nicht in der Wohnung gewesen, weil an diesem Tag in Tirol. Außerdem hatte er keinen Schlüssel. Und nein, sie wüssten auch nicht, wer einen haben könnte.

Phillipe Marsant. Das Internet gab so wenig her, dass es bereits verdächtig war. Keine Meldung in Österreich, kein Eintrag in internationalen Strafregistern, entweder lebte er als U-Boot oder er hatte einen falschen Namen angegeben. Diesbezüglich würde Bergmann hoffentlich das BOG weiterhelfen können, schließlich hatten sie das Seminar im Waldviertel veranstaltet.

Die neuen Fingerabdrücke in Schäfers Wohnung, die aufgrund der Größe auf einen Mann schließen ließen, konnten noch keiner Person zugeordnet werden. Aussagekräftig waren sie dennoch: Der Unbekannte hatte nach seinem Aufenthalt versucht, seine Spuren zu beseitigen, dabei einige Stellen vergessen und an anderen in der mittlerweile doch recht staubigen Wohnung eindeutige Wischspuren hinterlassen. Amateur oder Mann in Eile, überlegte Bergmann, oder beides. Warum sonst hätte er auf Handschuhe verzichtet?

Das Labor hatte die ersten Ergebnisse zum Anhänger geliefert, der in Schäfers Schublade gelegen war. Vorerst nur die Materialzusammensetzung, die jedoch allein schon außergewöhnlich war: acht verschiedene Metalle in annähernd gleichen Volumenanteilen, Gold, Silber, Eisen, Zinn, Blei, Quecksilber, Kupfer, Titan. Wer so etwas herstellte, war genauso unklar, wie wer es tragen wollte: Besagte Legierung ließ nicht sehen, welcher Wert in ihr steckte, obendrein war sie aufgrund des Blei- und Quecksilberanteils gesundheitsschädlich. Sehr seltsam, murmelte Bergmann vor sich hin, wollte da jemand Schäfer vergiften? Hatte der das Ding irgendwo mitgehen lassen? Unterschlagenes Beweismaterial? Wäre nicht das erste Mal gewesen.

Bevor sich Bergmann nicht mit dem BVT zusammentat und die Ähnlichkeit von Schäfers Anhänger mit dem von Eisert besprach, wären weitere Untersuchungen allerdings schwierig: Alters- und Herkunftsbestimmung, DNS- und andere Spuren ... das bräuchte viel Zeit und viel Geld; das musste er erst einmal rechtfertigen.

Am meisten beschäftigte Bergmann jedoch die Aussage der Servierhilfe in Ottenstein, dass Marsant an der linken Hand nur vier Finger gehabt hätte. An sich keine große Sache – wenn nicht seit dem Vortag irgendwo in seinem Gehirn eine versteckte Information ihre Hand verzweifelt nach diesem fehlenden Finger ausstreckte. In den vergangenen Tagen, Wochen oder vielleicht sogar Monaten war ihm etwas untergekommen, das damit in Verbindung stand. Ein Satz in einem Gespräch?, ein Bild?, es fiel ihm nicht ein.

Nach dem Mittagessen ersuchte Leitner Bergmann, ihn bei der Einvernahme des Jungen zu unterstützen, den sie am Vortag festgenommen hatten. Patrick Senitschnig, Verdacht des Mordes sowie des versuchten Mordes, illegaler Waffenbesitz und so weiter. Bei der ersten Vernehmung war der Vater dabei gewesen, hatte versucht, seinen Sohn zum Reden zu bewegen, was nur das Gegenteil bewirkt hatte. Der Bulgare, der den Jungen eindeutig als die Person identifiziert hatte, die ihm eine Waffe an den Kopf gehalten hatte? Da gab es leider auch Aussagen, wonach der Mann in dem Lokal, aus dem er kam, mindestens vier große Bier und ein paar Schnäpse getrunken hatte. Zusammen mit der Information, dass er gerade dabei war, in sein Auto einzusteigen, als er die Waffe vorm Gesicht hatte – ein Leckerli für den Anwalt. Diesen lehnte der Junge allerdings ebenfalls kategorisch ab – weil er „so ein Arschloch" nicht brauchte. Bergmann sah dem Verhör mit viel Freude und Neugier entgegen.

„Wie geht's dir?", fragte er den Jungen, nachdem er Leitner aus dem Raum geschickt und ihm aufgetragen hatte, die Tür halb offen stehen zu lassen. „Ist es okay, wenn ich du sage?"

„Von mir aus ..."

„Ich hatte leider noch keine Zeit, das Protokoll von meinem Kollegen zu lesen ... also entschuldige bitte, wenn sich ein paar Fragen wiederholen ..."

„Sind Sie jetzt der Superbulle, oder wie?“

„So hat mich bis jetzt noch niemand genannt ... leider ... nein, ich versuche nur, nicht auf der Strecke zu bleiben ... was ist mit dir?“

„Was soll mit mir sein?“

„Na ja, wie gehst du damit um, wie’s so zugeht auf der Welt ... hier in der Stadt ...“

„...“

„Du gehst in die HTL ... hast du dich dafür entschieden?“

„Sicher, wer denn sonst?“

„Weiß nicht, dein Vater vielleicht ... also nicht, dass er es dir befohlen hat, aber indirekt ... was macht dein Vater?“

„Baut Staudämme ... irgendwo in der Welt ...“

„Verstehe ... mein Vater war Gendarm ... also mein Stiefvater ... ich habe immer geglaubt, dass meine Entscheidung, Polizist zu werden, damit nichts zu tun hatte ... aber in den letzten Jahren ...“ Bergmann schwieg einen Augenblick.

„Was?“

„Seit er in Pension ist, wird er mir immer unheimlicher ... am Wochenende war ich bei ihnen oben, also im Waldviertel, und da hat er gemeint, dass die vielen Starkstromleitungen, die bei ihnen vorbeiführen, sie verrückt machen ... weil ein Bauer erst seine Kühe und dann sich selbst erschossen hat ...“

„Und warum hat er sich erschossen?“

„Weiß ich nicht ... vielleicht war er krank, depressiv ... vielleicht hat er niemanden gehabt, der den Hof weiterführt ...“

„Vielleicht stimmt das mit dem Strom ja ...“

„Möglich ist es ... aber darum geht’s nicht ... er sucht immer etwas, dem er die Schuld geben kann ... damit er eine Kontrolle für sich hat ... deswegen ist er wahrscheinlich auch zur Polizei gegangen ...“

„...“

„Wolltest du nie zur Polizei?“

„Nein“, der Junge zögerte, „Soldat vielleicht ...“

„Ja, das wollte ich früher auch ...“

„Aber?“

„Schau dir das Bundesheer an ... was willst du da? Im Burgenland versauern und auf Saatkrähen schießen?“

Der Junge musste grinsen, ungewollt, aber er grinste.

„Ist dir in den letzten Monaten irgendwas Schlimmes passiert?“

„Wieso ...“

„In der Schule, mit deinen Eltern ... du hast eine Schwester ... ist mit der alles in Ordnung?“

„Sicher, wieso?“

„Na ja ... wenn du zum Beispiel von ein paar Jugos ausgeraubt oder zusammengeschlagen worden bist ...“

„Nein ... die haben doch Schiss vor mir ...“

„Die in der Schule?“

„Sicher ...“

„Da hast du Glück ... letzte Woche, da ist einer von denen auf meinen Kollegen mit einem Messer los ... hat gerade noch seine Waffe ziehen und abdrücken können ... sag mir einer, was mit denen los ist ...“

„Untermenschen sind die ... ein Gesindel, das zu nichts taugt außer zum Stehlen und Drogen verkaufen und Leute abstechen ...“

„Da hast du gar nicht so unrecht“, Bergmann seufzte, „was hier jeden Tag los ist ... aber wie wir das lösen sollen, da habe ich keine Ahnung ...“

„Ich würde die alle an die Wand stellen und abknallen ... einen nach dem anderen ...“

„Ja ... das wünsche ich mir manchmal auch ... aber das sagst du niemandem weiter, okay?“

„Voll okay ...“

„Gut ... wie machen wir weiter?“

„Wieso ...“

„Weil es jetzt um dein Leben geht ... um die Anzahl der Jahre, die du absitzen musst ... was wir an Bewährung rausschinden können ...“

„Ich habe dem anderen schon gesagt, dass ...“

„Patrick!“, Bergmann fasste den Jungen am Arm, „es gibt dich, uns ... und dann das System ... denen ist egal, ob der, den du erschossen hast, ein beschissener Zigeunerzuhälter war oder nicht ... die finden die Waffe, die finden andere Zeugen, die löchern deine Freunde aus der Schule so lange, bis einer verrät, was du ihm irgendwann letzte Woche im Rausch verraten hast, kapierst du? Das habe ich schon Hunderte Male erlebt. Hier ist Endstation, und noch hast du eine kleine Chance, wie es weitergehen soll.“

Bergmann saß in der Kantine, vor sich einen Pfefferminztee, der kalt wurde, und schaute gedankenverloren ins Nichts.

„Kompliment, Chef!“, Kovacs setzte sich an seinen Tisch, was ihm sofort als ungezogen erschien.

„Danke.“

„Das war echt ... also was fürs Lehrbuch ... eine Stunde siebenundzwanzig ... geil ...“

„Lassen Sie mich in Frieden“, erwiderte Bergmann und griff zu seinem Teeglas, „ich brauche ein paar Minuten Ruhe.“

„Okay ... Entschuldigung“, sagte sie eingeschnappt und entfernte sich.

Eine Stunde siebenundzwanzig. Super, Bergmann. Lügen, Tricks, falsche Verbrüderung. Wie aus dem Lehrbuch. Nur, dass darin nichts stand, wie man die Verbindung wieder kappen konnte, ohne selbst Schaden zu nehmen. Er bediente hier keine Hebel wie ein Maschinist. Und auch wenn das, was der Junge getan hatte, verachtenswert war, was war mit ihm selbst? Was war mit seinem Vater, der dreihundert Tage im Jahr um die Welt flog, um Staudämme zu bauen, wegen denen ganze Dörfer ausgesiedelt werden mussten? Was war mit seiner Abwesenheit und der Verlorenheit, die sie in seinem Sohn erzeugte? Ja, klar, darum durfte er, die Verhörmaschine, sich nicht kümmern; diese Zusammenhänge waren die Arbeit der Gutachter und des Gerichts. Details und Kleinigkeiten. Doch wohin sollte das alles führen? Wann würde es gesellschaftlich akzeptiert sein, schäbig aussehende Roma, die sich nachts um die Häuser trieben und damit Zeugnis ihres nichtsnutzigen Lebens ablegten, wie tollwütige Hunde zu erschießen? Spielte sich das nur in seinen Gedanken ab oder war es wirklich so, dass die Situation Jahr für Jahr schlimmer wurde? Auf beiden Seiten. Da die Migranten – sowohl die verzweifelten Flüchtlinge als auch das niederträchtige Scheinasylantenpack, die auf den ersten Blick nicht so leicht zu unterscheiden waren –, auf der anderen Seite die Angsterfüllten, die Verlierer, die Ungebildeten, deren animalischer Instinkt gegen die Einnahme ihres Reviers immer stärkere Aggressionen hervorrief. Er glaubte es selbst nicht, aber er hatte abermals Lust, sich zu betrinken.

Isabelle rettete ihn. Am frühen Abend rief sie an, teilte ihm mit, dass sie gerade gelandet wäre und ihn unglaublich gern treffen würde. Wie wäre es um sieben im Milano? Er zögerte. Diese schleimige Potenz-, Imponier- und Aufreißbar in der Mariahilfer Straße. Ja, gern, sagte er dann, weil es ihm widerstrebte, dieselben Ressentiments zu hegen, mit denen Schäfer dem gesellschaftlichen Umfeld seiner Freundin oftmals begegnet war. Scheiß Schickimicki-Abteilung, was findet sie an denen bloß?, klang es in Bergmanns Ohren wieder, er schaute auf den mittlerweile über einen Monat leeren Stuhl gegenüber und bekam eine Gänsehaut: War es vielleicht tatsächlich nicht Schäfer, den er aushalten und zugleich bewundern hatte müssen? War es diese Position, dieser Raum, dieser Stuhl, seine ganze auf dieses Arbeitsumfeld bezogene Geschichte, die ihm diesen Charakter wie ein gescheckte Fell umgehängt hatten? Oder warum wurde er, Chefinspektor und nun Gruppenleiter Bergmann, seit geraumer Zeit von diesen ungewohnten Stimmungen, Begierden und Träumen heimgesucht? Schluss jetzt. Eine Stunde hatte er noch Zeit; die wollte er nützen, um beim Bündnis zur Optimierung gesellschaftlicher Strukturen mehr über diesen Marsant herauszufinden.

Eigentlich war er froh darüber, dass ihm seine Oldtimer-Radtour vom Vortag einen guten Muskelkater beschert hatte. Sonst hätte er nach diesem Tag darauf gebrannt, sich zwei Stunden auf der Donauinsel zu verausgaben, wie ein ausgehungerter Löwe einer Beute hinterherzujagen, die in seinem Fall nur Erschöpfung heißen konnte. So aber schlenderte er mit müden Beinen und ruhigen Gewissens durch die Innenstadt, über den Michaeler- und den Heldenplatz zum Museumsquartier – wo er auf dem sonnenbeschienenen Areal innehielt und sich fragte, warum er diesen warmen Sommerabend in einer stickigen Bar voll heterosexueller geiler Pfauen und dummer Hühner verbringen sollte. Er ging auf einen eben frei gewordenen Tisch vor dem Leopold Museum zu und nahm sein Handy heraus. Sicher, meinte sie, viel besser, sie wäre ohnehin die letzten Stunden durchgehend überdacht gewesen.

Als er Isabelle über den weiten Platz auf sich zukommen sah – mit kindlichem Hüpfschritt und übermütigem Grinsen, als hätte sie soeben die Hauptrolle in einer Teenie-Komödie bekommen –, ging ihm das Herz auf. Als ob jemand dem Ballon, der ihm seit Tagen aufs Gemüt drückte, endlich die Luft ausließ. Er stand auf und sie fiel ihm um den Hals, worauf er den Halt verlor und sich an der Sessellehne fing.

„Herzchen ... mir scheint, du bist beschwipst ..."

„Aufgrund eines Fehlers der Fluglinie war ich gezwungen, Businessclass zu fliegen", sagte sie in gespielt pikiertem Ton, seufzte zufrieden und legte ihre Sonnenbrille auf den Tisch.

„Aha, und?"

„Champagner, mein Lieber!"

Bergmann lächelte. Wie er selbst trug auch Isabelle dieses Erbe einer Eltern- und Großelterngeneration vom Land, die für Kaffee und ähnliche Luxusgüter noch mit Fleisch aus der eigenen bescheidenen Schlachtung bezahlt hatten, die Bananen vielleicht aus den Auslagen des Südfrüchteimport-Geschäfts kannten und Schokolade aus den Marshall-Paketen. Und auch wenn sie sich heute ohne Gedanken ans Bankkonto eine Kiste Champagner in die Küche stellen könnten: Wohl wäre Ihnen bei solch einem Frevel nicht.

„Ah, bin ich durstig", sagte sie und winkte den Kellner heran.

„Pass auf, dass es dir nicht so geht wie mir am Freitag."

„Hast du nach dem ersten Radler noch einen getrunken?"

„Dämonen haben mich geritten ... Dämonen!"

„Jössas ... und: Hast du mit einer Frau geschlafen? Gib's zu: Du hast die kleine Kovacs geknackt."

„Pfui Teufel ... nein, furchtbar abgestürzt sind wir, der Leitner und ich ... im Shangri-La."

„Du? ... Oh, mein Gott ... ich zahl dir einen Exorzisten."

Ja, und schon waren sie bei Bergmanns rauschhaftem Vormittag, bei seinem Albtraum, bei seiner Fahrt ins Waldviertel – und beim Thema, das sie ein paar Minuten gekonnt hinausgezögert hatten. In der Zeit, die Bergmann für einen großen gespritzten Apfelsaft brauchte, hatte Isabelle bereits drei kleine Bier getrunken. Und so schnell, wie sie von einem Gesprächsthema zum nächsten sprang, wechselten auch ihre Stimmungen. Ein Engländer machte ihr seit einem Monat den Hof, ein Sir, kicher kicher, really Tweed-Jackett und Manschettenknöpfe mit dem Familienwappen, kicher kicher. Wobei es ja unglaublich wäre: ein Monat in Den Haag, dann kommst du nach Wien zurück und fühlst dich als Frau wie in einem Fundamentalistenstaat, so wie du hier behandelt wirst. Außer mit ihm, Bergmann, natürlich, er wäre ja bestimmt auch als Hetero eine Emanze, kicher kicher. Und während Isabelle ungehemmt ihrem Drang nachgab, ihr Herz endlich wieder einmal jemandem auf Deutsch ausschütten zu können – und nicht nur Deutsch, nein, Bernhard, der Dialekt!, der Dialekt ist es, durch den ich mich erst wieder ganz daheim fühle –, fühlte sich Bergmann schon allein durch das Zuhören und gelegentliche Einbringen eines Kommentars oder Scherzes wohl. Dann stellte sich ohne jeden logischen Konnex der Zusammenhang her, nach dem er gesucht hatte.

„Tischler!“, platzte er unvermittelt heraus.

„Was ist denn jetzt los, Herzchen? Hast du jetzt auch schon so komische Berufswechselfantasien wie Johannes?“

„Der Typ, mit dem er auf Réunion gesoffen hat ... du hast gesagt, dass der Tischler war, oder?“

„Hab ich? ... Keine Ahnung ... ah, weil ihm ein Finger gefehlt hat ... ja, aber ob er wirklich Tischler war, weiß ich nicht ...“

„Wie hat er geheißen?“

„Weißt du eigentlich, dass Ausgehen mit einem Polizisten meistens irgendwann total kümmerlich wird ... ich denke ernsthaft daran, Sir Gregory das Jawort zu geben ...“

„Ach, halt die Klappe ... also, wie hat er geheißen?“

„Phillipe ... Kretin ...“

„Und mit Nachnamen?“

„Sag ich doch: Kretin.“

„Hat er Marsant geheißen?“

„Ich habe keine Ahnung ... der war mir so was von zuwider, dass ich die Migräne nicht einmal habe vortäuschen müssen, um früher schlafen gehen zu können ... wieso fängst du jetzt mit diesem Idioten an?“

„Hast du ein Foto von ihm?“

Isabelle setzte die Sonnenbrille auf und schaute in den Himmel wie eine schmollende Filmdiva. Worauf dem in fiebrige Aufregung verfallenen Bergmann nichts übrigblieb, als ihr die ganze Geschichte zu erzählen.

„Und selbst wenn er ihn in Ottenstein getroffen hat ... was beweist das?“

„Ich brauche keine Beweise für irgendwas ... das ist eine Spur ... vielleicht hat er diese ganzen Seminare tatsächlich aus Interesse besucht, in Ottenstein ist er dann zufällig auf Marsant gestoßen und hat herausgefunden, dass der irgendwelche bösen Sachen plant ...“

„Oder Marsant hat ihn eingeladen, um eine freundschaftliche Réunion zu feiern“, meinte Isabelle spitz, „réunion, ha, der war gut ...“

„Oder Schäfer ist schon früher, also im Winter, auf irgendetwas gestoßen und hat Marsant gesucht … und deshalb hat er die ganzen Seminare abgeklappert, bis er ihn gefunden hat …“

„Findest du es nicht komisch, dass er keinem von uns etwas davon erzählt hat? Das ist ja nicht das erste Mal, dass er eher zufällig über ein Verbrechen stolpert … er weiß doch, dass er da jemanden ins Vertrauen ziehen oder zumindest irgendwo etwas hinterlassen muss …“

„Vielleicht hat er das ja … und der, der in seiner Wohnung war, hat es mitgenommen … ich brauche diesen Marsant …“

„Warum fragst du nicht beim BOG nach?“

„Hab ich … mit diesen Seminaren haben sie angeblich nur am Rande zu tun … das in Ottenstein hat ein Journalist organisiert und der ist bis Anfang August in Südostasien unterwegs … vielleicht antwortet er ja auf mein Mail …“

„Wie heißt der? … Der Journalist …“

„Foster … Linus … kennst du den?“

„Vom Sehen … macht ziemlich gute Auslandsreportagen …“, Bergmann spürte, dass Isabelles Laune schlechter wurde.

„So … wenn du jetzt noch ein Bier bestellst, dann nehme ich auch eins … nüchtern halte ich dich nämlich so nicht aus …“

„Aber ich kenne dich nicht, wenn du wieder in einen Brunnen kotzt …“

„Nicht so laut.“

28.

Er hatte nichts anderes erwartet, als dass sich Lorenz bezüglich der Ermittlungen zu Eisert bedeckt hielt. Auf der einen Seite kam Bergmann diese Geheimniskrämerei lächerlich vor – schließlich arbeiteten sie beide für dieselbe Sache. Andererseits war er froh, dass es noch Leute gab, die mit ihrem Wissen nicht bei erstbester Gelegenheit hausieren gingen –

und Lorenz' klischeehafter Gestus aus abwehrender Handhaltung, Reißverschluss vor die Lippen ziehen und bedeutungsschwangerem Kopfschütteln hatte sich in dieser Rolle wohl entwickeln müssen.

„Was ist mit diesem Anhänger, den Eisert getragen hat ...", ging Bergmann in die Offensive, nachdem sie ihr Frühstück auf einer Terrasse im 9. Bezirk beendet hatten.

„Den du untersuchen lassen wolltest?", Lorenz gab seine Mehrwisser-Position noch nicht auf.

„Möglicherweise ... wenn er aus acht verschiedenen Metallen zusammengesetzt ist, interessiert er mich tatsächlich ..."

„Was weißt du noch?"

„Also: Was hat es auf sich mit diesem giftigen Teil ...", Bergmann hatte nicht vor, sich in diesem Quidproquo-Spiel übervorteilen zu lassen.

„Acht Metalle, wie du sagst ... stammt also nicht aus einer Serienfertigung ... das Symbol drauf steht für einen Erzengel ... also in dieser Symbolik für einen von acht, was sich von der christlichen und der jüdischen unterscheidet, die nur vier oder sieben kennen, bla, bla, bla, und eher der esoterischen Szene zuzurechnen ist, wie mir mein Kollege mitgeteilt hat ... aber darüber hinaus messen wir dem Teil keine größere Bedeutung zu ... du schon?"

„Im Schreibtisch vom Schäfer war ein Anhänger, der bis auf das Symbol gleich ausgeschaut hat ... ich habe ihn ins Labor gegeben ..."

„Ah, danke für die Kooperation ... du glaubst, dein untergetauchter Boss ist Eisert auf die Spur gekommen?" Lorenz' Fähigkeit, in einem Sachverhalt mehrere Stationen zu überspringen und trotzdem ans Ziel zu kommen, war beachtlich. Nur verständlich beim ständigen Wettlauf gegen die Zeit, dem die Terrorismusabwehr permanent ausgesetzt war.

„Keine Ahnung ... ehrlich gesagt hätte ich mich nicht so schnell darum gekümmert, wenn nicht Kamp drauf bestanden hätte ..."

„Ah, der verlorene Sohn ..."

„Ja, vermutlich ... kümmerst du dich um den Anhänger? Ist noch im Labor ...“

„Sicher ... wir haben sogar Personal und Geld dafür ...“, Lorenz lehnte sich grinsend zurück.

„Ach ... wenn es darum geht, mir unter die Nase zu reiben, dass euer Budget angesichts der akuten Bedrohungslage massiv aufgestockt worden ist, scheißt du auf die Geheimhaltung ...“

„Für den Anhänger brauchst du mich nicht unbedingt ... also: Womit sonst soll ich dir den Arsch retten?“

„Erstens: Phillipe Marsant ... der hat dieses Esoterikseminar im Waldviertel geleitet, bei dem Schäfer war ... die beiden haben sich letztes Jahr im November auf Réunion kennengelernt ... ich finde nichts heraus über ihn ... bezahlt hat das Seminar übrigens das BOG ... wo auch Eisert Mitglied war“, Bergmann sah seinen Freund herausfordernd an.

„Die klopfen wir gerade allesamt durch ... Marsant, hast du gesagt?“ Lorenz nahm einen Block aus der Tasche und machte sich eine Notiz.

„Ja ... super wäre, wenn du ein Bild auftreibst ... falls er mir zufällig über den Weg läuft ...“

„Schon klar ... und Gefallen Nummer zwo?“

„In welche Richtung verlaufen die Ermittlungen?“

„Wenn diese Sache Schäfer-Eisert-Marsant irgendwas ergibt, bin ich der Erste, der davon erfährt. Deal?“

„Mein Wort.“

„Gut ... Eisert hat vor einem halben Jahr einen Lieferwagen gekauft und vor sechs Wochen an einen Deutschen verkauft ... wir haben den Wagen untersuchen lassen ... deutet alles darauf hin, dass er ANNM gebraut hat ...“

„In welcher Größenordnung?“, bei der Erwähnung des Sprengstoff-Kürzels wurde Bergmann mulmig zumute.

„Wozu einen Lieferwagen, wenn er nur einen Maulwurfhaufen in die Luft jagen will?“

„Verschaff mir einen ruhigen Tag und sag mir, dass ihr von einem Einzeltäter ausgeht ...“

Lorenz' Schweigen war für Bergmann Antwort genug.

„Habt ihr irgendwas über die Motive? Islamisten, Neonazis …"

„Du hast seine Wohnung gesehen …"

„Und?"

„Die Bilder an der Wand, die Bücher …"

„Für ein gemütliches Schmökerstündchen blieb mir leider keine Zeit …"

„Armageddon, erste Zeichen der Apokalypse, Zeitenwende, Ankunft des Erlösers, Kampf den Dämonen … Eisert hat an die dreißig Notizbücher voll geschrieben mit seinen Vorstellungen für die neue Weltordnung … so wie es aussieht, hat der auf irgendein Zeichen gewartet, das ihm sagt, dass es so weit ist und er seine Bomben legen kann … "

„Kein Scheiß?" Bergmann wusste nicht, ob ihn die Erwähnung dieses jenseitigen Humbugs erheitern oder noch mehr verunsichern sollte.

„Nein … laut unseren Analysten sind die ältesten seiner Aufzeichnungen gut zehn Jahre alt … der lebt schon länger in diesem Wahn … und jetzt ist offensichtlich irgendetwas passiert, dass er geglaubt hat, es ist so weit mit dem Herannahen der apokalyptischen Reiter …"

„Das würde irgendwie auch zu den Seminaren passen, die Schäfer besucht hat …"

„Glaube ich weniger … so etwas findet meines Wissens nicht im öffentlichen Rahmen statt … und Bomben bauen lernst du sicher nicht in einem Seminarhotel am Wörthersee …"

„Nein … aber die Thematik … das mit dem Anbruch des neuen Zeitalters und der ganze Schmarrn … davon ist auf den Websites der Anbieter ziemlich oft die Rede …"

„Die filtern wir sowieso durch … Schäfer … wenn der da wirklich auf was draufgekommen ist … und der Depp sagt zu keinem ein Wort darüber …"

„Jemand war in seiner Wohnung … womöglich, um irgendwelche verräterischen Aufzeichnungen wegzuschaffen …",

Bergmann wollte es nicht hinnehmen, dass Schäfer als dilettantischer Hobbyermittler dastand.

„Ja, womöglich ... nur dass die Fingerabdrücke nichts hergeben ..."

„Habt ihr irgendetwas gefunden, das auf ein bestimmtes Datum hinweist, für einen Anschlag ...?"

„Ein Manuskript, zehn Punkte mit Ereignissen in der Art von biblischen Offenbarungen ... eher vieldeutig, aber neun davon würden zu Ereignissen passen, die dieses Jahr stattgefunden haben ...", Lorenz drehte sich um, als ob ihm das Gesagte selbst peinlich wäre.

„Welche Ereignisse?"

„Dieses komische Vogelsterben Anfang Jänner, das Erdbeben in Neuseeland, die Sturmflut in Deutschland, die Atomkraftwerke in Japan und so weiter ..."

„Vielleicht hat Eisert das ja danach geschrieben ..."

„Die Handschrift ist nicht von Eisert ... einer der Gründe, warum wir von Komplizen ausgehen ... und der Wisch ist gut ein Jahr alt, wie unsere Profis meinen ... bei Punkt zehn geht es um Fluten, die schwellen, Hochwasser, nehme ich an ... und das passiert jede Woche irgendwo auf der Welt ..."

„Ihr glaubt, dass das der Auslöser ist? Ein Hochwasser?"

„Schau mich nicht an, als ob ich schwachsinnig wäre ... das ist alles nicht auf meinem Mist gewachsen ... wir haben einen toten religiösen Fanatiker und irgendwo ein paar Hundert Kilo ANNM ... das reicht, damit mir das Lachen vergeht ... und, Bergmann ...", Lorenz Stimme nahm einen drohenden Ton an.

„Ja, ja ... wenn ich was ausplaudere, schneidest du mir persönlich die Zunge ab, schon klar."

Als er quer durch den 9. Bezirk in Richtung Sicherheitsdirektion ging, sah er sich im Vergleich mit den Menschen um ihn herum auf einer höheren Bewusstseinsebene. Ganz ohne Hochmut. Doch das Wissen, dass inmitten dieser zu ihren Arbeitsplätzen, in die Hörsäle, zur Straßenbahn eilenden Menschen höchstwahrscheinlich einer war, der irgendwo genug Sprengstoff hortete, um einen ganzen Häuserblock in Schutt und seine Bewohner in Asche zu verwandeln – dieses plötzliche Wissen ängstigte oder ärgerte ihn nicht, sondern machte ihn milde und wie von einer neuen Energie beseelt. Vermutlich das Phänomen, das man vom Auge des Tornados kannte – wo inmitten von Verwüstung und tödlicher Bedrohung eine gespenstische Ruhe herrschen sollte. Oder dass er Eiserts scheinbare Motive nicht mit einem terroristischen Akt in Einklang bringen konnte. Nicht in Wien, nicht in Österreich. Bergman kannte die jährlichen Berichte des Bundesamts für Verfassungsschutz und Terrorismus: das Bedrohungspotenzial, das sich von der RAF über die PKK bis zu den Neonazis und Islamisten gewandelt hatte. Doch Endzeitfanatiker und pseudoreligiöse Bewegungen, die sich schwer bewaffnet in unterbunkerten Eigenheimen auf die Apokalypse einstimmten, das war immer noch nordamerikanisches Territorium. Und die zahlreichen Pläne, die das BVT in Eiserts Wohnung gefunden hatte – von der Justizanstalt Josefstadt über die UNO-City bis zur russischen Botschaft –, sie deuteten doch eher auf einen unentschlossenen Wirrkopf hin denn auf einen Profi, der kurz davorstand, die Batterien in den Wecker zu stecken und mit der Bombe zu verkabeln. Andererseits: Wer hatte mit Franz Fuchs und seiner Bajuwarischen Befreiungsarmee gerechnet? Mit vier Jahren Bombenterror, der vier Tote und zahlreiche Schwerverletzte gefordert hatte. Ein Prinzip des Terrors war es schließlich, dass Ort und Zeit nicht öffentlich bekannt gegeben wurden und bei der Auswahl der Opfer wenig Rücksicht herrschte. Jetzt sollte irgendwer auf Holz klopfen, sagte sich Bergmann und stieg die Treppen zu seinem Büro hinauf.

Von Linus Foster, dem Journalisten, der Marsant eingeladen hatte, war eine automatisch generierte Abwesenheitsnotiz gekommen. Er wäre im Ausland und erst in vier Wochen wieder erreichbar. Bergmann gab Fosters Namen in eine Suchmaschine ein und sah dessen Homepage durch. Biografisches: Geboren 1966 in Santa Barbara/Kalifornien ... Studium der Anthropologie und Psychologie, seit 1989 freier Journalist ... Los Angeles, New York, Bogota, São Paulo, Berlin, Bordeaux, Zürich, wohnhaft in Wien seit 2010 ... zahlreiche Preise ... Spezialgebiet Lateinamerika und Südostasien. Bergmann begann einen Artikel über Initiationsriten indigener Stämme zu lesen, unterbrach die Lektüre, als ein Mail von der Fahndungsgruppe eintraf mit einer Zusammenfassung des aktuellen Ermittlungsstandes in Sachen Schäfer. Seit zwei Tagen war die Fahndung international und auch in der Presse publik. Die Hinweise aus der Bevölkerung ging Bergmann im Schnellscrollmodus durch. Major Schäfer hatte sich in etwa verzehnfacht und trieb sein Unwesen in ganz Europa. Im Burgenland etwa war er bei einem Fußballspiel der Regionalliga Ost gesichtet worden; in Telfs hatte er einen Trafikanten beschimpft; in Vöcklabruck ging er joggen und im Wallis Pilze sammeln. Gut, hätten diese vier Ereignisse nicht zeitgleich stattgefunden, passten sie allesamt zu Schäfers Persönlichkeitsprofil, dachte Bergmann und lächelte wehmütig. Aber jetzt Ärmel hochkrempeln und auf zur Morgenbesprechung.

Patrick Senitschnig hatte ein umfassendes Geständnis abgelegt, die Waffe lag am Grund des Donaukanals, wo gerade die Blasen der Polizeitaucher an die Oberfläche ploppten. Beschafft hatte er sich jene im Vogelweidpark, wo er den Selbstmord des alten Ehepaars mitbekommen und ohne zu zögern die Gelegenheit ergriffen hatte. Der Kosovare vor Müllers Nachtclub? Erfüllte das Opferprofil: dunkle Haut, schwarze Haare, ungepflegt, tätowiert, betrunken, kam aus einem Nachtclub.

„Zum Glück haben wir den vor meinem Urlaub erwischt“, meinte Leitner. „Ich, voll braungebrannt und mit der Ledernen ...“

„Halt's Maul“, stellte Bergmann ihn ruhig.

Die Untersuchungen der Forensiker sowie der Gerichtsmedizin im Fall der zu Tode gestürzten Frau hatten nichts

Belastendes gegen den Ehemann ergeben. Zusammen mit den Zeugenaussagen der Nachbarn und der beiden Schüler ergab sich ein Bild, das sich mit dessen Schilderung deckte: ein Streit, eine unüberlegte Aktion, ein böses Missgeschick, ein verzweifelter Witwer, Punkt.

„Was soll ich eigentlich dem Richter sagen, wenn er das nächste Mal anruft oder ein Mail schreibt? ... Also heute Nachmittag zum Beispiel ...", wollte Kovacs wissen.

„Dass wir dran sind, aufgrund der beschränkten Ressourcen und der umfangreichen Ermittlungen, bla, bla, bla ... sonst sind Sie ja auch nicht auf den Mund gefallen, oder?"

„Eh nicht ... aber der hat halt Beziehungen", erwiderte sie. Bergmann sah Kovacs einen Augenblick gedankenverloren an.

„Richtig ... deshalb bitten Sie ihn, mich im Lauf der Woche zu besuchen, weil ich auf etwas draufgekommen bin, das ich nur unter vier Augen mit ihm besprechen will ... ha, genial!"

Seine Kollegen starrten Bergmann verdutzt an. Was war denn das? Schäfer-Alarm?

Tannhäuser wäre auf der Krankenstation. Gebrochene Nase und Gehirnerschütterung. Hätte beim Duschen einen epileptischen Anfall erlitten und wäre mit dem Gesicht voraus auf die Fliesen gekracht. Jetzt läge es im Ermessen des Arztes, wann der Häftling vernehmungsfähig sei. Bergmann legte auf, überlegte kurz und rief Kamp an. Er müsse so bald wie möglich nach Stein, Tannhäuser befragen, ob der Oberst da nicht etwas deichseln könnte. Eine halbe Stunde später hatte Bergmann einen Termin für den folgenden Tag.

Den Anruf, den er eine halbe Stunde später erhielt, konnte er im Nachhinein nur unter der Schäfer'schen Erfolgsweisheit „Wenn's läuft, dann läuft's" verbuchen. Selma. Die Seenymphe von Ottenstein. Als sie nach der Mountainbike-Tour mit den Gästen ins Hotel zurückgekommen war, hatte die Rezeptionistin ihr erzählt, dass am Sonntag ein Polizist da gewesen sei. Ach, warum denn das? Der hat nach dem Franzosen gefragt, der das Seminar im Frühjahr gemacht hat. Ach, wieso denn das? Ja, und ein Foto wollte er auch, aber da habe ich ihm leider nicht helfen können. Schade, wo er doch so nett war.

„Ja, richtig, das war ich ... Genau um den geht es, woher weißt du das?", Bergmann konnte sich nicht erinnern, dass sie sich am See oder während der Autofahrt geduzt hatten, aber warum auch nicht. „Stimmt, war ja gestern in der Zeitung ... Ja, das ist mein Vorgesetzter ... Du? ... Hast du die beiden fotografiert? ... Das ist nicht dein Ernst ... Wenn ein Mann so was macht und ich erwische ihn dabei ... Egal, mail sie mir bitte ... Analog? ... Dann scann sie ein ... Okay, dann machst du jetzt bitte das bestmögliche Bild, das du mit deinem Handy zustande bringst, und schickst es mir ... Wenn es sich morgen ausgeht mit dem Scan, bin ich dir was schuldig ... Ich trage keine Uniform ... Ja, danke ..."

Was ist bloß mit der Jugend los, dachte er und lachte sich gleich darauf selbst aus. Aber wirklich: Wie diese Göre mit ihm redete; als ob sie eine Affäre gehabt hätten. Ob er eine Uniform hätte, in der sie ihn einmal fotografieren könnte. Egal. Alles egal, wenn sie wirklich ein Foto von diesem Marsant hatte. Das musste man sich einmal vorstellen, sagte er sich, während er einen Tee aufgoss, die fuhr mit ihrem Mountainbike zu den Plätzen, wo diese Urschrei-, Wolfskraft- und sonstigen hirnrissigen Männerseminare stattfanden, versteckte sich und knipste die halb- oder ganz nackten Kerle, wie sie sich mit Erde beschmierten, an Bäumen rieben wie Wildsauen und in Bächen herumhüpften. Eine Spannerin, wenn man es genau nahm. Wiewohl das kalte Bachwasser dem Wunsch der Fotografin nach mächtigem Männerstolz wohl wie zum Hohn entgegenwirkte. Einmal ein ganzes Rudel, und dann mit Schrumpfschniedel. Herrje, Bergmann, zum Glück kann niemand deine Gedanken hören.

Zwanzig Minuten später hatte er das Bild auf seinem Handy; schwarz-weiß, jössas, die liebe Selma täuschte sich wirklich erotische Kunstfotografie vor. Er leitete es umgehend an Isabelle weiter mit der Bitte, ihm zu bestätigen, dass der

Mann auf dem Foto Marsant war, und überspielte es dann auf den Computer. Beep beep: Ja, der Arsch. LG Isabelle.

Bergmann vergrößerte das Bild, so weit es möglich war, und ließ seinen Blick darauf ruhen. Wie ein Arschloch sah dieser Mann ganz und gar nicht aus. Im Gegenteil, Bergmann fand ihn auf Anhieb sympathisch. Ein herzliches, freimütiges Lachen stand in seinem Gesicht, zusammen mit der Stirnglatze und dem verbliebenen Haar, das in grauen zerzausten Locken vom Kopf stand, ergab das den Anblick eines charismatischen Mannes Mitte fünfzig, dessen tiefe und zahlreiche Falten ein intensives Leben und reichlich Sonne verrieten. Dass man mit diesem Mann gern einen Abend in einer Strandbar auf Réunion verbrachte, konnte Bergmann sogar ohne sexuelle Hintergedanken nachvollziehen.

Wahrscheinlich rührte sein folgendes, schlechtes Gewissen genau aus dieser spontanen Sympathie für Marsant. Und auch aus dem Faktum, dass er nichts gegen ihn in der Hand hatte, das eine internationale polizeiliche Überprüfung rechtfertigte. Doch wozu sonst der ganze Aufwand. Er schickte das Bild an ein paar befreundete Kollegen, die an diesbezüglich nützlichen Schlüsselstellen saßen, und speiste es zudem in den Europol-Server ein – mit dem ausdrücklichen Hinweis, dass gegen diesen Mann nicht ermittelt wurde, er jedoch unter Umständen wichtige Aussagen in einem Vermisstenfall machen könnte.

Kurz vor acht verspürte er das befriedigende Gefühl, nicht nur genug, sondern auch gute Arbeit geleistet zu haben. Und als er sein Jackett überzog und gleichzeitig eine SMS von Martin eintraf – Lust auf eine Runde joggen? –, drehte Bergmann ausnahmsweise keine lange Fahrt im Gedankenkarussell, um herauszufinden, ob das jetzt richtig oder falsch wäre. Er schrieb sofort zurück: Ja.

29.

Er war ein Verbrecher. Wie er sich bewegte, sein Umfeld auf Gefahren prüfte, je nach entgegenkommender Person den Blick senkte oder ihr selbstbewusst in die Augen blickte, er verfügte über ein magisches Radar, das ihm sagte, wer ihm gefährlich werden konnte, wer möglicherweise ein Polizist war, wessen Misstrauen er weckte und wem er vertrauen könnte. Ein Verbrecher. Bin ich ausgebrochen? Auf der Flucht angeschossen worden? Vielleicht steckt eine Kugel in meinem Hinterkopf und deswegen der ganze Saustall dort oben. Von Chalais – seinem Ermessen nach das Dorf, das er von oben gesehen hatte – ging er gleich nach Sonnenaufgang auf Nebenstraßen Richtung Sion. Die Stadt lag zwar im Westen, womit er sich von seinem eigentlichen Ziel entfernte, doch den Verkehrszeichen folgend würde er hier auf einen Autobahnknoten stoßen und damit schneller in größere Städte und zu Menschenmengen kommen, in denen er untertauchen konnte. Du solltest dich freuen, sagte er sich, während er unter dem Vordach einer Bushaltestelle das Ende eines Gewitterschauers abwartete, du hast überlebt, in der Wildnis!, bestimmt eine Woche lang, vielleicht sogar zwei! Keine Spur von Freude. Der Regen hörte auf, doch er ging nicht weiter, sondern setzte sich auf die Wartebank des kleinen Häuschens. Er wollte kein Verbrecher sein. Nicht verfolgt werden und unausweichlich im Gefängnis landen oder gar erschossen werden. Und die Schande, die er über seine Familie gebracht hatte! Womit? Er sollte sich stellen. Oder zurück in den Wald gehen, zu seiner Lärche. Stellen oder Lärche, stellen oder Lärche – er konnte sich nicht entscheiden und blieb einfach sitzen.

Irgendwann hielt ein schmutzigblauer Opel Kombi mit angerosteten Kotflügeln, Typ Fünftbesitz, vor ihm. Eine Frau beugte sich zum Beifahrerfenster, kurbelte die Scheibe herab und fragte ihn im breiten Schweizer Dialekt, wohin er müsse. Er stand auf und machte langsam ein paar Schritte auf den

Wagen zu, um sie nicht zu erschrecken. Wohin wollte er denn? Richtung Lausanne, gab er zur Antwort, weil ihm auf die Schnelle keine andere Stadt einfiel, die er ungefähr in dieser Gegend wusste. Bis Montreux könne sie ihn mitnehmen, meinte sie. Er zögerte kurz, nickte lächelnd und stieg ein, nachdem sie ein paar CDs und anderen Kram vom Beifahrersitz geräumt hatte. Sie waren ein paar Kilometer gefahren, als er zum ersten Mal einen Blick in den Rückspiegel wagte. *Von ungepflegtem Äußeren* würde in einem Fahndungsaufruf stehen. Und das Alter des Gesuchten? Ende dreißig, eher noch Anfang bis Mitte vierzig, mein Gott, er war ein alter Mann. Das hieß, dass ihm zwanzig Jahre seines Lebens fehlten! Er war drauf und dran, in Tränen auszubrechen oder sich aus dem fahrenden Auto zu werfen.

„Gaats guet?", fragte die Frau, und er darauf: „Wird schon wieder."

„Ich habe mein Gedächtnis verloren", wagte er nach etwa zwanzig Minuten, das Schweigen zu durchbrechen, das seine Fahrerin, die sich als Ruth vorgestellt hatte, nicht weiter zu stören schien. Sie hatte eine CD von Lambchop eingelegt, summte zur Musik und sang zwischendurch leise den Refrain mit.

„Kä Schärz?", sie zeigte ihm ein Gesicht, das weniger Besorgnis als freudige Überraschung zeigte.

„Kein Scherz ..."

Sie drehte das Radio ab, sah auf die Straße, sah wieder ihn an; als ob sich der verwahrloste Autostopper neben ihr als George Clooney entpuppt hätte, der sich im Schweizer Hinterland intensiv auf seine Rolle in einem Thriller vorbereitete.

„Und waas weisch du no?"

„Das meiste, was bis einundzwanzig passiert ist ..."

„Und wiä alt bisch jitz?"

„Wüsste ich auch gern ... was schätzen Sie, du?"

„Vierzgi ... foifevierzgi maximal ... hoppla, sorry", sie riss das Lenkrad nach links und brachte den Wagen gerade noch dazu, nicht im Graben zu landen. „Verruckt ... dänn weisch nüt vo de letschte zwäntzg Jahr?"

„Wenn ich schlafe, tröpfelt es langsam herein ... nicht viel, nein ..."

„Hm", machte sie und fuhr erst mit dem Reden fort, nachdem sie einen Lkw überholt hatte, „dänn bring ich dich gschiider zum Dokter, oder?"

„Nein ... davor möchte ich mir noch Gewissheit verschaffen über ein paar Dinge ...", sie fuhren auf den Autobahnzubringer auf, wo zur Rechten drei Plakatwände aufgestellt waren; auf einer Werbung für einen Schokoriegel. „Marsant!", brach es aus Schäfer heraus, „Phillipe Marsant ..."

„So heissisch?", fragte sie nach einem Schreckmoment.

„Nein ... ich heiße Johannes Schäfer", erwiderte er angespannt, „Phillipe ist ... ein Freund ... oder auch nicht ..."

Kurz vor Montreux bat er Ruth, ihn an einer Tankstelle hinauszulassen. Dort würde er am ehesten eine Mitfahrgelegenheit finden. Ich bringe dich zum Zug und kaufe dir die Fahrkarte, erwiderte sie bestimmt. Am Bahnhof von Montreux stieg sie mit ihm aus, begleitete ihn in die Wartehalle und hob bei einem Bankomaten fünfhundert Franken ab.

„Das kann ich nicht annehmen", sagte er, als sie ihm die Scheine hinhielt.

„Es bliibt der nüt anders übrig", sie steckte das Geld in seine Hosentasche und sah ihn schmunzelnd an.

„Du bekommst es zurück ... versprochen ...", sagte er und umarmte sie unbeholfen. „Du bist wirklich ein guter Mensch ..."

„Ich habe mich immer auf die Güte von Fremden verlassen", erwiderte sie auf Hochdeutsch, und auf seinen fragenden Blick: „Tennessee Williams, Endstation Sehnsucht ... Salut, Johannes, hebder Sorg!"

30.

Troger? Was hatte seine DNS am Lederband dieses Anhängers verloren? Bergmann legte den Bericht zur Seite, den das Labor am Vormittag geschickt hatte. Andreas Troger, ein Jus-Student, der im Februar desselben Jahres seine Eltern ermordet hatte, nachdem sie ihm aufgrund seiner Spielsucht die finanzielle Unterstützung gestrichen hatten. Die Festnahme war nur ein paar Stunden nach der Tat erfolgt, doch die Vernehmung zog sich über Tage. In vier Semestern Rechtswissenschaft hatte Troger zwar nicht gelernt, wie man als Mörder seine Spuren beseitigt, aber doch genug an teuflischen Advokatentricks, um sich abwechselnd als unschuldig zu präsentieren – ich habe sie gefunden und versucht, sie wiederzubeleben, deswegen meine Abdrücke überall. Ich stand unter Schock, deshalb habe ich die Polizei nicht gerufen –, als unzurechnungsfähig – schon als Kind hatte ich diese Anfälle, wo mir danach einfach ein paar Stunden gefehlt haben –, oder auch als Opfer, das endlich die Kraft gefunden hat, sich an seinen Peinigern zu rächen – mein Vater hat mich missbraucht und meine Mutter hat zugesehen. Am dritten Tag, sie hatten Troger erneut sechs Stunden vernommen, drehte Schäfer Video- und Tonaufzeichnung ab, holte das Wiener Telefonbuch aus dem Büro und schickte Bergmann sowie einen weiteren Beamten in die Kaffeepause. Obwohl Troger zwei Stunden später ein volles Geständnis ablieferte, erinnerte sich Bergmann sehr ungern an diesen Abend. Es war nicht das erste Mal, dass er mitbekommen hatte, dass gegen einen Häftling Gewalt gebraucht wurde – ein paar wollten es auch gar nicht anders –, aber er selbst hatte sich nie aktiv daran beteiligt, hatte im Gegenteil sogar einige Male eingegriffen, wenn ein Kollege die Kontrolle verlor, und zögerte bei übertriebener Härte auch nicht, Oberst Kamp zu informieren. Doch bei Troger hatte er nicht nur weggeschaut; er hatte es einwandfrei hingenommen, dass der übermüdete und gereizte Schäfer die Tür zum Vernehmungsraum schloss und das kiloschwere Telefonbuch bestimmt nicht dabeihatte, um dem U-Häftling daraus vorzulesen.

Und jetzt dieser Anhänger mit Trogers Hautpartikeln dran: Hatte Schäfer ihn aus dessen Wohnung entwendet? Bei der etwas ruppigen Festnahme oder während des Verhörs von Trogers Hals gerissen, eingesteckt und dann aus Vergesslichkeit im Schreibtisch gelassen? Wesentlich bedeutender war für Bergmann aber noch eine andere Frage: Hatte Troger etwas mit dem Bombenbauer Eisert zu tun gehabt? Wenn ja, was? Wenn ja, warum hatte Schäfer dieses Wissen für sich behalten? Oder war er kurz davor gewesen, es zu teilen, und genau aus diesem Grund entführt und ... Bergmann griff zum Telefon, zögerte einen Moment und rief dann Kovacs zu sich.

„Ich fahre mittags nach Stein ... den Tannhäuser befragen ... besorgen Sie sich inzwischen die Akte von Andreas Troger mitsamt allen Beweismitteln und suchen Sie mit Schreyer nach irgendeiner Verbindung, die zu Thomas Eisert führen könnte ... wenn es sich ausgeht, befrage ich den Troger heute selbst dazu, aber ...“

„Das wird schwierig werden ...“, unterbrach ihn Kovacs.

„Wieso?“

„Weil er tot ist ... wegen ihm sitzt der Tannhäuser ja im Loch ... hat ihm vermutlich mit einer Rasierklinge die Halsschlagader durchtrennt ...“

„Wieso weiß ich davon nichts?“, Bergmann schlug mit der Faust auf den Tisch.

„Ja Tschuldigung, aber ich habe davon auch erst am Wochenende erfahren ... und woher soll ich wissen, dass Sie sich dafür interessieren ...“

„Habe ich auch nicht ... bis jetzt ... Scheiße ...“

Als Kovacs gegangen war, nahm Bergmann einen Bogen Papier vom Flipchart und befestigte ihn an der Innenseite seiner Schranktür – so viel Geheimhaltung war er den Kollegen vom BVT schuldig. Mit einem Faserstift begann er ein neues Muster zu erstellen, in dem er die Beziehungen zwischen Tannhäuser, Eisert, Troger und Schäfer zu skizzieren versuchte. Tannhäuser war ein verurteilter Mehrfachmörder, der sich als Werkzeug Gottes und seine Taten als Ausdruck himmlischer Gerechtigkeit sah. Eisert war ein hochbezahlter IT-Spezialist gewesen, der kurz vor seinem Tod Sprengzünder gebaut und wahrscheinlich vorgehabt hatte, einen Bombenanschlag auf ein öffentliches Gebäude durchzuführen. Mögliches Motiv laut BVT: apokalyptischer Wahn oder dergleichen. Troger: spielsüchtiger Jus-Student, Elternmörder, zu lebenslänglich in Stein verurteilt, vor kurzem von Mithäftling Tannhäuser getötet. Dazu zwei Amulette aus einer sonderbaren Legierung, die Eisert und Troger in Verbindung brachten. Und dann Schäfer, der Tannhäuser überführt und verhaftet hatte. Schäfer, der auch Troger verhaftet und nach Stein gebracht hatte. Schäfer, der Tannhäuser dreimal im Gefängnis aufgesucht hatte, worauf dieser Troger aus dem Weg geschafft hatte. Was darauf schließen ließ, dass Trogers Wissen eine Gefahr für Tannhäuser und möglicherweise auch für Eisert darstellte, oder? Hatten die selbst ernannte Hand Gottes und der Apokalypsenfanatiker irgendeinen teuflischen Plan mit welchem Ziel auch immer ausgearbeitet? Den Jus-Studenten Troger aus welchem Grund auch immer dafür rekrutiert? Und Schäfer war dahintergekommen? Aber wann und wie?

Auf der Fahrt zur Justizvollzugsanstalt Stein legte sich Bergmann eine Befragungsstrategie nach der anderen zurecht, die er allesamt wieder verwarf. Tannhäuser war hochintelligent, neben seiner Mordlust auch mit verblüffender Menschenkenntnis und Empathie ausgestattet und dementsprechend manipulativ. Ein Verbrechertypus, der Bergmann trotz aller Fortbildungen bei Psychiatern, Profilern, Kriminologen und Kriminalisten ein Rätsel blieb. Er konnte ihre Tatmuster lesen, die Art der Tötung einem entsprechenden Trieb oder einer bestimmten Lust zuschreiben, aus der Opferauswahl und dem Tatort auf den Tätertypus schließen – aber die Gesamtheit ihres Charakters blieb ihm verschlossen und ängstigte ihn. Weil er ahnte, dass er ihnen ebenso auf den Leim gehen konnte, wie ein paar der besten Polizisten Österreichs dem berüchtigtsten Serienmörder der achtziger und neunziger Jahre auf den Leim gegangen waren. Der hatte es sogar geschafft, als freier Journalist mit dem Ermittlungsleiter ein ausführliches Interview über seine eigenen Morde zu führen. Die unfassbare Bestie – eine Reportage von Jack Unterweger.

Und wenn er Tannhäuser jetzt mit einer Lehrbuch-Befragung kam, würde der ihn entweder sofort auslachen oder, noch übler, das Spiel eine Zeitlang mitspielen und ihn dann wie einen Vollidioten dastehen lassen. Nein, er würde improvisieren müssen, konzentriert und intuitiv bleiben, vor allem auch gelassen.

„Ist es schlimm?", Bergmann deutete auf Tannhäusers Gesicht, das neben einem Pflasterverband über der Nase auch eine Naht über der Augenbraue und einen Bluterguss am Jochbein aufwies.

„Es verheilt ... aber danke für die Anteilnahme, Herr Inspektor", Tannhäuser lächelte milde, worauf es seinem Gegenüber die Nackenhaare aufstellte.

„Sie wissen, warum ich hier bin?" Bergmann öffnete den obersten Knopf seines Hemdes. Normalerweise hielten diese dicken Betonmauern die Sommerhitze doch besser ab.

„Nein ... aus demselben Grund, aus dem Ihre Kollegin am Samstag hier war?"

„Ehrlich gesagt aus demselben Grund, aus dem Major Schäfer Sie besucht hat ..."

„Wirklich? Eigentlich hat er mir versprochen, den Inhalt unserer Gespräche vertraulich zu behandeln ... tja, so kann man sich täuschen in manchen Menschen ..."

„Er hat mir nichts verraten", Scheiße, Bergmann, Defensive, Fehler. „Ich habe keine Ahnung, warum er hier war ..."

„Hm ... Ehrlichkeit ist eine schöne Tugend ... fast hätte ich jetzt an Johannes' Ehrlichkeit gezweifelt ... Danke, dass Sie sich korrigiert haben."

„Bitte, gern ... also sagen Sie mir im Gegenzug, warum er hier war?"

„Um zu lernen?" Tannhäuser presste ein paar Mal seine Lider zusammen. Hoffentlich kein Anfall.

„Etwas über Andreas Troger?"

„Troger ist tot, wie ich gehört habe ...", Tannhäuser streckte seinen Kopf nach hinten, worauf Bergmann das Lederband um seinen Hals zu sehen bekam.

„Ein Glücksbringer?", fragte er wie nebenbei und zeigte auf Tannhäusers Hals.

„Ja ... wollen Sie ihn sehen?"

„Wenn Ihnen was daran liegt ...", Bergmann spürte ein Rinnsal aus Schweiß aus seiner Achsel über die Innenseite seines Arms laufen.

„Gern", Tannhäuser streckte Bergmann seinen Hals entgegen, „selber darf ich leider nicht", sagte er lächelnd und hob die Hände so weit nach oben, wie es die an den Tisch geketteten Handschellen zuließen.

Bergmann zog den Anhänger heraus und wusste schon, bevor er das schlichte goldene Kreuz sah, dass Tannhäuser ihn gelinkt hatte.

Was hatte er erwartet? Dass dieser gerissene Psychopath – falls er selbst im Besitz eines dieser obskuren Anhänger war – ihn bei erstbester Gelegenheit einem ermittelnden Beamten zeigen würde?

„Schönes Kreuz ... reines Gold?"

„Soweit ich weiß ... glauben Sie an Gott, Chefinspektor Bergmann?"

„An keinen, der mir zuflüstert, dass ich andere Menschen mit einer Axt erschlagen soll ..."

„Menschen?", Tannhäuser lachte.

„Ja ... auch wenn sie Verbrechen begehen ..."

„Vielleicht glauben Sie ja an diesen Gott nicht, weil er nicht zu Ihnen spricht ...“

„Da bin ich heilfroh darum ... sonst würde ich vermutlich auch hier drinnen sitzen und mir in der Dusche das Gesicht zertrümmern ... war das wirklich ein Sturz?“

„Ehrlich gesagt kann ich mich nicht mehr erinnern ... aber ich vertraue darauf, dass mir hier niemand Schaden zufügen will ...“

„Schön für Sie ... worüber hat Major Schäfer mit Ihnen gesprochen?“

„Über Gott ... und die Welt ...“

„Vor Gericht habe ich das Gefühl gehabt, dass Sie ihn mögen ...“

„Oh, ich schätze ihn außerordentlich ... ein sehr feinfühliger, aufgeschlossener Mensch ... ein ausgezeichneter Polizist ...“

„Doch wenn er Sie nicht gefasst hätte, könnten Sie immer noch Gottes Aufträge erfüllen ...“

„Könnte es nicht sein, dass es auch Gottes Auftrag war, mich hierher zu bringen?“

„Es ist Auftrag der Gesellschaft, Menschen wie Sie einzusperren ...“

„Die Gesellschaft, ja ... in der Söhne ihre eigenen Eltern ermorden, Männer ihre Frauen und Kinder ... welches Recht hat diese Gesellschaft, Aufträge zu erteilen?“

„Herr Tannhäuser, das sind rhetorische Scharmützel ... wissen Sie, wo Major Schäfer ist? Was mit ihm passiert ist?“

„Nein ... in diesem Punkt kann ich Ihnen leider nicht helfen ... beten Sie und lesen Sie die Bibel ... die Offenbarung des Johannes“, Tannhäuser lachte, „doch ich gehe davon aus, dass es ihm gut geht ...“

„Warum?“

„Er ist stark ... und nicht zuletzt halten die Engel ihre schützenden Hände über ihn ...“

Bergmann stand auf, ging um den Tisch herum und stellte sich dicht hinter Tannhäuser. Mit einem schnellen Griff packte er das Lederband und drehte es einmal um die

Hand. Nach ein paar Sekunden ließ er los und setzte sich wieder auf seinen Stuhl.

„Die Wahrscheinlichkeit, dass der wachhabende Beamte den Monitor für ein paar Sekunden aus den Augen verliert, ist sehr hoch“, sagte Bergmann ruhig, während Tannhäuser ihn zitternd und keuchend anstarrte. „Und Gott hat auch nicht immer Zeit, auf Sie zu schauen ... vielleicht beauftragt er ja sogar demnächst mich, Sie in die Hölle zu schicken ... dann wird dieses Halsband zum Werkzeug seines Zorns, Halleluja ...“

Die Tür ging auf und ein Wachebeamter betrat den Raum. Er stemmte die Hände in die Hüften und räusperte sich.

„In die Hölle wollen Sie mich schicken?“, Tannhäuser hustete und fing dann zu lachen an, „was glauben Sie denn, wo wir sind, Herr Bergmann? Das hier ist nur der verzweifelte Versuch, ein paar Mauern drumherum zu bauen ... längst schon sind wir in der Hölle ... das haben Sie nur noch nicht begriffen ... anders als Ihr Major ... möge Gott ihn schützen und Ihnen den rechten Weg zu ihm weisen!“

Mit geschlossenen Augen saß er im Auto und versuchte, der Wut Herr zu werden, die er auf sich selbst empfand. Er hatte komplett versagt. Sich aus der Fassung bringen lassen, von diesem Arschloch. Dieses Johannes-Getue. Wie offensichtlich. Und er hatte es geglaubt, hatte sich davon kränken lassen, von diesem Wahnsinnigen. Und ihm dann auch noch das Geschenk gemacht, ihn zu würgen und zu bedrohen. Im Lehrbuch stünde das beispielhaft in der So-nicht-Spalte. Was es noch schlimmer machte: Er war sich ziemlich sicher, dass Tannhäuser ihm helfen könnte. Wenn er sich nicht selbst so dilettantisch aus dem Spiel genommen hätte. Warum hatte er nicht Bruckner oder Pürstl um Hilfe gebeten. Die waren ihm nicht nur an Erfahrung, sondern auch im Umgang mit Typen wie Tannhäuser überlegen. Warum hatte er das Gespräch nicht einmal aufgenommen, um es ihnen vorspielen zu können! Scheiße, Scheiße, Scheiße!

Er hatte eben erst die Donau überquert und befand sich kurz vor dem Zubringer zur Schnellstraße, als er beschloss, nicht nach Wien zurückzufahren, sondern in Krems zu übernachten. Im Kofferraum hatte er ein zweites Paar Laufschuhe, eine Trainingshose und ein Laufshirt. Er kannte die Gegend gut, zumal er in seiner Kindheit und Jugend mit seinen Eltern oder Großeltern zahlreiche Ausflüge zu den Klassikern der Wachau unternommen hatte. Am Fluss entlanglaufen, oder nach Dürnstein hinauf, oder durch die weitläufigen Marillengärten, am Abend im Freien in der Altstadt sitzen – ein paar Stunden in dieser dreidimensionalen Postkarte würden ihn dem Alltag hoffentlich so weit entrücken, dass er sich nicht mehr fühlen würde wie ein Stück Dreck.

Die ersten drei Hotels, die er aufsuchte, waren voll belegt; erst in einem Wirtshaus, das über sechs Gästezimmer verfügte, hatte er Glück. Glück? Als er das Zimmer betrat, haderte er wieder einmal mit seiner Sparsamkeit. Für eine Nacht – da hätte ich mir ruhig das Parkhotel leisten können, sagte er sich angesichts des schmalen Einzelbetts, mit dem er sofort die Rundreisen schlecht bezahlter Vertreter in Verbindung brachte. Minibar? Ha ha. Fernseher? Fehlanzeige. Er zog sich um, verließ die Pension und lief Richtung Fluss. Entgegen seinen Gewohnheiten sah er nicht auf seine Uhr oder stellte den Alarm, um nach einer bestimmten Halbzeit umzukehren. Es trieb ihn dahin, er ließ sich gehen, und als er auf einer Anhöhe im Schatten einer Kastanie rastete und erschöpft auf die sich durch die sanfte Hügellandschaft windende Donau blickte, wurde ihm bewusst, dass er für den Rückweg kaum mehr Energie aufbringen konnte.

Dann werde ich zur Burg hinüberlaufen, mir ein Taxi rufen und für die fünfzehn Kilometer so viel zahlen, wie das Parkhotel mehr als meine Absteige gekostet hätte, amüsierte er sich, machte ein paar Dehnungsübungen und legte sich ins Gras. Angenehm berauscht fühlte er sich; die Endorphine, die ab einer Stunde Laufzeit den Körper fluteten und wie eine milde Droge wirkten. Das Gespräch mit Tannhäuser war nun viel weiter entfernt als die vielleicht zwei Stunden, die es tatsächlich zurücklag. Ja, er hatte sich nicht gut vorbereitet, war der unter Anfängern üblichen Fehleinschätzung erlegen, dass Stahlbeton und Gitter automatisch die Willenskraft und Intelligenz schwächten. Johannes, so hatte das Schwein seinen Major genannt; und er hatte sich nicht nur davon aus der Fassung bringen lassen. Nach einer Weile blickte Bergmann in den Himmel und sagte, halb im Ernst, halb im Scherz:

„Lieber Gott. Hilf mir bitte, diesen verfluchten Schäfer zu finden!"

Wie zur Antwort läutete sein Handy. Eine Vorwahl, die er auf die Schnelle keinem Land zuordnen konnte.

„Bergmann ..."

„Err Bergmann? Von der Bundeskriminalamt Österreich?", fragte eine aufgeweckte Frauenstimme.

„Ähm ... ja ... mit wem spreche ich bitte?"

„Josyane Brissonneau von der Staatsanwaltschaft Annecy ... Sie suchen Informationen zu eine Mann mit Namen Marsant ..."

„Ja ... ja", Bergmann setzte sich auf. „Woher wissen Sie das?"

„Sie haben veröffentlicht ein Bild bei Europol?", fragte sie leicht neckisch.

„Ja, richtig", erwiderte Bergmann, dem es eher darum gegangen war, ihre Glaubwürdigkeit zu überprüfen.

„Alors ... diese Mann heißt nicht Phillipe Marsant, sondern Jean Plier ... Err Bergmann?"

„Oui, ja ... ich höre Ihnen zu, Madame ..."

„Brissonneau ... Sie haben gehört von Sonnentempler, Err Bergmann ..."

„Ähm ... das sagt mir jetzt wenig ..."

„Ah, bon ... das ist sehr viel zu erklären ... wir suchen Jean Plier aufgrund von ... comment dit-on? ... Mord auf Verlangen ..."

„Tötung auf Verlangen ..."

„Oui, merci ... viele haben geglaubt, er ist tot ... aber ich war sehr unsicher ... wissen Sie, wo sich diese Mann aufhält, Err Bergmann?“

„Nein, leider nicht ... ich suche ihn ja selbst“, Bergmann konnte sich überhaupt keinen Reim auf diesen Anruf machen, „was hat denn Herr Marsant, also Plier, getan?“

„Möglicherweise er ist verantwortlich für Selbstmord von mehrere Menschen in Massiv von Vercors, bei Saint-Pierre-de-Chérennes ... Sie haben nicht davon gehört?“

„Nein, wann war das?“

„Im Dezember 1995 ... ich kann Ihnen schicken Dokumente, wo Sie das alles erfahren ... wir haben das auch in Deutsch wegen Kooperation mit Fribourg in Schweiz ... d’accord?“

„Oui, d’accord ... dann sehe ich mir das an und ... und ich rufe Sie zurück ... ich gebe Ihnen noch meine E-Mail-Adresse ...“

„Die habe ich, Monsieur Bergmann ... die haben Sie hinterlassen ...“

„Ja ...“, Himmel, er konnte doch halbwegs französisch! Warum war er jetzt nicht in der Lage, ein paar Fragen zu stellen, die ihm zumindest eine Ahnung verschafften, worum es hier ging.

„Alors, bis bald, Err Bergmann ...“

„Oui ... à bientôt ... und merci ...“

31.

Er war tatsächlich mit dem Taxi ins Stadtzentrum von Krems zurückgefahren, hatte geduscht, sich umgezogen, und war anschließend in ein Viersternehotel in der Nähe gegangen. Dort zeigte er seinen Ausweis und bat die Rezeptionistin, ihm einen Computer und einen Drucker zur Verfügung zu stellen.

„Internet haben wir für die Gäste hinten in der Lounge ... aber Drucker ist nur bei mir einer da“, erwiderte sie, worauf Bergmann sie schweigend anschaute, bis sie verlegen die hüfthohe Schwingtür in ihr privates Reich aufzog.

Er öffnete den Web-Account und rief seine Mails ab. Die Nachricht von Josyane Brissonneau trug den Absender des französischen Landesgerichts vom Departement Haute-Savoie. Im Anhang befanden sich insgesamt zwölf Dokumente – vier Textdateien, zwei PDF-Dateien und sechs Bilder. Er doppelklickte sie der Reihe nach durch und sandte die geöffneten Dateien ungesehen an den Drucker. Die Aufnahme mit den Fingerabdrücken leitete er ans kriminaltechnische Labor weiter.

Krt, krt, krt ... das nicht aufhören wollende Rattern des Druckers erinnerte Bergmann an einen Vormittag vor Jahren, als er mit Schäfer in der Innenstadt unterwegs gewesen war und dieser nur kurz in ein Bankfoyer wollte, um Bargeld zu beheben und seine Kontoauszüge auszudrucken. Bestimmt zehn Minuten waren sie vor der ratternden Maschine gestanden, die immer wieder kurz innehielt, als müsste sie verschnaufen, und dann zu einem neuen Durchgang ausholte. Krt, krt, krt ... hinter ihnen erst zwei, dann drei, dann vier wartende Kunden, die ebenfalls an die Maschine wollten. Die pausierte abermals, warf einen Fingerbreit Auszüge aus und fing dann zu piepen an, „Papierzufuhr füllen“ stand auf dem Display, und Schäfer ging seelenruhig an den Schalter, während der Erste in der Schlange hinter ihnen schon entnervt den Rückzug antrat. Wieso holen Sie die Auszüge nicht öfter ab, hatte Bergmann gefragt, nachdem sie neben Schäfers taschenbuchdickem Kontoauszugstapel auch einen Buckel voll heimlichen Flüchen aus dem Bankfoyer getragen hatten. Muss ich ja nicht jede Woche erfahren, dass ich kein Geld habe, hatte Schäfer geantwortet, die Auszüge kurz überflogen und in den nächsten Altpapiercontainer geworfen.

„Das muss ich aber mit der Chefin besprechen“, meinte die Rezeptionistin, während sie die Verpackung des Druckerpapiers aufriss und den Schacht füllte.

„Tut mir leid“, sagte Bergmann, „ich habe auch nicht gewusst, dass das so viel ist.“ Krt, krt, krt ...

Hundertsechzig Seiten später – inzwischen hatten auch die Farbpatronen aufgegeben – marschierte Bergmann aus dem Hotel; fünfzig Euro leichter und mit der Gewissheit, das Image der Polizei, trotz seines höflichen Dankes im Namen der österreichischen Exekutive, nicht gerade verbessert zu haben. Doch vielleicht war er ja dabei, dem legendären Major Schäfer, Held der Wiener Kriminalpolizei, das Leben zu retten; möglicherweise sogar, ein internationales Terrorkomplott aufzudecken; die österreichische Hauptstadt vor einem verheerenden Bombenanschlag zu bewahren! Wobei zu bezweifeln war, dass er mit Letzterem in den Bundesländern viele Fans gewinnen würde.

Nachdem er die vor seinem Gasthof ausgehängte Speisekarte studiert und keinerlei Lust auf ein kulinarisches Achtziger-Revival bekommen hatte, setzte er sich auf die Terrasse eines passabel wirkenden Italieners und bestellte einen Teller Penne. Einen Veltliner aus der Region dazu, weil er ja quasi auf Urlaub war. Einen Moment überlegte er, mit der Durchsicht der Dokumente zu warten, bis er gegessen hätte. Sich zurückzulehnen und den Gesprächsfetzen der Senioren zu lauschen, die in braunen oder beigefarbenen Komfortschuhen mit rutschfesten Gummisohlen im Stop-and-go-Modus an ihm vorbeiflanierten. Do der Brunnen, schau mol ... jo jo ... schau'n wir mol ... der Simandlbrunnen ... Simandl, jo jo ... Also doch die Informationen der französischen Untersuchungsrichterin.

Die Bilder, die sie geschickt hatte, ließen für Bergmann keinen Zweifel zu, dass Phillipe Marsant und Jean Plier ein und dieselbe Person waren – zumal auf Selmas Foto nur die Glatze höher gerückt war und ein paar Falten mehr das sonnengegerbte Gesicht durchzogen, die achtzehn Jahre zwischen den Aufnahmen den Mann ansonsten jedoch optisch nicht verändert hatten.

Plier war 1947 in Villefontaine, einem Dorf im Südosten von Lyon, geboren worden. Nach der Schule studierte er Geschichte und Literatur, ab 1971 war er als Lehrer an einem Gymnasium in Lyon, später in Grenoble tätig. Dort dürfte er 1975 bei einem esoterischen Vortrag zum ersten Mal in Kontakt mit Joseph Di Mambro, dem späteren Mitgründer des Sonnentemplerordens, getreten sein. Einfach gesagt war Di Mambro ein Krimineller mit feiner Menschenkenntnis; ein Trickbetrüger, der sich als Psychologe ausgab und seine Opfer mittels dubioser Therapien und Versprechen um ihr Geld brachte. 1974 gründete er in Annemasse nahe der Schweizer Grenze ein „Zentrum für die Vorbereitung des Neuen Zeitalters" und überzeugte die Mitglieder, dass eine gottnahe Ebene der Selbstversenkung nur möglich wäre, indem sie sich ihrer irdischen Güter entledigten. 1976 war Di Mambro schwerreich und residierte in einer Fünfzehn-Zimmer-Villa. Als ihm die Behörden, in erster Reihe das Finanzamt, in die Quere kamen, verlagerte er seine Aktivitäten vorübergehend in die Schweiz. Noch im selben Jahr gründete er in Genf die „Foundation Golden Way", eine religiöse Bewegung, die ihre Lehren aus dem New Age, der Ufo-Mythologie und dem Urchristentum speiste und in kurzer Zeit über hundert Anhänger hatte. 1981 begegnete Di Mambro Luc Jouret, einem belgischen Arzt, der selbst spirituell veranlagt war und als Großmeister eines Neo-Templerordens fungierte. In weiterer Folge brachte Jouret alle seine Anhänger in die Gemeinschaft seines Freundes Di Mambro ein. Aus diesem Zusammenschluss entstand der Orden der Sonnentempler, die nun neben ihren Zentren in der Schweiz und Frankreich auch in Kanada Verbündete hatten.

Spätestens 1985 wurde Jean Plier zum Sonnentempler ernannt und in Folge von Di Mambro und Jouret bei ihren spirituellen Sitzungen als aufgestiegener Meister des Lichts präsentiert, durch den die Botschaften der acht von ihnen erkannten Erzengel ihren Ausdruck fanden. Nach außen hin blieben die Sonnentempler, deren Anzahl zu dieser Zeit auf achthundert geschätzt wurde, unauffällig – sie waren Ärzte, Anwälte, Politiker oder sonst wie finanziell und gesellschaftlich gut gestellt, gingen ihren Berufen weiterhin nach und füllten die Kassa des Ordens mit gehörigen Mitgliedsbeiträgen. Die Heilslehre der Sonnentempler, die sich aus Gralsrittertum, mittelalterlicher Mystik, Astrologie, Reinkarnationstheorien und anderen Zutaten zusammensetzte, sah jedes Mitglied als Wiedergeburt einer bedeutenden historischen Persönlichkeit an, die je nach vormaliger Lebensführung gewaltig Buße zu tun oder eine leitende Funktion in der künftigen Heilsgeschichte des Ordens hatte. Die weniger begüterten Mitglieder hatten also beispielsweise Hitler am Buckel und mussten ab vier Uhr morgens bis zum Umfallen schuften, während die reichsten als Albert Schweitzer oder Franz von Assisi ihre Kräfte schonen durften. Die beiden Führer sahen sich selbst wahlweise als Reinkarnation von Osiris, Moses oder eines mittelalterlichen Mönchs – Di Mambro trat bei Zusammenkünften bevorzugt als geheimnisvoller Großmeister auf, dem durch das Schwert Excalibur kosmische Kräfte verliehen worden waren. Jean Plier galt zu diesem Zeitpunkt als Avatar der Götter, dem die Pflicht in die Wiege gelegt worden war, den Antichristen zu vernichten. Je näher das Millennium rückte, desto vehementer stellten die Führer des Ordens die nahende Apokalypse in den Mittelpunkt ihrer Lehre. In einem undurchsichtigen Auswahlprozess erklärten sie hundert Familien als auserwählt, um in besonderen Enklaven die Apokalypse zu überleben – auf Landgütern in Frankreich, Kanada, auf Réunion und in der Schweiz, die zum Immobilienimperium der Ordensführer gehörten. Deren rege Geschäfte hatten mittlerweile erneut die Behörden auf den Plan gerufen, die vom Ideal der Geheimhaltung wenig hielten und gegen Di Mambro und Jouret wegen Betrugs und Waffenhandels ermittelten. Gegen diese Unbill des Regimes und die nicht Zugehörigen generell entwickelten die beiden 1994 den Plan, nach einem kollektiven Tod im Sternensystem des Sirius wiedergeboren zu werden und eine neue Menschheit zu begründen. Dann wurde es blutig.

Vor Bergmann landete eine mächtige Portion Penne auf dem Tisch – der Italiener hier hatte offensichtlich gelernt, dass man in Österreich nach *primi piatti* keinen Hunger mehr haben sollte. Er legte sich die Stoffserviette auf den Schoß und nahm einen Schluck Veltliner. Verrückte hatte er in seinem Beruf ja schon reichlich erlebt ... aber solche Freaks ... und wieso kannte er als Mordermittler diesen Orden nicht ... hatte vielleicht einmal den Namen aufgeschnappt und wieder vergessen ... in Wien musste er gleich bei Wikipedia nachschauen ... vielleicht hatte diese Josyane das alles nur erfunden ... aber wozu ... außerdem besaß sie nicht nur eine Mailadresse der Staatsanwaltschaft von Annecy, sondern auch zahlreiche Unterlagen, die einer Zivilperson nicht zugänglich wären ... darunter Plier/Marsants Fingerabdrücke ... Plier, über den Bergmann auf den bisherigen Seiten nichts erfahren hatte, außer dass er Mitglied dieses obskuren Ordens gewesen war ... und weiter? ... verrückt sein war zum Glück noch legal, und dabei erinnerte sich Bergmann nun ausnahmsweise nicht an Schäfer, sondern an seine Volksschulzeit und die Zwillingsschwestern in der Bank hinter ihm. Forsthuber? Fastenhuber? Faistenhuber? Egal, die Schwestern beziehungsweise ihre Eltern gehörten irgendeiner religiösen Bewegung oder Sekte oder nicht anerkannten Religionsgemeinschaft oder neuen Kirche an, die sich einen Tag im Mai des Jahres 1982 ausgesucht hatte, um den Weltuntergang zu überleben – gemeinsam mit einer Schar Auserwählter, die sich mit Bussen aus Österreich, Deutschland und der Schweiz in die Steiermark karren ließen und in weißen Gewändern auf die Rax stiegen. Davon hatten Bergmann und die anderen Schüler zu diesem Zeitpunkt allerdings keine Ahnung. Die Zwillinge fehlten, hatten wahrscheinlich die Masern, Röteln oder irgend so einen Scheiß, weil Zwillinge ja immer alles gemeinsam machen mussten. Erst ein paar Wochen, nachdem die beiden wieder in der Schule waren, wurde das ganze tragisch-komische Ausmaß dieser Bergtour bekannt. Nachdem nämlich die Apokalypse wieder einmal verpennt hatte, beschlossen die Auserwählten, noch einen Tag abzuwarten; falls der neuzeitliche Kalender und die Zeitdrehung aufgrund der Polverschiebung und so weiter, jedenfalls hatten sie die Hoffnung noch nicht aufgegeben, dass vielleicht doch noch die Sintflut oder der Feuerregen oder die Engelsschwerter bald alles in Schutt und Asche legen würden. Im Laufe des zweiten Tages gab es dann die ersten Unstimmigkeiten im Team der Apokalyptiker: Proviant hatten sie verständlicherweise keinen mitgenommen, die weißen Leinenkleider wurden vom rauen Raxwetter gnadenlos verhöhnt und um die sanitäre Situation stand es auch nicht zum Besten. Alles Scheiße, sagten sich also die ersten Meuterer und entschieden, in die Zivilisation zurückzukehren. Die Eltern der beiden Zwillinge schlossen sich ihnen an. Während des Abstiegs wurde es dunkel, eins der Mädchen stolperte und brach sich den Knöchel. Wie dieses Malheur interpretiert worden war – ob als Strafe Gottes, Minimalapokalypse oder was auch immer –, hatte Bergmann nie erfahren. In einem letzten Akt kollektiver Selbstverleugnung behauptete die Sekte noch, dass es ihre innigen Gebete waren, die den Untergang abgewendet hätten, und löste sich bald darauf auf. Und die beiden Mädchen: die hatten es von da an in der Schule auch nicht leichter.

Bergmann aß brav fertig, damit am nächsten Tag abermals schönes Wetter war, schob den Teller weg und widmete sich wieder den Sonnentemplern. Jetzt wurde es blutig. Am 5. Oktober 1994 setzten Di Mambro und Jouret ihren Plan zur kollektiven Himmelsfahrt in die Tat um. In Cheiry in der Schweiz kam es zu Massenselbstmorden beziehungsweise -tötungen mit dreiundfünfzig Opfern, eingeschlossen Jean Plier und die beiden Ordensführer. Einige der Toten hatten Plastiksäcke über dem Kopf, die um den Hals mit einer Schnur oder mit Klebeband zugedreht waren, andere waren an den Händen gefesselt. Zahlreiche Schusswunden, Einstiche und Gifte in den Leichen ließen keinen Zweifel daran, dass die wenigsten der Opfer freiwillig in den Tod gegangen waren. Um dies vorzutäuschen – „dass wir unseren Transit bei vollem Bewusstsein und ohne jeden Fanatismus geplant haben, der in keiner Weise ein Selbstmord im menschlichen Sinne des Wortes ist" –, hatten Di Mambro und Jouret Zeitschalter an Heizgeräte angeschlossen, die durch einen Brand alle Spuren vernichten sollten, was jedoch großteils misslang. In einer Abschiedsbotschaft, die an einen Schweizer Sektenexperten ging, begründeten die Ordensführer ihre Tat mit „einem von der Großen Weißen Loge des Sirius erlassenen Dekret". Man habe sich entschlossen, „freiwillig alle Heiligtümer der Geheimen Häuser zum Bersten zu bringen, damit sie nicht profaniert werden können durch Betrüger und Unwissende".

Was sollte man davon halten? Wie anders reagieren als Bergmann, der nun, inmitten der malerischen Altstadt von Krems, verstört den Kopf schüttelte und zu seinem Weinglas griff. Freilich, er hatte mitbekommen, dass solche Massentötungen und -selbstmorde vorgefallen waren – Waco, Texas, David Koresh und seine Davidianer, über achtzig Tote, darunter auch zahlreiche Kinder. Jonestown in Guyana, fast tausend Tote. Doch das waren die Spinner aus den Vereinigten Staaten. Die hatten – warum auch immer – den Großteil aller Serienmörder unter Vertrag; die horteten vollautomatische Waffen in ihren Garagen und Survivalbunkern; die glaubten, dass Gott ihnen neben Jesus auch die exklusive Nutzung der Atombombe zugesichert hatte. Aber mitten in Europa? In der Schweiz ... das war ziemlich nahe an Österreich, wo einzig die lachhafte Fiat-Lux-Sekte in den Neunzigern vom Weltuntergang geträumt hatte, ihn mangels Eintreffen jedoch immer wieder verschieben musste und sich in der Zwischenzeit mit dem Heilwasser von Uriella ins Krankenhaus trank, weil jenes direkt aus der Badewanne der Sektenmutter stammte und statt heilsamer Energie voll von Kolibakterien war. Uriella, Wahnsinn. Bergmann winkte erst dem Kellner ab, der ihn gestisch nach Nachfüllung seine Glases fragte, und rief ihn dann zurück. Das alles, das war doch nüchtern nicht auszuhalten.

Offiziell war Jean Plier also tot. Verstorben am 5. Oktober 1994; unter nicht näher bekannten Umständen, da seine Leiche zu denen gehört hatte, die entsprechend Di Mambros Plan vollständig dem Feuer zum Opfer gefallen waren; bis auf die Fingerknochen in der Asche, anhand deren DNS die Forensiker den Geschichte- und Literaturprofessor Jean Plier zu den Toten des Massakers von Fribourg zählten. Ein Finger als Beweis?, zweifelte Bergmann an der Kompetenz der damaligen Ermittler. Andererseits: dreiundfünfzig Tote allein in der Schweiz, darunter zahlreiche Prominente, sogar ein französischer Bürgermeister nebst Gattin ... er sah das Szenario förmlich vor sich: eine Pressekonferenz nach der anderen, einflussreiche Angehörige, die ihre Verstorbenen so schnell wie möglich bestattet sehen wollten, Politiker, die mit den zu Tode Gekommenen in enger Verbindung gestanden waren, Testaments- und Erbschaftsstreitigkeiten, Zuständigkeitsquerelen zwischen den französischen und den Schweizer Behörden ... Halleluja.

Bergmann bestellte die Rechnung, bezahlte und ging zu seiner Pension. Kopf und Bauch: vollgefressen, dazu leicht angetrunken. Er zog sich aus und legte sich ins Bett. In Wien würde er bestimmt noch einen Kurzbericht verfassen, vielleicht Lorenz vom BVT anrufen, beraten, ob man Plier zur Fahndung ausschreiben könnte, die neuen Informationen an die Innenseite seines Schranks schreiben, überlegen, spekulieren, und um Mitternacht wach sein wie eine Fledermaus auf Kokain. Dabei schien ihm der Beginn dieses Tages – der Morgen, was hatte er da überhaupt getan? – ohnehin schon ewig entfernt. Jetzt schläfst du erst einmal, sagte er sich, sammelst neue Energien, die brauchst du morgen. Er rollte sich auf die Seite und schloss die Augen. Als das Telefon läutete.

„Bergmann."

„Bernhard ... die Abdrücke, die du mir heute geschickt hast ... die passen zu denen aus Schäfers Wohnung ... da war dieser Plier drinnen ..."

„Sicher?"

„Sehr lustig."

„Okay, danke dir ... gute Nacht ...", Bergmann legte das Handy weg und schloss erneut die Augen. Den Atem fließen spüren, begann er seine autogene Einschlafübung, deine Arme sind schwer, deine Beine sind schwer, dein ganzer Körper ist schwer, du bist müde, müde, müde ... verdammt noch einmal, er brauchte seinen Schlaf!

32.

Die Amsel singt anders am Land. Sie hat sich nicht gegen die Herrschaft des Lärms zu behaupten, kann sich mehr auf ihre Stimme und die Melodie konzentrieren. Nie würde es ihr einfallen, bis zur Heiserkeit eine Autoalarmanlage oder einen vulgären Klingelton zu imitieren, wie es Bergmann in seiner Wohnung in Wien schon erlebt hatte. Die Amsel, die jetzt auf dem Wipfel der Birke vor seinem Hotelfenster ihr Lied darbot, war so unverdorben wie anspruchsvoll. Erst stimmte sie sich mit ein paar einfachen und kurzen Tonfolgen ein. Dann wurden die Pausen immer kürzer, immer seltener, die Akkorde schneller, der Vogel jagte im Crescendo die Tonleiter hinauf, als wolle er die Scheiben der umliegenden Häuser zerspringen lassen. Bergmann stand auf und ging zum Fenster. Wenn sich die Reinkarnation nicht um Artenzugehörigkeit kümmerte, saß dort Jimi Hendrix im Baum, kein Zweifel. Fünf Uhr, wummerte es aus dem Kirchturm, die Amsel hielt inne und ergriff die Flucht. Bergmann legte sich zurück aufs Bett und starrte an die Decke. Welche Reinkarnation die Sonnentempler wohl ihm zugedacht hätten. Don Quichotte vielleicht – der den armen Sancho Pansa mit seinen Launen und Taten so sehr gequält hatte, dass er nun, hunderte Jahre später, als Gefolgsmann von Major Schäfer dessen Irrsinn zu ertragen hatte. Dazu der Kampf gegen Windmühlen, der vergleichsweise oft genug auf ihre Arbeit zutraf; und die Liebe? Ohne die der fahrende Ritter ein Baum ohne Blätter und Frucht, ein Körper ohne Seele wäre, wie Don Quichotte gemeint hatte. Die zerbrach nicht mehr an der Unerreichbarkeit ihrer Ideale – dafür waren sie mittlerweile erfahren genug –, doch vermutlich an der Umrüstung ihrer Gefühle, die sie gleich den Kevlarwesten über ihren Herzen vor der alltäglichen Gewalt in ihrem Beruf beschützen sollte, im Gegensatz zu diesen jedoch nicht nach Belieben abgenommen werden konnte. Was war der Ausweg? Emotionslos und zynisch zu werden? Medikamente in sich hineinzustopfen? Kurz vor dem eigenen Untergang alles hinzuschmeißen und zu verschwinden? Damit würde sich doch auch nicht verdrängen lassen, dass das Böse existierte, oder? Und er selbst, Chefinspektor Bergmann? Wie sah es mit seinem Gefühlsleben, seinen Idealen, seinem Umgang mit dem Bösen aus? Vielleicht hatte er die beste aller Strategien: Er dachte so gut wie nie darüber nach. Er konnte abschalten, er rauchte nicht, trank wenig Alkohol, ernährte sich gesund, trieb viel Sport, bildete sich regelmäßig in Stressbewältigung fort ... eigentlich bist du ein spießiger Beamter, sagte er sich, während er ins Bad ging. Aber was soll's? Ich will meine Pension gesund erleben, ein kleines Haus am Land, einen Badeteich ... und als Liebhaber einen ungestümen Stallknecht wie bei Lady Chatterley. Er stellte sich vor den Spiegel, hob seine Arme und spannte die Bizepsmuskeln an. Sancho, sattle mein Pferd!

Frühstück gab es erst ab sieben. Zu diesem Zeitpunkt stand Bergmann schon auf dem Gürtel – Stehen im Sinne von Frühverkehr, nichts geht weiter, alles Trottel diese Pendler, und noch schlimmer diese Affen, die in Wien wohnten und mit den Öffentlichen schneller wären, einen Hass konnte man bekommen, wenn man bei der Seitenscheibe hinaussah und in die ausdruckslosen Visagen dieser Menschmaschinen, die ihr Leben auf diese Weise abspulten, weil sie nun einmal dazu verdammt waren, sich selbst dazu verdammt hatten, diese trägen Rädchen eines Getriebes, das aufgrund seiner Millionen Teile unaufhaltbar wälzte ... Krieg dich wieder ein, ermahnte sich Bergmann, hättest auch mit dem Zug nach Stein fahren können.

Vor der Morgenbesprechung suchte er Kamp auf; erzählte ihm, dass Tannhäuser keinerlei brauchbare Aussagen geliefert hatte, und anschließend von Jean Plier, seinen Verstrickungen in die Machenschaften der Sonnentempler und seinem offensichtlich vorgetäuschten Tod. Kamp ließ sich Zeit mit einer Antwort; kritzelte mit einem Druckbleistift auf der Titelseite der Tageszeitung herum, die über verheerende Überschwemmungen in Australien berichtete, legte schließlich die Hände ineinander und sah Bergmann in die Augen.

„Gehen wir einen Schritt zurück“, sagte er und räusperte sich, „Schäfer lernt diesen Mann auf Réunion kennen, wie uns Isabelle bestätigt hat. Er freundet sich mit ihm an, sie bleiben in Kontakt. Ein halbes Jahr später veranstaltet dieser Marsant oder Plier oder wie auch immer ein Seminar im Waldviertel, an dem auch Schäfer teilnimmt ... dabei geht es um ... um was ist es da gegangen?“

„Ähm ... systemische Aufstellung ... irgend so ein Esoterikquatsch halt ...“

„Gut ... das mit dem Quatsch sei dahingestellt ... diesbezüglich sind Sie ja etwas voreingenommen, wie wir beide wissen.“ Kamp machte eine bedeutsame Pause, die Bergmann daran erinnerte, dass der Oberst über seine Abneigung gegen jene selbst ernannte Therapeutin, die er für den Selbstmord einer Bekannten verantwortlich hatte machen wollen, durchaus Bescheid wusste.

„Was wäre also eine Erklärung, die keine Straftat unterstellt? ... Schäfer will sein Leben in den Griff bekommen ... Plier verspricht, ihm dabei zu helfen ... nach diesem Seminar und möglicherweise noch weiteren Treffen entschließt sich unser Major – dessen Unberechenbarkeit uns nicht fremd ist – den Polizeidienst zu quittieren ... nicht auf die konventionelle Art, weil ihm das aller Wahrscheinlichkeit nach nicht gelingen würde ... er verschwindet und bricht alle Kontakte ab, wie dieser Franzose es ihm geraten hat ... nach ein paar Wochen fällt ihm ein, dass er in seiner Wohnung etwas Wichtiges vergessen hat ... er gibt Plier seinen Schlüssel und bittet ihn, diesen Gegenstand für ihn zu holen ... ehrlich gesagt, Chefinspektor Bergmann: Ich würde diese Lösung begrüßen ...“

Bergmann hatte Kamps Tempo nicht folgen können; er hatte verstanden, was dieser meinte; dass sich alles ganz anders zugetragen haben könnte, dass Plier ein Guter war und Schäfer geholfen hatte; dass aus einem nur leicht veränderten Blickwinkel alles anders aussehen konnte, dass man zu nahe am Objekt den Überblick verlor und so weiter. Gut, in der Analyse solcher Sachverhalte war Kamp ein Ass, keine Frage; sein Wissen stand auf den Lehrplänen der Polizeiausbilder, seine Einvernahmen waren Legende. Aber in diesem Fall konnte Bergmann nicht anders, als seinem Vorgesetzten unrecht zu geben. In diesem Fall war Kamps Nase nicht nahe genug dran, um riechen zu können, dass hier etwas faul war.

„Möglich“, erwiderte Bergman ruhig, „das Maß an krimineller Energie, das da zusammentritt, sagt mir aber etwas anderes. Plier als ehemaliges Mitglied einer Sekte, deren Führer einen Massenmord verübt haben, weil sie geglaubt haben, dass die Apokalypse vor der Tür steht ... Eisert, der eine Serie von Sprengstoffanschlägen in Wien vorbereitet hat ... aus ähnlichen Motiven, wie die Untersuchungen des BVT ergeben haben ... bei ihm haben wir einen Anhänger gefunden, der bestimmt aus keinem Schmuckgeschäft oder Souvenirshop kommt ... in Schäfers Schublade ist ein Anhänger gelegen, der aus den gleichen Metallen in derselben Zusammensetzung gefertigt worden ist ... an diesem Anhänger hat das Labor Hautpartikel von Andreas Troger gefunden ... der Troger, der vor kurzem aller Wahrscheinlichkeit nach in Stein von Tannhäuser umgebracht worden ist ... von dem Tannhäuser, der behauptet, seine Mordaufträge von Gott persönlich zu bekommen ... von dem Tannhäuser, den Schäfer in den letzten Monaten vier Mal besucht hat, ohne dass er irgendwen davon informiert hat ... von dem Tannhäuser, der mich Länge mal Breite verarscht hat!“

Bergmann war sich nicht sicher, glaubte aber, dass sich während seines Vortrags Kamps Mund für einen Moment zu einem Grinsen verzogen hatte. Er atmete geräuschvoll durch.

„Gut“, sagte Kamp und richtete sich in seinem Sessel auf, „wir gehen das ab sofort als Ermittlungsverfahren in einem vermutlichen Gewaltverbrechen an, was die Zuständigkeit von der Fahndungsgruppe zu uns bringt ... ob Sie den Fall offiziell übernehmen dürfen, kann ich noch nicht sagen. Schreiben Sie einen detaillierten Bericht, der die Zusammenarbeit mit dem BVT für beide Seiten von Vorteil erscheinen lässt ... dann haben wir da auch ein paar nützliche Ressourcen ...“

„Was machen wir mit Müller?“

„Wieso?“

„Er hat mir den Tipp mit Tannhäuser gegeben ...“

„Von mir aus können wir die Razzien zurückfahren ... besprechen Sie das mit den anderen Einheiten ... Sie glauben nicht, dass er mit der Sache was zu tun hat?“

„Müller? Nein ... dass er jemandem einen Kontakt verschafft, wo man Material für Sprengstoff kriegt, kann ich mir noch vorstellen, aber sonst ...“

„Ja ... meine Meinung.“

Als Bergmann die Tür aufzog, hörte er Kamp sagen: „Tannhäuser hat Sie also verarscht ...“

„Ja ... ich denke schon ...“

„Machen Sie sich keinen Kopf ... hat er mit mir auch gemacht ... aber er sitzt und wir nicht, oder?"

„Ja ... danke ..."

Kleinkram, war er mehrmals versucht zu äußern, als ihn seine Kollegen bei der Morgenbesprechung auf den aktuellen Stand ihrer Ermittlungen brachten. In der Nacht hatte es eine Messerstecherei in einem Asylheim in Hernals gegeben. Ein Afghane auf der Intensivstation, ein Tschetschene nunmehr ohne Ohr. Und, was soll's? Leitner hatte sich den Jungen vorgenommen, der die Leiche der Selbstmörderin ins Internet gestellt hatte. Warum? Weil es eine Sauerei ist und weil die Websites, wo diese Dinge auftauchen, möglicherweise auch Informationen über andere Verbrechen liefern konnten.

„Und? Hast du jemanden beim Zeitungstehlen gesehen?", fragte Bergmann, den die Internetaktivitäten verkorkster Jugendlicher gerade gar nicht interessierten.

„Na, du hast einen Grant heute ... schlecht geschlafen oder ..."

„Tschuldigung ... war nur ein harter Tag gestern ... also das mit diesen Websites ist eine gute Idee ... das können wir weiter verfolgen ... sonst?"

„Bei der Fahndung hat sich einer gemeldet, der angeblich mit Schäfer auf so einem Selbstfindungsseminar im Waldviertel war", brachte Strasser ein, „war wohl eher ein Selbstverlierungsseminar ..."

„Sie schicken mir Name, Adresse und Telefonnummer ... und wenn Sie noch einmal so einen beschissenen Kommentar abgeben, können Sie sich aussuchen, ob Sie um Versetzung ansuchen oder um ein persönliches Treffen in der Tiefgarage ... nachdem wir die Kameras ausgeschaltet haben ..."

Als er zum wiederholten Mal die Sachen aus Schäfers Wohnung musterte, wurde ihm endlich klar, wie dieser Satz mit den Dämonen in seinen Traum gekommen war. Aus diesem Buch, das Schreyer eingepackt hatte: Raymond Carver, Kathedrale. Auf der ersten Innenseite befand sich eine Widmung: Kill all my demons, and my angels might die too. (Tennessee Williams) Alles Gute zum Vierziger, Amos. Warum schreibt jemand ein Zitat von Tennessee Williams in ein Buch von einem anderen Autor, fragte sich Bergmann, und wieso kann ich mich nicht erinnern, dass ich das schon angeschaut habe. Er überflog das Inhaltsverzeichnis. Kurzgeschichten. Er hielt das Buch mit dem Rücken nach oben und schüttelte es. Kein Zettel mit einer geheimen Botschaft, schade.

Amos Goldmann, der nächste Wahnsinnige auf der Liste, murrte Bergmann in sich hinein. Er hatte Goldmann zwei oder drei Mal getroffen und sich kein gutes Bild von ihm bewahrt. Ein scharfsinniger Intellektueller, ein geistreicher Exzentriker, so mochten seine Freunde ihn nennen; für Bergmann war er ein arroganter Arsch, der mit seinem Judentum hausieren ging und deshalb glaubte, sich alles erlauben zu können. Wobei, ehrlich gesagt lag es nicht nur an Goldmann, gestand sich Bergmann ein, sondern an dieser ihm so fremden Künstler- und Geistesmenschenwelt, mit ihrem blasierten Bohemiengehabe, das mit reichlich Alkohol blitzartig ins Vulgäre und Taktlose kippen konnte. Schäfers Vierziger, nur als Beispiel. Den hatten sie bei Goldmann zu Hause im 1. Bezirk gefeiert, in einer für ihre Lage unglaublich abgefuckten Wohnung, die trotz ihrer zweihundert Quadratmeter kurz nach zehn so voll war, dass Bergmann bereits die Rettungsszenarien im Falle einer Massenpanik durchging. Es wurde gekokst, gekifft, gesoffen, niemand kümmerte sich darum, dass gut ein Dutzend Kriminalbeamte herumstand oder -saß oder -lag, die sich allerdings auch nicht gerade beispielhaft verhielten, wie peinlich war das alles, wenn da jetzt eine Streife wegen Lärmbelästigung anrückte, wie gern wäre Bergmann geflohen, doch er hatte seinem bereits um sechs Uhr angetrunkenen Major das Versprechen gegeben, auf keinen Fall vor ihm heimzugehen; und da er sich weder als Anstandsdame aufspielen noch seinen Vorgesetzten vor seinen Bekannten mit Gewalt aus der Wohnung bringen wollte, saß er in der Küche, trank deutschen Riesling – auch so ein geistreiches Geschenk von einem jüdischen Freund – und sah sich alle zwanzig Minuten einem neuen Gesprächspartner gegenüber, der unbedingt etwas über seine Arbeit erfahren wollte – wow, Mordkommission, ganz schön tough, oder? – und dann plötzlich für immer aufs Klo musste. Irgendwann zwischen eins und vier schlief er ein und wurde wenig später von einem wüsten Lärm geweckt, der ihn automatisch unter sein Jackett greifen ließ, das er aber gar nicht mehr anhatte, weil er damit eine am Boden schlafende Punkerin zugedeckt hatte; er sprang auf und sah Schäfer und Goldmann in eine wüste Keilerei verwickelt, sie warfen sich förmlich durch die Küche, Teller, Gläser, Tassen, dazu alles, was vom Buffet noch übrig war, ging unter Geschepper und Geklirre zu Boden, die beiden Streithähne hatten hochrote Köpfe, Schäfers Hemd war zerrissen, Goldmanns Nase blutete, dennoch gackerten die beiden wie blöd vor Lachen und wurden obendrein von den Umstehenden gehörig angefeuert. Bergmann ahnte, dass er bei einem allfälligen internen Drogentest seinen Urin würde hergeben müssen. Dann hatte Schäfer seinen Freund schließlich am Boden, fixierte ihn mit einer Beinschere und setzte sich dann blitzschnell auf Goldmanns Gesicht. So, du Nazarene, jetzt wirst du vergast, gluckste Schäfer und ließ einen gewaltigen Furz, worauf Goldmann nicht nur an seinem Gelächter fast erstickt wäre. So viel zum Thema exzentrischer Humor, mit dem Bergmann nichts anfangen konnte. Nichtsdestotrotz wäre es ein Fehler, nicht mit Amos Goldmann zu sprechen.

Strasser hatte das Mail des jungen Mannes, der mit Schäfer im Ottensteiner Wald gewesen war, kommentarlos weitergeleitet. Schwanz einziehen, aber das Messer in der Tasche offen halten, dachte Bergmann, und fragte sich, wieso er selbst nicht die geringste Lust verspürte, eine Intrige gegen diesen hinterfotzigen Trottel anzuzetteln. Weil er ihm damit ins offene Messer laufen würde, das war ihm bei Typen wie Strasser schon länger klar. Und weil es eine sinnlose Energieverschwendung war. Und weil man so etwas einfach nicht tat, aus. Er rief den Mann, Jonas Brühl, an und fragte ihn, ob er am Nachmittag in die Sicherheitsdirektion kommen könne. Woanders geht es nicht?, kam gleich die Gegenfrage. Aha, Vorgeschichte, sagte sich Bergmann reflexartig. Sie verabredeten sich für vier Uhr in einem Lokal in Neubau; und nach dem Auflegen war Bergmann dem Mann richtig dankbar, dass er ihm einen seriösen Grund geliefert hatte, eine Stunde weniger in der Nähe dieses Stimmungsverseuchers Strasser zu sein.

33.

Was war der Plan? Er hatte keinen Pass, wollte sich nicht auf ein Im-Klo-Versteckspiel mit den Schweizer Zöllnern einlassen, das höchstwahrscheinlich in einer Zelle und wer weiß wo sonst noch enden würde. Am Bahnhof von Montreux hatte er sich einen Sack voll Sandwiches, Hartwürste, Käse, Obst, Vanillepudding und Schokolade gekauft und bereits am Bahnsteig in sich hineingestopft, was der Magen aushielt. Dazu einen Pack Tageszeitungen aus der Schweiz, Deutschland und Österreich – vielleicht half ihm die aktuelle Wirklichkeit ja dabei, den einen oder anderen Scheinwerfer aufzustellen in diesem aussichtslosen Dunkel, in das ein Großteil seines Lebens gefallen war. Wenn er zu nüchterner Reflexion, zur Betrachtung seines Selbst von außen fähig gewesen wäre, hätte er sich allerdings auch eingestehen müssen, dass sein Wunsch nach Erleuchtung nicht widerspruchsfrei war. Schließlich war er selbst es, der mit dem Rücken zum Licht stand und die finsteren Schatten warf. Sein beschädigtes Gehirn, Drogen, ein Trauma – er wusste es nicht, er fühlte sich ängstlich und unsicher, stand zitternd vor diesem schwarzen Loch, das ihn anzog und abstieß zugleich. Hin zu einer Erkenntnis, mit der er nicht fertigwerden würde? Oder zurück? Wohin zurück? Er sah aus dem Zugfenster, die Schweizer Landschaft, die wie geschaffen war für eine Projektion von Sehnsüchten nach einem Leben in vorsündhafter Unschuld. Ruth, sie hätte ihn mitnehmen sollen. Sie hätte keine Fotografin sein sollen, sondern eine Schafbäuerin auf einem einsamen Hof im Wallis oder Tessin. Wo er mit ihr ein neues Leben begonnen hätte. Frühmorgens die Schafe auf die Alm führen, ihnen Kommandos zurufen wie Öyöyö, hayaho, do her, dem treuen Hirtenhund den Kopf kraulen, einmal in der Woche einem Wanderer zunicken, friedvoll und wortkarg wäre er über die Jahre geworden, genügsam und knorrig wie die alte Eiche, in deren Schatten er zu rasten liebte, zu Mittag ein einfaches Mahl einnehmen, das ihm Ruth in einem Blechgeschirr brachte, schon von weitem winkend und hüpfend wie ein junges Mädchen, trotz der Jahre, die ihre Haare grau gefärbt, ihr Gesicht hatten faltig werden lassen, die vielen Jahre, die er nun schon in reinem Glück mit ihr lebte. Er hatte nicht einmal ihre Telefonnummer.

34.

„Danke, dass Sie sich gemeldet haben ...“, sagte Bergmann, nachdem er dem etwa fünfundzwanzigjährigen Mann die Hand gereicht und sich ihm gegenübergesetzt hatte.

„Ist doch klar ... also ... ja, so was gehört sich ...“

„Ohne Ihnen zu nahe treten zu wollen ... haben Sie schlechte Erfahrungen mit der Polizei gemacht?“

„Gibt’s jemanden außerhalb der Polizei, der nicht?“ Brühl grinste vorsichtig.

„Das ist eine landläufige Irrmeinung“, Bergmann winkte der Kellnerin, die gerade eine einzelne Tasse Tee in Zeitlupe durchs Lokal trug, „ich bin mir ziemlich sicher, dass ich mehr schlechte Erfahrungen mit Polizisten gemacht habe als die meisten Zivilpersonen ..."

„Ja ... aber verdroschen sind Sie nie worden, oder?"

„Fünfter Dan ... das hilft ..."

„Sagt mir nichts ..."

„Das heißt, dass ich als Jugendlicher so viel Schiss hatte, dass ich angefangen habe, wie ein Blöder Karate, Hapkido und Wing Tsun zu trainieren, bis ich mich nicht mehr fürchten brauchte ..."

„Wer hat dich verdroschen ... darf ich du sagen?"

„Klar ... von der WEGA welche ... bei der Demo gegen den Burschenschafterball ..."

„Ah ... hast du Major Schäfer vielleicht da schon getroffen, ohne es zu wissen ..."

„Der hat da mitgemacht? So eine Sau ..."

„Falsch ... auf eurer Seite ..."

„Verstehe ich nicht ..."

„Er hat auch gegen diese Neonazis demonstriert ... wahrscheinlich war er sogar vermummt, der Spinner ... hat ein eher zwiespältiges Verhältnis zur Staatsmacht, mein Major ... gut: du hast ihn also bei diesem Seminar getroffen ... wer hat dir das vermittelt?"

„Einer auf der Uni ... hat gemeint, dass ich das unbedingt einmal machen soll, weil das total das Bewusstsein öffnet und so ..."

„Hast du seinen Namen? ... Okay, verstehe, falsche Frage ... bei wem hast du dich gemeldet, also wen hast du angerufen für die Teilnahme?"

„Einen Journalisten ... der hieß ..."

„Linus Foster?"

„Ja ... kennen Sie den?"

„Nein, leider nicht ... du hast dich also angemeldet, bist ins Waldviertel gefahren, und dann?"

„Das war von Anfang an ziemlich strange ... einmal waren da nur Männer, wo ich eh schon gedacht habe, dass das vielleicht so ein Paintball-Scheiß in Camouflage oder so was wird ...

wir haben zu zweit einen Bungalow gehabt ... die sind ausgelost worden ... da bin ich mit so einem Managertyp zusammengekommen, voller Arsch ... dir macht es eh nichts aus, wenn ich in der Nacht das Fenster offen lasse ... für dich ist es eh okay, wenn ich meine Trancemusik ohne Kopfhörer spiele, die muss nämlich den Raum füllen ... ja, und dann hat dieser Marsant sein Programm abgezogen ... das war eh ganz okay ... der hat schon was draufgehabt ..."

„Was genau habt ihr da gemacht?"

„Zuerst so Atemübungen, Körpererfahrung ... dann so ein irres Spiel, wo wir eine Stunde mit unserem Partner durch den Wald gehetzt sind und Aufgaben erfüllen mussten und danach haben wir uns gegenseitig einschätzen müssen ... also wirklich bis ins Detail: wie oft Sex, ob wir glauben, dass der andere schon einmal eine Frau geschlagen hat, wie viel er verdient, ziemlich weird, ehrlich ... aber Ihr Major, der war da echt irre, der hat den anderen zerlegt, das hätten Sie sehen müssen ..."

„Das sieht ihm ähnlich, dem Angeber ... irre wäre es, wenn er in zwanzig Jahren bei der Kriminalpolizei nichts über Menschen gelernt hätte ... wie hat er sonst auf dich gewirkt? War er gut aufgelegt, launisch ..."

„Na ja ... eigentlich war er schon gut drauf, aber ich habe das nur einen Tag mitgemacht ..."

„Wieso? Ich dachte, das hat drei Tage gedauert ..."

„Hat es auch ... aber mir ist am ersten Abend so schlecht geworden ... ich habe die halbe Nacht gekotzt ... voller Albtraum ..."

„Keine so tolle Küche da oben, oder?"

„Nein, das Essen war okay ... ich bin mir ziemlich sicher, dass das von dem Tee war ..."

„Was für ein Tee?"

„Am Abend hat Marsant mit uns so eine schamanische Reise gemacht, unser inneres Tier erkunden oder so ... das war eigentlich ziemlich cool, mit dem Feuer und so ... wir haben zuerst nicht reden dürfen und er hat jedem so einen Tonbecher mit Tee gegeben ... hat ziemlich gestunken das Zeug ..."

Bergmann begannen die Füße zu kribbeln. Tee? Stinkendes Zeug?

„Wie hast du dich danach gefühlt? ... Nachdem du das getrunken hast ..."

„Na ja ... eh gut ... entspannt, lustig ... wie nach einem milden Gras ... ein bisschen intensiver vielleicht ..."

„Habt ihr alle davon getrunken?"

„Sicher ... da pissen Sie mich jetzt aber nicht an deswegen, oder?"

„Nein, keine Sorge ... erzähl weiter ..."

„Eigentlich sind wir einfach nur dagesessen ... jeder hat der Reihe nach etwas von sich erzählt ... was ihn so bedrückt, eh ganz easy ... aber mich hat es dann ziemlich schnell weggepresst ... den ganzen Tag da im Wald herumeulen ..."

„Du bist eingeschlafen ..."

„Ja, sag ich doch ... und voll die strangen Träume ... da war ich ein Wolf und bin durch die Stadt und alle haben sich angeschissen vor Angst ... Wahnsinn, schon geil ... aber die Kotzerei hätte es echt nicht gebraucht danach ..."

„Hast du mit Schäfer gesprochen?"

„Nein ... also schon Hallo und so ... aber nicht mehr ..."

„Mit wem war er im Bungalow?"

„Mit so einem verkorksten Buchhaltertyp ... der hat die ganze Zeit gezwinkert, fast spastisch ... da bin ich ja noch gut ausgestiegen mit meinem Psychobanker ... was für eine Scheiße ..."

„Weißt du, wie der geheißen hat? Dieser Buchhaltertyp."

„Harald, glaube ich ... ja, Harald ... passt irgendwie, oder?"

Als Bergmann das Lokal verließ, nahm er sein Handy und rief Schäfers Nachbarn an. Ja, der Kollege von der Spurensicherung hatte ihm den Schlüssel wieder zurückgebracht. Ja, er wäre in zehn Minuten zu Hause. Bergmann ging zur nächsten Station der U3 und fuhr nach Ottakring. Er hätte es wissen müssen! Wie alt war er denn, dass er geglaubt hatte, ein paar Gläser zu viel am Vortag und ein ayurvedischer Fruchtshake könnten ihn in so einen Zustand versetzen! Dieser Trip in der U-Bahn, zwei Stunden nackt in der Wohnung zu tanzen, dieser psychedelische Traum im Bus ... warum hatte er nicht schon früher an Drogen gedacht? Vielleicht, weil diese im Haushalt eines hochrangigen Polizisten nichts verloren hatten? Wie auch immer, diese stinkende Kräuterteemischung aus Schäfers Küche musste ins Labor.

Um sieben war er zurück im Büro. Durchgeschwitzt und aufgewühlt. Er wusch sich das Gesicht, wechselte sein Hemd und goss sich einen Pfefferminztee auf. Die plötzliche Lust, seine Waffe zu nehmen und ein Magazin in den Schrank zu feuern, hatte er schnell wieder unter Kontrolle. Er setzte sich an den Schreibtisch, rief seine Mails ab. Brühl hatte ihm tatsächlich schon das Video geschickt, das ein Freund von ihm während der Demonstration gegen den Burschenschafterball gemacht hatte. Au, au, dachte Bergmann, als er sah, wie ein vermummter Beamter der WEGA auf den am Boden liegenden Studenten eintrat. Er machte ein Bildschirmfoto des Polizisten, druckte es aus und rief Strasser an.

„Finden Sie heraus, wer dieser Beamte ist", sagte er, während er Strasser den Ausdruck hinhielt.

„Wer hat ihn angezeigt?"

„Da liegt ein Mann wehrlos am Boden und ein anderer tritt ihm mit dem Fuß in den Bauch ... für so etwas braucht es keine Anzeige ... da ermitteln wir von uns aus ... steht irgendwo im StGB, oder?"

„Sicher ... wir sollen gegen einen Kollegen ermitteln, im Ernst?"

„Das ist kein Kollege, das ist ein Krimineller, im Ernst."

Kurz vor sieben bekam er sechs Mails von Selma: hoch aufgelöste Scans der Bilder, die sie von Plier und den anderen Teilnehmern des Seminars im Waldviertel gemacht hatte. Bergmann speicherte sie ab und schickte sie dann an den Farbdrucker. Auf einem der Fotos stand Plier in weißen

Leinenhosen und mit nacktem Oberkörper im Grätschstand über einem Bach und streckte die Hände von sich – als wollte er das menschliche Proportionsschema von da Vinci nachahmen. Um den Hals trug Plier ... ja, und Bergmann empfand nicht die Aufregung, die diese Entdeckung eigentlich hätte mit sich bringen sollen. Als hätte er es gewusst und sich nicht auszusprechen getraut, bevor ein Bild die Bestätigung geliefert hatte. Da war der Anhänger, der dritte seiner Art, und wohl der zwingende Beweis, dass Eisert und Plier in Verbindung gestanden waren. Und Schäfer: Da saß er, nackt im Naturpool eines Bachs, den Kopf in den Nacken gelegt, die Augen geschlossen, den Geist wahrscheinlich umnebelt von Pliers Drogenmischung; er sah entspannt aus, fast glücklich, zweifellos ohne jede Ahnung, wie gefährlich die Sache war, in die er da auf dem Weg von der Insel Réunion ins Waldviertel geschlittert war.

Als die Nacht hereinbrach, verließ Bergmann das Büro. Zu spät – weil er die letzte Stunde ohnehin nichts zuwege gebracht hatte, als an die Wand zu starren, ab und zu einen Stift dagegen zu werfen und Selbstgespräche zu führen. So ging es nicht weiter. Er musste die Ermittlungen auf eine breitere Basis stellen. Unmöglich würde er auf die Schnelle und allein die anderen Männer ausfindig machen, die an diesem Seminar teilgenommen hatten. Unmöglich diesen ganzen Datenberg bewältigen, der damit zusammenhing. Zwei Stunden hatte ihn schon das Gespräch mit diesem Quatschkopf gekostet. Wohlgemerkt ein linker Student, der von der WEGA zusammengeschlagen worden war und sich dennoch bereit erklärt hatte, ihnen dabei zu helfen, Schäfer wiederzufinden. So viel zum Thema Quatschkopf, Bergmann, du Arschloch!

35.

„Bergmann."

„Du hast das Zeug getrunken, wirklich?!", Koller prustete ins Telefon, als wäre er selbst auf Drogen.

„Schäfer und du ... eure nächtlichen Telefonate in Ehren, aber ich für meinen Teil ..."

„Kurz vor Mitternacht, Herr Chefinspektor ... da wirst du dich als Gruppenleiter dran gewöhnen müssen ..."

„Also gut, mach's kurz ... aber ... wieso ist das Zeug überhaupt bei dir gelandet?"

„Weil ich als Koryphäe der Wiener Gerichtsmedizin über eine herausragende und international anerkannte Erfahrung im Bereich illegaler Substanzen habe ... mitunter letaler Substanzen, wie ich hinzufügen möchte ..."

„Letal? Tödlich?", Bergmann setzte sich im Bett auf, „das hätte mich umbringen können?"

„Der Tee? Nein ... da musst du schon ein paar Liter trinken und das Kraut davor ordentlich auskochen ... ich hab das ja erst einmal in meinem Leben probiert, in Mexiko ..."

„Ich will wirklich nicht unhöflich erscheinen ... was ist das für ein Zeug, das du jetzt offensichtlich zum zweiten Mal probiert hast?"

„Ayahuasca ... also das ist der maßgeblich psychotrope Bestandteil in dieser Mischung, die ansonsten aus ... warte ... Johanniskraut, Meisterwurz, Ginkgo und Salbei besteht ..."

„Und wie hast du das so schnell herausgefunden?"

„Du leerst es in eine Schale, nimmst mit einer Pinzette die einzelnen Kräuter heraus, zerreibst sie und riechst daran ... weniger kompetente Kollegen verschwenden ..."

„Alles klar ... also: Ayahu ... wie auch immer ... was ist das?", Bergmann stand auf und ging in die Küche, um ein Glas Wasser zu trinken, da ihm die Erinnerung an besagtes Gebräu einen fahlen Geschmack in den Mund getrieben hatte.

„Ayahuasca. Das ist ein pseudowissenschaftlicher Ausdruck für die Liane Banisteria caapi, die hauptsächlich im südamerikanischen Dschungel wächst ... gleichzeitig wird der Name auch für einen Trank verwendet, der aus der Banisteria und den Blättern der Psychotria viridis gekocht wird ...“

„Du hast das eh irgendwo aufgeschrieben und schickst mir das per Mail, oder?“

„Eigentlich übersetze ich es dir gerade frei von einer englischen Website ... ich schick dir dann den Link ...“

„Danke ... und was bewirkt dieser Höllentee?“

„Höllentee ... ja, ha ha, nicht so weit daneben ... auf Quechua bedeutet Ayahuasca Liane der Geister oder Toten ... es wird vor allem in Brasilien bei rituellen Zeremonien getrunken, um Geister zu treffen oder in die Zukunft blicken zu können ... die halluzinogene Wirkung beruht auf einem Tryptamin-Alkaloid in Verbindung mit einem MAO-Hemmer aus der Harmala-Reihe ... ich glaube, das ist sogar in einem alten Antidepressivum verwendet worden, aber sicher bin ich mir jetzt nicht ...“

„Zwischenfrage: Kann das bleibende Schäden verursachen?“, Bergmann füllte sein Wasserglas erneut.

„Was? Schmarrn ... du bist doch ein gesunder junger Mann ... wenn es ganz blöd hergeht, verursacht es vielleicht noch ein paar Intrusionen, wie man sie von LSD oder psychotropen Pilzen kennt ... Flashbacks, verstehst du?“

„Ja, leider ... und bei langfristiger Anwendung ...“

„Keine Ahnung ... ich gehe davon aus, dass es wie bei allen Halluzinogenen stark auf die psychische Konstellation des Konsumenten ankommt ... also bei Schäfer hättest du wahrscheinlich gar nicht bemerkt, wenn er das Zeug als Kaffeeersatz verwendet“, Koller geriet ob seines Witzes so ins Lachen, dass ihn ein Hustenanfall packte, der bestimmt eine Minute ins Telefon dröhnte. „Scheiß Pfeife, sollte ich langsam lassen ... aber im Ernst: Du gehst nicht davon aus, dass unser lieber Major das regelmäßig konsumiert hat ...“

„Nein ... erstens ist die Packung voll ... und wenn ich daran denke, in welchem Zustand ich nach zwei Tassen war ... das wäre mir doch aufgefallen ... ich weiß es nicht ... das wird alles immer mysteriöser ...“

„Also was mache ich jetzt mit dem Tee? Kann ich ihn behalten?“

„Du spinnst wohl … das ist ein Beweismittel!“

Bergmann saß auf der Couch und starrte in den Raum. Wieso hatte er plötzlich das Gefühl beobachtet zu werden? Verarschten ihn die allesamt? War er ohne sein Wissen in ein perfides Spiel geraten, an dem sich Kamp, Koller, Lorenz und vielleicht sogar Schäfer erfreuten? Er stand auf und suchte ein paar Stellen ab, an denen er eine Minikamera verstecken würde. Blödsinn, natürlich. Aber so ferngesteuert, mitunter so außerhalb der eigenen Kontrolle wie in den letzten Wochen hatte er sich noch nie gefühlt. Das ist die neue Verantwortung, in die ich erst hineinwachsen muss, versuchte er sich zu beruhigen; heißt ja nicht umsonst neue Position; weil man woanders steht und den Blick noch nicht gewohnt ist; dazu diese Unmengen an Informationen, die ich erst einmal alle verdauen muss!

Als er aufstand, drehte er sich dennoch mit erhobenem Mittelfinger im Kreis und sagte: Ihr könnt mich alle, alle könnt ihr mich einmal! Dann nahm er seinen iPod und legte sich ins Bett, aus den Kopfhörern floss Flotation Toy Warning, eine englische Band, die ihm Schäfer einmal empfohlen hatte. Tryin', tryin' to understand it all, to understand it all, just makes your head hurt, jammerte der Sänger. Bergmann stand auf, holte seine Waffe aus dem Vorraum und legte sie aufs Nachtkästchen. Weil es gerade cool war.

Die erste Besucherin am folgenden Tag passte perfekt in sein Konzept der Fremdbestimmung. Erstens kannte er sie, zweitens verachtete er sie, drittens fragte er sich, was zum Teufel diese Psychohexe bei ihm wollte.

„Herr Bergmann“, wiederholte sie und stand immer noch in der offenen Tür.

„Ja?“

„Darf ich reinkommen?“

„Sicher ... nehmen Sie sich den Stuhl da ... Kaffee, Wasser, Ayahuasca?“

„Wie bitte?“

„Ob Sie was trinken möchten ...“

„Nein, danke ... ich will Sie auch gar nicht lange aufhalten, aber ...“

„Ich höre?“, anscheinend hatte sie plötzlich der Mut verlassen.

„Herr Bergmann ... was damals mit Ihrer Bekannten passiert ist ...“

„Das nennt man nicht passiert ... sie hat sich das Leben genommen ...“

„Ich weiß, und das tut mir leid ... aber manchmal ... manchmal wirken eben Kräfte auf uns, die sich einer Einflussnahme entziehen und ...“

„Sind Sie hier, um sich bei mir zu entschuldigen? Wäre immerhin ein Anfang ...“

„Nein ... das könnte ich nur, wenn ich überzeugt wäre, dass ich über ihren Tod entschieden hätte ...“

„Von mir aus ... also?“

„Es geht um einen Freund von Ihnen ...“, sie legte die Hände auf die Knie und schloss die Augen.

„Frau Pittscheider ... ich wäre Ihnen dankbar, wenn wir das ein bisschen flotter hinter uns bringen könnten ...“

„Johannes Schäfer ... er will, dass ich Ihnen etwas ausrichte ...“

„Major Schäfer? Er hat sie angerufen?“

„Das habe ich nicht gesagt, nein ... er hat mir aber eine Botschaft zukommen lassen ...“

Bergmann grinste. Die Seherin, die Wahrsagerin, das Medium ... kein Vermisstenfall durfte ohne solch jenseitige Informationszuträger auskommen. Endlich!

„Aha ... na dann, lassen Sie mich teilhaben ...“

„Er bittet Sie, seine Dämonen nicht zu töten ...“

Bergmann zuckte, als hätte die Frau ihm einen elektrischen Viehtreiber an den Hintern gehalten.

„So ... Dämonen ... und ... wie ... wie interpretieren Sie das?“

„Ich weiß es nicht. Ich bin auch nur ... der Postbote sozusagen ... verstehen müssen Sie es ...“

„Wann haben Sie denn Major Schäfer das letzte Mal gesehen?“

„Ich? Ein einziges Mal ... hier in Ihrem Büro ...“

„Hm ... und jetzt ... da ist er Ihnen im Traum erschienen oder wie ...“

„Auch der Traum kann als Weg in diese Welten dienen ... aber Major Schäfer hat seinen Schutzengel gebeten, mir diese Botschaft zu überbringen ...“

„Ach, seinen Schutzengel, verstehe ... und das mit den Dämonen war alles, was er Ihnen gesagt hat? Nichts über seinen momentanen Aufenthalt, die Hintergründe seines Verschwindens?“

„Nein ... ich habe eine starke mütterliche Energie gespürt, die darauf hindeuten könnte, dass er in friedvoller Natur geborgen ist, aber das ...“

„Am Grund eines Waldsees zum Beispiel?“, fragte Bergmann mit abgewandtem Blick.

„Hätte er seinen gegenwärtigen Körper verlassen, wäre seine Botschaft nicht in dieser Klarheit zu mir durchgedrungen ...“, ihr Ton war plötzlich schroffer geworden, als fühlte sie sich von ihrem Gegenüber nicht ernst genommen. Dabei nahm sie Bergmann gerade zum ersten Mal halbwegs ernst.

„Verstehe ... also glauben Sie, dass er noch lebt ...“

„Als er mit seinem Schutzengel Kontakt aufgenommen hat, war er am Leben, ja ...“

Und wie lange brauchte so eine Botschaft? Eine Stunde, einen Tag, Lichtgeschwindigkeit? Bergmann hatte keine Lust mehr auf diesen Schrott.

„Ja dann, danke, dass Sie mir das mitgeteilt haben ... und wenn Sie wieder einmal etwas von ihm hören ...“

„Herr Bergmann ... ich mache Ihnen keinen Vorwurf, dass Sie für diese Dinge nicht empfänglich sind ... doch tun Sie

sie bitte nicht als lächerliche Gaukelei ab ... dafür sind sie zu mächtig ...“

„Ich werde mich bemühen. Danke, Frau Pittscheider.“

Nicht auch noch Kovacs. Nicht jetzt. Wortlos legte sie ihm eine aufgeschlagene Tageszeitung auf den Schreibtisch.

„Noch einer ...“, meinte sie, als Bergmann keine Anstalten machte, ihrer Aufforderung nachzukommen.

„Was, noch einer?“, genervt nahm er die Zeitung in die Hand. „... bei einem Badeunfall im Süden von Vietnam tödlich verunglückt ... Foster war vor allem für seine Reisereportagen bekannt ... Scheiße ... wieso wissen Sie überhaupt, dass ich den suche?“

„Ich habe keine Ahnung, dass Sie den suchen ... er ist auf der Mitgliederliste vom BOG, deshalb habe ich Ihnen das gebracht ... weil er nach Eisert schon der zweite Tote aus diesem Verein innerhalb kurzer Zeit ist ... und wieso haben Sie Foster gesucht?“

„Ist der eigentlich inzwischen österreichischer Staatsbürger?“, Bergmann hatte keine Lust, ihr alle Zusammenhänge zu erklären.

„Weiß ich nicht ... vom Namen her nicht ...“

„Danke, deswegen frage ich ja ... kontaktieren Sie bitte das Außenministerium ... nein, das mache ich ... Sie machen ... das sage ich Ihnen später ...“

„Irgendwie kommt mir das alles bekannt vor“, murmelte Kovacs beim Verlassen des Raums.

„Lorenz“, rief Bergmann da bereits in den Hörer, „hast du mitbekommen, dass Linus Foster tot ist? ... Der hat dieses Seminar im Waldviertel organisiert ... Eine Obduktion will ich, und zwar bei uns ... und alles, was er mitgehabt hat ... Weil du den besseren Draht zum Außenministerium hast, ganz einfach ... Wann? ... Was dagegen, wenn wir uns beim Laufen unterhalten? ... Dann gehen wir halt schnell, ist mir auch recht ... Beim Anfang der Hauptallee ... Bis später.“

Er stand auf, ging zur Tür und versperrte sie. Öffnete den Schrank, trat zwei Schritte zurück und betrachtete ein paar Minuten seine Skizze. Er nahm einen Stift, zeichnete neben den Namen Linus Foster ein Kreuz und schrieb Todesdatum und -ort daneben. Wenn er sich nicht für den Abend mit Lorenz verabredet hätte, würde er sofort den Präsidenten oder Vize von diesem ominösen BOG aufsuchen. Inzwischen hatte es sich dieser Verein nämlich in seinem Hinterkopf gemütlich gemacht, schon in der Nähe zum Ausgang, und darauf gewartet, dass er für unbedeutend erklärt und entlassen würde. Gar kein Problem. Wenn ihm Linus Foster Auskunft über Marsant/Plier gegeben hätte. Wenn er nicht im Golf von Thailand ertrunken wäre. Bergmann schlug die Kastentür zu. Es war paradox: Je mehr Spuren er fand, die – wenn auch spekulativ – zu Schäfer und seinem Verschwinden führten, desto weiter schien er sich von ihm zu entfernen. Zumal er es immer mehr mit Pfaden zu tun bekam, die sich nicht auf dem ihm vertrauten Territorium befanden; die nicht einmal irdisch waren, wie ihm diese unsägliche Pittscheider eben gezeigt hatte. Er hatte schon mit Menschen dieses Schlags zu tun gehabt; die sich ungefragt in Ermittlungen einbrachten, weil ein Wesen, das leider selbst zu keiner offiziellen Aussage imstande war, ihnen den Auftrag erteilt hatte, den Fundort eines Mörders, einer Tatwaffe oder einer Leiche kundzutun. In den meisten Fällen waren es Spinner, Spinnerinnen, um genau zu sein, manchmal auch Zeugen, die zwischen sich und der Bedrohung, die aus jeder Nähe zu einem Verbrechen entsteht, einen mildernden Filter in Form eines transzendentalen Vermittlers einbrachten. Doch Pittscheider: Sie konnte nichts von seinem Traum wissen. Nichts über die Dämonen, nichts über den friedlichen Waldsee, in dem Schäfer ihm erschienen war. Koinzidenzen, ermahnte er sich. Der berühmte Zufall, der in einem von tausend Fällen eintritt und einem vorgaukelt, man habe es mit übersinnlichen Dingen zu tun. Pittscheider! Eine blinde Seherin, die einmal ein Korn gefunden hatte. Wirklich beruhigen konnte ihn diese Erklärung freilich nicht.

„Du bist drinnen ...“

„Wo drinnen?“, wollte Bergmann wissen, leicht verärgert, weil Lorenz zu ihrem Lauftreff in Straßenkleidung erschienen war. Kein Problem, wenn er es gewusst hätte; wenn er ebenfalls darauf verzichtet hätte, sich umzuziehen und ihre Verabredung unter das Zeichen eines entspannten Sommerabends stellen hätte können. Aber Laufkleidung war zum Laufen da und so machte ihn das Spaziertempo nervös.

„Bei uns ... was ist? Bist du launisch?“

„Nein ... und was heißt das jetzt?“

„Na was wohl ... dass du volle Einsicht in die Ermittlungen bekommst ... da ...“, Lorenz reichte Bergmann einen USB-Stick.

„Was ist da drauf?“

„Acht Gigabyte Daten, die du dir so schnell wie möglich anschauen sollst ... die Sachen sind geschützt ... das Passwort ist C7b2%%@//89x) ...“

„Okay, hab ich ...“

„Gut ... als Erstes ...“

„Das war ein Witz ... schreib mir das gefälligst irgendwo auf ... warum kannst du nicht was nehmen wie mountainman007 ...“

„Ja klar ... oder gleich password01 ... gewöhn dich dran, dass ab jetzt alle Kontakte zwischen uns verschlüsselt ablaufen ...“, Lorenz blieb stehen, nahm einen Stift heraus und schrieb das Passwort auf eine seiner Visitenkarten. „Schau dir zuerst die Dateien Megiddo I und Megiddo II an ... das sind FBI-Analysen über das Gefahrenpotenzial von Gruppierungen, die den Weltuntergang erwarten oder selbst herbeiführen wollen ... der erste Teil ist in den späten Neunzigern angelegt worden und betrifft den Millenniumswechsel, der zweite ist work in progress ... da geht es hauptsächlich um 2012-Apokalyptiker ... außerdem sind noch Analysen von den

Norwegern, den Schweden und den Franzosen dabei ... hauptsächlich christliche Fundamentalisten und Rechtsextreme ..."

„Schießt ihr da nicht ein bisschen übers Ziel hinaus?", Bergmann bückte sich nach einem Ast und warf ihn in die Wiese, „ich meine: USA und Österreich ... schau dich einmal um ... das Einzige, was unsere Landsleute an 2012 interessiert, ist, dass sie wie jedes Silvester einen Freibrief für einen Vollrausch haben ..."

„Täusch dich da nicht ... wir haben zwar keine extremistischen Gruppen mit entsprechendem Hintergrund auf dem Radar, aber das heißt nicht, dass es sie nicht gibt ... diese Bedrohungsszenarien haben einen anderen Charakter als noch vor zehn Jahren ... erinnerst du dich an diese Neonazis, die übers Internet ein paar Hundert Kilo Kunstdünger gekauft haben?"

„Nein ... sollte ich?"

„War vor fünf Jahren ... bestellen auf einer Homepage für Gärtner den Dünger mit dem höchsten Ammoniumnitratanteil, hätte genug Sprengstoff ergeben, um die Reichsbrücke in die Luft zu jagen. Wir observieren die Jungs, aber die machen nichts damit, lagern das Zeug, als ob sie in ferner Zukunft unter die Viehfutterbauern gehen wollen ... zwei Monate später greift sie eine Streife auf, weil sie besoffen Hakenkreuze auf ein Haus schmieren ... jetzt dürfen wir den Dünger offiziell finden, verhören die Kasperl und einer gibt ganz offen zu, dass sie schon vorgehabt hätten, ein paar Bomben zu bauen. Aber einmal haben sie nicht gewusst, wie und waren zu faul oder zu blöd, um sich weiterzubilden ... und bevor sie überhaupt was sprengen hätten können, haben sie sich wegen des Ziels des Anschlags zerstritten! Der eine wollte eine Moschee in die Luft jagen ... der andere – und jetzt pass auf! – der war dafür, dass sie den Parteiobmann der FPÖ bei einer Kundgebung mit einer Bombe töten. Weil die rechten Brüder dann sofort geglaubt hätten, dass die Autonomen oder die Muslime dahinterstecken, und das hätte zu einer Mobilisierung der Anhängerschaft geführt ... ich habe das Verhör abbrechen müssen, sonst hätte ich mir in die Hose geschifft ..."

„Na ja, in taktischer Hinsicht hat der Knabe immerhin einen Schritt weiter gedacht ... das ist schon mehr, als ihr Parteiobmann je zustande bringen wird ..."

„Völlig richtig, und genau das ist das Problem ..."

„Was jetzt?", Bergmann war aus der logischen Kette ausgestiegen.

„Die hierarchischen Strukturen, die sich auflösen ... vor fünfzehn Jahren hast du bei den meisten radikalen Muslimen, und bei den Rechten sowieso, noch eine zentrale Person gehabt, die die Linie vorgegeben hat ... wenn du den im Visier gehabt hast, Telefon, Post und das ganze Programm, war schon einmal Ruhe im Karton ... aber seit dem Internet und der globalen Vernetzung schaut das anders aus ... bis auf ein paar Ausnahmen haben wir keine Stammkunden mehr ..."

„Ich habe eher den gegenteiligen Eindruck ... dass sich immer mehr einen Führer wünschen, der ihnen zeigt, wo's langgeht ..."

„Stimmt in Bezug auf die gesellschaftliche und politische Entwicklung ... aber diese Hohlköpfe machen mir keine Sorgen ..."

„Mir ehrlich gesagt schon", sagte Bergmann, „wenn ich an die letzte Wahl denke ..."

„Zwei Paar Schuhe ... dass dieser versoffene Idiot fünfundzwanzig Prozent bekommt, gefällt mir auch nicht ... praktisch ist halt, dass du ihm auf seinem Wahlkampf eine Woche lang mit der Kamera hinterherfahren kannst und quasi die gesamte rechtsradikale Szene fürs Familienalbum Aufstellung nimmt ... die sind eine Gefahr für die Verfassung und das Gemeinwesen, sicher, aber nicht als akute terroristische Bedrohung ... gefährlich sind die kleinen Zellen und Einzelpersonen, die sich ihre eigene Ideologie schaffen, ein paar Leute in Wien, ein paar in Moskau, ein paar in Seattle ... und sobald man irgendwo dran ist, wohnen sie plötzlich woanders, haben andere Kontakte, da kann es dir passieren, dass sich ein bisher völlig unauffälliger Achtzehnjähriger innerhalb einer Woche entscheidet, eine Bombe zu legen, weil ihm die gleiche Musik gefällt wie seinem neuen Bekannten, dem aber die Regierung gar nicht gefällt ...“

„Da sind wir aber wieder bei den Amis ...“

„Nein ... Deutschland ... vierzehn Kilo Selbstgebauter am Bahnhof von Düsseldorf ... ist nicht explodiert ... das ist die Entwicklung, der wir entgegensteuern ... ETA, IRA, RAF ... das ist passé ... die größte Gefahr geht inzwischen von menschlichen Zeitbomben aus, die ihre Anschlagsziele nicht nach deren politischer oder gesellschaftlicher Bedeutung auswählen, sondern danach, wo es am leichtesten möglich ist ...“

„Hm, verstehe“, Bergmann juckte es in den Beinen, er wollte laufen, hecheln, schwitzen, „also was ist der aktuelle Stand in Bezug auf Eisert?“

„Eisert? ... Wir können nicht hundertprozentig ausschließen, dass er ein Einzeltäter war ... dafür spricht, dass er nur lose soziale Kontakte, vor allem über die Arbeit, gehabt hat ... keine Frau, keine Kinder, kein Vereinssport ...“

„Das Erbe des Franz Fuchs ...“

„So in etwa, ja ... mit dem Unterschied, dass Eisert ziemlich reich war und in den letzten Jahren in sechsundfünfzig verschiedenen Ländern gewesen ist ... mit wem er da abgesehen von seiner beruflichen Tätigkeit Kontakt gehabt hat: keine Ahnung ... das FBI und die CIA überprüfen seine Aufenthalte in den USA ... da war er viermal ohne Auftrag von seiner damaligen Firma, was nahelegt, dass er dort mit ähnlich Gesinnten zusammengetroffen ist ... aber wie gesagt: we haven’t found the smoking gun ...“

„Was ist mit Plier und den Sonnentemplern? Das wäre die erste Fährte, die ich verfolgen würde ...“, sagte Bergmann, der Selmas Bilder sofort an Lorenz weitergeleitet und erwartet hatte, dass diesem Zusammenhang ein wenig mehr Bedeutung beigemessen würde.

„Sind wir dran, keine Sorge ... das läuft über die internationale Fahndung ... wir suchen nach weiteren Hintermännern“, erwiderte Lorenz geschäftig.

„Aha ... Tschuldige, wenn ich noch einmal nachfrage, aber: Wir haben drei konkrete Tatverdächtige, von denen zwei tot sind ... und statt euch voll auf diesen Plier zu stürzen, der wahrscheinlich Schäfer entführt oder was auch immer hat, sucht ihr irgendwelche unbekannten Hintermänner? ... Arbeiten wir wirklich am gleichen Fall?"

„Am gleichen Fall mit unterschiedlichen Prioritäten ... die Suche nach Plier und Schäfer ist im Gang, mach dir da keine Sorgen ... aber da gibt es noch andere Zusammenhänge zu bedenken ..."

„Was ist mit diesem BOG?", tippte Bergmann ins Blaue.

„Hast du da nicht von eurem Verschwörungsmeister einen ganzen Pack Informationen bekommen?", Lorenz grinste.

„Vom Richter? ... Klar ... und wenn ich was über die Juden erfahren will, lese ich *Mein Kampf* ..."

„Lies dir den Bericht von unseren Analysten durch und bilde dir deine eigene Meinung ... für mich sind die am ehesten ein Fall für die Finanz ... aber wie gesagt: Schau es dir selber an." Sie kamen am Schweizerhaus vorbei. „Lust auf eine Stelze? Ich lade dich ein ..."

„Von mir aus ...", Bergmann folgte Lorenz in den Gastgarten. Genau so hatte er sich sein abendliches Fitnessprogramm vorgestellt.

36.

For over four thousand years, MEGIDDO, a hill in northern Israel, has been the site of many battles ... Großartig, schimpfte Bergmann vor sich hin, nachdem er die ersten Dateien von Lorenz' USB-Stick geöffnet hatte; auch noch auf Englisch; als ob dem BVT nicht genug Dolmetscher zur Verfügung stünden, die das ratzfatz hätten übersetzen können. Well, let's start with the beginning. Megiddo: eine Stadt im Norden Israels, die über Jahrtausende Schauplatz unzähliger

Schlachten war. Aufgrund ihrer strategisch wichtigen Lage zur Überwachung eines nahen Gebirgspasses erbauten die jeweiligen Siedler dort im Laufe der Geschichte Festung um Festung und Stadt um Stadt; und im Kreislauf von Zerstörung und Wiederaufbau wuchs in der Ebene von Jezreel, auf den Ruinen der Vernichteten, eine Anhöhe, die Hügel von Megiddo genannt wurde – im Hebräischen „Armageddon". In der Offenbarung des Johannes wird besagter Hügel zum Schauplatz der Apokalypse bestimmt – zum Schlachtfeld Gottes im finalen Kampf gegen das Böse. Dass die FBI-Studie, die Bergmanns Heim-Drucker nun gemächlich ausspuckte, den Namen Megiddo trug, passte gut zu einer Nation, bei der man nicht immer wusste, ob Hollywood Washington beeinflusste oder umgekehrt, oder ob sie nicht längst schon in unsäglichem Pathos untrennbar miteinander verschmolzen waren.

Megiddo I war 1999 erstellt worden und befasste sich mit militanten Einzelpersonen beziehungsweise Gruppierungen in den USA, die für das Jahr 2000 Armageddon erwarteten, und ihren Vorbereitungen darauf. Als am wenigstens bedrohlich erschienen dem FBI Personen, die dem Weltuntergang in der Tradition des Einbunkerns, Hamsterns und Bewaffnens entgegentreten wollten – quasi der Normalfall des amerikanischen Spinners, der seinen Garten mit Stacheldraht umgab, in jedem Raum ein Sturmgewehr stehen hatte und bei der Wochenend-Grillparty seinen Kindern zuschrie, dass sie verdammt noch mal nicht so nah an den Zaun gehen und mit der Waffe nie auf die eigenen Geschwister zielen sollten – sonst könnten sie sich den Burger und die Bratwürstel aufzeichnen!

Als wesentlich gefährlicher – wenn auch in erster Linie für sich selbst und ihre Angehörigen – wurden einige New-Age-Sekten eingestuft, die das Jahr 2000 als verheißungsvollen Zeitpunkt sahen, um ihren irdischen Körper zu verlassen und mittels Raumschiffen, Astralstrahlen, Rissen im Raum-Zeit-Kontinuum und Ähnlichem auf eine höhere Ebene zu wechseln. Wenn dieses Denken zum Suizid einer Person führte: Einzelschicksal. Doch aus der Erfahrung der letzten dreißig Jahre war nicht nur beim FBI die Gewissheit entstanden, dass die Absichten dieser Sekten ernst zu nehmen waren – zumal der sogenannte freiwillige Abschied zumeist als Massentötung geschah, siehe Jonestown, Heaven's Gate, David Koresh, siehe Sonnentempler, siehe die Bewegung zur Wiedereinsetzung der Zehn Gebote, siehe AUM in Japan und so weiter.

Zur ernsthaften und permanenten Bedrohung erklärte das FBI in seiner Analyse zahlreiche extremistische Gruppierungen, die überzeugt waren, dass zum Milleniumswechsel der Endkampf zwischen Gut und Böse beginnen würde. Einmal militante religiöse Fundamentalisten – der Odin-Kult, die Christian Identity, die Phineas-Priester, The House of Yahweh und andere Vereinigungen, die sich selbst als von Gott Auserwählte sahen und Armageddon als heiligen Endkampf gegen die Antichristen aller anderen Ethnien und Anschauungen. Dann militante rechtsextreme Verbindungen wie The Arian Brotherhood, The Order, die National Alliance, The New American et cetera, die zur Jahrtausendwende ebenfalls den Beginn von Armageddon erwarteten – allerdings nicht als himmlischen Feldzug, sondern als Kampf gegen eine irdische Verschwörung seitens der US-Regierung, der UNO, der Juden und anderer konspirativer Kräfte, die mithilfe der Y2K-Computerkrise das Land ins Chaos stürzen und dann zum finalen Schlag gegen das freie Amerika und die weiße Rasse ausholen würden, um die sogenannte New World Order (NWO) zu etablieren – eine sozialistische Weltregierung, die die freie Religionsausübung ebenso verbieten würde wie den privaten Waffenbesitz, den Heimunterricht und andere bedeutende Errungenschaften der nordamerikanischen Zivilisation.

Bergmann hob die Arme über den Kopf und streckte sie durch, bis er ein paar Wirbel knacken hörte. Schön und gut.

Dass die USA nicht nur das Monopol von Bill Gates hervorgebracht hatten, sondern auch das der Spinner und Serienkiller, war nichts Neues. Und dass sich diese pseudoreligiösen und rechtsextremen Freaks nach dem ausgebliebenen Endkampf zu Beginn des Jahres 2000 beschämt zurückgezogen und ihren Irrtum eingesehen hätten: Ha ha. Dann gab es eben einen neuen Termin, und der war laut FBI und Megiddo II das Jahr 2012, wo nicht nur der Maya-Kalender endete, sondern auch eine Verstärkung der Polverschiebung, eine mögliche Supernova des Sterns Beteigeuze und anderes mehr als Auslöser für terroristische Aktivitäten besagter Gruppierungen und so weiter. Bergmann legte die Ausdrucke beiseite und ging in die Küche, um sich ein Käsebrot zu machen. Schwachsinn, sagte er sich, während er kauend am Herd stand. Was sollte er mit den Hunderten von Seiten anfangen, mit denen Lorenz ihn zumüllte? Waren da irgendwo mit Leuchtstift die Namen Plier, Eisert, Foster, Tannhäuser, Schäfer oder Troger hervorgehoben? Eben. Er konnte nichts anfangen mit diesen unzähligen fadenscheinigen Verbindungen ... Timothy McVeigh ... ja, der hatte 1995 den Bombenanschlag auf das Murrah Federal Building in Oklahoma City verübt und dabei 168 Menschen getötet ... bei seiner Festnahme hatte er eine Ausgabe der Turner Diaries bei sich, ein Buch, das beschreibt, wie eine rechtsextreme Miliz in den USA die Macht übernimmt ... und eine Ausgabe der Turner Diaries war neben anderen einschlägigen Büchern auch in der Bibliothek von Thomas Eisert gefunden worden ... aber was hieß das schon? Bergmann hatte keine Lust, ein paar Wochen kiloschwere Studien zu durchforsten, die ihm irgendwann erklärten, welche Fehler sein ehemaliger Vorgesetzter, Major Schäfer, begangen hatte, die dazu geführt hatten ... er wünschte sich klare Spuren: Fingerabdrücke, DNS, Namen, Adressen ... sollte es nicht auch das sein, was das BVT wollte, verdammt noch mal?

Einen Augenblick überlegte er, die restlichen Dateien durchzusehen, und entschied sich dagegen. Er legte die Ausdrucke zu einem Stapel zusammen und fuhr den Computer herunter. Er brauchte Abstand. Je mehr einseitige Informationen man in kurzer Zeit aufnahm, desto härter wurde der Widerstand gegen allfällige Gegenargumente – diese Erfahrung hatte er oft genug bei sich und seinen Kollegen gemacht. Da wurde ein Verdächtiger von mehreren Zeugen zum Täter erklärt, und plötzlich fügten sich auch alle sonstigen Spuren und Aussagen wie Mörtel in die verbliebenen Löcher, bauten mit vereinten Kräften an einer wasserdichten Anklage und an den Zellenwänden, hinter denen der Verurteilte bald verschwinden sollte. In dieser Art der Wahrheitsbildung unterschieden sich bornierte Polizisten kaum von uneinsichtigen Verbrechern oder besagten Verschwörungsfanatikern: Um die eigene Wirklichkeit und den eigenen Glauben zu stärken, findet man Futter an jeder Ecke; doch sie zu entkräften oder gar sterben zu lassen, dazu waren die wenigsten aus eigener Kraft fähig; verständlich, denn worauf gründet sich unsere Identität und was bewahrt sie vor permanenter Erschütterung? Wie könnten wir leben und arbeiten im dauernden Überprüfen der eigenen Weltsicht? Das gelang ja nicht einmal Major Schäfer, Koryphäe der Wiener Kriminalpolizei, der sich im sturen Festhalten an den eigenen Wahrheiten mehr als einmal auf den Holzweg manövriert hatte – und vor wenigen Jahren infolge einer obskuren Serienmördertheorie sogar in akute Lebensgefahr.

Und die Informationen auf dem USB-Stick, den Bergmann von Lorenz bekommen hatte: sie waren in seinen Augen zum Großteil so überflüssig wie einseitig; aufgenommen aus dem Blickwinkel des FBI, des BVT und anderer Behörden, die aufgrund ihrer Position und Aufgaben gar nicht anders konnten, gar nicht anders durften, als selektiv wahrzunehmen. Eh klar: Wenn jemand irgendwo auf dem Land, egal ob in den USA oder Niederösterreich, in einer abgelegenen Scheune ein paar Hundert Kilo Sprengstoff mischte, in seinen Lieferwagen lud und sich auf in Richtung Millionenstadt machte, blieb keine Zeit, seine Mutter zu fragen, ob er denn eine schwierige Kindheit gehabt oder mit wem er sich in den letzten Jahren herumgetrieben hatte; dann hieß es, die Scharfschützen in Trab zu setzen, die Zielvorrichtung zu justieren und dem Kerl in den Kopf zu schießen, aus Maus. Umso eigentümlicher kam es Bergmann vor, dass sich das BVT mitsamt seiner glorreichen Unterstützung durch das FBI den vermeintlichen Tatverdächtigen nicht zu nähern schien, sondern im Gegenteil immer mehr Papiermüll dazwischenschob, als ob es der klaren Verbindung, die zwischen Eisert, Foster, Plier und Schäfer bestand, einfach nicht trauen wollte. Oder sah er da irgendetwas falsch?

37.

Eine Terrasse wäre wirklich nicht schlecht, dachte er, während er am Küchentisch sein Müsli löffelte. An solchen prachtvollen Sommermorgen, an warmen Abenden, wie sie schon seit Wochen herrschten – da konnte Bergmann nicht anders, als das Loblied aufzunehmen, das Schäfer immer wieder auf seinen großen Balkon angestimmt hatte. Aber umziehen? Dazu müsste er einen Käufer für seine Eigentumswohnung finden, die noch nicht einmal abbezahlt war, zudem die Förderungen rückerstatten; in zehn Jahren würde sie ihm gehören, dann hätte er endlich etwas Eigenes, dann konnte er immer noch überlegen, sie zu verkaufen, vielleicht sogar mit ein bisschen Gewinn, und solche ewig scheinenden Schönwetterphasen wie diesen Sommer waren ohnehin selten, außerdem war der Prater in der Nähe, ja, Bergmann, mach dich nicht unglücklich.

Am Vormittag rief ihn der Privatdetektiv an, den Schäfers Eltern engagiert hatten. Er wäre in Wien; ob sie sich treffen könnten, um die Ergebnisse ihrer Ermittlungen auszutauschen. Ganz sicher, dachte Bergmann, dafür lässt du die alten Schäfer löhnen, dass du dich umsonst bei der Polizei bedienst. Vergraulen konnte er den Detektiv natürlich auch nicht. Vielleicht war dieser ja das beste Beispiel dafür, wie ein anderer Blickwinkel und eine neue Herangehensweise eine festgefahrene Fahndung wieder bewegen konnten. Eitelkeiten waren hier fehl am Platz. Und was die Informationen betraf, die mit den Ermittlungen des BVT zusammenhingen: darüber durfte Bergmann ohnehin kein Wort verlieren; das hatte er Lorenz in einer Verpflichtungserklärung sogar schriftlich geben müssen. Also kein Wort über das FBI, kein Wort über Eisert, kein Wort über Marsant/Plier, kein Wort über irgendwelche Sekten, und natürlich nicht den kleinsten Hinweis auf einen möglichen Bombenanschlag; wenn das in die Medien käme, würden sie ihr persönliches Armageddon erleben. Um sieben in der Pizzeria ums Eck, schlug Bergmann nicht vor, sondern bestimmte es.

Während er die Unterlagen über das BOG durchsah, erreichte ihn aus der Funkzentrale ein Anruf, dass in Ottakring ein Mann tot im Bett seiner Exfrau lag, offensichtlich erstochen. Bergmann schickte Kovacs und Strasser los. Nur ein paar Minuten später beschlich ihn das schlechte Gewissen. Nicht, weil er Arbeit abschob – zu delegieren war schließlich sein Job –, sondern weil er nicht das geringste Interesse an diesem Fall gezeigt hatte, keine Ersteinschätzung von den Beamten am Tatort, keine Auskunft über mögliche Verdächtige, nichts wollte er wissen. Aber wie sollte er denn diesen Datenhaufen, den ihm die Analysten des BVT übergeben hatten, jemals bewältigen, wenn er sich um jeden Messerstich in ihrem Distrikt kümmerte. Nur weiter so, Chefinspektor Bergmann, und bald herrscht zwischen dir und der Sicherheitswache ein ähnliches Verhältnis wie das in zahlreichen Filmen zitierte zwischen FBI und Sheriff-Büro – abgehobene Wichtigmacher in Anzügen versus schwitzende Uniformträger aus der Provinz.

Eine knappe Stunde lang beschäftigte er sich noch mit der Sicherheitsüberprüfung, die das BVT von jedem Mitglied des BOG durchgeführt hatte. Wie Lorenz schon am Vortag angedeutet hatte, waren allfällige Vergehen vonseiten dieses Vereins, wenn überhaupt, dann im Bereich der Wirtschaftskriminalität zu finden. Von den insgesamt vierhundert Mitgliedern waren drei vorbestraft – Drogenbesitz, Versicherungsbetrug, Körperverletzung –, die jüngste Tat zwölf Jahre her, die älteste dreißig. Eisert wäre wohl der erste Schwerverbrecher dieses Vereins geworden, wenn sein Ableben ein Verfahren nicht überflüssig gemacht hätte. Was tat dieser Verein überhaupt, fragte sich Bergmann erneut und blätterte zu den Statuten zurück. Optimierung gesellschaftlicher Strukturen ... das konnte jede Verkehrsampel von sich behaupten ... Zuwendungen an Bedürftige aus Mitteln einer Stiftung ... gemeinnützige Veranstaltungen ... Fortbildungs- und Werterhaltungsmaßnahmen im Sinne der Vereinsmaxime ... das alles klang so brav und gut ... an der Oberfläche ... und darunter fanden im Waldviertel Bewusstseins-Experimente und Geisterbeschwörungen mit irgendwelchen Amazonas-Drogen statt. Davon mussten die Mitglieder des BOG allerdings nichts gewusst haben. Linus Foster vielleicht, der Journalist, aber der war tot. Und die anderen? Anwälte, Industrielle, Politiker, Künstler, Ärzte, Beamte ... Berufsbeschränkung gab es im BOG offensichtlich keine ... eine geschlechtsspezifische allerdings: Gerade einmal sieben Frauen fanden sich auf der Liste ... die Bundesländer waren – mit Ausnahme der Hauptstadt, wo gut die Hälfte aller Mitglieder ihren Hauptwohnsitz und den Schwerpunkt ihrer Geschäftstätigkeit hatte – gleichmäßig vertreten ... Tirol: Hier fand Bergmann einen Vermerk über einen Mann, der mit Schäfer Volksschule und Gymnasium besucht hatte ... Zacharias Vötter, Landwirt, Hotelier und Vizebürgermeister, keine Vorstrafen.

Die diversen Projekte, Vereine und Unternehmen, die das BOG mit Geld, Beratertätigkeit und ehrenamtlichen Diensten unterstützte, waren entweder unauffällig oder auf den ersten

Blick undurchsichtig. Indigo: ein Verein in Genf, der sich um verwaiste Kinder sowie solche aus desolaten familiären Verhältnissen kümmerte, sie in privaten Internaten unterrichtete und ihnen sogar das Studium bezahlte. Privatinternat in der Schweiz? Gab es bestimmt zuhauf, doch Bergmann, der sich noch an das Mail der französischen Untersuchungsrichterin und die darin beschriebenen Tätigkeiten von Di Mambro, Jouret und Plier in der französischen Schweiz erinnerte, markierte den Verein mit Leuchtstift. Dann meldete sich erneut sein Pflichtbewusstsein als Gruppenleiter.

„Wie schaut's aus?", fragte er Kovacs.

„Wild ... achtzehn Einstiche, drei davon tödlich ... das Bett ist ziemlich versaut ..."

„Hinweise auf den Täter?"

„Ich würde sagen, die sitzt in der Küche und trägt Handschellen ..."

„Wer?", Bergmann drehte seinen Stuhl um neunzig Grad, um nicht länger versucht zu sein, während des Telefonats weiterhin die BVT-Dokumente durchzublättern.

„Die Ex ... hat ja selbst angerufen ... also nicht uns, sondern ihre Schwester ... die hat den Notruf gewählt ..."

„Also hat sie gestanden?"

„Zu uns hat sie bis jetzt gar nichts gesagt ... steht offensichtlich unter Schock ... aber zu ihrer Schwester hat sie gesagt: Der Heinz ist tot ..."

„Wortwörtlich ... der Heinz ist tot ... also nicht: Ich habe den Heinz getötet ..."

„Nein, nur: Der Heinz ist tot ..."

„Könnte noch wer anderer in der Wohnung gewesen sein?"

„Eingebrochen ist niemand ... eine Aussage von der Nachbarin ist interessant ..."

„Inwiefern ..."

„Der Mann ist aus der gemeinsamen Wohnung schon vor einem halben Jahr ausgewiesen worden ... hat seine Frau wohl regelmäßig verdroschen, bis es ihr zu viel geworden ist ...

Strasser redet gerade mit der Schwester ... die hat damals die ganzen rechtlichen Dinge geklärt ..."

„Wo war die?"

„Wer?"

„Die Schwester ... zur Tatzeit ..."

„Keine Ahnung ... daheim, nehme ich an, wenn ihre Schwester sie am Festnetz angerufen hat ..."

„Überprüfen Sie das bitte noch genau ..."

„Sicher ... sonst noch was?"

„Ja ... was ist das für eine Frau?"

„Wie meinen Sie das?"

„Ist sie groß, kräftig ... selbstbewusst, ein armes Hascherl ... dumm, gescheit ..."

„Schmächtig, eher schüchtern ... klassische Proletenmieze, wenn ich mir die Wohnung so anschaue ... aber sie sagt ja nichts ..."

„Warum glauben Sie, dass sie nichts sagt ... weil sie sich eine Verteidigungsstrategie überlegt oder weil sie noch nicht realisiert hat, was da passiert ist?"

„Eindeutig Antwort zwei ... wenn ich schon nur zwei zur Auswahl habe ..."

„Okay ... holen Sie eine Ärztin, die überprüft, ob sie überhaupt vernehmungsfähig ist ... und lassen Sie nicht zu, dass Strasser sie verhört ..."

„Bitte? Wie soll ich das machen? ... Schon an seinen Dienstgrad gedacht?"

„Okay ... dann geben Sie ihn mir ..."

Um vier Uhr nachmittags hatte Bergmann einen ersten Bericht auf dem Schreibtisch. Kein Geständnis, aber auch nichts, das auf einen anderen Täter als die Exfrau des Opfers hinwies. Keine Einbruchsspuren, Fingerabdrücke an der Tatwaffe ausschließlich von ihr, Todeszeitpunkt gegen fünf Uhr früh, kaum Abwehrverletzungen, aller Wahrscheinlichkeit nach hatte sie ihren Ex im Schlaf getötet. Motiv? Wäre der Mord ein

Jahr früher passiert, hätte es vielleicht nach Notwehr, oder – angesichts der Anzahl der Stiche – zumindest nach einem Verzweiflungsakt einer misshandelten Ehefrau aussehen können. Doch diesmal hatte sie den Mann in ihre Wohnung gelassen – obwohl sie ohne weiteres die Polizei hätte rufen können, sobald er ihr näher als fünfzig Meter kam. Die Nachbarn hatten keinen Streit gehört. Im Bad war ein gebrauchtes Präservativ gefunden worden ... das alles musste nicht für einen kaltblütig geplanten Mord sprechen ... aber für Staatsanwalt und Richter war es wohl ein aufgelegter Elfmeter. Dann war er jetzt wohl der Letzte, der ihr eine Chance verschaffen konnte. Er beschloss, sie in seinem Büro zu vernehmen.

„Wenn es Ihnen nichts ausmacht, können wir das Formblatt mit Ihren Personalien später ausfüllen", sagte Bergmann, nachdem er der Frau eine Tasse Tee hingestellt hatte. Sie nickte, gehorsam, wie ihm schien.

„Haben sich meine Kollegen Ihnen gegenüber korrekt verhalten?"

„Ja ..."

„Gut", Bergmann schwieg für einen Augenblick, „ist der Tee in Ordnung?"

„..."

„Ich habe hier sehr oft mit Auseinandersetzungen zwischen Paaren zu tun ...", Bergmanns Blick blieb an ihren abgekauten Fingernägeln hängen, worauf sie die Tasse abstellte und die Hände nach innen drehte.

„Rauchen Sie?"

„Ja ..."

Bergmann öffnete das Fenster.

„Wenn Sie möchten, können Sie rauchen ..."

Sie sah ihn verunsichert an und nestelte eine Zigarette aus ihrer Handtasche. Bergmann holte ein Feuerzeug aus der Schreibtischlade und gab es ihr.

„Danke ..."

„In über neunzig Prozent der Fälle ist es allerdings der Mann, der hier sitzt“, fuhr Bergmann fort. „Dafür werden Frauen, die ihre Männer töten, meistens schwerer bestraft ...“

Sie saugte heftig an ihrer Zigarette und sah zum Fenster hin.

„Das ist ungerecht und hängt mit den unterschiedlichen Tathergängen zusammen“, er fragte sich langsam, ob diese einseitige Einvernahme zu irgendwas führen würde, zumal er selbst nicht ganz bei der Sache war, wie er sich eingestehen musste.

„Wenn Männer gegen Frauen Gewalt anwenden, dann so gut wie immer im Wachzustand der Frau ... oft ist Alkohol im Spiel, Wut, Frust ... und vor Gericht dreht ein guter Verteidiger das schnell zu Totschlag im Affekt oder Körperverletzung mit Todesfolge hin ...“

„Haben Sie einen Aschenbecher?“

„Verzeihung“, Bergmann holte eine Untertasse und stellte sie auf den Tisch. „Hören Sie mir eigentlich zu?“

„Ja ...“

„Gut ... wo war ich ... ja ... Frauen, die ihre Männer töten ... vor allem, wenn diese zuvor über lange Zeit Gewalt gegen ihre Partnerin ausgeübt haben ... diese Frauen morden häufiger, wenn der Mann schläft oder besoffen auf der Couch liegt ... logisch, oder?“

„...“

„Weil sie körperlich schwächer und eingeschüchtert sind, weil sie Angst haben ... deshalb begnügen sie sich meistens auch nicht mit einem Stich oder Schlag, sondern hören nicht mehr auf, bis das Opfer ohne Zweifel tot ist ...“

Die Frau zündete sich eine weitere Zigarette an. Sie schien nicht mehr ganz so nervös zu sein wie noch zehn Minuten vorher.

„Aber wie gesagt: Staatsanwalt und Richter sehen in diesem Vorgehen meistens einen Vorsatz ... wenn sie warten, bis jemand sich nicht wehren kann, und ihn dann töten, gilt das als geplant ... da auf Affekt zu plädieren, ist kaum hilfreich, weil so ein emotionaler Ausnahmezustand rein rechtlich nicht zu lange dauern darf ... als Verzweiflungstat geht das nicht durch ... hat Ihr Exmann geschlafen, als Sie ihn getötet haben?"

Die Frau sah Bergmann kurz an und wandte den Blick wieder ab.

„Verstehen Sie, dass ich Ihnen ehrlich helfen will? Und dass ich wahrscheinlich der Letzte bin, der Ihnen wirklich helfen kann?"

„Warum?"

„Warum ich Ihnen helfen will?"

„Ja ..."

„Weil ich genug zusammengeschlagene und getötete Frauen gesehen habe? Weil ich zu oft erlebt habe, wie die Täter nach ein paar Jahren wieder draußen waren und gleich weitergemacht haben? ... Sie werden angeklagt werden, Ihren Exmann erstochen zu haben, dagegen kann ich nichts machen ... aber Sie können sich selbst helfen ..."

„Ach ja ...", ihre Stimme klang jetzt trotzig. Aber wenigstens begann sie auf ihn zu reagieren.

„Ja ... bisher sprechen alle Beweisstücke und Zeugenaussagen gegen Sie ... das lässt sich nur ändern, wenn Sie mit mir reden ..."

„Was soll das jetzt noch bringen ..."

„Fünf Jahre statt lebenslänglich? ... Sie sind zweiunddreißig ... Sie könnten danach leicht noch einmal anfangen ..."

„Noch einmal anfangen ... ja, sicher ..."

„Ja, sicher", sagte Bergmann bestimmt, „Sie wären nicht die Erste ... und da spreche ich aus Erfahrung ... erzählen Sie mir, was gestern Abend passiert ist ... Sie können sich so viel Zeit lassen, wie Sie wollen ..."

Der Sachverhalt sprach gegen sie, da konnte Bergmann nichts beschönigen. Ihr Exmann hatte sie am Nachmittag angerufen und – wieder einmal – um eine Aussprache gebeten. Dass dahinter der Wunsch eines nicht sehr charmanten Mannes nach unkompliziertem und kostenlosem Sex stand, ahnte

Bergmann, hatte sein Gegenüber aber nicht damit konfrontieren wollen. Nach anfänglichem Zögern und Gegenwehr hatte sie eingewilligt. Um acht war er zu ihr nach Hause gekommen. Sie hatten Wein getrunken, dann miteinander geschlafen. In gegenseitigem Einverständnis?, wollte Bergmann wissen, der wusste, dass gewalttätige Ehemänner meist auch Vergewaltiger waren. Ja, hatte sie gesagt, was Bergmann sich vorerst weigerte, ins Protokoll aufzunehmen. Er war kein psychologischer Gutachter, aber bevor sie nicht von einem solchen befragt worden war, würde er sie diese Aussage nicht unterschreiben lassen. Und dann?

„Was dann?"

„Gegen Mitternacht haben Sie mit ihm geschlafen, um halb sechs Uhr war er tot ... wo waren Sie in der Zwischenzeit?"

„Daheim ..."

„Ja, aber: im Bett, auf der Couch, haben Sie ferngesehen ..."

„Auf dem Balkon war ich ... bis es hell geworden ist ..."

„Also bis etwa halb fünf, fünf?"

„Wahrscheinlich, ja ...", sie sprach langsam, wirkte erschöpft, lange würde sie nicht mehr durchhalten.

„Ihr Exmann hat die ganze Zeit geschlafen?"

„Ja ... denke schon ..."

„Haben Sie Alkohol getrunken?"

„Nein ..."

„Verstehe", sagte Bergmann und hielt einen Moment inne.

„In welchem Zustand waren Sie ... also was haben Sie gefühlt, als Sie das Messer geholt haben?"

„Gar nichts ... ich war ... es war, als hätte ich gewusst, dass ich es tun muss ..."

„Und warum?"

„..."

„Weil Sie Angst gehabt haben, dass sonst alles wieder von vorne anfängt?"

Sie begann still zu weinen, Wimperntusche und Lidschatten, die sie vor der Festnahme wohl unachtsam aufgetragen hatte, flossen in dünnen Rinnsalen über ihre Wangen, sie kramte in ihrer Handtasche nach einem Taschentuch, tupfte ihre Augen ab und schnäuzte sich.

„Vor zwei Jahren hat es in Deutschland einen Fall gegeben“, fuhr Bergmann nach einer kurzen Pause fort, „wo eine Frau ihren Mann im Schlaf erschlagen hat ...“

„Hören Sie bitte auf mit Ihren Geschichten!“, sagte sie.

„Okay ... ich wollte nur sagen: Sie ist freigesprochen worden ...“

„Ich weiß nicht, was Sie wollen! ... Ich habe den Heinz erstochen, kapieren Sie das nicht?“

„Was ich will?“, Bergmann musste sich bemühen, nicht selbst wütend zu werden. Kapierte diese dumme Kuh denn nicht, was für sie auf dem Spiel stand? Scheiß auf deinen Ex, du Nuss. Der hat dich sechs Jahre lang misshandelt, der hat dich fast erschlagen!

„Sie sind zweiunddreißig Jahre alt und arbeiten als Aushilfskraft in einem Supermarkt, Ihre Mutter bezieht Invalidenpension, Ihr Vater ist irgendwo ... Sie haben kein Geld, um sich einen guten Anwalt leisten zu können ... wollen Sie für fünfundzwanzig Jahre ins Gefängnis oder nicht?“

„...“

„Also: Sie unterschreiben mir ein Geständnis, dass Sie Ihren Exmann erstochen haben ... von den Details, die Sie mir berichtet haben, steht in dem Protokoll noch nichts ... ich werde beantragen, dass Sie vor einer weiteren Einvernahme mit einer Psychologin und dann mit Ihrem Pflichtverteidiger sprechen ... und wenn Sie jetzt in Ihre Zelle gebracht werden, vergessen Sie Ihren toten Ex und denken Sie an sich und Ihre Zukunft ... was Sie noch machen möchten, ob Sie Kinder kriegen wollen, einen Mann finden, der anständig zu Ihnen ist ... was weiß ich ... einverstanden?“

Er schrieb das Protokoll, druckte es aus, ließ sie es lesen und unterschreiben. Als sie von der Justizwachebeamtin abgeführt wurde, konnte er den Blick, den sie ihm zuwarf, als ein Danke deuten, oder auch nicht.

„Gratulieren Sie mir, Herr Major!", sagte er zum leeren Stuhl gegenüber, „das war doch eine Einvernahme ganz nach Ihrem Geschmack, oder?"

Er stand auf, leerte die Untertasse mit den Zigarettenstummeln aus und öffnete auch noch das Fenster auf Schäfers Seite; die Frau hatte eine halbe Schachtel geraucht, und das in seinem Büro!

„Das heißt aber nicht, dass das jetzt zur Raucherzone wird!", wandte er sich abermals mit erhobenem Zeigefinger an Schäfers Stuhl, stellte die Tassen in die Abwasch und wischte mit einem Wettex den Aschestaub vom Schreibtisch. Dann setzte er sich und schloss für ein paar Minuten die Augen. Diese Einvernahme – die weit entfernt davon war, eine unparteiische und objektive Aufnahme des Sachverhalts zu sein –, er hatte sie wirklich in Schäfers Sinn geführt. Besser gesagt: Er hatte sie so geführt, wie er es von Schäfer gelernt hatte; so wie dieser oftmals vernommen hatte, wenn die Täter-Opfer-Definition keine eindeutige war. Damit überschritt er seine Zuständigkeit, das war Bergmann klar; er machte sich vom Polizisten zum Richter und Verteidiger. Aber er war auch nur ein Mensch, oder?

38.

Er kam fünfzehn Minuten zu spät zu seiner Verabredung. Nicht weil er noch etwas Dringendes zu erledigen gehabt hätte oder aufgehalten worden wäre. Erschöpft war er, und ohne jedes Interesse an diesem Hobbypolizisten Walter Sigrist. Vor der Pizzeria hatte er Martin angerufen, auf die Mailbox gesprochen und gebeten, ihn gegen acht zurückzurufen. Damit konnte er einen Grund vorgeben, sich zu verdünnisieren, wenn ihm der Privatdetektiv zu sehr auf die Nerven ginge.

„Macht es Ihnen was aus, wenn wir zu den Rauchertischen gehen?“ Das fing ja schon gut an. Immerhin: Der Mann sah gut aus.

„Auch schon egal heute“, erwiderte Bergmann.

„Ich darf Sie einladen?“

„Nein, leider ...“

„Ah ... ganz korrekt ...“

„Ja, leider ...“

„Also gut ... ich nehme an, dass Sie zuerst wissen wollen, was ich habe ...“

„Waren Sie einmal bei uns?“

„Ja ... ist aber schon acht Jahre her ... beim Betrug ...“

„Ah ... Marschall Reiners ...“

„Genau der ...“

„Und warum sind Sie ... sollen wir nicht per du sein?“

„Gern ... Walter ...“

„Bernhard ... also: Warum bist du nicht mehr dabei?“

„Keine Energie mehr ... zum Schluss habe ich nur mehr tachiniert und gehofft, dass sie mich raushauen ...“

„Besser tachinieren als selbst korrupt werden“, sagte Bergmann und gab seine Bestellung auf.

„Ja, vermutlich ...“, Sigrist griff in seine Aktentasche und holte einen Schnellhefter heraus. „Viel ist noch nicht herausgekommen, muss ich zugeben ... ich will ja den Teufel nicht an die Wand malen, aber ...“

„Dann tu’s bitte auch nicht.“

„Okay ... also ... die einzige zusammenhängende Spur, die ich bisher gefunden habe, hängt mit einem Hotelier aus Kitzbühel zusammen ...“

„Zacharias Vötter?“, fiel Bergmann dem Privatdetektiv ins Wort.

„Ja ... dann brauch ich dir eh nichts mehr zu erzählen ...“

„Doch ... wie bist du auf den gekommen?“

„Schäfer war mit ihm auf ein Bier, als er das letzte Mal seine Eltern besucht hat ...“

„Wann war das?“

„17. April …“

„Und woher hast du das?“

„Herumlaufen und fragen …“

„Ist die Spur das BOG?“ Angesichts der Tatsache, dass er einem ehemaligen Kollegen gegenübersaß, hielt Bergmann die ursprünglich gewählte Topsecret-Taktik für überflüssig. Außerdem hatte Sigrist eine Spur, die den Fahndern entgangen war.

„Bingo“, Sigrist lehnte sich mit einem stolzen Grinsen zurück, „dieser Eisert, bei dem letzte Woche das Großaufgebot war … der war ja auch bei diesem Verein … lohnt es sich, da weiterzubohren?“

Bergmann nahm einen Schluck vom Sangiovese, den ihm der Kellner hingestellt hatte. Wer war dieser Typ ihm gegenüber eigentlich?

„Wieso glaubst du?“

„Na ja … Linus Foster? Das Seminar im Waldviertel? Innerhalb von zwei Monaten hat das Ass der Mordkommission zwei Kontakte zu Mitgliedern vom BOG … dann stirbt ein weiterer von diesem Verein unter mysteriösen Umständen … Zufall?“

„Was wollte Schäfer von diesem Vötter?“, Bergmann schob sein Visier wieder ein paar Zentimeter nach unten.

Sigrist zündete sich einen Zigarillo an und nahm einen Schluck Wein.

„Wer hat eigentlich wen hierher gebeten?“

„Nennen wir es einen Vertrauensvorschuss … morgen lass ich dich sowieso durch den Computer laufen …“

„Das hast du noch nicht gemacht? Immerhin … also gut: Laut Vötter hat Schäfer sich unverbindlich nach einem Grundstück erkundigt … für später, zum Hausbauen …“

„Was?“, Bergmann lachte. „Okay, damit wissen wir, dass Schäfer in Kitzbühel nicht privat unterwegs war …“

„Wieso bist du dir da so sicher?“

„Weil ich ihn kenne … Schäfer und ein Grundstück zum Hausbauen … davor wird der Dalai Lama Kaiser von China …“

„Gut zu wissen ... hast du was über diesen Vötter?“

„Nein ... ist mir heute zum ersten Mal untergekommen ...“

Der Kellner trat an ihren Tisch und stellte die Teller ab. Zwei verschiedene Pizzen, die dennoch gleich aussahen und bereits in acht Segmente aufgeschnitten waren. Polizeifraß, könnte man meinen. Aber damit hätte man dem Koch unrecht getan, der durchaus zu kochen wusste, sich aber an seine Klientel angepasst hatte und auf jegliche geschmacklichen und ästhetischen Experimente verzichtete.

„Du bist dran“, sagte Sigrist, bevor er sich eine Schnitte Capricciosa in den Mund schob.

„Wenn ich dir das Versprechen abnehme, dass nichts davon an einen Dritten geht, ist das wahrscheinlich ungefähr so viel wert wie meine diesbezügliche Vertraulichkeitserklärung gegenüber dem BVT ...“, Bergmann biss in seine Pizza, „obwohl ich weiß, dass die Oliven hier schmecken wie Penicillin, bestelle ich immer wieder eine Firenze ... schön blöd ...“

„Meine ist super, perfekter Boden ... Holzofen, unschlagbar ... das BVT ... die würden sich der Sache ja nur annehmen, wenn Eiserts unglückliches Sprengstoffexperiment nichts mit der Herstellung von Schweizerkrachern zu tun gehabt hätte ...“

„Vermutlich, ja ...“

„Sprengstoff ist was Böses ...“

„Ganz böse ... je mehr man davon baut, desto böser ...“

„Wenn man damit auch noch was Wichtiges in die Luft sprengen will: sehr, sehr böse ...“

„Absolut ... allein der Gedanke, in Wien ein größeres öffentliches Gebäude ... furchtbare Vorstellung ...“

„Hm ... wobei: Allein ist das fast unmöglich ... die ganze Logistik, die Herstellung ...“

„Vermutlich ... und überhaupt: Wozu sollte man so was tun?“

„Schwierige Frage ... wenn man Neonazis und islamische Fundamentalisten ausschließt ...“

„Ja, wenn man die ausschließt, was bleibt dann noch? ... Müsste man eventuell Marsant fragen, der dieses Seminar im Waldviertel gehalten hat, wo Schäfer mitgemacht hat ...“

„Wenn der nicht so schwer zu finden wäre, dieser Marsant ...“

„Ja ... könnte man fast glauben, dass der irgendwann seine Identität gewechselt hat ...“

„Jetzt, wo du es sagst: Genau so etwas hab ich mir auch gedacht ... na das wird eine Lauferei werden, das herauszufinden ...“

„Da müsstest du wahrscheinlich bis nach Frankreich laufen ... und ohne Französisch jemanden mit dem Allerweltsnamen Jean Plier finden ... fast unmöglich ...“

„Absolut richtig ... da stößt man eher noch auf eine Videoaufnahme von einer Tankstelle auf der Inntalautobahn, die einen hochrangigen Kriminalpolizisten beim Tanken und Zigarettenkaufen zeigt ...“ Sigrist nahm ein Foto aus seiner Mappe und reichte es Bergmann.

Bergmann starrte auf das Bild, das tatsächlich Schäfer an der Kassa einer Tankstelle zeigte. Datum und Uhrzeit: 30.5. – 19:32.

„Woher hast du das?“

„Tankstellenpächter kenne ich viele noch von früher ... dort ist immer viel Falschgeld aufgetaucht ... ich habe Schäfers Bild herumgeschickt und Glück gehabt ...“

„Ein bisschen viel Glück für meine Erfahrung“, sagte Bergmann skeptisch.

„An jemanden, der eine Waffe sichtbar unter dem Jackett trägt, erinnert man sich besser ...“

„Der Depp ... in welche Richtung ist er da unterwegs?“

„Westen ...“

„Schweiz vielleicht“, murmelte Bergmann, den das erste Lebenszeichen seines Vorgesetzten seit über einem Monat in eine Art Schreckstarre versetzte, die er nicht zu bezwingen wusste. Sein Handy läutete. Martin? Ach ja, sein Vorwand, um verschwinden zu können im Falle dass. Gemeiner

Köder. Martin hing am Haken. Und Bergmann ließ die Leine los. Jetzt nicht. Ich rufe später zurück. Nein, jetzt geht es wirklich nicht.

„Freundin?“, fragte Sigrist verständnisvoll.

„Ex“, antwortete Bergmann.

„Exfrau oder -freundin … wenn ich fragen darf …“

„Freund.“ Scheiß drauf. „Macht das einen Unterschied?“

„Weiß nicht … vielleicht“, antwortete Sigrist und lächelte.

39.

Obwohl Bergmann so gut wie keine Ahnung vom Ausbildungsstand und der Ausstattung der vietnamesischen Polizei hatte, entstand in seinem Kopf beim Betrachten der Bilder, die am Morgen in seinem Postfach gelegen waren, sofort folgende Szene: Zwei junge Männer – wahrscheinlich Fischer – stehen in kurzen Hosen und Fußballtrikots an einem Sandstrand, lehnen an ihren Booten, rauchen und kommentieren wortreich den Fang, der sich bei Tagesanbruch im Netz eines der beiden verheddert hatte.

„Mein Opa hat immer gesagt: In seiner Schönheit ist das Meer wie eine jungfräuliche Bauerntochter aus dem Schoße der Provinz Sơn La. Doch wenn du es nicht ernst nimmst und seine Stärke unterschätzt, dann übertrifft es diese noch an Grausamkeit …“

„Ich war noch nie in Sơn La … mein Vater hat gemeint, dass die schönsten Frauen Vietnams aus Cà Mau kommen …“

„Ja, was glaubst du, warum? Weil ihn sein Esel nie weiter getragen hat als bis zur Hütte deiner Mutter …“

„Hört auf mit euren kindischen Scherzen“, werden die beiden von einem Polizisten ermahnt, der dabei ist, die aufgedunsene Leiche zu untersuchen, auf die sich inzwischen die Fliegen stürzen. „Habt Respekt vor den Toten.“

„Wenn Sie mich fragen, hat er zu viel Whisky gehabt und …“

„Dich fragt niemand, du Tölpel!“, der Polizist richtet sich auf und klopft sich den Sand von der khakifarbenen Uniform. „Habt ihr den hier schon mal gesehen?“

„Weiß nicht, vielleicht ...“

„Die sehen alle gleich aus“, sagt der jüngere der beiden Fischer, „die schwimmen hinaus und wissen nicht, was machen, wenn die Kwonga sie holen will ...“

„Was redest du da ...“

„So hat mein Opa die Frau genannt, die in der Strömung lebt ... wenn du dich ihr widersetzt, bist du verloren ...“

„Aber wenn sie eine Zeitlang mit dir spielen darf, gibt sie dich wieder frei“, ergänzt der subalterne Polizist, der am Rande der Dreiergruppe steht und in ein Notizbuch schreibt, was sein Vorgesetzter ihm aufträgt.

„Genau ... so ist sie, die Kwonga“, fügt der vielleicht achtzehnjährige Fischer mit weisem Kopfnicken an.

„Ihr seid Idioten ... primitive Provinzler“, sagt der Kommissar ohne jede Verachtung in der Stimme, holt eine Kamera aus seiner Hosentasche und schießt ein paar Fotos von der Leiche, wobei ersichtlich wird, dass er mit der digitalen Technik und dem Blick auf das Display statt durch den Sucher noch nicht wirklich vertraut ist. Die beiden Fischer beginnen hinter vorgehaltener Hand zu kichern, worauf der Polizist sie anfährt: „Soll ich euch mitnehmen aufs Kommissariat? Wegen Beamtenbeleidigung? Das darf ich ... ich behalte euch zwei Tage und dann könnt ihr euren Familien erklären, warum sie nichts zum Essen auf den Tisch bekommen und warum ihr Dummköpfe es für nötig befindet, euch mit der Obrigkeit anzulegen ...“

„Nichts gegen Sie, werter Herr Kommissar“, sagt der Ältere und verneigt sich leicht. „Wir sind nur dumme Fischerjungs ...“

„Ja ... das seid ihr“, der Polizist nimmt dem Toten das Amulett ab, das dieser um den Hals trägt, verstaut es in einem Plastiksack, erschlägt ein Insekt auf seiner Wange, und wendet sich mürrisch an seinen Mitarbeiter: „Pack ihn ein und lass ihn wegbringen, bevor dieses Ungeziefer ihn ganz auffrisst.“

Bergmann legte die Fotos beiseite. Die Leiche von Linus Foster würde im Laufe des Tages am Flughafen Wien Schwechat eintreffen und direkt in die Gerichtsmedizin überstellt werden. Woran der Journalist gestorben war, war für Bergmann im Moment jedoch zweitrangig. Mord, Selbstmord, Unfall ... ihn interessierte der Anhänger um Fosters Hals, der auf den Detailaufnahmen klar zu erkennen und bis auf das eingeprägte Symbol ein augenscheinliches Duplikat der Amulette von Plier, Eisert und Troger war. Was Bergmann aus kriminalistischer Sicht nicht einleuchtete: Warum trugen sie ein offensichtliches Symbol ihrer Zusammengehörigkeit um den Hals? Das war doch mehr als blöd, wenn man im Begriff war, gemeinsam ein schweres Verbrechen zu begehen ... aber vielleicht überschätzte er ja die logische Denkfähigkeit dieser Männer. Wer sich wie Plier als Günstling der Großen Weißen Loge des Sirius ansah, glaubte wahrscheinlich auch, dass die irdische Gerichtsbarkeit ihm und seinen Gefährten nichts anhaben konnte. Pech nur, dass die höhere Gewalt sich nicht daran hält, Eisert die Decke auf den Kopf fallen und Foster im Meer ertrinken lässt.

Immerhin, sagte sich Bergmann, als er den Schrank öffnete und sein Chart ergänzte: Die bislang fadenscheinigen Linien, die zwischen dem verschwundenen Schäfer, dem ehemaligen Sonnentempler und Drogenteebrauer Plier, dem Journalisten und Seminarorganisator Foster sowie dem IT-Spezialisten und Bombenbauer Eisert verliefen, gewannen an Kontur; mittels der Mitgliedschaft von Eisert und Foster im BOG; mittels eines Anhängers gleicher Machart, den die drei getragen hatten; den auch der Elternmörder Troger getragen hatte, der kürzlich von Tannhäuser im Gefängnis von Stein getötet worden war. Wieso Troger?, fragte sich Bergmann. Tannhäuser würde ins Bild passen; mit seinen schizoiden oder epileptischen oder was für Anfällen auch immer, während derer Gott ihm den Befehl erteilte zu töten. Aber Troger ... weder Kovacs noch das BVT hatten irgendwelche Beziehungen zwischen ihm und den übrigen Personen in diesem Fall gefunden. Der Einzige, der dazu Informationen liefern könnte: Schäfer. Doch was tat dieser hundige Major? Er spukte in irgendeinem mystischen Zwischenreich herum, aus dem er seine Kenntnisse in Bergmanns Albträume und in die Visionen einer selbst ernannten Schamanin tröpfeln ließ. Töte meine Dämonen nicht! Dämonen? Bergmann trat einen Schritt zurück und steckte die Kappe auf den Faserstift. Das Gespräch in Stein kam ihm in den Sinn. Die Gesellschaft, die Hölle ... wer waren die Menschen, die Tannhäuser ermordet hatte? Dem Gesetz nach Verbrecher, die ihre Strafe abgebüßt hatten. Und dem Verständnis eines psychisch kranken Serienmörders folgend? Dämonen, die es zu vernichten galt? Damit würde sich der Kreis zu Plier und den Sonnentemplern schließen, die sich als Auserwählte inmitten einer Schar Ungläubiger gesehen hatten, die im Gegensatz zu ihnen die Apokalypse nicht überleben würden. Bergmann knallte die Schranktür zu. Irgendwie war ihm das alles eine Nummer zu groß.

Auf Schäfers Platz sitzend ging er die Notizen durch, die er sich am Vorabend bei seinem Treffen mit Walter Sigrist gemacht hatte. Zacharias Vötter, der Tiroler Hotelier und Vizebürgermeister: in seinen Augen trotz oder gerade wegen seiner Verhaftung in der christlich deklarierten Volkspartei völlig unverdächtig, sich irgendwelchen transzendentalen Ideologien hinzugeben oder gar deswegen terroristisch tätig zu werden. Der Mann war offensichtlich einer der üblichen Kitzbüheler Profitgeier, die sich noch im Vasallentum wähnten und den landwirtschaftlichen Großgrundbesitz der Ahnen unter geschickter Umgehung aller Widmungsgesetze zu dreißig Silberlingen pro Quadratzentimeter verwandelten – das Echo von Schäfers Flüchen über seine ehemaligen Landsleute tönte durch den Raum. Vötters Mitgliedschaft im BOG: Mittel zum Zweck. Doch das Treffen mit seinem ehemaligen Schulkollegen Johannes Schäfer? Und die Mutmaßung von Sigrist, dass der Kitzbüheler Pfarrer etwas über Schäfers Verschwinden wusste, das er dem Privatdetektiv jedoch nicht zu verraten bereit war? Und das Bild von der Überwachungskamera einer Tiroler Tankstelle? Bergmann ahnte, dass ihm ein Abstecher in den Geburtsort des Majors nicht erspart bleiben würde. Pfarrer Danninger war ein langjähriger Freund und enger Vertrauter Schäfers, wie Bergmann einige Jahre zuvor mitbekommen hatte, als er im Zuge einer Ermittlung nach Kitzbühel gereist war. Kurz nachdem Schäfer den Ort verlassen hatte, wie er sich nun grinsend erinnerte. Absichtlich nach dessen Rückreise!, weil sie in den Wochen zuvor ein paar heftige Auseinandersetzungen gehabt hatten und er Schäfers fast schon flehentliches Ersuchen, nach Kitzbühel zu kommen, um ihn zu unterstützen, mit Hinweis auf dringende Ermittlungen in Wien zurückgewiesen hatte. Und dann hatte der Hund den Fall allein aufgeklärt! Bergmann hieb mit der Faust auf den Tisch und drehte dann mit Schäfers Stuhl eine Pirouette. Als das Telefon läutete, rollte er zu seinem Platz und hob ab.

„Wer? ... Ah, ja ... na ja, wenn er schon da ist ... schicken Sie ihn herauf ...“

Wie hatte er in so kurzer Zeit vergessen können, dass er Kovacs aufgetragen hatte, den Richter herzubestellen? Den hatte er vor seinen Karren spannen wollen, um mehr über das BOG herauszufinden. Und jetzt stand der Ochse tatsächlich in seiner Tür.

„Schönen guten Tag, Herr Schlatter“, Bergmann stand auf und reichte dem Richter die Hand, „danke, dass Sie sich die Zeit genommen haben ...“

„Wenn die Republik ruft, wenn die Republik ruft!“, der Richter sah sich um, ging zum Waschbecken, wusch sich die Hände und setzte sich dann auf den Besucherstuhl. „Also, Herr Chefinspektor, womit kann ich dienen?“

„Ich habe Ihre Berichte durchgelesen und den Eindruck gewonnen, dass an Ihren ... ähm ... Annahmen durchaus etwas dran sein könnte ...“

„Na das will ich doch meinen ...“

„Natürlich ... allerdings habe ich Zweifel, ob die vorliegenden Indizien ausreichen, um die Aufnahme eines Verfahrens zu rechtfertigen ...“

„Was wollen Sie denn noch mehr!“, der Richter schlug mit der flachen Hand auf den Tisch. Zum Glück hat er seinen Hammer nicht in die Pension mitgenommen, dachte Bergmann und fragte sich, ob er sich mit diesem Treffen wirklich einen Gefallen getan hatte.

„Ich habe keine einzige Zeugenaussage, keine Sachbeweise am Unfallort oder am Wagen ...“

„Ich habe wohl ausführlich dargelegt, warum dem so ist ...“

„Ja, schon ...“, sagte Bergmann zögernd. Verdammt, er sprach doch hier mit einem Juristen; der musste doch wissen, dass jeder Kanzleigehilfe seine Indizienkette zerbröseln lassen konnte; von den Anwälten des BOG ganz zu schweigen. „Aber die Argumentation, dass es keine Beweise für ein Verbrechen gibt, weil die Verbrecher alle haben verschwinden lassen, läuft eben meist auf einen Freispruch aus Mangel an Beweisen hinaus ... ich sage ja nicht, dass Sie unrecht haben ... aber wenn Sie wollen, dass wirklich Licht in diese Angelegenheit gebracht wird, würde ich Ihnen zu einer anderen Vorgehensweise raten ...“

„Und die wäre?“, fragte der Richter nach geschmollten dreißig Sekunden.

„Wer weiß aller Bescheid über Ihre Anschuldigungen gegenüber dem BOG?“

„Bislang zwei absolut vertrauenswürdige Personen und Sie ...“

„Sehr gut ... ich möchte Ihnen jetzt eine Information anvertrauen, deren Quelle ... also von mir haben Sie das nicht, und gegebenenfalls werde ich das auch abstreiten ...“

Der Richter beugte sich nach vorne und zog die Augenbrauen leicht nach unten. O Bergmann, wenn Schäfer dich jetzt sehen könnte!

„Sie haben vermutlich vom Verschwinden Major Schäfers gehört ...“

„Sicher ...“

„Es spricht einiges dafür, dass er gegen einige Mitglieder des BOG ermittelt hat ...“

„Sie meinen ...“

„Ich meine gar nichts. Ich kann Ihnen nur sagen, dass Major Schäfer drei Personen unter Verdacht hatte, in illegale Aktivitäten verwickelt zu sein ... die Namen Thomas Eisert und Linus Foster sagen Ihnen etwas?“

„Beide tot ...“, flüsterte der Richter, und Bergmann überkam wieder dieses seltsame Gefühl, unfreiwilliger Darsteller in einem improvisierten Narrenstück zu sein. Was, wenn dieser Mann ihm gegenüber ein Aufnahmegerät in seiner Aktentasche hatte? Oder vielleicht sogar eine Minikamera irgendwo an seinem dunkelblauen Dreiteiler mit Krawattennadel, Manschettenknöpfen, Stecktuch ... oder war das nur eine Nachwirkung dieses Tees, die ihn plötzlich so paranoid machte?

„Richtig ... und beide Mitglieder des BOG ...“

„Und was wollen Sie jetzt von mir?“

„Sie haben doch Beziehungen“, sagte Bergmann und ließ die Worte ein paar Sekunden ins Ego des Richters tröpfeln, „werden Sie Mitglied.“

„Also Sie sind mir wirklich einer, Herr Bergmann ... faustdick hinter den Ohren ...“

Als der Richter Bergmanns Büro verließ – Euphorie und Tatendrang hatten ihn so sehr gefangen, dass er die Beamtin am Empfang zum Abschied wahrscheinlich Miss Moneypenny nannte – war es kurz nach vier. Bergmann stellte sich ans Fenster, drückte seine Handknöchel, bis es knackte, und entschied sich dann, etwas zu tun, das ihm einen Monat, nein, die Woche zuvor, noch unvorstellbar gewesen wäre. Er öffnete Schäfers Schrank, nahm dessen Badesachen heraus, roch zur Sicherheit daran, packte sie in eine Stofftasche, verließ das Gebäude und nahm die U-Bahn zur Neuen Donau. Und es fühlte sich gut an. Als ob ein zehengeiler Hecht hinter ihm her wäre, kraulte er zum anderen Ufer, zurück, das Ganze noch einmal, das Ganze noch einmal, ha, die Eignungsprüfung für die Kobra würde ich immer noch locker bestehen, sagte er sich, als er schwer schnaufend im Gras saß. Aber was hilft mir das, wenn mein Hirn zu beschränkt ist, um Schäfer zu finden? Ja, es gab diese Phase so gut wie immer bei komplizierten Fällen: wo man in einem Informationshaufen stand wie in Treibsand und mit jeder Bewegung tiefer sank. Wo es einem auch nichts half, sich zu sagen: Ist ja nicht das erste Mal, ist ja eh immer wieder so. Wo jede Anstrengung die Ohnmacht noch größer zu machen schien, die Verzweiflung mit jedem Tag wuchs, an dem sich kein Riss in der Wand vor einem zeigte, von einem Durchbruch ganz zu schweigen. Doch bis jetzt war die Verantwortung dafür eben nicht in diesem Ausmaß bei ihm gelegen. Wenn er jetzt eine Schlagzeile zu lesen bekam: Polizei tappt im Dunkeln, Polizei ohne neue Erkenntnisse, Polizei ist einfach viel zu deppert – dann konnte er gleich sich selbst zum Subjekt machen und den Vorwürfen nur recht geben. Er ließ sich auf den Rücken fallen und hob theatralisch flehend die Hände zum Himmel. Zu den Engeln. Wussten sie eigentlich schon etwas über die Symbole auf diesen Anhängern? Wer verfolgte eigentlich diese Spur? Bergmann nahm sein Handy, rief Lorenz an und sprach ihm auf die Mailbox. Er kannte freilich selbst jemanden, der sich als Religionswissenschaftler ziemlich sicher mit Engeln und Dämonen auskannte und nebenbei noch ein guter Freund Schäfers war. Problem: Er mochte diesen Mann nicht. Und seine Nummer hatte er auch nicht. Er rief die Auskunft an. Die Nummer von Amos Goldman, bitte.

40.

Seit zwei Stunden saß er auf einer Wartebank am Züricher Bahnhof. In einem Diskontshop hatte er sich eine beige Cargohose, ein T-Shirt mit dem Schweizer Kreuz, einen Fleecepullover, eine Regenjacke, ein Paar Sportschuhe, einen Sonnenhut, einen leichten Rucksack, eine Zahnbürste, Zahnpasta, Seife und einen Fünfer-Pack Einwegrasierer gekauft – alles zusammen um hundertdreißig Franken, also gut hundert Euro. Auf der Bahnhofstoilette hatte er sich geduscht, umgezogen, seine alte Kleidung in den Rucksack, die Schuhe in den Mülleimer gestopft. Jetzt saß er da, sah aus wie ein billiger Wandertourist, der eine Pauschal-Busreise zu den Naturwundern der Schweiz gebucht und dann die Abfahrt verpasst hatte; mit dem Rasieren wollte er noch warten; vielleicht tauchte ja irgendwo ein Fahndungsbild von ihm auf und dann wäre ein Vollbart praktisch. Zwei Polizisten schlenderten vorbei, er nahm den Walliser Boten aus dem Rucksack und begann, gelassen darin zu blättern. Als die schwarz-blauen Uniformen die Rolltreppe nach unten nahmen, legte er die Zeitung wieder weg. Er verstand sie ohnehin nicht, wie er auf der Zugfahrt von Montreux nach Zürich festgestellt hatte. Das Dunkel in seinem Kopf schien keinen Grund zu haben; es war ein schwarzes Loch, das die Informationen aus den Zeitungen einsaugte, ohne eine Spur zu hinterlassen. Dass Barack Obama Präsident der Vereinigten Staaten war, überraschte ihn ebenso wenig wie, dass Osama Bin Laden tot war – er konnte nur nichts damit anfangen, beiden Männern keinen Ort und keine Zeit zuordnen, sie fanden keine Andockstelle in seinem zerrütteten Synapsenreich.

„Herr Schäfer?“, ein etwa fünfzigjähriger Mann in hellem Anzug und mit Goldrandbrille stand vor ihm und strahlte ihn an, „erinnern Sie sich nicht mehr an mich?“

„Ja ... nein", Schäfers Körper spannte sich an, bereit, dem Mann einen Schlag in den Unterleib zu versetzen und aus dem Bahnhof zu fliehen. „Ich glaube, Sie verwechseln mich ..."

„Ränklin, Beat Ränklin ... Sie haben uns unseren Sohn zurückgebracht ... Wilhelm ... also seine Leiche ... er ist an einer Überdosis verstorben ... erinnern Sie sich nicht?"

„Das tut mir leid ...", Schäfer stand auf, „aber ich habe keine Ahnung, wer Sie sind oder für wen Sie mich halten ..."

Der Mann blickte Schäfer mit einer Mischung aus Misstrauen und Unsicherheit an.

„Wir hätten ihn wahrscheinlich nie zu Hause beerdigen können ..."

Die Lautsprecherdurchsage kündigte die Abfahrt eines Zuges nach Frankfurt an.

„Suchen Sie einen Arzt auf", sagte Schäfer herablassend, sprang auf und packte seine Sachen zusammen, „Sie entschuldigen, das ist mein Zug ..."

41.

Natürlich äußerte Bergmann sich nicht über den desolaten Zustand der Wohnung – doch Amos Goldmann hatte offensichtlich Erfahrung mit den pikierten Blicken neuer Gäste.

„Ich weiß, dass es hier furchtbar aussieht ... im Großen und Ganzen ist die Wohnung noch in dem Zustand, in dem meine Großeltern sie verlassen mussten ... und das war einundvierzig", er räumte ein abgewetztes bronzefarbenes Fauteuil von Büchern und Unterlagen frei und deutete Bergmann, Platz zu nehmen. „Tee?"

„Ja, gern ...", Bergmann knöpfte sein Jackett auf, blickte kurz auf die Sitzfläche und setzte sich.

„Meine Großeltern haben das Haus 1932 gekauft", sagte Goldmann, nachdem er eine Teekanne und zwei Tassen abgestellt hatte, „1941 sind sie deportiert worden ... meine Mutter und ihre beiden Brüder haben sie neununddreißig in die USA bringen können ... sie selbst wollten bleiben, weil mein Großvater geglaubt hat, dass das nur eine vorübergehende Stimmung wäre ... hat er sich geirrt ..."

Bergmann fühlte sich beklommen; nippte an seinem Tee und bemühte sich um einen betroffenen Gesichtsausdruck.

„In welches Lager sind sie gekommen?", fragte er und wollte sich augenblicklich ohrfeigen für diese Frage.

„Birkenau ..."

„Und jetzt ... fehlt Ihnen das Geld oder ...", setzte Bergmann nach einer Pause nach, worauf Goldmann ihn für einen Moment perplex ansah und dann laut lachte.

„Nein, das Geld fehlt mir nicht ... das ganze Haus gehört mir ... und was die Bank im Erdgeschoss an Miete einbringt, können Sie sich bestimmt ausrechnen ... "

„Ja ... ich verstehe ... Sie hängen daran ..."

„Ja ... nein. Ich hasse diesen modrigen Krempel ... ich weiß nicht, wo ich anfangen soll ..."

„Sie packen alles, was Sie behalten wollen, in einen Raum, dann lassen Sie den Rest von einem Antiquar schätzen und ..."

„Haben Sie mit so was Erfahrung?"

„Nein ... so würde ich es halt machen ..."

„Verstehe ... vielleicht könnten Sie mir ja einmal aushelfen, ein, zwei Tage ... gegen Bezahlung, versteht sich ..."

„Ja, warum nicht", erwiderte Bergmann, der lieber von alten Möbeln als von vergasten Großeltern sprach.

„Und jetzt geht's um unseren lieben Johannes", Goldmann klappte ein silbernes Etui auf, nahm eine Zigarette heraus, zündete sie an und blies den Rauch kraftvoll in Richtung Decke. Schwarzer Tabak, französische, mutmaßte Bergmann. „Entschuldigung ... stört es Sie, wenn ich rauche?"

„Nein, natürlich nicht ..."

„Also, was kann ich Ihnen sagen, was ich nicht schon Ihren Kollegen erzählt habe?"

„Sie haben Schäfer ein Buch geschenkt, zum Vierziger, Kurzgeschichten ..."

„Raymond Carver?"

„Genau ... und da ist als Widmung ein ... Aphorismus oder so, von Tennessee Williams, drinnen ..."

„Kill all my demons, and my angels might die too."

„Ja ... was soll das bedeuten?"

„Bedeuten ...", Goldmanns Blick verlor sich im Raum, als ob die Antwort irgendwo zwischen Spinnweben, vergilbten Büchern, staubigen Brokatvorhängen, Kerzenleuchtern und beklemmenden Ölgemälden zu finden wäre. „Es ist wohl so etwas wie ein westliches Yin und Yang ... dass das eine ohne das andere nicht existieren kann ... nicht nur im sprachwissenschaftlichen Sinn ... also jetzt auf Johannes bezogen: dass seine Laster auch den Nährboden für seine herausragende Arbeit bilden ... fast hätte ich *gebildet haben* gesagt ... schrecklich, wenn jemand einfach so verschwindet ..."

„Halten Sie es nicht für möglich, dass er freiwillig untergetaucht ist?"

„Ohne seiner Familie oder seinen Freunden Bescheid zu geben? Nein ... das glauben Sie doch selbst nicht, oder?"

„Nicht wirklich, nein ... mit Laster: da meinen Sie Trinken, Rauchen ..."

„Auch, ja ... aber in erster Linie habe ich wohl auf seine psychische Verfassung anspielen wollen. Wo kein Schatten, da kein Licht, verstehen Sie? ... Warum wollen Sie das wissen?"

„Sie sind Religionswissenschaftler, oder?", druckste Bergmann herum.

„Ja, unter anderem ... wieso?"

„Zum einen ... ich habe es in einem aktuellen Fall mit Erzengeln ... also Menschen, die ... also mit Symbolen zu tun, die für diese Engel stehen ... und da ist mir nicht ganz klar, wie viele es da eigentlich gibt ..."

„So viele Sie wollen", antwortete Goldmann mit einem Grinsen, und als Bergmann nichts erwiderte: „In der Bibel wird nur Michael als Erzengel genannt ... wobei hier im Gegensatz zur allgemeinen Auffassung ohnehin nur Gabriel und Raphael als Engel erwähnt werden ... die spätere jüdische

Tradition zählt sieben Erzengel, wobei diese Zahl auf eine Stelle im Buch Tobit zurückgeht, wo Raphael sagt, er sei einer von den sieben heiligen Engeln, die das Gebet der Heiligen emportragen und mit ihm vor die Majestät des heiligen Gottes treten“, Goldmann hielt inne und sah Bergman an, als erwarte er eine Verbeugung oder zumindest ein Amen und fuhr dann fort: „Im Laufe der Zeit werden beispielsweise in den deuterokanonischen Schriften und in der Tradition der Kaballah Chamuel, Haniel, Jophiel, Raguel, Sariel, Ramiel, Zadkiel, Raphael und Uriel als Namen von Erzengeln genannt ... die russische orthodoxe Kirche hat noch einen weiteren, Jeremiel, hinzugefügt ... in der westlichen Welt wurde die Zahl der Erzengel sogar auf zwölf erhöht ... wobei sich in nicht katholischen Kreisen, etwa bei Esoterikern und verschiedenen Sekten, die Zahl der Erzengel bei acht eingependelt hat, als da wären: Michael ...“

„Ja, ich verstehe ...“, unterbrach Bergmann Goldmanns automatisierten Vortrag, den dieser wohl genau so bei Wikipedia eingetragen hatte, „aber ... also abgesehen von diesem BOG und diesen Engelssymbolen ... mir sind in den letzten Wochen ein paar seltsame Dinge passiert ...“, Bergmann hielt inne, weil er nicht wusste, wo anfangen; weil er plötzlich Zweifel hatte, ob Goldmann – oder irgendwer sonst, den er kannte – ihm bei seinen Unklarheiten weiterhelfen konnte.

„Seltsam im Sinn von ... unerklärlich?“

„Ja ... wobei ich auch übernatürlich dazu sagen könnte ...“

„Erzählen Sie“, Goldmann zündete sich eine weitere Zigarette an und sah seinen Gast gespannt an.

Als Bergmann seine Geschichte über Amazonasdrogen, Albträume, Engel, Dämonen und Schamaninnen beendet hatte, stand Goldmann schweigend auf und öffnete alle Fenster, um den dichten Rauch hinauszulassen. Bergmann dankte es ihm still.

„Es gibt keine eindeutige Erklärung für Phänomene dieser Art“, sagte Goldmann, nachdem er sich wieder gesetzt hatte. Ah, vielen Dank, sehr hilfreich. „Eindeutig im Sinne von: einer bestimmten Wissenschaft oder Philosophie zuordenbar und deren Logik folgend ... sind Sie gläubig?“

„Nicht wirklich“, erwiderte Bergmann, „also an Schutzengel und Dämonen glaube ich sicher nicht ... und an einen Gott, der Auftragskiller hat, auch nicht ... “

„Aber ... an Transzendenz?“

„Ähm ... inwiefern?“

„Sie suchen doch Spuren jenseits der Kriminalistik, oder? Weil Sie sich nicht erklären können, wieso die Botschaft aus Ihrem Traum sich mit jener dieser Frau deckt ...“

„Ja ...“

„Aber wenn Sie diese Botschaft bekommen haben, warum sollte dann diese Frau sie nicht auch empfangen? ... Träume sind ja keine Exklusivware ...“

„Sie glauben, das ist ein Zufall gewesen?“ Bergmann bekam Lust zu rauchen.

„Nein, glaube ich nicht ... aber es wäre eine Erklärung, die in Ihr Weltbild passt und Sie davon befreit, sich mit der Transzendenz befassen zu müssen ...“

Transzendenz, Transzendenz ... ja, Bergmann kannte dieses Wort; aber was genau Goldmann damit meinte, wusste er nicht. Unsichtbare Energien? Gott? Außerirdische?

„Sie verstehen mich nicht ...“, fuhr Goldmann fort, ohne den Anklang eines Vorwurfs.

„Nicht so ganz ...“

„Haben Sie schon einmal von morphogenetischen Feldern gehört?“

„Nein ...“

„Das sind, hm, wie soll ich sagen ... also laut einem Biologen namens Sheldrake sind es unsichtbare Energiefelder, die die Natur verwendet, um Informationen weiterzugeben ... im Sinne einer Bedeutungsgenese, die sich von der biologischen Vererbung unterscheidet ... als Beispiel führt Sheldrake unter anderem Blaumeisen an, die in England vor dem Zweiten Weltkrieg gelernt hatten, die Aluminiumdeckel der Milchflaschen zu öffnen, die in der Früh vor die Haustüren gestellt wurden. Mit Kriegsbeginn wurde die Milch aus Kostengründen nur mehr in Tüten gefüllt und die Meisen mussten ihr Futter wieder auf herkömmliche Weise suchen. Als der Krieg vorbei war, wurden die Flaschen wiedereingeführt – und sofort waren in den verschiedensten Gegenden Blaumeisen da, die die Verschlüsse knackten. Von den Vögeln aus der Vorkriegszeit war sicher keiner mehr am Leben ... also mussten die Meisen diese Technik auf andere Weise gelernt haben, eben über ein morphogenetisches Feld, das außerhalb unserer gängigen Zeit-Ort-Bestimmung liegt ... dass Menschen vor dem Abheben wissen, wer am Telefon ist ... dass Haustiere fühlen, dass ihr Besitzer nach Hause kommt, obwohl er noch außer Hör- und Riechweite ist, führt Sheldrake ebenfalls auf dieses Phänomen zurück ...“

„Und diese Felder existieren wirklich?“, fragte Bergmann verblüfft und ahnte an Goldmanns Grinsen, dass er hereingelegt worden war.

„Keine Ahnung ... aber es gibt die Blaumeisen und die Milchflaschen und einen englischen Biologen mit Doktortitel ... das reicht aus, damit auch eher skeptisch eingestellte Kriminalisten diese Thesen nicht sofort als parapsychologischen Unsinn verwerfen ... Wie hätten Sie denn reagiert, wenn nicht diese Schamanin zu Ihnen gekommen wäre, sondern ein Doktor der Biologie oder ... ich zum Beispiel?“

„Ich hätte Sie verhaftet und ein paar Stunden lang verhört“, erwiderte Bergmann lächelnd, „nein ... ich weiß schon, was Sie meinen ... ich hätte Sie vermutlich ernster genommen ... darf ich mir eine von Ihren Zigaretten nehmen?“

„Natürlich ... Entschuldigung, dass ich Ihnen keine angeboten habe ... ich dachte ...“

„Stimmt schon, ich rauche nicht ... aber jetzt ist mir gerade danach, ein paar Züge zu paffen“, sagte Bergmann und ließ sich Feuer geben. „Ein morphogenetisches Feld ... hm ... klingt zumindest plausibler als Botschaft eines Schutzengels ...“

„Für Sie", ergänzte Goldmann. „Aber vor fünfhundert Jahren wären Sie dafür auf dem Scheiterhaufen der Inquisition gelandet ..."

„Ja, für mich ... aber wenn diese ... diese Botschaft tatsächlich irgendeine Relevanz hat ... unabhängig davon, ob sie nur ich oder auch diese Frau bekommen hat ... dann verstehe ich immer noch nicht, was sie bedeuten soll ... Dämonen, welche Dämonen soll ich nicht töten?"

„Welche Dämonen hat Johannes denn?", stellte Goldmann in den Raum, „Alkohol, Nikotin, Depressionen, Zorn ..."

„Aber ich bin ja nicht sein Therapeut, dass ich ihm die austreiben will ... wenn er Angst hätte, dass die überleben, würde es mehr Sinn ergeben ..."

„Stimmt auch wieder ... andererseits ..."

„Was?"

„Ein Traum ... da erlebt man ja zuallererst sich selbst in all den Figuren und Stimmungen, die vorkommen ... welche Dämonen haben Sie denn?"

„Nur reale ... Mörder, Schläger, Messerstecher, Vergewaltiger ..."

„Auch genug für einen Albtraum", Goldmann schaute einen Augenblick verloren in den Raum, stand dann auf und ging zum Fenster. „Weil Sie zuvor das BOG erwähnt haben ... da drüben haben Sie ein Mitglied ..." Bergmann stellte sich ebenfalls ans Fenster. „Doktor Hellwein, Zahnarzt der Wiener Upperclass ... sowie Anhänger der Siebenten-Tags-Adventisten ..."

„Und?", Bergmann hatte es längst aufgegeben, seinem Gastgeber intellektuell folgen zu wollen. Doch dieser behandelte ihn deswegen wenigstens nicht von oben herab.

„Er ist in einem Bündnis, das sich laut Satzung für die Optimierung gesellschaftlicher Strukturen einsetzt, gleichzeitig schweinereicher Privatarzt und Vertreter der Zweiklassenmedizin, gleichzeitig Angehöriger einer Kirche, die die baldige Wiederkehr des Messias predigt ... das wahrscheinlich wegen seiner Eltern oder Schwiegereltern, was weiß ich ... Heutzutage kann man alles und nichts sein, das meine ich damit ... Der CEO einer der größten Werbeagenturen Österreichs ist bei Scientology ... will anderen Leuten weismachen, dass sie nur zehn Prozent ihres geistigen Potenzials nutzen, und was macht er selbst? Supermarktplakate: Jetzt alles minus zehn Prozent! ... Wen soll man da noch ernst nehmen?"

„Jemanden wie Thomas Eisert vielleicht, der ein paar Hundert Kilo Sprengstoff baut?" Endlich kam Bergmann wieder auf halbwegs sicheres Terrain.

„Terroristen, ja ... als Polizist müssen Sie so einen natürlich ernst nehmen, aber sonst ...", Goldmann wirkte mehr und mehr abwesend, „nehmen Sie den Zahnarzt gegenüber: Schicken Sie mitten in der Nacht ein paar uniformierte Schläger zu ihm und seiner Familie ... prügeln Sie sie blutig, setzen Sie sie in einen Viehwaggon und schaffen Sie sie in ein Arbeitslager ... dann bringen Sie alle bis auf einen Einzigen um. Was denken Sie, wie dessen Verhältnis zu Gott und der Welt danach aussieht?"

„Darauf habe ich keine Antwort", Bergmann starrte zusammen mit Goldmann auf die Passanten hinunter. Die Eisverkäufer machten offensichtlich ein gutes Geschäft. „Aber Leute wie Eisert oder dieser Tannhäuser sind ebenfalls der Meinung, dass es Menschen ohne Existenzberechtigung gibt ... die man einfach auslöschen kann, nur weil sie nicht in ihre Ideologie passen ..."

„Engel und Dämonen", Goldmanns Esprit, den er noch zu Beginn von Bergmanns Besuch ausgestrahlt hatte, schien nun endgültig verraucht. „Wenn sich jemand zum Engel erklärt, dann braucht er auch Dämonen ... und umgekehrt ..."

42.

Gegen vier Uhr wachte Bergmann auf, weil durch das offene Schlafzimmerfenster Regenwasser auf das Parkett prasselte. Er stand auf, schloss das Fenster und ging ins Bad, um einen

Putzfetzen zu holen. Nachdem er die ansehnliche Lache aufgewischt hatte, sah er in den Hof hinunter. Aus dem Kanalgitter vor den Altglascontainern quoll das Wasser, die Sandkiste auf der Spielwiese war zum Planschbecken geworden. Am Vormittag würde die Donau an mehreren Stellen zwischen Passau und Klosterneuburg über die Ufer treten und zahlreiche ufernahe Städte und Dörfer fluten. Gegen Mittag würde der Pegelstand schon bei sechs Metern liegen, in Passau am Abend bei einer Rekordhöhe von achteinhalb Metern. Die Donaustrandbäder östlich von Krems würden so gut wie alle überschwemmt werden, zahlreiche Straßen und Brücken würden unpassierbar sein, sieben Menschen würden sterben innerhalb der ersten vierundzwanzig Stunden dieses Jahrhundert-Hochwassers, wie die Medien es bald nennen würden. Davon ahnte Bergmann noch nichts. Zum Glück bin ich nicht bei der Feuerwehr, sagte er sich, als er das erste Folgetonhorn hörte, und legte sich wieder hin, ohne einschlafen zu können.

Als er am Vortag nach dem Gespräch mit Amos Goldmann ins Büro zurückgekommen war, hatte er eine Nachricht von Lorenz im Eingangsordner mit der Aufforderung, sich einige Dokumente auf dem gesicherten Server anzusehen. Ay ay, Captain, hatte Bergmann gemurmelt und sich eingeloggt. Nachdem bei Linus Fosters Leiche ein Anhänger derselben Machart gefunden worden war, wie sie Plier, Eisert und Troger besessen hatten, hatte das BVT die unterschiedlichen Prägungen darauf untersucht. Mit ziemlicher Sicherheit handelte es sich um die Symbole von vier Erzengeln: Metatron, Uriel, Chamuel und Gabriel.

Und da es laut der einschlägigen Sekten- und Esoterikliteratur, die sich in Eiserts Bibliothek zu diesem Thema gefunden hatte, derer acht gab, lag der Verdacht nahe, dass es weitere vier bislang unbekannte Personen gab, die eins besagter Amulette trugen. Das Wort *Terrorzelle* tauchte noch nirgends auf – was wohl Lorenz' Paranoia zuzuschreiben war, der nicht einmal der Sicherheit der eigenen Server traute –, doch die Marschrichtung der Ermittlungen zeigte eindeutig in diese Richtung. Ein hochqualifizierter IT-Techniker, der an die nahende Apokalypse glaubte, Bomben baute und in der ganzen Welt unterwegs war; ein in den USA gebürtiger Journalist, der Eisert ziemlich sicher vom BOG gekannt hatte und in Vietnam beim Schwimmen ertrunken war; und schließlich Troger: der Student, der unter dem Nickname *demondays* auf einschlägigen Websites zahlreiche Artikel über die Weltverschwörung unter der Herrschaft der Juden, Illuminaten und der UNO geschrieben, sich aus dem Internet Anleitungen zum Bau von Briefbomben besorgt und in einem Ausbruch von Jähzorn seine Eltern ermordet hatte. Und dann natürlich der ehemalige Sonnentempler Jean Plier, der seinen Tod vorgetäuscht hatte und auf dubiosen, vom BOG veranstalteten Seminaren, die Teilnehmer drogeninduzierte Geister sehen ließ. Ja, angesichts dieser Faktenlage, die Bergmann den Untersuchungsergebnissen des BVT entnahm, waren das eindeutig Kandidaten, denen man etwas großes Böses zutraute. Jetzt war man dabei, alle Bezugspunkte der drei Toten herauszufiltern und in eine so gut wie grenzenlose Rasterfahndung einfließen zu lassen, die nach Bergmanns Schätzungen allein in Österreich ein paar Hundert Leute beschäftigte. Dass ihm Lorenz darüber ebenso wenig Auskunft gab wie über die Beteiligung ausländischer Geheimdienste und Polizeiapparate, wunderte Bergmann nicht; es war ihm sogar recht. Er hatte nicht beim BVT gelernt und konnte mit dem Ausmaß an Informationsbewältigung und Spekulation, das hier gefragt war, überhaupt nichts anfangen. Wahrscheinlich hatte er aus demselben Grund auch kein Talent für das Schachspiel, hatte trotz mehrmaliger Bemühungen nie etwas anfangen können mit dem wellenartigen Hinauswachsen der Gedanken über die tatsächliche Sachlage, mit dem Übereinanderstapeln unzähliger Möglichkeiten, mit dieser für ihn vom Eröffnungszug an so beängstigenden wie frustrierenden Erkenntnis, dass es nicht etwa genau hundert mögliche

Züge gab, die man zu überdenken hatte, sondern unendlich viele. Dass Schäfer in diesem Punkt genau seiner Meinung war, hatte ihn vor Jahren – oder waren es schon Jahrzehnte? – ziemlich erstaunt. Der im ganzen großen kriminalistischen Universum beheimatete Major konnte nicht über zwei Züge hinausdenken? Besser noch: Er klopfte nicht wie sein professionelles Gegenüber nach höchstens einer Minute auf die Schachuhr, sondern fegte nur ein paar Minuten nach Spielbeginn wütend das Brett leer wie Jesus den Tempel von Jerusalem – so zumindest Kamps launiger Bericht über seine einzige spätabendliche Schachpartie gegen Schäfer.

Schäfer. Dass er im Bericht des BVT mit keinem einzigen Wort Erwähnung fand, irritierte Bergmann. Gut, es konnte dessen eigenem Schutz dienen; ihn – falls er noch lebte – davor bewahren, sich irgendwann dafür verantworten zu müssen, trotz mannigfacher Hinweise auf ein verbrecherisches Komplott keine geeigneten polizeilichen Maßnahmen ergriffen zu haben, um die Gefahr eines terroristischen Anschlags abzuwehren. Niemanden ins Vertrauen gezogen, keine hilfreichen Aufzeichnungen erstellt: Versager! Vielleicht hatten aber auch die Fahnder versagt: Schäfers Internet-, E-Mail- und Telefonkommunikation erst dann gründlich durchleuchtet, nachdem ein IT-Profi wie Eisert längst alle relevanten Spuren gelöscht hatte; die Wohnung zu schlampig durchsucht, sodass es Marsant aka Plier noch möglich gewesen war, bei seinem Besuch vorige Woche belastendes Material zu entfernen; kurz gesagt: die Gesamtsituation von Beginn an falsch eingeschätzt. Doch wer wäre beim ersten Blick auf das Spielfeld schon auf derart obskure Verstrickungen gekommen? Wer hätte in Schäfers zweiter Urlaubswoche – gleich beim ersten Aufkommen von Besorgnis in seinem Familien- und Freundeskreis, nachdem er sich ein paar Tage nirgends gemeldet hatte – die Stirne in Falten gelegt und mit spukhafter Stimme gesagt: Weh euch, Unheil dräut! Schachweltmeister Kasparow möglicherweise; der aufgrund einer verlorenen Wette bei Thomas Gottschalk (live aus der Mehrzweckhalle in Oberwart!) seine Kombinationsfähigkeiten eine Woche lang in den Dienst des BKA stellen muss, die Ursache für Schäfers Verschwinden in der Verschwörung einer Geheimloge aus acht selbst ernannten Engelsinkarnationen erkennt, die das Ende der Welt herannahen sehen und zur Beschleunigung oder Selbstrettung gleich die halbe Stadt in die Luft jagen und ein paar Tausende Liter Wiener Blut vergießen wollen. Schuster, bleib bei deinen Leisten!, hätte Kamp dem Russen freundlich geraten, ihm eine Sachertorte im original Holzkistl überreicht und ihn schulterklopfend zur Tür geleitet.

Weil, ha ha: Wenn wir anfangen, solche Hirngespinste ernst zu nehmen! Dann nehmen wir irgendwann noch die Endzeitfantasien von Typen wie diesem Eisert ernst! Dieses unsinnige Bibelgeschreibsel zum Beispiel, das in seiner Wohnung gefunden und vom BVT – der österreichischen Institution, die am wenigsten Spaß verstand – so ernst genommen wie eingehend analysiert worden war und nun auf dem Bildschirm von Bergmanns Laptop erschien. Überschrift: *Botschaft des aufgestiegenen Meisters Michael*

1. Die Vögel werden tot auf die Erde fallen. Die Fische verenden am Strand
2. Die Sonne wird sich teilen. Die Gerechten die Botschaft verstehen
3. Der Löwe des Markus wird brüllen als Orkan. Der Stier des Lukas die Erde erschüttern
4. Erbeben wird die Erde, töten im Zorn auf die Kirche Christi
5. Ein neuer Meister wird uns einen. Er führt das Schwert der Gerechtigkeit
6. Wo der Mensch schaute den Kern der Schöpfung, ereilt ihn Unheil tausendfach
7. Eure Häuser zerbrechen unter den wütenden Armen der Winde

8. Ein Dämon wird erstehen, zu töten die Töchter Maria Magdalenas
9. Tod dem Sklaven der Hölle, dem Dämon in den Höhlen des Ostens
10. Die Flüsse werden schwellen. Die mächtige Flut. Unsere Zeit. Einen neuen Himmel werde ich schaffen und eine neue Erde

Ja, sehr schön, sagte sich Bergmann und öffnete die folgenden Dateien. Scans von Seiten aus verschiedenen Tageszeitungen beziehungsweise Links darauf. Er ging die Artikel der Nummerierung folgend durch.

1.1.2011: **Plötzliches Vogelsterben in Schweden und USA**

In Schweden ist ein ganzer Vogelschwarm tot vom Himmel gefallen. Die Ursache ist ebenso unklar wie bei einem Vorfall im US-Bundesstaat Arkansas mit fünftausend toten Tieren. Hinzu kommt ein massenhaftes Fischsterben in den USA: Allein in einer Bucht in Maryland sollen rund zwei Millionen Tiere verendet sein. In einem Fluss in Florida schwammen Tausende tote Fische ...

3.1.2011: **Partielle Sonnenfinsternis über Europa**

Von Pakistan bis Spanien war das Himmelsschauspiel zu sehen: Der Mond hat sich Dienstagvormittag vor die Sonne geschoben. Erst am 20. März 2015 ist hierzulande wieder ein ähnliches Phänomen zu sehen ...

5.2.2011: **Mehrere Tote nach Sturmflut an der deutschen Küste**

Das Tiefdruckgebiet Marc entwickelte den bis jetzt stärksten Orkan in der Sturmtiefsaison 2010/11 mit bis zu 163 km/h.

Marc entstand am 4. Februar 2011 über dem Ostatlantik, zog dann nach Osten Richtung Skandinavien und entfaltete über Norddeutschland seine maximale Kraft zwischen dem 5. und 6. Februar 2011. In Schleswig-Holstein verursachte Marc Schäden in Millionenhöhe. Gemeinsam mit dem Tiefdruckgebiet Lukas löste Marc am 5. Februar 2011 eine Sturmflut an der gesamten deutschen Küste aus, die bislang sechzehn Menschenleben forderte.

22.2.2011: **Erdbeben führt zu Chaos und Panik in Christchurch**

Der heftige Erdstoß im Süden Neuseelands hat die Menschen erschüttert. Die Stadt Christchurch ist verwüstet, die Zahl der Toten wird wohl noch deutlich steigen. Der Turm der Kathedrale in der Innenstadt von Christchurch ist eingestürzt, Dutzende Häuser sind völlig zerstört, die Straßen aufgebrochen oder überflutet. „Es könnte die dunkelste Stunde Neuseelands sein", sagte Regierungschef John Key. Bislang seien fünfundsechzig Tote gefunden worden. Doch noch werden bis zu zweihundert Menschen unter den Trümmern vermutet ...

11.3.2011: **Erdbeben und Tsunami in Japan: Mehr als tausend Menschen getötet**

Japan ist geschockt von den stärksten Erschütterungen, die das Land bisher erlebt hat. Häuser stürzten ein, Autos und Boote wurden von Flutwellen mitgerissen. Im Atomkraftwerk Fukushima ist die Kühlung ausgefallen, die Regierung hat den atomaren Notstand ausgerufen.

16.4.2011: **Wirbelstürme in den USA richten Milliardenschäden an**

Die Tornado-Katastrophe im Süden der USA hat große Schäden angerichtet und über dreihundert Menschen das Leben gekostet. Diese Zahl wird vermutlich noch steigen ...

18.4.2011: **Wieder Prostituierte in Wien ermordet! Polizei geht von Serienkiller aus**

Der bereits sechste grausame Mord an einer Prostituierten innerhalb nur eines Monats hat die Szene in Angst und Schrecken versetzt. Wieder war das Opfer eine junge Slowakin, wieder wurde sie stranguliert, mit zahlreichen Messerstichen getötet und anschließend in Brand gesetzt ...

2.5.2011: **Osama Bin Laden ist tot**

Er war der meistgesuchte Mann der Welt: Osama Bin Laden, der Anführer des Terrornetzwerks al-Qaida, ist tot.

US-Spezialkräfte haben ihn bei einer Kommandoaktion in Pakistan getötet – dies gab US-Präsident Obama in einer Rede an die Nation bekannt ...

Schön. Eine willkürliche Auswahl an Naturkatastrophen und anderen Ereignissen, mit denen sich Schlagzeilen machen ließen; dazu ein versponnenes Skriptum, das mit denselben Vorfällen in einer schwülstigen Bibelsprache hausieren ging. Das konnte doch niemand ernst nehmen, oder? Bergmann stellte sich ans Fenster, eine Tasse Earl Grey mit Milch in der Hand und schaute in den Regen. Eindeutig kein Gewitterschauer – der für diese Tageszeit ohnehin ungewöhnlich gewesen wäre. Vielmehr ein vollgesoffener Himmel, der sich wuchtig und anhaltend über die Stadt ergoss. Im ersten Tageslicht sah er den Hausmeister und zwei ihm unbekannte Männer Sandsäcke über den Hof schleppen; vermutlich um die Kellerräume vor dem Wasser zu retten, das mittlerweile in braunen Bächen über die Gehsteige und in die Einfahrt strömte. In zwei Stunden würde in Melk eine Frau in ihrem Auto ertrinken, weil sie trotz Absperrung in eine überflutete Straße eingefahren war. In Südtirol würde ein Reisebus, der eine Schulgruppe zum Sommerlager nach Sankt Martin bringen sollte, von einem Erdrutsch von der Straße gestoßen werden; wie durch ein Wunder würden alle siebenundzwanzig Schüler sowie der Fahrer und die beiden Begleitpersonen den Unfall überleben. Weniger Glück würde in den frühen Nachmittagsstunden ein Kneipenwirt aus Wöllersdorf haben, der beim Versuch, seinen in die Hochwasser führende Piesting gefallenen Hund zu retten, ertrinken würde. Was für ein Sauwetter, murmelte Bergmann und schaltete den Fernseher ein, um die Frühnachrichten zu sehen. Gleich die erste Kameraeinstellung zeigte eine Altpapiertonne, die wie auf der Flucht vor Massen an Werbeprospekten die Lerchenfelder Straße hinabrauschte; dahinter hektisches Stimmengewirr und Sirenen. Bergmann ging in die Küche und schnitt zwei Scheiben Roggenbrot ab. Im Hintergrund hörte er die aufgeregte Stimme des Reporters: Nach einem Wassereinbruch und einem Kurzschluss auf der U3 haben die Wiener Linien mit Ausnahme einiger Buslinien den gesamten Betrieb eingestellt. Im ganzen Land ist bereits das Bundesheer im Einsatz, um der über die Ufer tretenden Wassermassen Herr zu werden. Auch in den Nachbarländern ...

Jetzt könnt ihr mich auslachen, sagte sich Bergmann selbstherrlich, als er mit seinen kaum benützten Gummistiefeln der Marke Aigle und einem britischen Allwetter-Jagdmantel von Barbour die Sicherheitsdirektion betrat, jetzt will ich noch wen sehen, der blöd grinst. Tat auch niemand. Weil kaum wer da war. Wer nicht zu Fuß zur Arbeit gelangen konnte (und sich rechtzeitig um ein Paar Vollkautschuk-Profilsohlen-Stiefel gekümmert hatte!), hatte bis auf Weiteres schulfrei, zumal das Innenministerium nicht über das Budget verfügte, einen Black Hawk zur Personalbeförderung anzukaufen. Welch gespenstische Ruhe im gesamten Gebäude; von seiner Gruppe war niemand anwesend, bis Mittag würde es nur Kovacs schaffen, zum Dienst zu erscheinen. Bergmann hängte den Mantel über einen Kleiderbügel, schlüpfte aus den Regenstiefeln und stellte sie auf eine Zeitung, füllte den Wassertank der Espressomaschine und machte sich einen Kaffee. Als er sich an den Schreibtisch setzte, kam er sich vor wie an einem dieser magischen Sonntage, wenn er ohne Dienstpflicht hier war, um ein paar Akten aufzuarbeiten oder schlichtweg das Büro aufzuräumen; mit der zwingenden Konsequenz, dass Schäfer in der folgenden Woche mindestens fünfmal täglich in den Raum fauchte: Wo zum Geier ist denn dieses ... Und Bergmann gelassen antwortete: Dort, wo es hingehört. Ein seltsames Paar waren sie schon, der Major und sein Chefinspektor.

Kurz vor zehn rief Leitner an. Keine Chance, dass er es zur Arbeit schaffte. Der Keller in ihrem Haus stünde unter Wasser; die Feuerwehr völlig überlastet, käme frühestens am Abend;

jetzt könne er nur noch hoffen, dass er im Baumarkt eine Pumpe bekäme; aber zu Fuß dorthin, er hätte schon überlegt, ob er das Schlauchboot aufblasen soll, verfluchte Scheiße, das ist der Klimawandel ... Kümmere dich um euer Haus, unterbrach Bergmann Leitners hysterische Tirade, ich komme hier schon zurecht. Ja, sicher, rief Leitner ins Telefon, aber Bergmann solle sich auf seinem Computer den Ordner *Webviolence* anschauen, das Video mit dem Titel *killertramps,* oh oh, meine Frau schmeißt die Nerven weg, Servus.

Arme Sau, murmelte Bergmann auf dem Weg in Leitners Büro, verschuldet sich für ein Reihenhaus irgendwo draußen in Langenzersdorf und dann kommt die Donau daher. Er setzte sich auf Leitners Platz, fuhr den Computer hoch und sah besagten Ordner durch. 237 Videos, viele mit martialischen Titeln wie *deathpunch, killerfist, hellbound* et cetera. Wahllos klickte Bergmann sich durch die Dateien. Strafrechtliche Relevanz hatte keiner der ersten zwanzig Filme, die er sich ansah. Jugendliche beim Kickboxen unter Brücken und auf verlassenen Parkplätzen, bei halsbrecherischen Fahrten in Einkaufswagen, beim Zünden selbst gebastelter Knallkörper in Dopplerflaschen und so weiter. Er öffnete die Datei *killertramps* – hinter diesem Namen hatte Leitner bestimmt die filmische Darstellung eines Gewaltverbrechens vermutet, wahrscheinlich den Messerangriff auf den Obdachlosen am Gürtel mitsamt eindeutig erkennbarer Tätervisage. Nun, es war ein Skateboardvideo, das eine Gruppe von Minderjährigen zeigte, die sich auf dem Treppelweg neben dem Donaukanal – Bergmann glaubte, die Friedensbrücke zu erkennen – ihren Stunts hingaben und dabei regelmäßig an die Tür der Notaufnahme klopften. Und?, fragte sich Bergmann, todesmutige Stadtstreicher, das hatten die Burschen mit dem Titel wohl gemeint, warum soll ich mir das anschauen? Da schwenkte die Handykamera für einen Augenblick nach links zu den Sitzbänken. Dort saß Schäfer. Mit einem Schlag auf die Leertaste hielt Bergmann das Video an, scrollte zurück zum Anfang und ließ den Film langsam ablaufen. Insgesamt sechs Mal kam Schäfer während der zwölf Minuten Laufzeit ins Bild, saß in gleich bleibender Position auf der graffitiverzierten Bank, aufrecht, die Hände auf den Oberschenkeln und starrte in Richtung Kanal. Was ist denn mit dem los?, hatte sich wahrscheinlich das junge Paar gefragt, das bei Minute drei an ihm vorübergegangen war. Ja, was war an diesem Abend des 28. Mai los mit Major Schäfer, dass er einsam und wie in Trance auf dieser Bank saß?

Bergmann kopierte die Datei auf den Server, ging zurück in sein Büro und öffnete das Video erneut; als ob ihm hier, auf seinem angestammten Platz, mehr dazu einfallen könnte. Wenigstens gab es nun einen Beleg dafür, dass Schäfer zu diesem Zeitpunkt noch in Wien, noch am Leben war. Moment, am Leben ... von wann war das Bild, das der Privatdetektiv ihm gegeben hatte? Bergmann öffnete die Schranktür und sah auf sein Chart, das immer mehr einem abstrakten Gemälde zu ähneln begann. 30. Mai, das war das Datum, an dem sich Schäfers Spuren auf einer Autobahntankstelle an der Inntalautobahn verloren. Und zwei Tage zuvor sitzt er weggetreten am Donaukanal und sieht Jugendlichen beim Skateboarden zu? Bergmann ergänzte sein Chart und stellte sich ans Fenster. Immer noch schwerer Regen. Ein paar wenige Autos pflügten die überschwemmte Ringstraße – hauptsächlich SUVs, deren Besitzer nun endlich die fantastischen Eigenschaften ihrer Fahrzeuge beweisen konnten. Einer von ihnen würde den Abend nicht erleben; würde gegen fünfzehn Uhr in Klosterneuburg eine gesperrte Brücke befahren, stecken bleiben und ertrinken. Irgendwas übersehe ich, sprach Bergmann in den leeren Raum.

43.

Ränklin hatte er gesagt. Beat Ränklin. Und sein Sohn: Wilhelm? Der musste ihn verwechselt haben. Wieso hätte er einem Schweizer seinen toten Sohn zurückbringen sollen. Überdosis. War er vielleicht Arzt? Nein, Jakob hatte damals Medizin studiert – und seinem Ehrgeiz nach zu schließen, war er jetzt vermutlich schon Primar. Sahen sich er und sein Bruder inzwischen so ähnlich, dass dieser Ränklin sie verwechselt hatte? Möglich. Aber das waren Hunderte andere Varianten auch. Er biss sich auf die Zunge und kniff die Augen zusammen. Die Kopfschmerzen waren wieder stärker geworden, seit er den Wald verlassen hatte. Als ob die verschütteten Jahre sich gegen das endgültige Absinken in die Vergessenheit wehrten und wütend gegen die Wände ihrer Verliese traten. Sobald er in Österreich wäre, würde er Jakob anrufen. Egal, was vorgefallen war, die Familie war dazu da, zusammenzuhalten und sich gegenseitig zu helfen, das hatte ihnen die Großmutter oft genug eingebläut. Er öffnete die Augen. Aus dem schwachen Nieseln am Züricher Bahnhof waren heftige Schauer geworden, die an die Zugfenster droschen und die Landschaft nur mehr als verwaschene Kontur wahrnehmbar machten. Nur sechs weitere Fahrgäste zählte er im Großraumwagen; der ganze Zug war so gut wie leer. In Österreich hatte es laut der Servicemitarbeiter am Züricher Bahnhof so starke Unwetter gegeben, dass die Bahnverbindung über den Arlberg unpassierbar war. Aber die Ausweichroute über Deutschland zu nehmen war für ihn nicht in Frage gekommen. Eine Instinktentscheidung. Die Strecke über Sankt Gallen und Sankt Margrethen erschien ihm vertrauter. Vielleicht wegen dieses blöden Witzes – oder war es eine Eselsbrücke gewesen? –, den ihr Geografielehrer einige Male über Ausserrhoden und Innerrhoden gemacht hatte. Wie war der gegangen ... keine Ahnung. In Sankt Gallen würde er aussteigen, etwas essen und sich einen Überblick verschaffen. Hochwasser hieß immer auch ein gewisses Maß an Chaos.

Und je chaotischer die Verhältnisse, desto leichter war es, eine Grenze zu überschreiten.

44.

Nummer fünf ist tot. So der Betreff der Nachricht höchster Priorität, die Bergmann zu Mittag von Lorenz bekam. Im Klartext: Der Schweizer Nachrichtendienst hatte die Ermittlungsakte zu einer männlichen Leiche weitergeleitet, die am 3. Juni in einem Waldstück im Wallis gefunden worden war. Todesursache waren drei Schüsse in den Oberkörper. Der Mann, der bald als Josef Breiler – dreiundvierzig Jahre, Galerist und Kunsthändler, wohnhaft in Zürich – identifiziert werden konnte, hatte ein Jagdgewehr sowie eine Taschenlampe bei sich gehabt; in der Nähe der Leiche waren drei Patronenhülsen gefunden worden, was den Verdacht nahelegte, dass dem Tod des Mannes ein Feuergefecht mit einer bislang unbekannten Person beziehungsweise mehreren vorausgegangen war. Dem Anhänger am Hals des Toten hatte die Kantonspolizei anfangs keine besondere Aufmerksamkeit geschenkt. Erst als das BVT die Schweizer Kollegen vom NDB in die Vorfälle in Österreich eingeweiht und um Zusammenarbeit ersucht hatte, schloss sich der Kreis: Das Amulett war in seiner Machart identisch mit den bisher aufgefundenen; der einzige Unterschied bestand im eingravierten Symbol, das man dem Erzengel Jophiel zuordnete.

Endgültige Sicherheit sowie eine Bestätigung bisheriger Vermutungen schuf die Durchsuchung von Breilers Wohnung, wo sie auf eine beachtliche Sammlung an Büchern, Dokumenten und selbst verfassten Texten gestoßen waren, die nicht nur eine Gesinnungsverwandtschaft zu Eisert und Plier belegten, sondern auch konkret auf die Rollen eingingen, die sich Breiler und seine Brüder im Geiste offensichtlich zugedacht hatten: „... als aufgestiegene Meister sind wir nicht körperliche Wesenheiten höherer Bewusstseinsebenen, Inkarnationen der Erzengel Michael, Chamuel, Jophiel, Uriel, Metatron, Raphael, Zadkiel und Gabriel, die je nach ihren speziellen Fähigkeiten und Aufgaben an der Integration der Menschheit in die neue Dimension arbeiten. In wiederholten Inkarnationen haben wir die Dualität zwischen Körper und Geist sowie die Grenze zwischen Leben und Tod überwunden und damit den Aufstieg zu einer multidimensionalen Ebene erreicht, von der aus wir als Vermittler neuer Energiemuster wirken und im Bunde der Acht die Weltenwende herbeiführen ..."

Weltenwende ... ein Prozess, der durch einen Terroranschlag initiiert werden soll? War das die *smoking gun*, nach der das BVT gesucht hatte? Eine *loaded gun*, wenn überhaupt, dachte sich Bergmann, als er die Dateien aus dem Mailanhang überflog. Obskure Ausführungen über verstärkte Tätigkeiten im Erdkern, die Polverschiebung, eine Supernova im Sternbild des Orion und das vermehrte Auftreten von Alphawellen, seitenweise Exegesen der Apokalypse des Johannes, dazu der Prophezeiungscodex, den auch Eisert besessen hatte. Und weiter? E-Mails oder Telefonate zwischen den Männern, Fotos, Fingerabdrücke, Zeugenaussagen ... Linus Foster war zwischen 28. und 31. Mai in der Schweiz gewesen, wie die Auswertung seiner Kreditkartendaten sowie des Navigationssystems seines Wagens ergeben hatte: in Zürich, Bern und Lausanne; sollte er dort aus beruflichen Gründen unterwegs gewesen sein, dann nicht im Auftrag eines der Magazine, für die er arbeitete; und die unter Umständen aussagekräftigeren Daten auf seinem Laptop waren nicht zugänglich, zumal dieser in Vietnam verschwunden war. Das war alles?

Bergmann sandte die Dateien an den Drucker. Für gewöhnlich war er Anhänger des *paperless office*, doch in diesem Fall wollte er buchstäblich etwas in Händen halten, zumal sich das Gefühl, dass ihm Informationen vorenthalten würden, verstärkt hatte. Dieses unheimliche Gefühl, dass er nur einen Teil der bereits bekannten Wahrheit zu sehen bekam; dass die digitalen Dokumente, die Lorenz ihm schickte, sich jederzeit selbst vernichten konnten, wenn er sich irgendeiner Indiskretion schuldig machte. Zugegeben, das hatte er bereits mehrfach: Sowohl dem Privatdetektiv Sigrist als auch Amos Goldmann hatte er Informationen gegeben, die der strikten Geheimhaltung unterlagen. Doch dafür hatte er auch ein paar Dinge erfahren, die ihm ohne Vertrauensbeweis und Gegenleistung verborgen geblieben wären. Fraglich, ob sie ihm etwas nutzten, aber immerhin. Vermutlich sollte er stolz sein, sich im inneren Kreis des österreichischen Geheimdienstes bewegen zu dürfen. Der Preis des Stolzes: seine wachsende Paranoia, dass er unter Beobachtung stand, dass irgendwelche anderen noch mehr wussten, ihn aus irgendeinem Grund nicht einweihten ... vielleicht sogar selbst in dieser obskuren Verschwörung mit drinsteckten. Warum war denn das BOG nicht längst auseinandergenommen worden, wo es doch genug Hinweise gab, dass dieser Verein mit einer Terrorzelle in Verbindung stand? Die Antwort konnte er sich gleich selbst geben: Weil es nicht verboten war, Mitglied in einem Verein zu sein, in dem einzelne Mitglieder ohne das Wissen der anderen strafbare Handlungen vollziehen; sonst müsste man ja jeden Katholiken verhaften. Weiteres Argument: Sie hatten es hier nicht mit einem Haufen mittelloser Studenten zu tun, die gegen das Demonstrationsverbot verstießen und hopp, hopp in den Gefangenenbus gezerrt werden konnten. Wer im BOG keinen Anwalt hatte, war selbst einer. Je länger Bergmann über den Ablauf der Ermittlungen nachdachte, desto frustrierter wurde er. Lorenz und das BVT: Die taten ihm keine Türen auf, wie er gehofft hatte; sie legten einen Balken davor.

„Man könnte glauben, die Welt geht unter“, Kovacs stand vor ihm, und er wusste nicht, ob sie geklopft oder ihn vielleicht sogar schon begrüßt hatte. „Ich bin die Burggasse hinunter, da hat sich eine Asiatin mitten auf der Straße vor einen Feuerwehrwagen gestellt und die Männer angefleht, dass sie ihr das Wasser aus dem Geschäft pumpen. Dahinter hat ihr Mann Schachteln und Stoffsäcke aus dem Laden geschleppt und auf die Autodächer davor gestapelt ... das war ein Bild wie aus dem Krieg ... also Krieg in dem Sinn kenne ich ja keinen ..."

„Ja ... wenn Sie in Ihrem Büro allein Angst haben, dürfen Sie sich zu mir setzen", sagte Bergmann schnippisch, worauf ihn Kovacs verständnislos ansah. „Hallo? Da draußen gehen Existenzen den Bach hinunter und Sie meckern spießig herum?"

„Entschuldigung", antwortete Bergmann nach einer Denkpause, „ich war gerade in ... also dass Sie heute hier arbeiten können, habe ich ernst gemeint ... würde mich freuen ... packen Sie Ihre Sachen und kommen Sie herüber, ich mache uns inzwischen einen Tee ..."

Mit Kovacs' Anwesenheit besserte sich seine Laune. Eine Stunde lang saßen sie sich schweigsam gegenüber, klopften auf ihre Tastaturen und gaben beizeiten einen Kommentar zur Hochwassersituation ab, was bewies, dass sie nicht nur arbeiteten, sondern dazwischen auch den Zustand der Welt aus der erhabenen Warte des Internetbenutzers betrachteten. Irgendwann stand Bergmann auf, öffnete die Schranktür und forderte sie auf: Schauen Sie sich das bitte einmal an. Auf Schäfers Stuhl rollte Kovacs auf Bergmanns Seite und folgte seinen Ausführungen. Und mit jedem Satz, den Bergmann von sich gab, wurde ihm leichter, hatte er das Gefühl, endlich nicht mehr im *strategic office* zur Observation terroristischer Aktivitäten zu sitzen, sondern in Bodennähe mit einer Kollegin zu plaudern. Kovacs erdete ihn, ihre Fragen und Kommentare bildeten keine weiteren spekulativen Blasen, die dem ohnehin schon unüberschaubaren Material noch mehr kafkaeske Dimensionen verliehen; sie waren so simple wie kluge Hiebe, die dem aufgeblasenen Ungetüm, zu dem sich Schäfers einst banales Verschwinden entwickelte hatte, viel seiner unnützen Luft nahmen. Von wegen Sonnentempler, von wegen FBI und Megiddo, von wegen BOG quasi Freimaurer quasi Weltverschwörung.

„Ein paar Fanaten, die sich für aufgestiegene Meister oder Erzengel oder sonst was halten und irgendwo in Wien was in die Luft jagen wollen ..."

„So in etwa ..."

„Na ja ... finden und unschädlich machen oder danach den Mist wegräumen ..."

„Und wenn der Wagen mit dem Sprengstoff bei uns in der Tiefgarage landet?"

„Dann sitzt sicher Major Schäfer hinterm Steuer, grinst wie blöd und schreit heraus: He, Burschen, schaut mal, was ich gefunden habe!"

„Ja", Bergmann musste lachen, „und dann: Scheiße, da sind so Zahlen, die nach unten laufen: zehn, neun ..."

Sie grinsten einen Moment in sich hinein, als gedächten sie eines liebenswerten Verschiedenen.

„Was muss man für ein Karma haben, um dauernd so einen Mist auf sich zu ziehen ...", sagte Kovacs dann.

„Jetzt fangen Sie auch noch mit diesem Esoterikmist an ..."

„Ach, Karma ... das sagt man halt so ..."

„Wer? Ich sicher nicht ... aber das ganze Internet ist voll von Spinnern, die an Astralkörper, Rückführungen, Channeling, Lichtkreise ..."

„Sie kennen sich ja eh ganz gut aus", unterbrach Kovacs Bergmanns spießerhaftes Lamento.

„Nein, tu ich nicht ... und genau das ist mein Problem: dass ich nicht verstehe, wie man auf so einen Jahrmarktbudenzauber hereinfallen kann ... und dann auch noch Bomben bauen ..."

„Jahrmarktbudenzauber", Kovacs hielt sich die Hand vor den Mund, „das stammt noch aus dem vorvorigen Jahrhundert, dieses Wort, oder?"

„Auf jeden Fall aus einer Zeit, in der man noch gewusst hat, wovon man redet ..."

„Jetzt seien Sie nicht eingeschnappt ... die meisten von denen sind doch eh harmlos ... wenn Sie in meinem Bekanntenkreis herumfragen, da glauben genug an Reinkarnation ... und dass das CIA UFO-Landungen geheim hält, für 9/11 verantwortlich ist und Osama Bin Laden nur erfunden hat, um ans Öl zu kommen ..."

„Öl? In Afghanistan?"

„Das ist doch egal ... haben Sie denn eine Erklärung für alles, was in der Welt passiert?"

„Was jetzt genau ...?"

„Ach, Bergmann ... Chefinspektor Bergmann ... die Globalisierung, den Klimawandel, die Kriege, den ganz normalen Wahnsinn eben ..."

„Natürlich verstehe ich das", erwiderte Bergmann gelassen, worauf Kovacs ihn ansah, als leide er an Größenwahn, am Tunnelblick oder beidem.

„Okay", sagte sie, hob die Handflächen auf Schulterhöhe und schaute konzentriert in den Raum. „Schäfer ... genießt, soweit ich das beurteilen kann, keine politische Rückendeckung, hat keine Verwandten in höheren Ämtern, scheißt auf jede Art von Netzwerkbildung ... hat fast jeden Monat die Interne am Hals, den Innenminister als Todfeind ..."

„Ja, ja, danke ... ich weiß schon, von wem Sie reden ..."

„Gut ... also: Warum dann dieser hohe Rang? In seinem Alter, bei seinem Benehmen ..."

„Vielleicht, weil er seit über zehn Jahren die höchste Aufklärungsquote hat?", motzte Bergmann seine Kollegin an.

„Genau!", erwiderte Kovacs, als ob ihre Falle zugeschnappt wäre, „aber warum? Das ist die Frage! ... Ich bin jetzt drei Jahre in der Gruppe, und mit Genie und Wahnsinn ist das nicht zu erklären, was der Schäfer aufführt ... ich meine ... so wie der arbeitet?"

„Vielleicht haben Sie vergessen, dass es da noch andere gibt, die seit fast zwanzig Jahren diese Arbeit unterstützen", sagte Bergmann in einem Ton, der sich graduell über das flachhierarchische Verhältnis erhob, das eben noch zwischen ihnen geherrscht hatte.

„Ja, hinter jedem erfolgreichen Mann steht ... Tschuldigung, das war jetzt ... ich meine, sicher sind wir seine Wasserträger, aber glauben Sie nicht, dass er so etwas wie einen sechsten Sinn hat, dass er ...“

„Nein ... höchstens eine zweite Leber ...“

„Ja, sehr lustig ... aber im Ernst: Haben Sie sich nie gefragt, ob da was anderes als Können dahinter steckt? Irgendeine höhere Macht ... allein diese Münzenschieberei ... als ob er in fremde Sphären eintreten könnte oder Botschaften empfängt, die ...“

„Reden Sie jetzt über morphogenetische Felder oder etwas in der Art ...?“

„Morpho was?“

„Morphogenetisch ... das sind Energiefelder außerhalb der gewöhnlichen Zeit-Raum-Struktur, die in der Natur zur Übertragung von Informationen genutzt werden ... Rupert Sheldrake, sagt Ihnen nichts?“

„Nein“, Kovacs sah Bergmann an, als ob er eben einen Kubikmeter Rauch aus einer Haschisch-Wasserpfeife genommen hätte, „also haben Sie sich auch schon diese Frage gestellt ...“

„Natürlich, was glauben Sie ... aber es gibt eben in jedem Bereich Menschen mit besonderen Fähigkeiten ... ist ja nicht so, dass er nichts arbeitet ... man merkt es nur nicht so ...“

„Und Beziehungen auf anderer, uns nicht bekannter Ebene ...?“

„Was wollen Sie damit sagen?“

Bergmanns Ton verlangte Kovacs einen Augenblick des Schweigens ab, in dem sie den Blick gesenkt hielt; dann doch widerspenstig aufschaute und sagte: „Dass er ein doppeltes Spiel spielt? ... Ich meine: Vergessen wir bitte einmal kurz, dass Sie Zwick und Pick sind und ...“

„Dass wir was sind?“

„Ach so ... das war ein Paar bei uns im Dorf, die hat man nie ohne den anderen gesehen, hat mir mein Opa erzählt ... wie

Zwillinge, von der Schule an, dann haben sie geheiratet und zusammen einen Greißlerladen gehabt ... Zwick und Pick ... als er mit über neunzig gestorben ist, hat sie das Haus nicht mehr verlassen und war zwei Wochen später tot ... ziemlich romantisch eigentlich ...“, sie schaute ins Leere, als würde sie gleich in Tränen ausbrechen.

„Ja, sehr romantisch ... danke für das Kompliment“, holte Bergmann sie zurück. „Reden wir jetzt wieder über Schäfer?“

„Haben Sie nie daran gedacht, dass seine Beziehungen zur Gegenseite vielleicht nicht ganz koscher sind? ... Ich meine: Er spaziert den halben Tag durch die Gegend, kuriert seinen Kater aus, geht ins Bad ... und plötzlich zaubert er den Täter aus dem Hut? ... Meine Oma hätte wahrscheinlich gesagt, dass die Salige neben seiner Wiege gestanden ist, aber ...“

„Hören Sie ... ich kann mit Ihren archaischen Verwandtschaftsweisheiten nichts anfangen ...“

„Ja ... aber: Tannhäuser ... warum besucht er den in Stein? Viermal! ... Und Müller: Der kommt daher und erzählt Ihnen das ... irgendwas ist doch da faul, oder?“

„Vielleicht Ihr jugendlicher Neid?“

„Schmarrn ... ich hätte mit dem Strasser geschlafen, damit ich in die Gruppe komme ... Schäfer hat schon ziemlich was drauf, das streitet eh niemand ab ... aber irgendwas ... er lernt auf Réunion einen Mann kennen, der seinen Tod vorgetäuscht hat, weil er ein führendes Mitglied einer Selbstmordsekte war, findet heraus, dass dieser Marsant oder Plier mit seinen apokalyptischen Spinnereien jetzt in Österreich weitermacht, und sagt niemandem von uns etwas davon? Hält er sich für John McClane oder wie?“

„Ja, wem erzählen Sie das“, pflichtete Bergmann bei, „ich verstehe ja auch nicht, warum er da so blauäugig hineinspaziert ist ... aber dass er korrupt ist und irgendwelche halbseidenen Sachen macht ... nein, da lege ich meine Hand für ihn ins Feuer ... da glaube ich noch eher an morphogenetische Felder ...“

„Hm ...“, Kovacs sah zum Fenster, verlor sich ein paar Minuten in ihren Gedanken und sagte dann: „So ein Regen ... das hört heute überhaupt nicht mehr auf.“

45.

„Josef Breiler? Galerist aus Zürich? Erschossen im Wallis aufgefunden? Das sagt Ihnen etwas?“ Bergmann glaubte sich für einen Moment in einem Traum, in einer Mischung aus seinem beruflichen Alltag und einer billigen Quizshow, bis er die Stimme, die da sperrfeuermäßig auf ihn einredete, als die des Richters erkannte.

„Herr Schlatter, so spät noch auf?“, gähnte Bergmann ins Handy.

„Und wem gehört das Chalet im Gemeindegebiet von Artillon, nicht einmal einen Kilometer vom Fundort entfernt? Dem Papst?, dem amerikanischen Präsidenten?, dem Kaiser von China?“, Schlatter drehte auf wie ein Formel-1-Bolide kurz vor dem Start. Aber was hatte er sich in den Tank gekippt?

„Was für ein Chalet ... und woher wissen Sie überhaupt von Breiler?“, Bergmann setzte sich auf und kratzte sich am Rücken.

„Woher, woher, woher wohl?“, ja, woher, doch die Frage blieb unbeantwortet, „viel wichtiger ist doch, dass der Mann in der Nähe eines Hauses erschossen worden ist, das dem Vizepräsidenten des BOG gehört, diesem Merz ... offiziell ist es vom Grundbesitzer gepachtet, aber das ist eindeutig eine Strohmanngeschichte ... da fallen wir nicht drauf herein, oder, Herr Chefinspektor?“

01:26 Uhr, sagte Bergmanns Wecker; wie zum Teufel konnte er jetzt diesen Wahnsinnigen abstellen?

„Haben Sie diese Informationen bereits dem NDB übermittelt?“, fragte er forsch.

„Wem?“

„Dem Nachrichtendienst des Bundes, dem Schweizer Geheimdienst ...“

„Ja ... nein, natürlich nicht ... ich dachte ...“

„Völlig richtig, Herr Schlatter ... im Gemeindegebiet von wo?, haben Sie gesagt ...“

„Artillon, das ist ...“

„Kenn mich aus ... danke, Euer Ehren, ich werde mich umgehend mit dem NDB in Verbindung setzen ...“

Bergmann drückte auf die Abbruchtaste und wartete eine gute Minute. Nichts. Seufzer der Erleichterung. Jedoch: selber schuld. Wer hatte den alten Verschwörungsfanatiker denn auf das BOG angesetzt?

Unerträglich schwül war es im Raum. Bergmann stand auf und öffnete das Schlafzimmerfenster. Der Regen hatte endlich aufgehört. Oder eine kurze Pause eingelegt, wenn man dem Wetterbericht glauben durfte. Die Temperatur lag immer noch bei über fünfundzwanzig Grad. Tropisch, sagte Bergmann in die dampfende Nacht hinaus, ideale Brutbedingungen für Stechmücken, zum Glück gibt es in Wien keine Malaria, noch nicht, aber wenn das mit dem Klimawandel so weitergeht, sitzen wir bald in weißen Leinenanzügen draußen und trinken den ganzen Tag über Gin Tonic wie die englischen Kolonialherren, die diesen Cocktail für die beste Malariaprophylaxe und -therapie gehalten hatten; hat zumindest Schäfer einmal behauptet, als sie eine Dezernatsparty an der Alten Donau gefeiert hatten und der angeregte Major den weiblichen Neuzugang vom kriminaltechnischen Labor in willfährige Stimmung bringen wollte.

Bergmann zog das nasse T-Shirt aus, setzte sich ins Wohnzimmer und starrte apathisch an die Wand. Bruchstückhaft und komprimiert, wie eine ungeordnete Diashow, zog dort der Wahnsinn der letzten Wochen vorüber.

Ein kroatischer Möbelpacker, dem von einem Kampfhahn die Hauptschlagader mit einer Rasierklinge durchtrennt wird. Ein Prostituiertenmörder, dem von einem Unbekannten der Kehlkopf eingeschlagen wird. Ein Schüler, der im Park eine Waffe findet, mit der sich ein altes krankes Ehepaar aus dem Leben verabschiedet hat, und damit einen Mord verübt und einen zweiten plant. Eine junge Frau, die während eines Beziehungsstreits aus dem dritten Stock fällt; fast nackt auf eine Mülltonne, wo sie von einem Jugendlichen fotografiert wird, der die Bilder ihrer Leiche gleich darauf ins Internet stellen will. Ein verrückter Computertechniker, dem die eigene Lampe auf den Tisch fällt und eine Sprengladung zündet, die ihm die Halsschlagader zerfetzt. Eine Frau, die ihren Mann im Schlaf ersticht ... Bergmann legte die Hände vors Gesicht und rieb sich die Augen. Das waren wohl die Dämonen, von denen Goldmann gesprochen hatte. Schäfers Dämonen? Die er, Bergmann, nicht töten sollte, um den Major bei seiner allfälligen Rückkehr nicht arbeitslos zu machen? Ha, schön wär's! Das Böse war nicht zu vernichten. Doch. Aber nur durch das Böse. Kill all my demons, and my angels might die too, sprach sich Bergmann laut vor. Dann setzte sich sein Gehirn in Gang, wie die schwerfälligen Zahnräder einer alten Standuhr, die zur vollen Stunde zum Schlag ansetzt. Tong! Artillon. Wallis. Wald. Pilze. Schäfer. Ein Ehepaar, das im Wallis auf Wanderurlaub gewesen war. Sie hatten sich auf den Fahndungsaufruf hin gemeldet. Behauptet, dass sie Schäfer gesehen hatten, wie er über den Waldboden kriechend Pilze in den Mund gestopft hatte. Bergmann fuhr seinen Laptop hoch, rief den Ermittlungsbericht der Fahndung ab, las ihn durch und suchte dann im Internet eine Übersichtskarte der Schweiz. Er ließ die Route berechnen, druckte den Plan aus und ging ins Schlafzimmer, um sich anzuziehen.

Die Telefonistin des ÖAMTC meinte, dass ein Techniker frühestens in vier Stunden verfügbar wäre; die vielen Tiefgaragen, in die das Hochwasser eingedrungen war ... ja, schon klar, erwiderte Bergmann und legte auf. Ein paar Mal drehte er den Zündschlüssel noch, doch der Motor wimmerte nicht einmal, der Wagen war im Koma. Scheiß moderne Elektronik, fluchte Bergmann und schlug die Wagentür zu, da spuckt man auf irgendeine Diode und schon ist der ganze Schrott zum Vergessen. Er nahm seine Reisetasche aus dem Kofferraum und machte sich auf den Weg zur nächsten Bushaltestelle. Irgendwie würde er schon zum Westbahnhof kommen. Mit dem Zug nach Zürich ... offenbar die schnellste Variante, zumal auch der Flugverkehr aufgrund der Hochwassersituation aus dem Rhythmus gekommen war. Einen Flug um 14:30 Uhr hätte er bekommen; der sich aufgrund der zahlreichen Verspätungen höchstwahrscheinlich ein, zwei Stunden nach hinten verschieben würde, wie man ihm mitgeteilt hatte. Höhere Gewalt, wozu sich aufregen, murmelte er und bekam ein paar Liter Spritzwasser des in die Haltestelle einfahrenden Busses ab.

Mit der Zahl der Kilometer, die Bergmann sich von Wien entfernte, nahmen auch seine Zweifel zu. Seine Entscheidung, nach Artillon zu reisen: völlig irrational. Ohne Suchmannschaft, ohne Spürhunde, ohne Ortskenntnis – außerdem waren seit der Meldung der Wanderer fast zwei Wochen vergangen. Dass sich Schäfer auf einem kleinen Waldstück im Kreis drehte und auf seinen Retter Bergmann wartete: Nonsens. Was machte er also hier in diesem Zug, der aus ihm unbekanntem Grund höchstens 50 km/h fuhr? Ungläubig auf überschwemmte Felder starren, auf Soldaten des Bundesheers, die Schlamm schaufelten und Sandsäcke schleppten, auf Feuerwehrleute, die erschöpft an den Einsatzwagen lehnten, auf entwurzelte Bäume, fortgeschwemmte Brücken ... Kovacs hatte recht: Das sah wie auf einem Schlachtfeld aus. Er dachte an ihr Gespräch vom Vortag. An die friedliche Stimmung im Büro, die gelöste Atmosphäre, in der sie sich beide einiges von der Seele hatten reden können. Verklausuliert natürlich, im Rahmen des dienstlich Zulässigen natürlich, aber immerhin. Immerhin wusste er jetzt darüber Bescheid, dass so gut wie die gesamte Dienststelle annahm, er wäre in Schäfer verliebt; er hatte erfahren, dass Kovacs nicht die Einzige war, die den Major wechselweise mit überirdischen und unterweltlichen Mächten in Verbindung brachte; dass Schreyer sich eins der kleinen Kreuze aus Schäfers Fan-Schachtel geklaut hatte, um etwas von dessen mystischer Energie abzubekommen; dass sich einige Kollegen etwa nicht aus Neid oder Hochmut von Schäfer distanzierten, sondern nur, weil sie zu viel Respekt oder auch Angst vor ihm hatten. Angst? Vor diesem Wirrkopf, der mich anbettelt, dass ich ihn am Samstag zum Ikea mitnehme, fragte sich Bergmann jetzt. Den ich völlig besoffen in den vierten Stock hochgeschleppt habe, weil er unter keinen Umständen in den Lift steigen wollte? Andererseits: die Personen, die ihnen beiden während dieser und anderer ungenannter Ereignisse begegnet waren: Hätte er an ihrer Stelle nicht auch Angst bekommen beim Anblick dieses Menschen, dessen perfekt sitzender Anzug wohl einen Rechtschaffenheitsbonus zu geben imstande war, der durch die unter dem Jackett hervorblitzende Waffe jedoch schnell ins Minus rauschte? Der Schaffner musste ihm auf die Schulter tippen, um die Fahrkarte zu erhalten. Ja, ja ... sagt nur, dass ich Scheuklappen aufhabe; dass ich sein Pudel bin; ihr habt doch keine Ahnung, wer er wirklich ist, keine Ahnung habt ihr!

Kurz vor Wels rief er Lorenz an und berichtete ihm von einem Chalet, das in der Nähe von Artillon stünde und angeblich dem Vizepräsidenten des BOG gehörte. Kümmern wir uns darum, erwiderte Lorenz und legte auf, bevor Bergmann die Gelegenheit hatte, ihm mitzuteilen, was ihm eigentlich am Herzen lag: dass sie bitte ihn aus dem Fall ausschließen sollten, weil ihn das alles überforderte und zu sinnlosen Aktionen verleitete. Er war nicht fähig, vielleicht nicht schlau, nicht fantasievoll, nicht flexibel genug, um sich in diesem Fall – der ja nicht einmal ein einzelner mehr war – zurechtzufinden. So grotesk es ihm erschien, doch er sehnte sich zurück zu seinen Schlägern, Messerstechern und Mördern; die waren so banal, so primitiv in ihren Trieben und Motiven ... die konnte er verstehen.

Aber ein paar Hundert oder sogar Tausende Menschen zu töten, um damit eine neue Weltordnung einzuleiten: wie das funktionieren sollte, konnte er nicht verstehen. Auch wenn oder gerade weil er die FBI-Akte über geistesverwandte Terroristen gelesen hatte: Außer einem Haufen Leichen hatten die doch nichts zustande gebracht; die Welt hatte nicht aufgehört sich zu drehen, die Menschen standen immer noch in der Früh auf, putzten sich die Zähne, fuhren zur Arbeit, kamen heim, freuten sich auf das Wochenende. Was war denn los mit diesen Leuten? Eisert, Foster, Breiler: die hatten hochbezahlte Jobs gehabt, keiner auf unter hundert Quadratmetern gewohnt, rechtschaffene Steuerzahler mit einwandfreiem Leumund, gesellschaftlich integriert, wie man so schön sagt ... aber das hatten die französischen und Schweizer Behörden wohl auch von den Mitgliedern des Sonnentemplerordens behaupten können ... und dann waren die Leichen vor ihnen gelegen.

Die Durchsage des Fahrdienstleiters durchbrach Bergmanns Gedankenstrom: Sehr geehrte Fahrgäste, aufgrund einer Betriebsstörung im Bereich der Arlbergstrecke wird unser Zug nur bis Imst/Ötztal geführt. Fahrgäste mit Reiseziel Feldkirch/Zürich bitten wir, in Salzburg auf die Linien der Deutschen Bahn umzusteigen. Für Abfahrtszeiten bitten wir Sie, die Ansagen am Bahnsteig zu beachten. Für weitere Informationen steht Ihnen das Zugpersonal gern zur Verfügung. Betriebsstörung? Bergmann klappte seinen Laptop auf und öffnete den Internetbrowser. Überschwemmungen und zahlreiche Erdrutsche von Vorarlberg bis Innsbruck, Zugverkehr zwischen Imst und Feldkirch eingestellt. Auch in Bayern verschärft sich die Hochwassersituation dramatisch ... Die Flüsse werden schwellen, die mächtige Flut, murmelte er, hoffentlich schwemmt es euch Vollidioten den Sprengstoff weg. Gut, umdisponieren. Wen kannte er in Salzburg? Schäfers Bruder. Sigrist, den Privatdetektiv. Kitzbühel war auch nur neunzig Kilometer entfernt. Er sah aus dem Fenster, der Wallersee, er packte den Laptop ein und nahm seinen Mantel vom Haken. So eine sinnlose Aktion, diese ganze Reise. Oder auch: Herr, deine Wege sind unergründlich.

46.

Hab ich irgendetwas verpasst? Ja, kann man so sagen, beantwortete er die eigene Frage und lachte in sich hinein. Aber das da? Er stieg aus der S-Bahn und beobachtete aus einigem Abstand das merkwürdige Treiben, das ihn schon auf der Fahrt hierher, beim Blick aus dem Zugfenster, verstört hatte. Militär, Feuerwehr, ein Großaufgebot an Einsatzkräften, wie man es bei Truppenübungen oder Vorbereitungen zu Paraden kennt. Doch dafür wirkte diese Situation viel zu ernst: Die höheren Dienstgrade überbrüllten das Lärmen der Dieselmotoren, trieben die Männer zur Eile an, eher aus Gewohnheit denn aus Notwendigkeit, wie es Schäfer erschien, denn bei diesem Regen musste ohnehin niemand überredet werden, die Sandsäcke, Pumpen, Schaufeln, Spitzhacken und anderes schweres Werkzeug so schnell wie möglich auf die Ladeflächen zu hieven, um sich dann unter den dunkelgrünen Planen der Armee-Lkw eine wohlverdiente Zigarette anzuzünden und die folgende Fahrt für ein Nickerchen zu nützen.

Allein: die Mehrzahl der Männer, die da der Abwehr irgendeiner Katastrophe dienten, waren weder Soldaten noch Schweizer. So gut wie alles, was der Herr, der Schöpfer, an Gesichtszügen, Hautfarben und sonstigen ethnisch bestimmten Eigenschaften geschaffen hatte, tummelte sich hier auf diesem Parkplatz in St. Margrethen. Hünenhafte Afrikaner, gestauchte Mongolen, schnauzbärtige Armenier, Araber, Latinos, Inder ... war das hier die Reservebank einer UNO-Truppe, die sich nicht einmal Uniformen leisten konnte, sondern in Trainingsanzügen, schäbigen Lederjacken und Caritas-Couture zum Einsatz kam?

Er umging den Parkplatz und trat auf einen Afrikaner zu, der von einem privaten Pick-up Sandsäcke hob.

„What are you doing here?"

„Help for Austria", der Mann hielt in seinem Tun inne und grinste ihn an, „big water!"

„Are you from UNO?"

„What?"

„Are you from the United Nations? Military ..."

„No ... asyl ... here volunteer, only for help, go to Austria now!"

Die Schweiz lieh Österreich Asylanten, die sich freiwillig zum Katastropheneinsatz gemeldet hatten?

„Can I help?"

„Yes, of course ... carry sand, over there!", der Afrikaner deutete auf einen Lkw der Armee am gegenüberliegenden Ende des Parkplatzes.

„Okay", er nahm einen der Säcke, stemmte ihn auf die Schulter und marschierte los – warum der Pick-up nicht einfach näher an den Lkw heranfuhr, wollte er nicht zu diskutieren beginnen.

Krumm wie Quasimodo kletterte er ein paar Stunden später in einen der Militärtransporter, zwängte sich auf die Holzpritsche, auf der an jeder Seite bereits zehn Menschen saßen und hielt die Zigarettenschachtel in die Runde, die er während einer kurzen Pause gekauft hatte. An der Front gibt's keine Nichtraucher, dachte er beim Blick in die leere Schachtel und streckte sein Kinn dem Armenier entgegen, der für die Feuervergabe zuständig war.

„Where you from?", fragte ihn ein junger Asiate, als sie losfuhren.

„Austria …“, aus dem Augenwinkel sah er den Geländewagen der Armee, der ihnen folgte. Logisch: arbeiten erlaubt, abhauen nicht.

„No … not go … where from?“

„Ah …“, er schaute ihn die Runde, um abzuwägen, welche Sprache hier nicht gesprochen wurde, „Tschetschenia.“

„Uh … war“, sagte der Asiate.

„Yes, war everywhere …“

„My country too … war not good …“

„No … war very bad …“, bestätigte Schäfer und schnippte den Zigarettenstummel nach draußen, wo er noch vor dem Auftreffen auf die Straße vom Regen gelöscht wurde.

47.

Bei Schäfers Bruder Jakob kam er nur auf die Mailbox, Sigrists Telefon schien überhaupt außer Betrieb zu sein. Vielleicht war das Netz überlastet wegen der permanenten Notrufe, mit denen die Bevölkerung die Feuerwehr bedachte; oder ein paar Sendemasten vom Hochwasser unterspült und zu Fall gebracht worden. Die Rache der Natur an der Verstrahlung durch die Menschheit! Ja, genau, und in zwanzig Jahren sitze ich im Waldviertel wie mein Stiefvater und mache die Hochspannungsleitungen für den Amoklauf eines Landwirts verantwortlich. Bergmann steckte sein Handy ein und floh vor den Menschenmassen am Bahnhof; vor der in Richtung Panik steuernden Hektik, mit der die ÖBB-Mitarbeiter auch mangels japanischer, koreanischer, russischer, italienischer, ungarischer und ähnlicher Sprachkenntnis nicht fertigwurden. Ein Flughafen überschwemmt, ein paar Brücken weg, ein paar Bäume auf den Gleisen und schon geht es zu wie vor dem Weltuntergang, murmelte Bergmann und drängte sich entnervt durch eine japanische Reisegruppe, die offensichtlich nicht glauben konnte, dass die Geburtsstadt von Mozart von neuzeitlichen Problemen behelligt werden konnte.

Er querte den Südtiroler Platz und wählte auf der gegenüberliegenden Häuserzeile ein Lokal, das nach postjugoslawischen Spielsüchtigen und resignierten Langzeitarbeitslosen aussah. Verraucht, versifft, die Kellnerin ein Vorzeigeexemplar für das, was Schäfer *Häuslratz* nannte; die Ausgabe Frau, die imstande war, den letzten Faden reißen zu lassen, an dem die Heterosexualität eines Mannes noch hing. Wer sich hier hereinwagte, hatte die Schwellenangst zum Schattenreich überwunden; hier hausten Zombies in Kunstlederjacken, die Schmuggelzigaretten rauchten aus dem Kraut, das in mazedonischen Schlaglöchern wuchs. Ob hier wer im Grödinger Dialekt lallte oder auf Albanisch fluchte, war egal, weil die Sprache hier nur mehr ein rudimentäres Relikt aus einer verlebten Vorzeit war; das war die muffige Abstellkammer der Gesellschaft, der Vorhof zu Verhörraum oder Hölle; wessen Blick hier beizeiten den Fernseher über der Theke traf – weil er vom leeren Glas aufschaute und der launischen Matrone hinter der Bar ein müdes Zeichen zur Neubefüllung gab, oder weil er mehr Kleingeld für den Spielautomaten brauchte und zum Wechseln an die Theke trat –, der begegnete den Bildern von Erdrutschen, überfluteten Straßen und Menschen, die in Gummistiefeln vor ihren verwüsteten Einfamilienhäusern standen, mit Teilnahmslosigkeit oder stiller Häme, weil es endlich auch einmal die anderen traf; weil in der eigenen dumpfen Verzweiflung die Sehnsucht nach der Katastrophe eins der wenigen noch intakten Gefühle war. Und Bergmann genoss es.

Die Tiere um ihn herum hatten den Polizisten gewittert; waren ein paar Sekunden unruhig gewesen, bevor sie sich wieder auf ihre karge Steppe niederließen. Die Kellnerin hatte ihm eine gute Minute Zeit gelassen, um es sich anders zu überlegen, dann war sie an seinen Tisch gekommen und hatte die Bestellung aufgenommen; einen Espresso – gibt nur Nescafé, weil die Maschine kaputt ist – und ein Mineral. Da saß er nun und glaubte es selbst nicht. Kurz vor Linz hatte er Kamp angerufen und ihm von seinem Vorhaben erzählt; der hatte nur Ja, ja, sehr gut gemurmelt und aufgelegt. Jetzt stand er auf und holte die einzige Tageszeitung, die am Ende der Bar lag, blätterte sie durch und fand wie zu erwarten drei Doppelseiten über das Hochwasser in Österreich und Europa, über die Schicksale der Opfer und ihrer Familien, aber nichts über einen möglichen Anschlag, dem es mit sieben Toten bei weitem nicht genug sein würde. Das war wohl der Unterschied zwischen ihm und Lorenz: Er, Bergmann, fand seine Arbeit in den Medien, glaubwürdig, weil auf die Vergangenheit bezogen, auf die Geschichte der Opfer und Täter. Das BVT dagegen: eine riesige Menschmaschine, die Bedrohungspotenziale errechnete, eine moderne Pythia, die nicht mehr auf einem dreibeinigen Hocker über den Dämpfen einer Erdspalte in Delphi hockte, sondern kettenrauchend auf einem zig Tetrabyte großen Berg an Daten, die sie in ihre Netzwerke und Analyseprogramme fütterte wie Brotkrumen an die Fische. Und Bergmann glaubte nicht an die Vorhersehbarkeit der Zukunft; das war etwas für Fantasten und Spinner, für Lottospieler, die sich jeden Sonntagabend ein Leben in einem Paralleluniversum voll Reichtum und Sinnesfreuden erwarteten. Der zahnlose Alte mit dem an der Oberlippe nikotingefärbten Bart, der im hinteren Winkel des Lokals sein Bierglas beschimpfte: dass der am nächsten Tag um die gleiche Zeit wieder hier wäre, war die einzige Form von Prophezeiungen, die Bergmann zuließ.

Weil ihm das Aufklappen seines Laptops als vermeidbare Provokation erschien, benutzte Bergmann eine Applikation seines Handys, um die Zug- und Busverbindungen nach Kitzbühel zu erfragen. In zwei Minuten? Er sprang auf, nahm einen Fünfeuroschein aus der Geldtasche, legte ihn auf die Bar und lief aus dem Lokal zur Haltestelle am Bahnhofsvorplatz, wo er sich in die Warteschlange vor dem Bus nach Lofer stellte. Beim Kauf des Tickets machte ihn der Fahrer darauf aufmerksam, dass er nicht die übliche Strecke fahren würde, sondern über Zell am See, weil eine Mure und so weiter. Bergmann trug's mit Fassung. Ob er die folgende Nacht in einem Hotel in Kitzbühel verbrachte oder in einer Pension auf dem Weg dorthin, war ihm egal.

Drei Stunden später stieg er in Kitzbühel aus dem Bus, räumte seine Tasche aus dem Gepäckfach, sah sich um und ging ohne lange zu überlegen ins Hotel gegenüber dem Bahnhof. Er bekam ein südseitig gelegenes Zimmer im obersten Stock. Nachdem er seine Sachen verräumt hatte, nahm er eine Limonade aus der Minibar und stellte sich auf den Balkon. Zu seiner Rechten sah er die Kitzbüheler Ache, die er als ruhigen, klaren Bach in Erinnerung hatte. Und jetzt: eine braune, tosende Flut, aus der im Sekundentakt riesige Äste, Möbelteile und einmal sogar ein Fahrrad auftauchten und brutal wieder nach unten gedrückt wurden. Noch ein ordentlicher Regenguss und baba, die Gams, sagte sich Bergmann; wobei den Kitzbühelern durchaus zuzutrauen war, dass sie über ein ausgeklügeltes Kanalsystem verfügten, um das Wasser in die umliegenden Gemeinden zu leiten und so die Gäste nicht zu vergraulen. Wobei: Vorurteile. Er war ja erst einmal hier gewesen, vor vier Jahren, als Kamp Schäfer warum auch immer zur Aufklärung einer Mordserie nach Tirol beordert hatte. Der Oberst hatte damals mit einem Cognacproblem zu kämpfen gehabt, der Major mit sich selbst, und der Chefinspektor mit den Konsequenzen. Ein hochkomplexer Fall, bei dessen Aufklärung Schäfer und seine Kollegen vor Ort ein paar saubere Kitzbüheler Fassaden abgerissen und sehr hässliche Innenleben freigelegt hatten. Und der Mörder? Bergmann schüttelte immer noch mit dem Kopf, wenn er daran dachte, dass ausgerechnet … sein Handy, Lorenz.

„Wo bist du? Alles klar? Hast du die Gummistiefel an?“, rief Lorenz ins Telefon, um die aufgeregten Stimmen im Hintergrund zu übertönen.

„In Kitzbühel“, Bergmann ging ins Zimmer zurück und setzte sich aufs Bett, „... frag mich nicht, warum.“

„Hansi-Hinterseer-Fanwanderung? ... Nein, die ist erst im August ... hoffentlich kann ich meiner Frau das heuer ausreden ... pass auf: Breiler. Der war Waise und ist 1977 von einem Verein namens Indigo aufgenommen worden. Bis 1988 ist er in Genf in einer Privatschule unterrichtet worden, die diesem Verein gehört ... und ...“

„Und das BOG finanziert Indigo seit Jahren mit großzügigen Spenden ...“

„Seit Jahrzehnten, um genau zu sein ... die Gründung der beiden Vereine liegt nur ein Jahr auseinander, 1975 das BOG, 1976 Indigo ... und jetzt halt dich fest: Wer war drei Jahre lang der Lehrer von Josef Breiler?“

„Jean Plier, auch bekannt unter dem Namen Marsant“, folgerte Bergmann.

„Chapeau, Monsieur ... wir haben uns mit den Schweizern und Franzosen kurzgeschlossen ... die haben ein ehemaliges Mitglied des Sonnentemplerordens befragt, das den Exitus in Granges-sur-Salvan überlebt hat ... der Mann hat ausgesagt, dass Plier ab Mitte der Achtziger im Auftrag von seinen Kapos Jouret und Di Mambro damit befasst war, aufgestiegene Meister und Lichtwesen zu finden und sie an den Orden zu binden ... diese Indigo-Internate in Genf, Lausanne und Zürich sind offenbar so etwas wie eine Rekrutierungsquelle für Plier und die Sonnentempler gewesen ...“

„Und das Waisenkind Breiler hat sich diesen ganzen Quatsch von Kindheit an einreden lassen und ist irgendwann zum Lichtmeister oder Erzengel mutiert ... zu Josef ...“, Bergmann hatte mittlerweile den Überblick verloren.

„Jophiel ... ja, wie genau das gelaufen ist, wissen wir noch nicht ... auf jeden Fall klopfen wir jetzt alle Schüler dieser Anstalten ab und schauen, ob sich was ergibt ...“

„Okay ... was ist das eigentlich für ein Lärm bei dir?"

„Die Versammlung von, warte ... bis jetzt knapp zwanzig Wiener Anwälten, die sich aufpudeln, weil wir dem BOG den Arsch aufreißen ..."

„Na dann viel Spaß ... und wenn ich dir bei irgendwas behilflich sein kann ...", sagte Bergmann pro forma.

„Besuch diesen Hotelier, diesen Vötter, und schau, was mit dem los ist!"

„Hab ich ohnehin vorgehabt", log Bergmann, doch Lorenz hatte schon aufgelegt.

48.

Er verbrachte fast eine halbe Stunde unter der Dusche. Was für eine Energie- und Wasserverschwendung! – Auch wenn er nicht dafür bezahlen musste, mahnte er sich alle paar Minuten, dass es jetzt genug wäre. Und streckte Brust und Gesicht von neuem dieser Wohltat hin, dieser Wärme und Geborgenheit, die ihn abschied von ... aller Unbill dieser Welt, sagte er sich mit einem Grinsen. Aber wirklich: Das halbe Land stand unter Wasser, Tausende Häuser waren zerstört, keine Stunde, in der nicht jemand ertrank, und Wetterbesserung war keine in Sicht. War das das Zeichen, auf das diese Wahnsinnigen gewartet hatten? Was genau war in diesem ominösen Schreiben gestanden? Die Flut wird schwellen, die Flüsse ein neues Land errichten? Wie auch immer: Bergmann entfernte sich ohnehin mehr und mehr von der Annahme, dass er in diesen Fall entscheidend eingreifen könnte. Er hatte nicht die Nummern der wichtigsten Geheimdienste in seinem Handy, keine Spezialeinheit, die er mit einem Anruf binnen einer Stunde an jeden Ort Österreichs bringen konnte ... und er hatte seinen Ehrgeiz verloren, wie er sich eingestand, als er benommen vor dem Spiegel stand und die Kondensschicht mit der Hand wegwischte. Doch sollte das jemanden wundern? Lorenz und seine gesamte Entourage holten im Minutentakt Informationen ein, die er in einem ganzen Tag nicht beschaffen konnte, sie überrundeten ihn einmal am Tag, dieses Tempo könnte er nicht einmal halten, wenn er hundert Schreyer auf Amphetaminen zur Verfügung hätte. Außerdem fehlte Bergmann in diesem irren Puzzle etwas, auf das er als geerdeter Kriminalpolizist nicht verzichten wollte: das Motiv. Dass Plier seit seiner Zeit als reinkarnierter Erzengel der Sonnentempler Gleichgesinnte suchte, um Drogentee zu brauen, Geister zu schauen oder Bomben zu bauen, war die eine Sache; den Geisteszustand dahinter konnte Bergmann nicht nachvollziehen, aber damit war er vermutlich nicht allein. Was er jedoch bei allem Bemühen, an die große terroristische Verschwörung zu glauben, nicht verstand: Warum steckte das BOG da mit drinnen? Acht Männer, die abdrehen und glauben, mit einem Bombenanschlag etwas auslösen zu können: gut. Aber über vierhundert? Menschen mit eigenem Haus und Garten, Familien, Zweitwagen, Rentenfonds ... das war in jeder Hinsicht unlogisch. Obendrein existierte in Gemeinschaften dieser Größenordnung keine Geheimhaltung, wie Bergmann aus Erfahrung wusste. Selbst bei der verschwiegensten Klientel der Wiener Polizei, den Einbrechern und Räubern alter Schule, kam es immer wieder zu undichten Stellen – und da sollte dieser Verein gemeinsam mit einem Überlebenden einer Selbstmordsekte über Jahrzehnte Männer rekrutieren, ihnen einreden, dass sie aufgestiegene Meister des Lichts wären, und daraus eine Terrorzelle bilden? Nein. Also was? Nur eine Handvoll Auserwählter innerhalb des BOG, ein Verein im Verein? Radikale Geheimloge? Blödsinn. Er zog sich den Regenmantel über, verließ das Hotel, ging zum Taxistand am Bahnhofsvorplatz und gab dem Fahrer die Adresse von Zacharias Vötter.

„Wer?!“, Vötter war gerade dabei gewesen, im Hotelrestaurant seine Kellner zusammenzustauchen, weil sie irgendetwas für einen Empfang am selben Abend noch nicht auf die

Reihe bekommen hatten; dementsprechend schlecht gelaunt reagierte er auf den Mann mit dem Polizeiausweis.

„Major. Johannes. Schäfer. Ihr Klassenkamerad, wenn ich richtig informiert bin ...", Bergmann setzte sich gelassen auf einen Hocker an der Bar und bestellte einen Pfefferminztee.

„Der Schäfer, ach so, ja, kenn ich natürlich ..."

„Wusste ich es doch ... warum war er vor ein paar Wochen bei Ihnen?"

„Der Schäfer? ... Ja, warum war der da ... wegen einem Grundstück hat er sich erkundigt ... ob ich was weiß ... aber in seiner Preisklasse, verstehen's mich nicht falsch, aber ..."

„Sie makeln im oberen Segment", ergänzte Bergmann, riss den Zuckerbeutel sorgsam auf und hielt ihn über die Teetasse.

„So ist es ... Villen, renovierte Höfe, Landhäuser ... das mögen die Leute da ..."

„Die Leute da ... und was wird das da draußen?", Bergmann deutete mit dem Kopf durch die Wand in Richtung der monströsen Baustelle, die er hinter dem Hotel gesehen hatte.

„Country Club", erwiderte Vötter stolz, setzte sich nun ebenfalls auf einen Barhocker und deutete dem Kellner mit dem Zeigefinger, worauf zehn Sekunden später ein Pils vor ihm stand. „Ein Thinktank für die internationale Wirtschaftselite ... Konferenzräume, zweitausend Quadratmeter Wellness, Driving Range, zweiundvierzig Suiten zwischen hundertzwanzig und sechshundert Quadratmeter, eigene Security, sogar eine kleine Krankenstation und einen Arzt haben wir vor Ort ... einzigartig in Europa ..."

„Respekt ... bei der momentanen Wirtschaftslage braucht man da sicher mutige Investoren ..."

„Wissen's ... Herr ... Inspektor", sagte Vötter nun zunehmend vertraulicher, „wenn Sie nichts riskieren, dann werden's immer nur Mittelklasse bleiben ... Tirol boomt, sag ich Ihnen, schön ist es, gute Luft, keine Angst vor Terroristen müssen's haben ... so eine Kombination aus *soft skills* und *hard skills*, wie wir haben, die finden's nicht so leicht ..."

„Aber ein Thinktank für Konferenzen ... da sind die Gäste ja nur ein paar Tage da ... die müssten ja da wohnen, damit sie in den Genuss von den ganzen Annehmlichkeiten kommen ...“ Bergmann hatte Sigrists am Rande geäußerte Vermutungen bezüglich einer Umgehung der Widmungsgesetze nicht vergessen.

„Da machen Sie sich einmal keine Sorgen“, erwiderte Vötter plötzlich reserviert, „das machen wir schon, dass sich das rentiert ...“

„Wir? ... Meinen Sie damit auch das BOG?“

„Ah ... daher pfeift der Wind!“, der Hotelier wurde nun endgültig feindselig, „erst die in Wien aufmischen und dann kommt's zu uns her ... haben Sie einen Durchsuchungsbefehl?“

„Wofür? Ich habe Sie ja nur gefragt, was Major Schäfer hier wollte ... die Aktionen gegen Ihren Verein haben mit meiner Abteilung nichts zu tun ... ehrlich gesagt weiß ich nicht einmal, worum genau es da geht ... das Bundesamt für Verfassungsschutz hält sich da meistens ziemlich bedeckt ...“

„Eine Saubande ist das! Nur weil ein paar Dreck am Stecken haben, sekkieren Sie das ganze Bündnis ...“

„Ja, da kann ich Ihnen nur recht geben ... noch einmal zurück zu Major Schäfer: Hat er irgendetwas erwähnt, dass er verreisen will ... war er irgendwie seltsam ...“

„Seltsam war der schon in der Schule“, Vötter gab dem Kellner erneut ein Zeichen, worauf kurz darauf zwei Pils vor ihnen standen. „Aber sonst ... ein paar Bier haben wir getrunken, über alte Zeiten geredet ... wie's halt so ist, unter Schulfreunden ...“

Geld. Das Einzige, um das es dem Hotelier zu gehen schien, war, Geld zu machen. Politische Gesinnung: Status quo halten, solange die Quellen sprudeln. Religiöse Ansichten: katholisch bei Taufen und Hochzeiten, zu Weihnachten und Ostern, und wenn's die Gäste wünschen. Radikal wurde so einer doch nur, wenn es um die Erhöhung der Erbschafts- oder Kapitalertragssteuer ging, und militant höchstens beim jährlichen Großtreffen der Standschützen. Ein typischer Stammwähler der ÖVP, resümierte Bergmann, kurzfristig harmlos, langfristig fatal, ein Fall für die Finanz- und Grundverkehrsbehörde, aber keiner für den Verfassungsschutz. Er gab dem Chauffeur des hoteleigenen Shuttle-Service, den Vötter ihm aufgedrängt hatte, ein ordentliches Trinkgeld und stieg im Stadtzentrum von Kitzbühel aus dem Kleinbus. Der Hotelier hätte ihn ja gern noch zum Abendessen eingeladen, aber die Geschäfte! Natürlich, hatte Bergmann geantwortet, danke für Ihre Zeit ... Zeit ist schließlich auch Geld, wie wir wissen. Ja, ja, breites Grinsen, Schulterklopfen gleichsam zur Tür hinausschieben, und ab in den Bus – eigentlich hat er mich wie einen Gast bei der Abreise behandelt, sagte sich Bergmann, als er das Wirtshaus betrat, das er zum Abendessen ausgesucht hatte.

Den Kopf tief über den Teller Frittatensuppe gesenkt, bedauerte er sich selbst. Ein Schwuler. Wiener. Polizist. In einem Tiroler Wirtshaus. Hatte er das wirklich nötig? Nur weil sein unzurechnungsfähiger Major Schäfer es nicht der Mühe wert befunden hatte, auch nur zu erwähnen, dass – Entschuldigen Sie, werter Kollege Bergmann, aber ich glaube es ist wichtig: Noch sind die Verhältnisse im Unklaren, doch wenn ich den Melodien Glauben schenken darf, die die Englein mir läuten, kracht es bald gewaltig in Wiens Gstätten –, nur ein Wort, eine Ahnung, ein Zettel, verdammt, Major Johannes mein zweiter Name ist Arschloch Schäfer! Ein offensichtlich angetrunkener Gast, Typus einheimisch, setzte sich ungefragt Bergmann gegenüber und stellte geräuschvoll sein halbvolles Bierglas ab. Und wäre Bergmann sicher gewesen, dass er nicht eben laut gesprochen hätte, hätte diese Impertinenz bestimmt Folgen gehabt: Sehr gereizter Zustand plus fünfter Dan ist gleich beide Ohrwascheln in selber Farbe wie Trinkernase, und noch ein Spruch: Kieferbruch! – o Gott, Bergmann, was ist los mit dir? Beherrsch dich!

„Wollen Sie mir etwas mitteilen?“, Bergmann rückte den leeren Teller zur Seite und wischte sich mit der Serviette über den Mund.

„Ha ... unsere Graffl-Wetti ... hat wieder einmal recht g'habt! Bist von der Polizei, stimmt's?"

„Erstens: Keine Ahnung. Zweitens: Ja ..."

„Sepp ... Rohrschacher", freudig grinsend streckte der Mann seine Pranke über den Tisch, „... kannst Sepp sagen."

„Chefinspektor Bergmann ... Sie können Inspektor sagen ..."

„Ja die Wetti, die täuscht sich selten ... und letzte Woche ... dass einer aus der Stadt kommt, der wird den Johannes schon finden, hat sie gemeint ..."

„Den Johannes ... den Major Schäfer", riet Bergmann und hatte plötzlich ein Bier vor sich stehen, das wohl von Sepp Rohrschacher geordert worden war.

„Sicher ... jetzt geht er euch schon über einen Monat ab, oder?"

„Ungefähr, ja", erwiderte Bergmann, der sich endgültig dem Gefühl ergab, ein Tennisball zu sein; hin und her geschlagen zwischen zwei Parteien, Schäfer und Plier, das BVT und das BKA, Vernunft und Wahnsinn, Engel und Dämonen, die Sterne und ... dieser Holzfäller, der nun zwei Vogelbeerschnäpse bestellte.

49.

Nachdem sie bis kurz vor Mitternacht beim Freilegen von vermurten Straßen und verstopften Bächen, beim Auspumpen von Kellern und Geschäften sowie bei der Evakuierung alter Menschen geholfen hatten, wurden sie in der Turnhalle einer Lustenauer Schule einquartiert. Während des gesamten Einsatzes waren sie von Vorarlbergerinnen und freiwilligen Helferinnen aus Deutschland mit mehr belegten Broten, Fleischknödelsuppe und Schnittkuchen versorgt worden, als sie zu sich nehmen konnten. Zigaretten waren Mangelware, aber die wären bei der Arbeit ohnehin gleich erloschen. Er konnte sich nicht erinnern, jemals solche Hochwasserschäden gesehen zu haben. Ja, natürlich kann ich mich nicht erinnern. Aber so etwas habe ich bestimmt noch nie erlebt. Solche Bilder wären hängen geblieben. Seit er Ruth am Bahnhof von Montreux verlassen hatte, waren immer mehr Fragmente seiner letzten zwanzig Jahre aufgetaucht, vor allem im Schlaf. Doch die Bilder, die ihn bestürmt hatten, waren alles andere als erleichternd oder beruhigend gewesen. Sie hatten ihm vielmehr die Gewissheit verschafft, dass er wirklich ein Verbrecher war. Schlimmer noch: ein Mörder. Die Männer, die er sterben oder bereits tot sah, ein paar ihrer Namen fielen ihm ein: Breiler, den hatte er erschossen, oder? Dann diesen Hageren mit dem Schnauzer und den tief liegenden Augen – Sinkowitsch? Vielleicht. Er hatte ihm den Kehlkopf eingeschlagen, einfach so. Und die anderen? Die erstochen, erdrosselt, verbrannt, erhängt ... wie rachsüchtige Dämonen hatten sie sich in seinen Träumen über ihn gebeugt. Während er mit elenden Rückenschmerzen und Blasen an den Händen Schlamm wegschaufelte, ließen sie ihn in Ruhe. Doch das würde er nicht ewig machen können. Welchen Sinn ergab sein Leben eigentlich noch?

50.

Er wurde von einem lauten, brummenden Geräusch geweckt. Mit dem Gesicht lag er auf einem kalten grauen Steinboden. Er wollte aufstehen, musste jedoch feststellen, dass er sich nicht bewegen konnte, da er in einer Hülle aus schwerem und muffig riechendem Stoff steckte. Eine leichte Panik erfasste ihn, mit Händen und Füßen begann er gegen sein Gefängnis anzukämpfen. Da hörte das monotone Brummgeräusch auf und er sah ein Paar weiße Gesundheitssandalen vor sich. Eine Frauengestalt ging neben ihm auf die Knie und rollte ihn aus seinem Gefängnis, während sie in einer slawischen Sprache etwas vor sich hin brummte, das Bergmann als Flüche deutete. Nachdem sie ihn befreit hatte, richtete er sich auf und schaute sich um. Er befand sich auf dem Gang vor seinem Hotelzimmer, neben ihm eine Putzfrau mit einem Ungetüm von Staubsauger. Sein Kokon war ein schwerer roter Läufer, der gestern noch den Steinboden bedeckt hatte.

„Verdammt, Bergmann", sagte er zu sich selbst, „so würde sich nicht einmal Schäfer aufführen."

Er stand auf, griff in seine Jacketttasche, fingerte einen zerknitterten Geldschein heraus und gab ihn seiner Befreierin mit der Bitte, ihm sein Zimmer aufzusperren. Etwas besänftigt zog sie ihre Universalkeycard aus der Tasche und trat an seine Tür, wobei sie immer wieder etwas wie „Musch, Musch, Musch" murmelte, was Bergmann als „Männer, Männer, Männer" interpretierte. Er bedankte sich und ging in sein Zimmer. Dort leerte er seine Hosen- und Jacketttaschen und legte den Inhalt neben seinen Laptop. Sein Telefon, die Keycard, ein paar Münzen, ein Bierdeckel mit seinem Gekritzel drauf, eine Packung Zündhölzer, eine halbvolle Schachtel Zigaretten ... kopfschüttelnd zerknüllte er sie und warf sie in den Papierkorb.

Während er unter der Dusche stand, fragte er sich ernsthaft, was ihn zu dieser Aktion bewogen hatte. Der Alkohol konnte es nicht gewesen sein: drei kleine Bier und zwei Schnäpse auf der Unterlage eines vollen Menüs; und nur weil die Keycard nicht funktioniert hatte ... den Nachtportier um Hilfe bitten wäre die logische Reaktion gewesen ... die Reaktion eines Mannes im Vollbesitz seiner geistigen Kräfte, an denen er immer mehr zweifelte. Vielleicht gab es diese morphogenetischen Felder ja tatsächlich und in diesem Zimmer hatte einmal jemand gewohnt ... Schnauze, Bergmann ... er stieg aus der Dusche, wickelte sich ein Handtuch um, legte sich aufs Bett und drehte den Fernseher auf. Auf BBC sah er überschwemmte Landschaften aus der Hubschrauberperspektive, er drückte weiter, sah einen Bombenkrater und brennende Wrackteile rundherum, drückte weiter, vermummte Demonstranten, die Pflastersteine und Molotowcocktails gegen eine Polizeiarmee schleuderten, weiter, arabische Rebellen mit einem eroberten Panzer, die Biene Maja, er schlief ein.

Er wachte auf und wusste es. Sprang aus dem Bett und griff sich den Bierdeckel, auf den er am Vorabend während seines Gesprächs mit Rohrschacher Notizen gemacht hatte: DNS, Troger, Schäfer, Chamuel, Kanal ... Kanal? Er fuhr seinen Laptop hoch und sah einige Untersuchungsberichte durch. Ja, er verstand endlich, warum Schäfer niemanden eingeweiht hatte: Weil er sich undercover in diese Engels-Terrorzelle eingeschleust hatte. Deswegen die Seminare: Er hatte Plier gesucht. Und der Anhänger: den hatte nicht Schäfer von Trogers Hals gerissen, sondern umgekehrt! Ja, es waren Hautpartikel von Troger am Lederband gefunden worden; höchstwahrscheinlich von seiner Hand, mit der er sich während des Verhörs gegen Schäfer gewehrt hatte, als der ihm das Telefonbuch auf den Kopf knallen ließ. Und Schäfers DNS: um die hatten sie sich nicht gekümmert, weil er den Anhänger ja in seiner Schublade verwahrt hatte. Deswegen auch die Besuche bei Tannhäuser, der möglicherweise mit von der Partie war. Das hieß aber auch ...

Bergmann ging im Zimmer auf und ab, holte schließlich die zerknüllte Zigarettenschachtel aus dem Papierkorb und steckte sich eine Zigarette in den Mund, ohne sie anzuzünden. Wonach suchte er? Nach einem schlüssigen Grund, warum Schäfer noch am Leben sein sollte. Er hatte sich Marsants Vertrauen erworben – in Réunion schon oder danach, egal. War dann dahintergekommen, wer wirklich hinter diesem Namen steckte, und hatte diesen Jean Plier gesucht. Über die Anzeigen, Linus Foster oder sonst wie war er wieder an den Obermeister herangekommen, hatte sich auf dessen Spiel eingelassen und war im Waldviertel, in der Schweiz oder sonst wo in den elitären Erzengel-Kreis des aufgestiegenen Lichts aufgenommen worden. Und dann? Dann musste er sich verraten haben. Was bei Schäfers Klappe und seinen Trinkgewohnheiten kein Wunder war – noch dazu, wenn Plier ihm diesen Drogentee verabreicht hatte. Aber wann ... am 30. Mai war er noch lebendig auf einer Tankstelle gesehen worden ... Richtung Westen ... in die Schweiz, wie nicht nur die Aussage der beiden Wanderer, sondern auch der tote Breiler nahelegten ... dessen Leiche war am 3. Juni gefunden worden ... Schäfer soll zwei Tage zuvor in der Umgebung beim Pilze sammeln gesehen worden sein ... wer hatte wen getötet? Plier Breiler und anschließend ... oder hatte Schäfer Breiler erschossen ... und dann? Himmel! Ich muss in die Schweiz, sagte sich Bergmann, ich brauche ein Auto oder einen Hubschrauber. Aber erst rufe ich Lorenz an.

„Habt ihr was herausgefunden über dieses Chalet? ... Das in Artillon, wegen dem ich dich gestern angerufen habe ... Ja und? Was ist mit Gefahr in Verzug ... Auch wenn Breilers Auto quasi davorsteht? ... Na sehr super ... und im Wald? ... Ja, schon klar, bis später ...“

Diese Schweizer. So wie die Kontodaten ihrer Schwarzgeldler hüteten sie offensichtlich auch ihre Bergchalets. Keine Chance, dass der Untersuchungsrichter uns da so schnell hineinlässt, hatte Lorenz gemeint. Dem Besitzer des Chalets könnten keine Kontakte zu Breiler, Eisert oder Plier nachgewiesen werden. Und nur weil Breilers Auto am Waldrand neben dem Haus parkte, rechtfertigte das noch keinen Durchsuchungsbefehl. Im Wagen hatten sie eine Pistole sowie eine Tasche mit verschiedenen Benzodiazepinen, Fentanyl und anderen Drogen gefunden, die Medizinern vorbehalten waren. Um jemanden zu betäuben, so wie es die Sonnentempler mit einigen ihrer Opfer vor deren Ermordung getan hatten?, fragte sich Bergmann. Aber Plier und seine noch verbliebenen Anhänger hatten doch gar nicht vor, ihre Transformation mittels kollektiven Selbstmords einzuleiten; die hatten irgendwo eine Kiste mit Sprengstoff stehen. Hatten sie Schäfer betäubt und dann in den Wald verschleppt?

Dort stand jetzt ein Suchtrupp der Schweizer Polizei im Einsatz. Die hoffentlich ihre Waffen so zu kontrollieren wussten wie das Bankgeheimnis und die Zeitmessung.

Bergmann saß auf der Bettkante, sah SpongeBob beim Spaßmachen zu und wusste nicht, was er mit sich anfangen sollte. Sein Enthusiasmus, in die Schweiz zu fahren, war ebenso schnell verflogen wie er gekommen war. Was würde Schäfer tun? Er würde eher nicht daran denken, dass er eine Gruppe von Kriminalbeamten in Wien leitete, die er zu delegieren hatte.

„Kovacs, hier spricht Ihr Chef ... Ja, sehr lustig ... Nein, bis dahin hab ich es nicht geschafft ... Genau ... Ich bin in Kitzbühel ... Wie geht's zu? ... Na ja, dem hat es auch das halbe Haus weggeschwemmt ... Ja, rufen Sie an, wenn es brennt ... Ebenfalls ...“

So. Pflicht getan. Er zog sich an und schlich aus dem Hotel. Spazierte auf der Achenpromenade Richtung Zentrum, betrachtete abwechselnd das wilde Wasser und seine sensationellen Gummistiefel. Eine Viertelstunde später stand er vor dem Pfarrhaus und drückte den Klingelknopf.

51.

„Johannes!“, Pfarrer Danninger schlug die Hände vors Gesicht und presste ihn dann an sich, „Johannes!“

„Ja ... grüß dich ... können wir hineingehen ... ich will nicht, dass mich wer sieht ...“

„Ja, mein Gott“, der Pfarrer trat zur Seite und fuchtelte mit den Händen, als wollte er mehrere Sachen gleichzeitig machen und könnte sich nicht entscheiden, was zuerst. „Ich hab dich fast nicht erkannt mit dem Bart ... warst du schon bei deinen Eltern?“

„Nein ... ich muss zuerst mit dir reden, bitte ...“

„Ja ja ... also ... komm in die Küche ... hast du Hunger, willst du was trinken ...“

„Nur ein Wasser, bitte ...“, er setzte sich wie selbstverständlich auf die Eckbank hinter den schweren Eichentisch und stieß einen Seufzer aus.

„Ich freue mich so, dass du noch lebst ... ich kann’s dir gar nicht sagen!“

„Warum?“

„Warum?“, Danninger schaute seinen Gast verwirrt an, „seit über einem Monat fragen wir uns, wo du bist ... ob du dich ... ob dir wer was getan hat oder ... wahrscheinlich sucht jeder Polizist in Österreich nach dir ...“

„Weswegen suchen die mich?“

„Johannes? ... Was ist los mit dir? ... Wär’s dir lieber, wenn dich deine Kollegen im Stich gelassen hätten?“

„Wieso Kollegen?“, fragte er, obwohl ihm im selben Moment bewusst wurde, was Danninger damit gemeint hatte.

„Jetzt sag aber ... du bist Polizist ... was ist denn passiert mit dir? Ich rufe jetzt einen Arzt!“, sagte der Pfarrer energisch und griff zum Festnetzapparat.

„Warte! ... Bitte! ... Es geht mir gut, wirklich ...“

„Das kannst du wem anderen erzählen“, erwiderte Danninger und legte den Hörer dennoch wieder auf.

„Ich war in der Schweiz ... im Wald ... und ich weiß nicht, warum ... ich glaube, dass ich jemanden erschossen habe ...“

„Erschossen? Warum?“

„Ich hab doch gesagt, dass ich nicht weiß, warum ... irgendwas ist passiert mit mir ... ich bin im Wald aufgewacht und habe geglaubt, dass ich einundzwanzig bin ...“

Der Pfarrer schaute Schäfer betroffen an und lachte dann kurz auf.

„Ja ... das wünsche ich mir auch manchmal“, konnte er es sich nicht verkneifen, „vielleicht hast du eine Gehirnerschütterung gehabt ... dass sie dir was über den Schädel gehaut haben ... sicher sogar ... das habe ich schon oft gehört, dass Menschen da ihr Gedächtnis verlieren können“, Danninger schaute gedankenverloren zum Fenster hin, „aber Hauptsache, du lebst ... du musst deine Eltern anrufen, jetzt gleich!"

„Nein", erwiderte Schäfer, „zuerst musst du mir ein paar Sachen erzählen ..."

„Von mir aus ... aber zuerst mache ich uns ein Frühstück ..."

„Ich habe andauernd dieses Lied im Kopf gehabt", sagte Schäfer, während er seinen Milchreis löffelte.

„Welches Lied?"

„Dich liebt o Gohott mein gahanzes Herz ..."

„Und dies ist mi-hir der grö-hößte Schmerz", der Pfarrer legte seinen Löffel hin und lachte, „das habe ich dich auswendig lernen lassen, weil du beim Ministrieren eingeschlafen bist und das Läuten versäumt hast ..."

„Unten vor dem Altar?"

„Ja ... im Knien ... aber wenigstens haben die Leute einmal was zum Lachen gehabt ..."

Schäfer aß die Schüssel leer, stand auf und wusch sie aus.

„Wie hab ich vergessen können, dass ich Polizist bin?"

„Ich bin kein Arzt, Johannes ..."

„Ich weiß ... aber: fast zwanzig Jahre ..."

„Jetzt weißt du es ja ... es gibt Leute, die vergessen und es kommt nie wieder ..."

„Schon, aber ... worüber haben wir das letzte Mal geredet, als ich da war?"

„Als du das letzte Mal da warst ... da hat dich die Anna rausgeschmissen, weil du so betrunken warst, dass du sie um zwei in der Früh mit deinem Geschrei geweckt hast ... schäm dich ..."

„Warum hast du mir denn so viel zum Trinken gegeben ...?"

„Du hast selber zwei Flaschen mitgebracht ... und dann hast du dich noch an meinem Zirbengeist vergriffen, heimlich, wie ich am Klo war ... schämen solltest du dich ..."

„Tu ich eh ... Tschuldigung ... wo ist die Anna überhaupt?"

„Bei ihrem Bruder am Hof ... da hat es den Stall überschwemmt ..."

„Hm, in Vorarlberg hat es auch schlimm ausgeschaut ...“

„Wenigstens hast du da ein paar Sünden abbüßen können“, sagte der Pfarrer und stand auf, um Kaffee aufzusetzen.

„Aber worüber haben wir geredet?“

„Viel ... was du halt immer reden willst, wenn's dir nach Trinken ist ... das Böse in der Welt, und wie Gott das zulassen kann, und dass es Zeit ist, dass er wen schickt, der diese Dämonen vernichtet ...“

„Dämonen?“

„Ja sicher ... da geht's dir ja immer durch mit deiner Polizistenrolle ... Gottesfrevel und Ketzertum hat man das früher geheißen, wenn sich jemand so was einbildet ... auf den Scheiterhaufen hätten sie dich geworfen“, der Pfarrer kicherte wie ein Schuljunge, „hättest sicher gut gebrannt mit dem ganzen Zirbengeist drinnen ...“

„Was habe ich mir eingebildet?“, Schäfer trat von hinten an den Pfarrer, nahm ihn an der Schulter und drehte ihn zu sich.

„Ja, was du halt immer wieder geschwafelt hast, wenn ... dass du ein Engel bist, von Gott auf die Welt gesandt, um die Dämonen ausfindig zu machen ... die Anna hätte dich schon viel öfter rausschmeißen sollen, ich bin ja viel zu gutmütig mit dir, immer schon gewesen ...“

„Engel? Um Dämonen ausfindig zu machen?“

„Ja ... aber jetzt rufe ich wirklich den Doktor Seng an ...“, Danninger griff zum Telefon, wurde aber vom Läuten der Türglocke unterbrochen.

„Wer ist das?“, fragte Schäfer panisch.

„Ich bin kein Hellseher, Johannes ... geh hinauf in die Kammer ... ich mache auf ...“

52.

„Herr Bergmann ... Herr Chefinspektor ... Sie hier!?“

„Ja ... ich“, sagte Bergmann lächelnd und fragte sich, warum der Pfarrer so schrie, „Grüß Gott, Herr Danninger ...“

„Ja, Grüß Gott ... ja dann ... dann kommen Sie herein!“

„Danke“, Bergmann folgte dem Pfarrer in den Flur.

„Dann setzen wir uns doch in die Küche!“ War der innerhalb von ein paar Jahren so schwerhörig geworden?

„Gern ...“

„Einen Kaffee, einen Tee ... ein Glaserl Wein vielleicht?!“, Danninger stand mit ausgebreiteten Armen mitten in der Küche und strahlte Bergmann an.

„Ist alles in Ordnung bei Ihnen, Herr Pfarrer?“, Bergmann sah Danninger in die Augen.

„Ja, natürlich, Herr Bergmann ... ich bin nur überrascht ... ist ja doch schon einige Jahre her, seit wir uns zuletzt gesehen haben ...“

„Stimmt, ja ...“, Bergmann legte seinen Mantel ab und setzte sich an den schweren Eichentisch, „dafür haben Sie meinen Vorgesetzten getroffen, wie ich gehört habe ...“

„Johannes? ... Ah, das hat Ihnen dieser Detektiv erzählt, oder?“, Danninger füllte den Wasserkocher, nahm eine Blechdose von der Anrichte und schüttelte ein paar Kräuter in eine Teekanne und in die Abwasch nebenbei.

„Herr Sigrist ... ja ... Major Schäfer war vor seinem Verschwinden einige Male hier ...“

„Wie oft, das weiß ich jetzt nicht genau ... drei, vier Mal dieses Jahr ... ja, so ungefähr ...“, der Pfarrer goss den Tee auf, holte zwei Tassen aus der Kredenz und stellte sie auf den Tisch. „Zehn Minuten soll man ihn schon ziehen lassen ... sind aus unserem Garten, die Kräuter ...“

„Sehr gut ... von Ihren köstlichen Teemischungen hat Herr Schäfer ja geschwärmt ... und von Ihrer selbst gemachten Lavendelseife ...“

„Wirklich? ... Das ist nett ...", Danninger setzte sich, lächelte verlegen, legte seine Hände auf die Tischplatte, gleich darauf in den Schoß. „Ich ... ich gebe Ihnen gern eine mit ... eine Seife, wenn Sie möchten ..."

„Sehr gern sogar", Bergmann sah sich gewollt auffällig um, „gemütlich haben Sie's hier ... richtig friedlich ..."

„Ja ... manchmal kann's einem aber auch zu friedlich werden hier", erwiderte der Pfarrer, stand auf, seihte den Tee in eine zweite Kanne ab und füllte die Tassen.

„Herr Schäfer und Sie ...", Bergmann nahm die Tasse in beide Hände und sog das Aroma ein – Melisse, Verbene, Lavendel, mehr erkannte er nicht, „Sie beide haben ein sehr vertrauensvolles Verhältnis ..."

„Ja ... wir kennen uns halt schon sehr lange ..."

„Stimmt ... er war ja sogar Ministrant ..."

„Ja", der Pfarrer lachte, „dass er Ihnen das erzählt hat, wundert mich ..."

„Er hat es mir nicht erzählt ... ich habe ein Bild gesehen in einem alten Fotoalbum, aus seiner Wohnung ... wir haben ja alles genau durchsuchen müssen ... nachdem er einfach so verschwunden ist ..."

„Natürlich, ja ... und da hat er tatsächlich ein Bild von ihm als Ministrant aufbehalten ..."

„Ja, hat er", Bergmann nahm einen Schluck Tee und stellte die Tasse ab. „Haben Sie eigentlich regelmäßigen Kontakt zu seiner Familie?"

„Zu den Schäfers? ... Ja sicher ... kommen ja beide regelmäßig in die Messe, und zum Pfarrfest ..."

„Das ist gut ... die müssen inzwischen ja krank sein vor Sorge ..."

„Ja ... haben Sie keinen Kontakt zu Ihnen?"

„Doch, schon ... also in letzter Zeit weniger ... Sie haben ja diesen Privatdetektiv engagiert, weil Sie wahrscheinlich gedacht haben, dass ich mich nicht genug darum kümmere ..."

„Ja ... aber Sie haben bestimmt auch so mehr als genug zu tun ...“

„Kann man sagen, ja ...“, Bergmann sah aus dem Fenster; wo kam nur all das Wasser her? „Was Sie mit Major Schäfer bei seinen letzten Besuchen besprochen haben: Fällt das unter das Beichtgeheimnis?“

„Warum?“, der Pfarrer lachte, unsicher, „ich müsste es Ihnen ja auch so nicht sagen, oder?“

„Je nachdem ... wenn Sie aus dem Inhalt der Gespräche schließen hätten können, dass jemandem Schaden zugefügt wird oder vielleicht sogar schon wurde ...“

„Das habe ich nicht“, erwiderte der Pfarrer.

„Sonst hätten Sie sich an die Polizei gewandt ... oder zumindest an eine Person, von der Sie sich Unterstützung versprechen könnten ...“

„Ehrlich gesagt weiß ich nicht genau, worauf Sie hinauswollen ...“

„Ich glaube schon“, erwiderte Bergmann und stützte die Ellbogen auf die Tischplatte, „Major Schäfer ist ja kein jugendlicher Ausreißer oder ein verirrter Alzheimerpatient ... sein Verschwinden steht im Kontext eines Verbrechens ... eines bereits begangenen und eines, das wir abzuwenden versuchen ...“

„Davon weiß ich nichts ...“

„Das glaube ich Ihnen. Ich habe auch gar nicht vor, Sie der Versuchung einer Lüge auszusetzen ...“

„Herr Bergmann“, sagte Danninger gereizt, „wenn Sie wissen wollen, worüber ich mit Johannes gesprochen habe, dann fragen Sie doch einfach!“

„Entschuldigung, Herr Pfarrer ... das wollte ich ... aber dann hat mich da was aus dem Konzept gebracht ...“

„Was denn?“, fragte Danninger nach, weil Bergmann abermals aus dem Fenster starrte.

„Als ich vor der Tür gestanden bin, da haben Sie mich überrascht angeschaut, begrüßt, hereingebeten ...“

„Ja natürlich ... was hätte ich denn sonst machen sollen?“

„Fragen, ob ich was Neues über Major Schäfer weiß? Ob wir ihn gefunden haben ... etwas in der Richtung ... mehr Sorge als Überraschung zeigen ... nicht so herumschreien, wenn ich direkt vor Ihnen stehe ... keine Dinge tun, die für einen Polizisten verdächtig wirken ...“

Danninger schaute zu Boden, stand auf und stellte sich ans Fenster.

„Wie eine Sintflut ...“, der Pfarrer drehte sich zu Bergmann um und sah ihn schweigend an.

„Etwas für sich zu behalten ist völlig in Ordnung, wenn man sich der Verantwortung bewusst ist, die damit einhergeht“, sagte Bergmann sanft und trank seine Tasse leer.

„Major Schäfer hält sehr viel von Ihnen ... aber das wissen Sie bestimmt ...“, Danninger setzte sich wieder und goss seinem Gast Tee nach.

„Es schadet nicht, wenn man es ab und zu hört!“, rief Bergmann so laut, dass der Pfarrer fast vom Stuhl kippte. Er nahm einen großen Schluck Tee und stand auf. „Ich hoffe, dass Sie den Vertrauensvorschuss schätzen, den ich Ihnen einräume ... wäre schön, wenn sich zumindest seine Familie nicht mehr solche Sorgen machen muss, oder?“

„Ja, ganz bestimmt“, Danninger wirkte nunmehr völlig hilflos.

„Und ich darf Sie, wenn nötig, in den nächsten Tagen noch einmal kontaktieren bezüglich der Gespräche, die Sie mit Major Schäfer geführt haben ...“

„Natürlich, jederzeit, Herr Chefinspektor“, der Pfarrer wackelte hinter Bergmann zur Tür und hielt ihm die Hand hin.

„Ach, die Seife“, sagte Bergmann, „na ja, die können Sie mir ja auch auf anderem Weg zukommen lassen ... auf Wiedersehen, Herr Danninger ... passen Sie auf Ihre Schäflein auf ...“

„Danke, Herr Bergmann ... Gott behüt' Sie ...“

Keine hundert Meter vom Pfarrhaus entfernt kamen ihm zwei ältere Frauen entgegen; er bog schnell nach links ab und nahm die Stiegen zum Friedhof hinauf. Dort setzte er sich auf eine Bank und ließ seinen Tränen ihren Lauf. Das war kein Stein, der ihm eben vom Herz gerollt worden war; das war ein Fels; ein Bergmassiv!, sagte er laut, drehte sich rasch zum Pfarrhaus um und suchte die Fenster ab. Dabei hätte er nicht einmal die Mithilfe des schusseligen und lügensunfähigen Pfarrers gebraucht. Als er in den kühlen Flur getreten war, in diese Aura aus Marmor, Lavendelduft und Frieden, da hatte er gewusst, dass Schäfer hier war. Am Leben.

Er stand auf und schwebte über den Friedhof an der Kirche vorbei stadtauswärts. Zum Glück hatte er im Pfarrhaus keinen Kaffee getrunken, sondern diese Träum-Süß-Mischung; sonst würde er jetzt wahrscheinlich fahrig wie ein junger Hund durch die Gegend laufen. So war er wie in warme Watte gepackt. Und in diesen sensationellen Regenmantel mitsamt diesen fantastischen Gummistiefeln! Hurra, hurra, hurra! Nachdem er bestimmt eine halbe Stunde ziellos seinen Füßen gefolgt war, stand er am Ufer des Schwarzsees. Jetzt aber, Bergmann. Jetzt heißt's, einen klaren Gedanken fassen; die kriminalistische Dimension der neuen Sachlage ermessen und ihr eine adäquate Entscheidung folgen lassen; leckt's mich doch, sagte er halblaut, hob den Kopf zum Himmel, ließ sich den Regen in den Mund fallen und schrie diese Schnulze hinauf, dieses Lied, mit dem Martin ihn vor einem Jahr fast täglich gequält hatte, Neil Diamond, Live at Madison Square Garden, nicht schon wieder Neil Diamond, hatte er gefleht, und jetzt war es da, Hell yeah it is ...

... and I say it loud
I loved it all
And I'm not too proud
I freed my soul
Just let it fly
Hell yeah this crazy life around me
It confuses and confounds me

But it's all the life I've got
Until I die
Hell yeah it is ...

Er stellte sich unter eine Tanne, zog sich vollständig aus, hängte seine Kleider sorgfältig an zwei Ästen auf und sprang in den See.

53.

„Das war der Bergmann?"

„Ja ... es tut mir leid, aber ...", Danninger zuckte hilflos mit den Schultern.

„Ziemlich guter Polizist, Hut ab ..."

„Hast du uns gehört?"

„Das Kamintürl auf und das Ohr ganz nah dranhalten ...", sagte Schäfer und drückte den Pfarrer kurz an sich.

„Wieso ich mich jemals bemüht habe, dir Manieren beizubringen, ist mir ein Rätsel ... und ich will gar nicht wissen, ob du und der ... wie hat der geheißen, der immer mit dir ministriert hat?"

„Der Zacharias? Der Vötter?"

„Genau, der Vötter ... will ich gar nicht wissen, ob ihr nicht auch bei der Beichte gelauscht habt ..."

„Na ja ... was die Pletzerbäuerin so erzählt hat über ihre Männergeschichten ... au, spinnst du?!", Schäfer hatte sich eine gewaltige Ohrfeige eingefangen und hielt sich verdutzt die Hand auf die Wange.

„Das hat dir schon längst gehört ... Saufratz! ... Sei bloß froh, dass du Polizist bist!"

„Bin ich eh hauptsächlich wegen dir geworden", sagte Schäfer und drückte sich ein nasses Geschirrtuch ins Gesicht.

„Ehrlich?", der Pfarrer sah immer noch so aus, als könnte er Schäfer nur mit seinem Blick in die Hölle schicken.

„Sicher ... du hast mich ja lange genug bearbeitet ...“
„Gut ... aber die Watsche hast du dir verdient!“
„Eh ... kannst du mir dein Auto leihen?“
„Dir? In deinem Zustand? Nein.“
„Bitte ... ich muss nach Salzburg ...“
„Zu deinem Bruder?“
„Ja ... auch ...“, sagte Schäfer und wandte den Blick ab.
„Dann fahre ich dich“, erwiderte Danninger bestimmt, „ich zieh mich nur noch um ...“
„Lass das an ... einen Geistlichen kontrolliert bestimmt keiner ...“
„Jetzt fängst du dir gleich noch eine ein“, sagte der Pfarrer und hob drohend die Hand.

54.

Nie. Nie, nie, noch nie hatte er sich so gefühlt. Ich schwöre! Großes Indianerehrenwort! So gelöst, so frei, so offenherzig; er hatte sogar mit dem offensichtlich schwulen Kellner im Seecafé geflirtet, wo er sich zum Aufwärmen eingefunden hatte. Einen Kräutertee bitte, mit zwei Säckchen Zucker; und wenn geht, auf einem deine Telefonnummer. Aber hallo? Bergmann, du Strizzi! Na und? Was hätte denn schlimmstenfalls passieren können? Dass der knackige Tiroler noch zu feig gewesen wäre, um sich zu outen, ihn beschimpft und den rein heterosexuellen Koch-Koloss geholt hätte? Meine Herren, ich bitte Sie! Wissen Sie denn nicht, wen Sie vor sich haben? Kwai Chang Bergmann, Beschützer der Schwachen und Gerechten. Also ruck, zuck zurück zur Fritteuse, Schweinchen Dick, bevor ich Rache vor Gnade walten lasse und deine Ohren frikassiere. Ja, genau so hätte er es gesagt, wenn ihm der Kellner nicht tatsächlich seine Nummer aufgeschrieben hätte.

Jetzt stand er seit einer halben Stunde unter der Dusche und pfiff darauf, wie viel Wasser und Energie er verschwendete. So viel, wie da vom Himmel herunterrauschte, konnte er in seinem ganzen Leben nicht verbrausen. Kovacs hatte er auf dem Heimweg angerufen und ins Telefon geflötet, dass sie ein fantastisches Polizeitalent wäre und den Laden auch noch einen weiteren Tag ganz sicher ohne ihn schmeißen könnte. Können Sie gerade nicht sprechen?, hatte sie gefragt, wenn Sie bedroht werden, sagen Sie einfach: Danke, mir geht's bestens, wie immer. Und er hatte geantwortet: Reden Sie keinen Scheiß, Sie steirisches Provinzei, und schauen Sie, dass Schreyer keinen Blödsinn macht.

Irgendwo in seinem Hinterkopf – oder nannte man es Unterbewusstsein oder Über-Ich oder wie auch immer – stand dieser kleine Uniformierte und bemühte sich, ihn daran zu erinnern, dass es da draußen ein paar Menschen respektive Männer gab, die möglicherweise ihren Plan zur Herbeiführung der Weltenwende mittels einer Mischung aus Ammoniumnitrat und Nitromethan nur deshalb noch nicht ausgeführt hatten, weil die Elektronik ihres Kastenwagens feucht geworden war und sie zögerten, den ÖAMTC anzurufen. Ha, indem er sich selbst auf den Oberschenkel klopfte, warf er das strenge kleine Männchen zurück in sein Schutzhäuschen. Er ließ sich aufs Bett fallen, riss seine Augen auf und bewunderte den kaum wahrnehmbaren Grünton im Spachtelputz an der Zimmerdecke – das sind eben diese kleinen Feinheiten, das ist das S, das vier Sterne von Superior trennt; er griff zum Telefon und bestellte für zwanzig Uhr ein Dinner für zwei inklusive einer Flasche Champagner. (Keine Sorge, Oberst Kamp, das nehme ich nicht in die Spesen.)

55.

„Herr Doktor Hofer?“

„Ja ... aber dass Sie mich das fragen, ist doch recht seltsam ... oder, Major Schäfer?“

„Wie man’s nimmt ... darf ich reinkommen?“

„Bitte ...“, Hofer trat zur Seite, wartete einen Moment, als ob er noch weitere Gäste einlassen wollte, und schloss dann die Tür. „Unter allen unwahrscheinlichen Besuchern sind Sie wohl der, auf den ich gar nie gekommen wäre“, sagte er und führte Schäfer durchs Arbeitszimmer auf den Balkon, wo sich auf einem kleinen Metalltisch und einem Klappstuhl Bücher, Arbeitsmappen und lose Zettel stapelten. Hofer räumte den Stuhl frei und deutete Schäfer, Platz zu nehmen.

„Ich störe Sie bei der Arbeit ...“

„Ehrlich gesagt wirken Sie auf mich wie Arbeit“, erwiderte Hofer, griff sich Schäfers Kinn wie eine Hundeschnauze und schaute ihm in die Augen, „Drogen sind es nicht, also: Was verleitet den Polizisten, der meine Karriere vorzeitig beendet hat, dazu, hierherzukommen und zu fragen, ob er mich bei der Arbeit stört? ... Versteckte Kamera oder reiner Sarkasmus?“

„Ich kann Ihnen nicht ganz folgen ...“

„Sie mir nicht?“, Hofer schüttelte den Kopf, „Herr Schäfer, sind Sie auf den Kopf gefallen? Hat man Ihnen etwas in ein Glas gegeben? Was reden Sie hier fortwährend Unsinn?“

„Ich habe mein Gedächtnis verloren ... einen Teil zumindest, und ein Teil davon ist schon wieder zurück ... aber eben noch nicht alles ...“

„Welches Datum haben wir und wo befinden Sie sich gerade?“

„Ende Juni? Ich befinde mich in Salzburg bei Doktor Gerhard Hofer, einem der führenden Neurologen und Neurochirurgen, der ...“

„Schon gut“, Hofer setzte sich, schaute Schäfer eine Zeitlang sprachlos an und seufzte. „Das ist dann wohl das, was man schicksalhaft nennt ... gehen wir hinein ... da haben wir's gemütlicher ...“

Ein paar Minuten später saßen sie im Wohnzimmer – comme il faut, Schäfer auf der Couch, Hofer im Fauteuil gegenüber –, nippten Grüntee aus feinem Porzellan und sahen sich schweigend an, bis beiden zugleich ein Lachen ins Gesicht stieg.

„Und wie haben Sie sich das jetzt vorgestellt? Soll ich Ihnen ein paar Spritzen geben oder einen Defibrillator an die Schläfen halten?“

„Wenn es was hilft ...“

„Hm“, Hofer schien tatsächlich mit dem Gedanken zu spielen, seinem Gast ein paar Tausend Volt durchs Gehirn zu jagen, „Sie erinnern sich daran, dass ich keine Zulassung mehr besitze ...“

„Ja, da war was ... aber Sie sind der Einzige, der mir im Moment helfen kann ...“

„Ich kann Ihnen nicht helfen, wenn ich nicht weiß, was der Auslöser für diese retrograde Amnesie war ...“

„Und das wollen Sie jetzt von mir wissen ... da beißt sich die Katze in den Schwanz, oder?“

„Schauen Sie, Major Schäfer, genau deswegen gehören Sie auch stationär aufgenommen, eine MRT gemacht ...“

„Dafür habe ich keine Zeit ...“

„Dann kann ich Ihnen auch nicht helfen ... das menschliche Gehirn ist kein Motor und ich bin kein Mechaniker ...“

„Ich glaube, dass mir Drogen verabreicht worden sind“, sagte Schäfer nach einer Pause. „Außerdem habe ich, als ich im Wald aufgewacht bin, starke Schmerzen im Hinterkopf gehabt, wie nach einem Schlag ...“

„Und ein psychisches Trauma ist dem Verlust Ihres Gedächtnisses auch noch vorausgegangen“, sagte Hofer schnippisch, was Schäfer jedoch entging.

„Ja ... schon so etwas in der Art ...“

„Bravo! ... Dann brauche ich ja nicht lange nach der Ursache zu suchen, wenn bei Ihnen alle drei zusammenkommen ...“

„Alle drei was?"

„Die drei häufigsten Auslöser für retrograde Amnesien: Narkotika, Schädel-Hirn-Traumen, psychische Traumen ... Sie sind der Wunschpatient eines jeden ambitionierten Neurologen ..."

„Wieso fahren Sie mich so an deswegen? Glauben Sie, das habe ich mir ausgesucht?"

„Pardon ... es ist nur ... diese Situation ist schon sehr befremdlich ... verstehen Sie: Wenn ich etwas aus meinem Gedächtnis löschen wollte, dann am ehesten die Zeit, in der wir uns über den Weg gelaufen sind ... und dann stehen Sie plötzlich vor meiner Tür und bitten mich ..."

„Können Sie mir helfen?"

„Eher nicht ... ich kann Sie hier weder einer hirnorganischen Untersuchung unterziehen noch Medikamente verschreiben ... wenn Ihre Amnesie exogenen Ursprungs ist, bin ich machtlos ... ansonsten ..."

„Ich höre ..."

„Sprechen Sie auf Hypnose an?"

„Hypnose? Das machen Sie?", Schäfer sah Hofer an, als ob der ihm vorgeschlagen hätte, ein Huhn zu köpfen und dessen Blut zu trinken.

„Natürlich", erwiderte Hofer genervt, „ich trete jeden Tag am Residenzplatz auf und verzaubere japanische Touristen für zehn Minuten in Mozart ... irgendwie muss ich ja mein Auskommen finden, nachdem ..."

„Entschuldigung", sagte Schäfer, der nicht verstand, warum sein Gastgeber sich so aufregte, „und das funktioniert, Hypnose?"

„Wenn die Amnesie durch ein psychisches Trauma ausgelöst wurde, besteht eine Chance ... aber auch dann muss eine Wiederkehr Ihrer Erinnerung nicht von Dauer sein ... vielleicht kommt ein Großteil und ist morgen wieder weg, vielleicht kommt gar nichts und nächste Woche ... wie gesagt: Es besteht eine Chance ... mehr nicht."

„Na dann ... hypnotisieren Sie mich", sagte Schäfer freudig erregt, klatschte in die Hände und legte sich auf die Couch.

„Zuerst sollte ich wohl sichergehen, dass ich selbst nicht träume“, erwiderte Hofer resigniert und stand auf, um die Balkontür sowie die Jalousien zu schließen.

56.

Die eine Realität, ohne Ton auf dem Bildschirm des Hotelfernsehers: arabische Demonstranten, die von der Polizei mit Tränengas und Gummigeschossen niedergemacht wurden; zwei tote Jugendliche, die sich auf einer Brücke das darunter wütende Hochwasser ansehen hatten wollen und weggespült worden waren; abermals ein Bombenkrater, in den ein Haus passen würde, rundherum, zwischen den rauchenden Schrottteilen, Polizei und Spurensicherung, hinter den Absperrgittern Fotografen, Kameraleute und Schaulustige.

Die andere Realität, die für Bergmann im Augenblick wesentlich schmerzvoller war: Er hatte es verbockt. Sein romantisches Champagnerdinner war vorbei gewesen, bevor er die Flasche geöffnet hatte. Und er schämte sich; seit zwölf Stunden schämte er sich so sehr, dass er kaum geschlafen hatte. Allein schon dieser peinlichen Anmache wegen ... wer war er denn? Ein Stelzbock ohne Stil und Würde. So einen Tiroler Feschak, den er nicht einmal kannte, um seine Nummer zu fragen ... amour? Fou! Und dann das Desaster, das ihn so sehr beschämte, dass er jeden Moment damit gerechnet hatte, dass der Hotelmanager oder die Polizei oder ein aufgebrachter Mob mit Mistgabeln und Fackeln in sein Zimmer gestürmt käme, um ihn zu bespucken, einzusperren oder in die Ache zu werfen.

Also: Bergmann frisch geduscht, rasiert, bester Laune, die Zeichen stehen gut. Es klopft, er wirft sich einen Blick im Spiegel zu – kaum dass er sich wiedererkennt – und geht zur Tür. Hallo, komm herein, der Kellner aus dem Seecafé betritt schüchtern lächelnd das Zimmer, schlüpft halb aus der Lederjacke ... stößt Bergmann wuchtig den Ellbogen gegen das Brustbein, reißt die Tür auf und ist verschwunden. Was war denn das gewesen? Noch einmal: Der junge Mann steht vor der Zimmertür, nervös, aber auch freudig erregt, atmet tief durch und klopft. Der Gast vom Nachmittag, macht auf, fescher Anzug, sympathisches Lächeln, er bittet ihn herein, im Hintergrund auf dem Servierwagen der Sektkübel mit einer Flasche Champagner drin, daneben, auf dem Schreibtisch ... Scheiße, Handschellen, Pistole ... Perversling, Psychokiller, raus hier!

Als Bergmann schließlich verstand, warum sein Rendezvous sich so verhalten hatte – nachdem er ihn mehrmals erfolglos anzurufen versucht hatte –, brachte ihn das keineswegs zum Lachen, sondern stürzte ihn völlig in Pein und Schmach. Die SMS, die er ohne lange zu überlegen verfasst hatte (Ich bin Polizist! Chefinspektor Bernhard Bergmann, Sicherheitsdirektion Wien, Ermittlungsgruppe Leib & Leben, frag bitte nach!), machte es auch nicht besser. Ein Mitglied der österreichischen Exekutive hatte sich schließlich so zu verhalten, wie es ihm die gesellschaftliche Konvention abverlangte: als Ordnungshüter. Und nicht als notgeiler Homosexueller, der wie ein hemmungsloser Sextourist nach knackigen Tiroler Männerärschen grapschte. Scham, o Scham, o grenzenlose Scham! Er traute sich nicht einmal zum Frühstücksbuffet geschweige denn noch einmal den Zimmerservice anzufordern. Mit einer Packung Erdnüssen und einem Orangensaft aus der Minibar setzte er sich aufs Bett und tat sich leid. Immerhin war Schäfer am Leben. Major Schäfer, Sie hätten sicher einen passenden Spruch für diese Situation auf Lager, oder? Na ja, werter Kollege, sieht ganz so aus, als hätten Sie die Arschkarte gezogen, hö hö hö! Bergmann grinste. Und erstarrte. War das eben Lorenz gewesen? Er stellte den Ton an zu den wackligen Kameraschwenks und Zoomfahrten, die eine Explosionsstelle, rauchende Trümmer, Polizisten,

Forensiker, Feuerwehr, Medienmeute zeigten. „Auf der B 127 in Oberösterreich, zwischen Rohrbach und Neufelden, ist es heute in den frühen Morgenstunden zu einer schweren Explosion gekommen. Laut Auskunft der Polizei dürfte ein mit Sprengstoff beladenes Fahrzeug für den Vorfall verantwortlich sein. Nähere Angaben zum Fahrer oder weiteren Opfern sind bisher nicht möglich. Live bei uns der Pressesprecher des Landeskriminalamts Oberösterreich ..."

Bergmann folgte den Ausführungen des Beamten, sah abermals seinen Kollegen vom BVT im Hintergrund vorbeigehen, stand auf und holte sein Handy. Klar, irgendwann musste das ja ausfallen; er nahm den Ersatzakku aus seiner Tasche – wieso nicht jeder Polizist so einen dabeihatte, würde ihm nie einleuchten – und legte ihn ein.

„Bergmann, wo bist du? Ich habe dich schon ein paar Mal angerufen", rief Lorenz ins Telefon.

„Wenn du ein paar Meter nach rechts gehst, dann sehe ich dich ..."

„Was? ... Wo?"

„Ich sitze vor dem Fernseher, du warst gerade im Bild ... was ist los da oben?"

„Bumm! Was glaubst du? ... Schau dir das Loch an! Da baue ich eine Tiefgarage hinein ..."

„Glaubst du, das waren unsere?"

„Glauben? Ich hoffe es! Oder wollen wir, dass das jetzt zum Volkssport wird, hä?"

„Ich muss weg ... wir hören uns später!"

Bergmann legte auf und starrte aus dem Fenster. Gedankenverloren, bis sich dort draußen, hoch über den grünen Almen, zum grauen Spiel der Wolken eine Ahnung sammelte, die sich wie ein plötzlich durchdringender Sonnenstrahl in eine Erkenntnis verwandelte. Er hatte sich noch einmal geirrt, allesamt hatten sie sich geirrt! Er sprang auf und packte.

Hinunter zur Rezeption, wo er seine Kreditkarte auf den Tresen legte, aufzählte, was er aus der Minibar konsumiert hatte, und unterschrieb, ohne seinem Gegenüber in die Augen zu schauen. Vielen Dank für Ihren Besuch, wir hoffen, dass alles zu Ihrer Zufriedenheit war … beehren Sie uns bald wieder, Herr Bergmann. Er lief zum Taxistand auf dem Bahnhofsvorplatz und wies den Fahrer an, ihn zum Posten der Bezirkspolizei zu bringen. Freiwillig?, fragte der grinsend. Sicher nicht, antwortete Bergmann.

Anfangs weigerte sich Gruppeninspektor Walch strikt, Bergmann einen Wagen zur Verfügung zu stellen. Was wäre denn, wenn … und so weiter. Dann erinnerte ihn der Chefinspektor aus Wien, dass vor ein paar Jahren ein Major aus Wien ihnen den Arsch gerettet hatte, und die Verdienstabzeichen des Landes demnach irgendwie auch auf fremdem Mist gewachsen wären und so weiter. Zehn Minuten später warf Bergmann seine Tasche auf die Rückbank des Streifenwagens, startete, schaltete das Blaulicht ein und nickte den beiden Beamten zu, die seine rasante Abfahrt skeptisch mitverfolgten. Nur kein falscher Neid, Kollegen. Wenn ihr Lust auf solche Actionnummern habt, wechselt zur Drogenfahndung ins LKA oder bewerbt euch bei der Kobra und in ein paar Jahren treffen wir uns wieder und vergleichen, wer die schwärzeste Seele bekommen hat.

Als er das Stadtgebiet hinter sich hatte, steckte er das Headset ein und rief zuerst den Pfarrer und dann Schäfers Bruder an. In erster Linie ging es ihm darum, ihre Meinung einzuholen über einiges, das er am vorgestrigen Abend erfahren hatte. Rohrschacher – der wohl so etwas wie ein lokaler Durchlauferhitzer für Geschichten und Gerüchte jedweder Art war – hatte binnen einer Stunde zwei weitere Einheimische an den Tisch gezogen, die sich bald rege am Gespräch beteiligten. Wenig später standen drei weitere Männer neben ihnen, worauf sie an den Stammtisch wechselten und Schäfers Verschwinden zum offiziellen Thema des Abends wurde. Dass jener in seiner Jugend ein wilder Hund gewesen war – Zitat

Rohrschacher: ein Stachel im Fleisch der Gendarmeriegewalt –, überraschte Bergmann nicht; Drogen, frisierte Mopeds, Vandalismus ... erst wenn das aufhörte, Teil der Polizeiarbeit zu sein, musste man sich ernsthaft Sorgen machen. Dementsprechend hatte sich seine Teilnahme am Gespräch bis dahin auf ein paar zustimmende Kommentare oder knappe Antworten auf an ihn gerichtete Fragen beschränkt. Erste Vernehmungsregel: Wenn die Leute reden, lass sie reden.

Erst als Schäfers Entscheidung, Polizist zu werden, zum Thema wurde, spitzte Bergmann die Ohren wie der äsende Hirsch beim Knacken im Unterholz. Auslöser für diese Berufswahl war laut Stammtisch nämlich der Selbstmord einer Schulkollegin gewesen, die sich kurz vor der Matura aufs Gleis gelegt hatte. Die einen sprachen von Prüfungsangst, die anderen von unglücklicher Liebe ... Schäfer sah das anders, entführte am Abend nach der Beerdigung mit einem Freund den Vater des Mädchens und hielt ihn irgendwo ihm Wald versteckt. Zwei Tage später tauchte der Mann bei der Polizei auf; allerdings nicht, um seine Entführer anzuzeigen, sondern sich selbst, mit der Begründung, dass er seine Tochter seit ihrem zwölften Lebensjahr missbraucht hatte. Was Schäfer und sein Komplize dem Mann angetan hatten, wollte Bergmann wissen. Worauf sich die Runde kurz in eine gemeinschaftliche Decke des Schweigens kuschelte. Also wisst ihr es nicht, schloss Bergmann – zehn Sekunden später fasziniert davon, wie einfach manche Zungenlöser hier funktionierten. Natürlich wüssten sie es. Ja, von einem Lötkolben hat einer was gesagt. Zigaretten ausgedämpft. Spanholz unter die Fingernägel. Aber verletzt war diese Vergewaltigersau ja nicht gewesen; nichts Offensichtliches halt. Vielleicht haben sie ihm eine Ringelnatter oder sonst was in den Arsch geschoben. Da drüben sitzen Touristen, die sprechen Deutsch, bremste Bergmann schließlich die Folterfantasien der Männer. Was an halbwegs glaubhafter Information geblieben war: eine moderne Saulus-Paulus-Geschichte darüber, wie ein Jugendlicher auf dem Weg Richtung schiefe Bahn an eine schicksalhafte Kreuzung gelangt war und dort gleich einen Kinderschänder seiner gerechten Strafe zugeführt hatte. Quasi jetzt erst entdeckt: Schäfers erster Fall.

Sowohl Pfarrer Danninger als auch Schäfers Bruder hielten sich zu dieser Geschichte seltsam bedeckt. Ja, es stimmte schon, dass der Mann nach der Beerdigung seiner Tochter zwei Tage verschwunden war und sich dann gestellt hatte. Ja, Johannes hat damit wahrscheinlich schon zu tun gehabt, aber von Foltern wüssten sie nichts.

„Wie hat er denn überhaupt davon erfahren, dass das Mädchen missbraucht worden ist? Hat sie sich ihm anvertraut?"

„Nein, sicher nicht", meinte Schäfers Bruder, „dann hätte er nicht gewartet, bis sie sich umbringt ..."

„Also wie dann?"

„Ich habe keine Ahnung, Herr Bergmann ... das ist fast dreißig Jahre her ... irgendwie wird er es schon erfahren haben ... hat er halt damals schon seinen berühmten Majorsinstinkt gehabt, was weiß denn ich ..."

„War er schon bei Ihnen? ... Und lügen Sie mich jetzt nicht an, sonst vergesse ich unser bisher gutes Einverständnis ..."

„Wie ... ja, war er ... gestern Abend ... und ist mit meinem Auto durch ..."

„Geben Sie mir bitte Typ und Kennzeichen durch ..."

Bergmann ließ die Tachonadel weiter nach rechts fahren. Als ob ihm die Geschwindigkeit dabei helfen könnte, eine Entscheidung zu treffen. Was würde passieren, wenn er Lorenz anrief und ihm seine Vermutung mitteilte? Nach der Explosion am Morgen lagen die Nerven beim BVT und den Sondereinheiten blank. Wer sagte ihnen denn, dass das die einzige Bombe gewesen war? Und wenn eine mit gleicher Sprengkraft in irgendeiner Tiefgarage, auf einer größeren Brücke, auf dem Gürtel oder mitten in der Stadt hochging: Haben Sie Wien schon in Asche gesehen?

Nein, die würden Schäfer ziemlich sicher erschießen. Wohl der einzige Polizist, der ihm jetzt gefahrlos gegenübertreten und sagen konnte: Hallo, Herr Major, jetzt ruhen wir uns aber einmal ein bisschen aus, gell. Geben Sie mir die Waffe und machen Sie keinen Blödsinn – dieser Polizist war Bergmann selbst. Der sich jetzt bei 180 km/h wieder und wieder das Gespräch mit dem Pfarrer und all die anderen Indizien durch den Kopf gehen ließ und bei allem Respekt und bei aller Liebe zu keinem anderen Schluss kommen konnte: Schäfer war nicht undercover, er spielte nicht den Erzengel Chamuel. Er hielt sich wirklich dafür.

57.

So wie damals war das Gefühl. Als sie an Winternachmittagen Schneekugeln rollten und über einen Abhang stießen in der Hoffnung, eine Lawine zu verursachen. Meistens waren die Kugeln schon nach ein, zwei Metern stehen geblieben – verhungert, wie sie es genannt hatten. Manche wurden größer, legten an Geschwindigkeit zu. Und zerbrachen, bevor sie die Schneedecke zum Rutschen brachten. Ganz, ganz selten war es ihnen gelungen, wirklich ein Schneebrett auszulösen. Im Frühjahr, wenn auf den bereits aufgetauten Untergrund noch einmal reichlich Schnee gefallen war, der keine Haftung mehr aufnehmen konnte. Und der Moment, wenn er zu rutschen begann, dieses Geräusch, das Atemanhalten und Herzklopfen, das so erschreckende wie erregende Staunen, wenn die schwere nasse Masse talwärts schoss, gleichzeitig das Abducken hinter einen Baum, weil sie doch wussten, dass ihre Tat im schlimmsten Fall tödliche Folgen haben konnte; wussten sie es? Nein, sie spielten. Und sie hatten Glück gehabt. So wie bei den unzähligen Feuerspielen, wenn sie im Sommer mit einer Lupe trockenes Gras entzündeten und zusahen, wie der Brand sich ausdehnte, bis sie mit einer

Wasserflasche oder dem eigenen Urin einschritten, um den Durst des Feuers zu ersticken. Einmal hatten sie es nicht geschafft. Es war Anfang September gewesen und seit mehreren Wochen hatte es bis auf die regelmäßigen Nachmittagsgewitter nie ausdauernd geregnet. Auf dem Areal, wo die alte Molkerei abgerissen und ein Neubau aufgrund von Budgetstreitigkeiten und Rationalisierungsbestrebungen der neuen Eigentümer unwahrscheinlich geworden war, trafen sich fast jeden Nachmittag die Kinder und Jugendlichen der Siedlung, um Blumenketten zu basteln, Schatzsucher zu spielen, die Übelkeit nach der ersten Zigarette oder die Unsicherheit nach dem ersten Zungenkuss auszukosten. Dort hatten Jakob und er aus Ästen, Resten von Dachpappe, leeren Zigarettenschachteln und anderem Unrat eine Flammenstraße gebaut, so wie andere Kinder durch Graben und Aufstauen am Rand kleiner Bäche Wasserstraßen schufen. Anfangs glomm und qualmte es nur; dann fand er unter dem Baumüll, der noch nicht abtransportiert worden war, ein paar Blechdosen, auf denen das orange Viereck mit der schwarzen Flamme zu erkennen war. Eine der Dosen war noch zur Hälfte voll; die versteckten sie unter der hohen Thujenhecke, die das Nachbargrundstück mit den Einfamilienhäusern von dem ehemaligen Betriebsgelände trennte. Nach dem Abendessen verließen sie die Wohnung unter dem Vorwand, mit den Nachbarbuben Sternschnuppen zu schauen. Gingen zurück zur Brachfläche der alten Molkerei und gruben mit abgebrochenen Flaschenhälsen eine Spirale in die Erde, die sie mit allem füllten, was sie als brennbar erachteten. Zuletzt gossen sie das Lösungsmittel aus der Blechdose darüber, schmissen ein brennendes Streichholz hin und schauten dem Feuer aus sicherer Entfernung zu. Wie die Flammen sich in einem ungeahnten Tempo zur Mitte des Kreises hin drehten – da nahm er schon Jakobs Arm –, wie sie blitzartig das trockene Gras daneben entzündeten und schließlich auf die Thujen übergriffen, die binnen kürzester Zeit in prasselnden Flammen standen. Und nicht dass sie die Flucht ergriffen; sie standen vor der lodernden Hecke, als wären sie Kunststudenten und sähen zum ersten Mal die Decke der Sixtinischen Kapelle. Wie das Feuer die bestimmt zwei Meter hohe und bislang quasi undurchdringliche Begrenzung zu den sogenannten Bessergestellten niederfraß: das ließ ihn in einer ungekannten Erregung erstarren.

Doch von all dem wollte Jakob nichts wissen, als Schäfer nach seinem Besuch bei Doktor Hofer plötzlich vor seiner Tür stand. Die Umarmung unter Tränen, die Schäfer über sich ergehen ließ, obwohl sie ihm nicht geheuer war. Dann dieses belehrende Gewäsch, wahrscheinlich fürsorglich gemeint, während er die Erinnerungen teilen wollte, die während der Hypnose in seinem Kopf losgetreten worden waren, von den Eruptionen, Erosionen, Emotionen, die freigelegt worden waren, davon wollte Jakob nichts hören, nichts von den Dingen, die er sich nie einzugestehen getraut hatte, nichts von den gemeinsamen Erlebnissen, die er als Grundfesten seiner Identität erkennen wollte. Stattdessen eine Ohrfeige, nachdem er ihm von den vergangenen Wochen erzählt hatte, von dem, an das er sich erinnern konnte, verdammt, warum konnte sein Bruder ihn nicht verstehen, sein Bruder, mit dem er fast ein Haus niedergebrannt hatte, mit dem er weiß Gott was erlebt hatte, das die Eltern nie erfahren durften, sein Bruder, der doch die gleichen Täler der Verzweiflung durchwandert, die selben Gipfel der Euphorie bestiegen hatte, der Bruder, dem er schließlich aus einer unterbewussten Reaktion den Arm auf den Rücken drehen und die Stirn auf den Couchtisch drücken musste, um nicht noch mehr Schläge einzufangen; da hatte Monika, Jakobs Frau, schon das Telefon in der Hand und schrie hysterisch herum, dass er verschwinden solle, weil sie sonst die Polizei anrufen würde, worauf er ihr entgegnete, dass die schon da wäre, du dumme Nuss, du blöde Kuh, du berechnende Schlampe, die meinen Bruder nie verdient hat, denn was weißt du schon von ihm, wie er früher war, mit mir ... da war plötzlich Lisa, seine Nichte, in der Tür gestanden, hatte sich auf ihn gestürzt, um ihn zu umarmen, unter Tränen, was er abermals nicht verstand, bis er sich erinnerte, dass sie ja allesamt damit gerechnet hatten, ihn nur mehr tot zurückzubekommen; worauf er sich entschuldigte und entschuldigte und das Haus verließ, nicht ohne zuvor den Autoschlüssel seines Bruders vom Haken im Vorraum zu nehmen.

Ja, so weit war es gekommen. Dass er den Wagen seines Bruders entwendet hatte und nicht sicher war, ob der deswegen die Polizei anrufen würde. Und dann? Schäfer hatte keine Ahnung, welchen Status er zurzeit besaß, während er auf der A1 zwischen Salzburg und Linz die Radaranlagen zum Blitzen brachte. Vermisst, suspendiert, wanted dead or alive? Als er nach einem vielleicht vierstündigen Schlaf auf dem Parkplatz beim Mondsee das Radio aufgedreht hatte, war die Explosion einer Autobombe im Mühlviertel das bestimmende Thema der Nachrichten gewesen. Phillipe? Wer sonst? Was für eine ... unfassbare Geschichte, in die er sich da eingeschrieben hatte. Die seit dem Besuch bei Doktor Hofer und dessen Hypnosesitzung sein Gehirn überschwemmte wie der Tsunami die Küsten Südostasiens. Und er sah sich selbst zu, wie er in den Fluten trieb ... der Urlaub in Réunion, wo er Phillipe kennengelernt hatte. Der wie eine lang ersehnte Bestimmung in sein Leben getreten war; ein Mensch, der so viel Verständnis und Zuneigung ausstrahlte, dass man sich ihm mit geöffnetem Herzen an die Brust werfen wollte. Kein Klugscheißer, Sektierer oder Narziss wie die anderen, bei denen er im letzten Jahr auf Hilfe gehofft hatte, um sein Leben auch ohne Tabletten in den Griff zu bekommen. Kein selbst ernannter Heiler, der vorgab, an nur einem Wochenende all die schlechten Energien und Schwingungen und Besetzungen und so weiter auszuleiten, auf dass er selbstbestimmt und glücklich leben konnte. Was für Scharlatane! Und wie viel Geld er diesen Kretins in den Arsch geblasen, insgesamt in diesen Supermarkt der Sinnsuche und Selbstfindung getragen hatte. Für zwei

Tage Euphorie, eine Woche Zuversicht und die baldige Wiederkehr der Hoffnungslosigkeit. Wie konnte man nur glauben, dass es irgendwo im Körper einen Schalter gab, den man umlegen konnte, und schon war alles wieder gut. Wie hatte er sich dieser Illusion hingeben können? Wenn er ein paar Stunden glücklich sein wollte, wäre es einfacher und billiger gewesen, ein paar Gramm reines Heroin aus dem Asservat zu klauen. Das war genauso falsch, aber zumindest ehrlich. Phillipe hingegen – der hatte ihm nie etwas versprochen. Der war ein Versprechen gewesen. Weil er keine oberschlauen Antworten gab, sondern die richtigen Fragen stellte – zumindest war ihm das bei ihren Treffen auf Réunion und in den folgenden Monaten so erschienen. Bis zum Sonnenaufgang hatten sie schon am ersten Abend miteinander gesprochen, zuerst in der Hotelbar, später, nach der Sperrstunde, auf den Strandliegestühlen, deren Teakholzbeine in rhythmischer Wiederkehr vom Meerschaum des Pazifiks umspült wurden. Wie ein Mantra hatte das rauschende Seufzen der Brandung auf ihn gewirkt, dazu der kräftige südafrikanische Wein, die Arbeit, das Verbrechen, die Toten und ihre Mörder in weiter Ferne; er hatte sein Herz ausgeschüttet, in einer Heftigkeit und Schonungslosigkeit, wie es ihm zuvor noch nie in den Sinn gekommen war. Ja, diese Nacht war voll gewesen, von Eruptionen, Erosionen, Emotionen ... ohne chronologische, kausale, irgendeine Ordnung hatte er erzählt, mehr noch: gebeichtet, geweint, gelacht, sich im feuchten Sand gesuhlt, war nackt ins Meer gelaufen, hatte die Sterne angebrüllt ... und Phillipe hatte es mit einem gütigen Lächeln, einer tröstenden Umarmung, einer Frage vergolten, die noch weiter ins Herz der Finsternis und des Lichts führte.

Wie oft hatten sie sich danach getroffen? Er wusste es nicht mehr – mindestens drei, höchstens zehn Mal. Phillipe besaß kein Handy, keine E-Mail-Adresse, hatte ihm auch keine Wohnadresse mitgeteilt, wo er ihn besuchen oder zumindest einen Brief hinschicken konnte. Wäre nicht Isabelle mit ihm auf Réunion gewesen und hätte sich mehrfach abschätzig über Phillipe geäußert, hätte ihr Treffen dort den Charakter eines Wachtraums gehabt, einer schönen Halluzination, die so plötzlich gekommen wie verschwunden war. Kurz nach Silvester musste es gewesen sein, als sich Phillipe bei ihm meldete. Er war als Vortragender zu einem Seminar in einem Schloss in der Nähe von Wien geladen und fragte Schäfer, ob er Lust hätte, ihn dort zu treffen. Und er war hingeeilt wie zu einer verloren geglaubten Geliebten. Was hat mich da geritten, fragte er sich jetzt und schaute in den Rückspiegel, wo er das Zucken eines Paars Blaulichter erkannte. Ach du Scheiße, mit diesen kleinkarierten Autobahnordnungshütern hatte er nicht gerechnet. Hatten die nichts Besseres zu tun? Vielleicht ein paar Verrückte schnappen, die ... was hatten sie vorgehabt? Sprengstoff ... aber wer ... Eisert war tot. Foster war tot. Das hatte ihm Jakob erzählt. Der tatsächlich einen Privatdetektiv bezahlt hatte, um ihn zu finden. Wo zum Teufel er gewesen wäre ... ganz in der Nähe, eigentlich.

Er reihte sich in die rechte Spur ein, ließ die Tachonadel auf hundertdreißig sinken und summte nervös vor sich hin, bis der Streifenwagen an ihm vorbeipreschte – mit mindestens hundertachtzig, wie er glaubte. Gut, diesem Raserbullen in sicherem Abstand und ähnlicher Geschwindigkeit zu folgen, wäre wohl die beste Chance, um nicht aufgehalten zu werden.

Er versuchte sich zu erinnern, worum es bei diesem Seminar gegangen war: Wege aus der Krise?, telekinetische Energien?, morphogenetische Felder?, der Satan in Gestalt des Unmenschen? ... Was auch immer, der Barocksaal war mit gut dreihundert Menschen gefüllt, die mit verklärten Gesichtern Phillipes Ausführungen lauschten, die aus esoterischem Geschwafel, Pseudophysik auf Hauptschulniveau und ein paar Neudeutungen altchristlicher Mystik bestanden, für die man unter gewöhnlichen Umständen nur ein Kopfschütteln und nicht siebzig Euro Eintrittsgeld übrig gehabt hätte. Sie wollen es und ich muss leben, war Phillipes Antwort auf

Schäfers Frage gewesen, warum er es nötig hatte, so einen Humbug zu verzapfen, wo er doch ganz andere Fähigkeiten hätte, um die Menschen ans Licht zu führen. Ohne zu erwähnen, dass er selbst solchen Vorträgen gelauscht hatte, nur um einmal etwas anderes zu empfangen als die Produkte der ewig gleichen Verblödungsmaschinerie aus Medien, Politik, Werbung et cetera. Und erneut war ihrem Zusammentreffen eine Nacht intensiver Gespräche gefolgt: seine Kindheit, Tirol, die Vergiftung durch diesen Scheingott und die selbstgerechten Tugenden, die lähmende Normalität der Abnormalen, oder der Wahnsinn der Normalität, gegen den es sich in ihm aufbäumte, ohne dass er wusste, wer oder was es war, der ihm diesen dauernden psychischen Brechreiz verursachte, gegen den er mit Fäusten, Beschimpfungen und Drogen kämpfte, sogar mit Widerstand gegen die Staatsgewalt, wie in einer der Anzeigen stand, wegen denen sein Vater ihn aus dem Polizeigewahrsam holen musste, Staatsgewalt, was für ein Hohn, diese dickärschigen und dauerfetten Bezirksgendarmen, die aus der Lehre bei ihren übermächtigen Vätern in den Polizeidienst geflohen waren, um ihre eigenen Gewaltfantasien und Ohnmachtsängste an den Outlaws auszulassen, wie er einer gewesen war, ja, außerhalb des Gesetzes, aber zumindest ehrlich, ihr Dreckschweine! Sonst hättet ihr herausgefunden, wer schuld war, dass sich Marlene aufs Gleis gelegt hat! Zu mir, zu mir ist sie gekommen, schrie er nun gegen die Windschutzscheibe, durch die wegen des stärker werdenden Regens immer weniger zu sehen war, in meinem Traum ist sie aufgetaucht, noch in der gleichen Nacht, als sie der Güterzug zerteilt hat: Du rächst mich, Johannes, hat sie gesagt, du rächst mich, an meinem Vater, der schuld ist an allem. Und er hatte einen Tag zugewartet, weil dieser Traum, so real er ihm erschienen, doch auch von halluzinogenen Pilzen genährt worden war, die nicht zum ersten Mal seltsame Assoziationen und Schuldzuweisungen gegen Mitbürger erzeugt hatten, die offensichtlich über jeden Verdacht erhaben waren.

Am Abend nach der Beerdigung, nachdem die Stimme der Selbstmörderin nicht leiser werden wollte, hatte er sich den Vötter Hias geschnappt – einen Klassenkameraden, dem jeder Vorwand willkommen war, um jemandes Kühlerhaube oder Küchenfenster einzuschlagen – und war mit ihm zum Haus von Marlenes Vater geradelt. Als der die Tür öffnete, sagte Schäfer nur: Kommen Sie mit, und er folgte ihm wie unter Hypnose. Zu einem aufgelassenen Bergwerksstollen am Fuß des Hahnenkamms, wo sie den Mann zwangen, die angenagelten Schalbretter vom Eingang zu reißen. Dann gingen sie hinein ... und dann ... der Vötter Hias schlief bald ein, weil ihm das ermunternde Stimulans einer Schlägerei fehlte und er obendrein fast eine Flasche Glenfiddich aus der familieneigenen Hotelbar getrunken hatte. Schäfer saß Marlenes Vater gegenüber, die abgerissenen Bretter als Bank, und sah ihn stundenlang an. Er wusste nicht, was er von ihm wollte, hatte nicht die leiseste Ahnung, wohin das alles führen sollte, warum dieser Mann, der zwei Kopf größer und mindestens dreißig Kilo schwerer war, ihn nicht einfach niederschlug und nach Hause fuhr; stattdessen die Stirn in die Hände legte und weinte, beteuerte, dass er das alles nicht gewollt hätte, dass er sie doch geliebt hätte, seine Tochter; und als Schäfer, tatsächlich aus Mitleid, dem heulenden Mann die Hand auf den Unterarm legte, zuckte der zusammen und schrie, als drückte ihm jemand ein Brandeisen auf. Ja, ja, er hatte sich an ihr vergangen, Gott möge ihm vergeben, sein Leben, alles würde er geben, nur um seine Tochter, seine geliebte Marlene zurückzubekommen. Dann war Schäfer eingeschlafen. Zitternd vor Kälte erwacht, von seinem Freund und dem verdammten Vater im Bergwerk zurückgelassen. Zuerst hatte er sich gefürchtet, dann an die modrig riechende Felswand im Stollen gepisst, dann eine Zigarette angezündet, dann den Heimweg angetreten. Am folgenden Tag hatte Marlenes Vater Selbstanzeige erstattet und war zu drei Jahren verurteilt worden. Sechs Monate nach seiner Freilassung hatte er sich erhängt.

In dieser Woche hatte er sich entschieden, Polizist zu werden. Nicht bei der Gendarmerie, sondern bei der Kriminalpolizei. Er spürte, dass diese Entscheidung ähnlich der eines Ketzers war, der sich entschied, katholischer Priester zu werden. Doch er hatte keine Wahl. God told me to! Oder seine eigenen visionären Fähigkeiten, oder der Zufall, oder wer auch immer, der jedenfalls dafür sorgte, dass er die Arbeit bei der Polizei von Anfang an so ernst nahm wie noch nie etwas zuvor – gleichwohl seine Kollegen und Vorgesetzten in ihm nie den Streber sahen, der er tatsächlich war, zumindest bis zu seiner Beförderung zum Gruppenleiter. Warum hätte er denn damit angeben sollen, dass er Nächte damit verbrachte, kriminalistische, forensische, psychiatrische und juristische Fachliteratur zu studieren, wenn die anderen glaubten, dass es der Herrgott ihm im Schlaf gab. Manchmal konnte er nicht umhin, das selbst zu glauben. Als er schon über zehn Jahre dabei war, häuften sich die Fälle, wo er wie aus heiterem Himmel Eingebungen bekam, die oft weit außerhalb des Ermittlungsnetzes lagen, das sie zwischen Opfer, Tathergang, Verdächtigen et cetera gesponnen hatten. Und wenn er sich recht erinnerte, war er kein einziges Mal danebengelegen ... doch, vor zwei Jahren, bei der Geschichte mit den Rudenz ... aber da war er ja nicht er selbst gewesen. Wie hatte er sich diese Geistesblitze damals erklärt? In Augenblicken der Bescheidenheit als Ergebnis langer Erfahrung und harter Arbeit. In hochmütigeren Momenten als Geniestreiche eines kriminalistischen Künstlers, der er irgendwie ja auch war. Und wenn er sich gleichzeitig die Nacht ins Gedächtnis rief, in der er Marlenes Vater entführt und überführt hatte: dann wurde die Stimme wieder hörbar, die ihm flüsterte, dass er berufen war, dass seine Gabe mitunter eben auch ein Fluch wäre, dass er so gesegnet wie verdammt war, und all die anderen Erklärungsversuche, die einem die Mystik des Lebens manchmal abverlangt.

Doch was hatten sie schon getaugt, diese Erklärungen ... stumpfe Rhetorik, wo er eine scharfe Klinge wünschte, die ihm das Leid herausschnitt, abgehobenes, sinnentleertes Gefasel, wo er unumstößlich in reiner Erde wurzeln wollte ... und da hatte Phillipe ihn bei der Hand genommen ... folge mir ins Wunderland, wo es kein Böses mehr gibt, keinen Hass und keine Niedertracht ... wir schaffen eine Welt, wie sie nur als Fantasie in uns schlief ... und jetzt erwacht sie mit uns ... folge mir. Und er war ihm gefolgt. In Gedanken, Worten ... und in der Tat, als er diesen Mann getötet hatte, mit einem schnellen Handkantenschlag gegen den Hals ... woher hatte er überhaupt gewusst, dass er am Donaukanal war? ... Wer hatte ihm das gesagt? ... Wer, wenn nicht ... egal, ausgeschaltet hatte er ihn, gelöscht wie einen rußenden Kerzenstummel, einer weniger, ein Schritt näher zur ... wohin hätte das führen sollen? Was hatten sie vorgehabt? Den Teufel auf die Erde zu locken, indem sie seine Dämonen hinrichteten? Ihn zum finalen Kampf zu fordern? Wirres Zeugs in einem wirren Hirn ... aber es war ihnen Ernst gewesen ... wozu sonst dieses konspirative Treffen in der Schweiz, wo ... was hatten sie dort getan? ... Den Zeitpunkt für den ersten großen Schlag bestimmt? ... Phillipe war dabei gewesen, Eisert, Foster und ... er fand keine Namen, sah keine Gesichter ... doch es mussten noch drei weitere gewesen sein ... die aufgestiegenen Meister des Lichts, das Oktagon der Erzengel ... war das wirklich? Oder ein wahnwitziger Traum? Oder war er schon tot und sah sein Leben nun aus einer anderen Perspektive? ... Blödsinn ... er war wach, er hatte wie viel Zeit auch immer im Wald gelebt, war zurückgekehrt, nicht mehr der Alte, aber wie auch ... das würde er unter Umständen nie wieder werden, wie ihm Doktor Hofer eröffnet hatte ... der Doktor ... Heiler Gottes ... Raphael ... Wieland, du warst dabei, du Schwein, jetzt brauchst du gleich selbst einen Arzt.

58.

Die A1 zwischen Salzburg und Wien bietet wenig Interessantes; also genug Gelegenheit und Zeit, um alles noch einmal der Reihe nach durchzugehen: Im November des Vorjahrs verbringt Schäfer mit seiner Freundin Isabelle zwei Wochen auf der Insel Réunion. Dort lernt er einen Franzosen kennen, der sich als Phillipe Marsant ausgibt, und freundet sich mit ihm an. Im Hinblick auf die kommenden Ereignisse und Erkenntnisse kann man davon ausgehen, dass besagtes Treffen Major Johannes Schäfer stark bewegt hat. Ob es bis zum erneuten Zusammentreffen der beiden Männer im Waldviertel zu weiteren Kontakten kommt, ist nicht bewiesen, aber wahrscheinlich. Mitte April, Ottensteiner Wald: auf den ersten Blick nur eines unter unzähligen Seminaren, die der Supermarkt der Sinnsuche und Selbstfindung in den Regalen hat. Schaut man länger und genauer hin, erkennt man allerdings Zusammenhänge, die weit über ein paar durch den Wald gellende Urschreie und am Lagerfeuer heulende Männer hinausführen.

Phillipe Marsant, der charismatische Seminarleiter, heißt eigentlich Jean Plier, war führendes Mitglied in der Sekte der Sonnentempler und ist offiziell am 5. Oktober 1994 verstorben, verbrannt in einem Chalet in Cheiry in der Schweiz gemeinsam mit zweiundfünfzig weiteren Sektenmitgliedern. Doch Plier hat die Himmelsfahrt überlebt; sich offenbar einen Finger abgetrennt, um die Forensiker hinters Licht zu führen; sich einen neuen Namen zugelegt und, nachdem genug Gras über die verkohlten Ruinen und Wiesen in Cheiry gewachsen war, sein teuflisches Werk wiederaufgenommen; diesmal als aufgestiegener Meister des Lichts im Kleid des Erzengels Metatron und mit der selbst auferlegten Bestimmung, seine sieben Engelsbrüder um sich zu versammeln, um die Apokalypse einzuleiten.

Diese Theorie stützt sich auf zahlreiche Indizien. Zum einen der Fall Thomas Eisert: Beim Versuch, mehrere Sprengzünder zu bauen, stirbt er unter merkwürdigen Umständen und einer schweren Deckenleuchte. Bei seiner Leiche finden die Ermittler ein Amulett, das – wie sich später herausstellen soll – der Gruppe der Erzengel als vereinigendes Symbol dient. In Eiserts Bibliothek stehen zahlreiche Werke, die ihn zumindest geistig in die Nähe von militanten Sekten in den USA und anderen Gruppierungen bringen, die an den baldigen Beginn der Apokalypse glauben. Baupläne von zahlreichen Wiener Bauwerken sowie Rückstände von Sprengstoff in einem Klein-Lastwagen, der kurze Zeit auf Eiserts Namen zugelassen war, veranlassen Innen- und Verteidigungsministerium zur sofortigen Gründung einer Sondereinsatzgruppe mit dem Ziel, einen bevorstehenden Anschlag zu verhindern. Im Zuge der Ermittlungen werden zwei weitere mutmaßliche Mitglieder der Terrorzelle identifiziert: der Journalist Linus Foster, der besagtes Seminar im Waldviertel organisiert hat und vor einer möglichen Einvernahme bei einem Badeunfall in Vietnam ums Leben kommt. Und der Student Andreas Troger, der wegen zweifachen Mordes im Gefängnis Stein inhaftiert war und dort vom Mitgefangenen Tannhäuser ermordet wurde. Troger, der mit Pliers Gruppe nur durch eine DNA-Spur an einem der besagten Amulette in Verbindung gebracht werden konnte, hatte zwar ebenfalls reichlich Literatur über die Apokalypse, die New World Order und andere Verschwörungstheorien in seinem Besitz gehabt – letztendlich gelangt Chefinspektor Bergmann jedoch zur Überzeugung, dass der Anhänger, den er in Major Schäfers Schublade gefunden hat, diesem selbst gehört.

Den stichhaltigsten Beweis, dass Plier selbst der Terrorzelle angehört, liefert eine junge Frau, die im Waldviertel als Wander- und Mountainbike-Guide arbeitet und in ihrer Freizeit ebendort auf Fotosafari unterwegs ist. Sie übermittelt Chefinspektor Bergmann ein Bild, auf dem Plier ein Amulett mit dem Symbol des Erzengels Metatron trägt. Zu diesem Zeitpunkt haben sich die Ermittlungen zum Verschwinden von Major Schäfer und der Fall Plier/Eisert/Foster bereits in mehreren Punkten überschnitten. Neben dem Amulett in Schäfers Schreibtisch, seiner Teilnahme an besagtem Seminar und mehreren Gesprächen mit dem inhaftierten Mehrfachmörder Tannhäuser gibt vor allem das Eindringen von Jean Plier in Schäfers Wohnung Grund zur Annahme, dass dieser, Schäfer, über die Machenschaften der Gruppe Bescheid weiß. Unklar bleiben bislang die Beweggründe von Major Schäfer, trotz seiner Erfahrung im verdeckten Einsatz, auf jegliche Einbeziehung einer Vertrauensperson oder eine Dokumentation seiner Ermittlungen zu verzichten.

Ja, so in etwa hätte nach ein paar stilistischen Korrekturen (sachlicher, weniger flapsig, ohne Parteinahme) und inhaltlichen Ergänzungen (Staatsanwaltschaft Annecy, FBI, Breiler, BOG, Vötter et cetera) ein vernünftiger Bericht ausgesehen. Eine objektive Bestandsaufnahme, die bei Übermittlung an Oberst Kamp und die Gruppe mit ziemlicher Sicherheit die Schlussfolgerung gezeitigt hätte, dass Major Schäfer in diesem Spiel mehr als nur verdeckter Ermittler wäre. Wobei: Kamp, Kovacs, Schreyer, Leitner ... sie hätte es gar nicht gebraucht. Er selbst, Chefinspektor Bergmann – der gerade eine weitere Radaranlage auslöste – hätte eins und eins zusammenzählen und rechtzeitig die erforderlichen Schritte einleiten können. Aber nein, er musste ja sein emotionales Wellental mit Martin durchschreiten und beim Abtauchen unter die Kummergrenze den Überblick verlieren; sich mit Leitner und den geschätzten Kollegen der Gruppe Bruckner den Verstand wegsaufen und tags darauf im Drogenrausch durchs Waldviertel delirieren; in seiner beamtenmäßigen Borniertheit alles, was er nicht begriff, als harmlose Spinnerei abtun, als esoterischen Schabernack ein paar verirrter Seelen, von denen keine Gefahr ausgehen konnte. Dazu die Informationen des Privatdetektivs Sigrist schlampig verwerten (Welches Auto? Schäfer besaß keines. Sieht man das Kennzeichen auf den Bildern?), weil er nach nur zwei Stunden viel mehr an dessen Avancen interessiert gewesen war als an seiner Arbeit. Und die Videos, die Leitner im Internet gefunden hatte: 28. Mai, Donaukanal, im Vordergrund toben sich ein paar Skateboarder aus, dahinter sitzt Major Schäfer weggetreten auf einer Bank. Weshalb? Nun, einem aufmerksamen Polizisten wäre wohl aufgefallen, dass an jenem Abend in unmittelbarer Nähe ein zur Fahndung ausgeschriebener Serienmörder durch einen Schlag gegen den Kehlkopf getötet worden war. Wie hatte er das übersehen können?

Und jetzt, nachdem er eine gute Stunde mit Pfarrer Danninger und Schäfers Bruder telefoniert, nachdem er sich das Gespräch mit Rohrschacher ins Gedächtnis gerufen hatte, fielen die Schuppen so heftig von den Augen, dass sie ihm in Gemeinschaft mit den Regentropfen auf der Windschutzscheibe schon fremdgefährdend die Sicht nach außen nahmen. Schäfers Berufswahl als Erweckungserlebnis, nachdem er mit achtzehn Jahren den Selbstmord eines jungen Mädchens gerächt hatte, indem er den Tochterschänder zur Selbstanzeige gefoltert hatte? Seine, zugegeben überragenden, kriminalistischen Fähigkeiten als Gottesgabe, wie er es dem Pfarrer in manch trunkener Stunde hatte weismachen wollen? Hatte er das etwa selbst geglaubt? Da hätte doch schon früher jemand die Männer mit den weißen Hosen schicken müssen. Doch jetzt, bitte hier kurz innehalten, um Bergmann nicht gänzlich der Ignoranz zu zeihen: Er hatte Schäfers selbstherrliche Kundgaben schließlich jahrelang hingenommen; seine Anrufe, wenn ihm in finsterer Nacht ein Licht aufgegangen war („Bergmann, ich bin ein Genie!“, „Den Seinen gibt's der Herr im Schlaf“); seine Kommentare nach Abschluss eines komplizierten Falls („Die Fee hat sich tatsächlich über meine Wiege gebeugt“; „Ich bin der Würgeengel der Gerechtigkeit! Ein Gottgesandter, zu rächen die Unschuldigen“); dazu die neidischen Bemerkungen der Kollegen („Geistreich sind die seelisch Armen"; „Je blinder das Huhn, desto zahlreicher die Körner"); dazu die Schleimereien der Presse („Kriminalistisches Gespür"; „Wieder einmal seinen *sixth sense* bewiesen"). Damit fand sich Bergmann seit über zehn Jahren ab, gleichwohl er wusste, dass Schäfer ohne ihn nicht einmal eine funktionierende Schreibtischlampe hätte. Doch die anderen, die sahen einen Helden, ein Genie, einen Polizisten von Gottes Gnaden ... das belegten ja nicht zuletzt die sakralen Gaben in Schäfers Schreibtisch: Kreuze, Amulette und Kristalle, um seine Aura zu stärken, um das Wüten der Dämonen an diesen Schutzschilden abprallen zu lassen ... wer konnte es dem Major verübeln, sich beizeiten diesem auch von der Außenwelt herangetragenen Größenwahn hinzugeben; und sei es nur, um ein Gegengewicht zu schaffen zur Verzweiflung und Depression, die im Nachtschatten dieser strahlenden Erfolge wucherten. Wem der Herr die Gabe gibt, dem steckt er auch die Geisel zu ... noch so ein Spruch, den Schäfer immer wieder bemüht hatte ... als wäre er ein Künstler, ein Genie, Abkömmling einer anderen Welt und Zeit, auf die Erde gesandt zu richten ... diesen metaphysischen Irrwitz konnte er doch nicht ernst genommen haben, oder? Sie waren Polizisten, Kriminalisten, Wissenschaftler bestenfalls, wenn man in Betracht zog, wie sehr sie sich auf empirische Beweise zu stützen hatten ... wobei Empirik: Wenn Schäfer ein Fingerabdruck oder eine DNA-Analyse nicht in den Kram passte, konterte er den Ergebnissen des Labors ganz einfach mit dem Satz: Ich bin nicht von dieser Welt! Unter diesem Licht betrachtet ... Scheiße ... war er, Bergmann, über die Jahre so blind gewesen? Dass er das alles nur als den üblichen Zynismus, dieses beliebte Schutzschild ihrer aller Traurigkeit, gesehen hatte? So oft hatte Schäfer beim Betreten des Büros, beim Einschalten der Tageslichtlampe dieses religiöse Erweckungslied gesungen: I saw the light, I saw the light ... praise the Lord, I saw the light. Und er hatte sich geärgert über diese Geringschätzung; darüber, dass Schäfer kein einziges Mal Danke gesagt hatte. Danke, Bergmann, diese Lampe, die Sie mir da gekauft haben, tut mir wirklich gut! Doch womöglich war es ihm ernst gewesen, womöglich hatte er das Geschenk seines Assistenten zur Gottesgabe aufgewertet, und dieser hatte nur den Dorn in den Augen des Majors gesehen und den Balken vor den eigenen Augen nicht.

Und dann taucht jemand wie Plier auf. Eine einfühlsame Vater- und Führerfigur, jahrzehntelang darin erprobt, anderen Menschen seine Überzeugung als ihre Erkenntnis zu verkaufen – egal, ob es um Strandappartements an der Algarve oder den Glauben an Außerirdische geht. Wie viel musste der noch tun, um Schäfer weiszumachen, dass er auserwählt war, um die Welt von den Dämonen zu befreien, die im Sekundentakt aus der Hölle heraufkletterten? Wie viel brauchte es denn generell, um eine fragile Seele zu zerbröseln und dann nach eigenem Gutdünken wieder zusammenzuschweißen? Ein NLP-Seminar, um Vermögensberatern den letzten Rest an Anstand auszutreiben. Ein Praktikum in einem Humana-Laden, um ein paar Hungrige in Afrika und die Schweizer Konten der Tvind-Sekte zu füttern. Einen gratis Stress-Test auf der Straße („Und schauen Sie auch auf dianetik.de ..."), um wenig später den letzten Rest Freiheit an der Tür eines Scientology-Zentrums abzugeben. Ein bisschen Liebe, ein bisschen Zuneigung, nach Belieben auch ein Tässchen Ayahuasca-Tee – und nach ein paar Wochen bildet man sich ein, dass die Mauern, die um einen gewachsen sind, die Räume erweiterten und nur dazu da sind, die Bösen, Unwissenden, Nichterwählten an den Rand zu drängen. Ja, jetzt bist du gescheit!, sagte sich Bergmann. Aber als diese Schamanin bei dir war, als dir Goldmann von den morphogenetischen Feldern erzählt hat ... wie war's da um deinen gesunden Menschenverstand bestellt, hä?

Dabei hatte Kamp ihn schon frühzeitig dazu gedrängt, das Amulett aus Schäfers Schublade untersuchen zu lassen. Bei Schäfer kann man nie wissen, hatte er gemeint ... Bingo. Er hätte sich die Symbole früher ansehen müssen, die Namen, die Beschreibungen und diesen ganzen ... die Gesamtheit an Informationen, die er nach seinen Recherchen, seinen Gesprächen mit Goldmann und Lorenz ohnehin auf seinem Computer hatte. Dann hätte er erkannt, dass die Legierung, aus denen die Anhänger gefertigt waren, genau den acht Metallen entsprach, die in diesen bizzaren Kreisen den Erzengeln zugeordnet wurden; dass es demzufolge wohl sieben weitere Verrückte gab, die gemeinsam mit Eisert die Pferde für den apokalyptischen Ritt gesattelt hatten. Mit ein wenig mehr Ernsthaftigkeit wären ihm wahrscheinlich auch die Parallelen zwischen den Berufen der ersten beiden Toten und den Eigenschaften aufgefallen, die gemeinhin den Erzengeln zugesprochen werden. Uriel, der Engel, der Noah vor der drohenden Sintflut warnte, Träger eines zuckenden Blitzes, an verschiedenen Stellen das Feuer Gottes genannt, oder auch: Bombenbauer Thomas Eisert. Gabriel: der Engel der Verkündung und Schutzpatron des Fernmelde- und Nachrichtendienstes; den hatte sich der Journalist Linus Foster umgehängt. Die Rolle von Plier war offensichtlich schon zu seiner Zeit bei den Sonnentemplern festgelegt gewesen: Erzengel Metatron, der Engel der Wahrheit und der Transformation durch Liebe, unterstützt, was sich im Entstehen befindet, sowie die Materialisierung von Potenzialen. Hätte er, Beamtenfurz Bergmann, sein ach so wichtiges Chart in seinem Kasten auch wirklich wichtig genommen ... hätte er dann tatsächlich geschlossen, dass sein Vorgesetzter Major Schafer in den Untergrund gegangen war, um sein Exekutivwerk als Erzengel Chamuel, Herr des Krieges und der feurigen Leidenschaft, fortzusetzen?

Hätte, wäre, würde, könnte ... Schluss mit diesem Konjunktivwahn. Er musste sich an die Wirklichkeit halten. Eisert, Foster und Breiler waren tot; Schäfer am Leben – doch von allen guten Geistern und laut Pfarrer Danninger auch von einem beträchtlichen Teil seiner Erinnerung verlassen. Wohin war er unterwegs, nachdem einem seiner Komplizen der Lieferwagen mit dem Sprengstoff unterm Arsch explodiert war? Bergmann wollte sich die Faust ins Gesicht schlagen. Am Vortag war dieser Wahnsinnige im selben Haus wie er gewesen. Und er hatte ihn laufen lassen, statt ihn übers Knie und in Ketten zu legen. Dem Pfarrer einen weisen Spruch ins Stammbuch geschrieben („Passen Sie auf Ihre Schäflein auf" – mein Gott, das durfte nie jemand erfahren!), und dann seelenruhig zum Schwarzsee spaziert, hell yeah he did! Das konnte nur eine Nachwirkung von diesem Tee sein, den ihm Schäfer ... den er in dessen Küche gefunden hatte, was aber aufs Gleiche hinauslief, denn welcher ehrenhafte Polizist bewahrte in seiner Wohnung schon halluzinogene Drogen auf ... Drogen ... Medikamente ... Heilmittel ... der Erzengel Raphael, dessen Name Heiler Gottes bedeutet ... auf einigen Darstellungen trägt er eine mit heilendem Balsam gefüllte Phiole ... dieses Bild hatte Bergmann schon einmal gesehen ... in der Praxis des Psychiaters, den Schäfer gegen seinen ersten Therapeuten eingetauscht hatte ... Doktor Wieland, jetzt brauchen Sie gleich selbst einen Arzt.

59.

Er nahm die Abfahrt St. Pölten Süd und hielt bei erstbester Gelegenheit am Straßenrand. Er stieg aus dem Wagen, atmete tief durch und machte ein paar vorsichtige Schritte. Noch länger in diesem Tempo und er wäre ohnmächtig geworden; oder hätte sich im Auto übergeben, was ähnlich fatale Folgen hätte haben können. Das war nicht seins, dieses Rasen in so einem Blechkäfig, musste er sich eingestehen, während er wie ein seekranker Matrose übers Bankett torkelte und in den Straßengraben urinierte. Das war auch nicht das, wozu ihm Doktor Hofer geraten hatte: Einweisung in eine neurologische Abteilung, stationärer Aufenthalt über mindestens zwei Wochen et cetera. Doch welche Wahl hatte er schon?

Er wollte nicht glauben, dass Phillipe es war, der nach dieser Explosion als Kompost für die Mühlviertler Botanik diente. Er wollte überhaupt nicht glauben, dass Phillipe ... was? ... seine Vision von einer besseren Welt mittels ein paar Hundert Kilo Sprengstoff realisieren wollte? Andererseits: War er, Major Schäfer, nicht selbst der Überzeugung gewesen, dass es ein göttliches oder himmlisches oder welches Recht auch immer gab, das es ihm erlaubte, jene zu töten, die diesem Recht nicht Gehorsam leisteten, die sich dem Bösen und der Finsternis verschrieben hatten? Er schaute in den Himmel und begriff, was es hieß, mit seinem Schicksal zu hadern. Er hatte keine Ahnung, welche Handlung als gut oder böse zu bezeichnen war. Sollte er sich nach Tschechien absetzen, untertauchen und den Dingen ihren Lauf lassen? Oder seine Fahrt fortsetzen. Sich Wieland vornehmen und aus ihm herausprügeln, was sie vorhatten. Denn sie hatten etwas vorgehabt ... in dieser Nacht, in diesem Chalet, mit Phillipe, Eisert, Foster, Wieland, diesem fünften Mann und ... Er setzte sich in die Wiese, schloss die Augen und drückte mit Zeigefinger und Daumen seine Nasenwurzel. In Salzburg war sein Kopf für ein paar Stunden klar gewesen, mehr als das, überflutet von kristallener Reinheit, und jetzt trieb er wieder im Trüben, haschte nach Zusammenhängen, nach Gesichtern, nach Worten ... Tabun ... Tabun? War das der einheimische Name für diesen Riesenigel auf Réunion gewesen oder etwas anderes? Schäfer stieg in den Wagen und fuhr los.

Beschissene Raser, murrte Bergmann, als über den Polizeifunk die Nachricht kam, dass kurz nach St. Pölten ein Unfall passiert war. Ein Lkw-Lenker hatte wohl die Ausfahrt verpasst und im letzten Moment noch einlenken wollen, das Fahrzeug war umgekippt, zwei Pkw hatten nicht mehr bremsen können, jetzt schwammen deren Blechfetzen im Dieselöl, das der Lkw verloren hatte. Bergmann sah den Verkehr vor ihm dichter werden, dann die ersten Warnblinker, dann Stillstand. Er schaltete das Folgetonhorn ein und schob sich zum Pannenstreifen hin. Als er den schwarzen Rauch aufsteigen sah und den scharfen Geruch nach verbranntem Gummi und Diesel wahrnahm, parkte er den Wagen in einer Pannenbucht und stieg aus. Ein paar Minuten blickte er gedankenverloren in Fahrtrichtung. Hatte sich denn alles gegen ihn verschworen? Was jetzt? Kamp anrufen und einen Hubschrauber verlangen? Die Kobra zu Wieland schicken? So grotesk es war: Er wünschte sich Schäfer an seine Seite. Zuerst den zehnminütigen Tobsuchtsanfall bei Eintreffen der Unfallsmeldung: Ich habe Ihnen immer schon gesagt, dass Autofahrer alles Idioten sind, Frauen wie Männer, schauen Sie sich diese Volltrottel doch an, von denen kann doch keiner verlangen, dass sie die Geschwindigkeitsbegrenzung einhalten, wo die nicht einmal bis zehn zählen können, da, mein Gott, der alte Knacker da rechts in seinem Subaru, da lasse ich mich lieber von einem Orang-Utan chauffieren, ja, glotz noch dümmer, Opa, wenn deine Hirnmasse TNT wäre, würde es nicht ausreichen, um deinen beschissenen Tiroler Hut zu lüpfen. Dann: einem Autofahrer zwei Zigaretten abgeschnorrt und auf ex geraucht. Dann: Da scheiß ich drauf, Bergmann, keine fünf Minuten bleibe ich da noch. Und dann: Über die Leitplanke gestiegen, die Böschung hinuntergestolpert, einen Purzelbaum geschlagen, den Anzug zerrissen, im Schnellschritt über das stachelige Maisfeld, auf die Landstraße, das erstbeste Fahrzeug angehalten. Dessen Fahrer machte allerdings überhaupt keine Anstalten zu bremsen, als Bergmann auf die Straße trat und seinen Ausweis in die Höhe hielt. Im Gegenteil: der riss den Wagen nach links und schoss mit quietschenden Reifen an dem verdutzen Bergmann vorbei. Du Drecksau!, schrie dieser dem Wagen hinterher, ich habe deine Nummer! Eine Salzburger Nummer. Auf einem dunkelblauen Van. Nicht wirklich. Der Sauhund. Den eigenen Kollegen fast über den Haufen fahren. Du Sauhund!

Das war: ER! Das war: Bergmann! Was machte der in diesem Zustand auf diesem besseren Feldweg? Schäfer zitterte, nahm das Tempo zurück; um ein Haar hätte er ihn überfahren. Wieso stand Bergmann hier völlig verdreckt und hielt seinen Ausweis in die Luft? Sollte er umdrehen und ihn mitnehmen? Nein. Eine Streife vorbeischicken? Wie denn – er hatte nicht einmal ein Telefon. Außerdem konnte das doch kein Zufall sein ... der war hinter ihm her; der Wagen; Bergmann hatte mit Jakob telefoniert; aber wie hatte er ihn orten können? Und wieso stand er allein hier, ohne Verstärkung, ohne Wagen? Schäfer begriff es nicht. Nicht, wie sein Assistent dort hingekommen sein mochte, noch, wie er zu ihm stand. Freund? Feind? Er wollte sein zerrüttetes Gehirn in eine Zentrifuge stecken, um die Teile dorthin zu schleudern, wo sie hingehörten. Das braucht Zeit, hatte Doktor Hofer gemeint, Wochen, Monate, Jahre, wenn es sein will. Schäfer hatte das Gefühl, nicht einmal mehr eine Stunde zu haben. Er musste etwas tun. Was genau, war ihm nicht klar. Die Welt retten? Damit könnte ich mich rehabilitieren, murmelte er und fuhr auf die Landstraße Richtung Tulln.

„Was machen Sie mit den Ziegen?", fragte Bergmann und kam sich vor, als wäre er irgendwo auf einer einsamen Landstraße in Südamerika. In Patagonien vielleicht, was ihm nicht einmal als die schlechteste Alternative erschien.

Die Frau grinste, ohne ihn anzusehen, und schaltete in den vierten Gang, was den alten Pick-up mit den drei Ziegen auf der Ladefläche immerhin auf etwa 60 km/h beschleunigte.

„Fahr nach Schönbrunn mit den Sauviechern, in den Tiergarten ... damit sie einmal sehen, wie gut es ihnen bei mir eigentlich geht ..."

„Ach", Bergmann wusste nicht, ob es sein zerrissener und verdreckter Anzug war, der sie dazu veranlasste, ihm dem gehörigen Respekt zu verweigern – immerhin hatte er seinen Ausweis gezeigt –, oder ob sie schlichtweg verrückt war.

„Ich kann Ziegenmilch nur trinken, wenn sie ganz frisch ist ... sobald sie diesen Bockgeschmack hat, speib ich mich an ... beim Käse genauso ...", er kurbelte die Seitenscheibe herunter und spuckte hinaus.

„Stadtleute", erwiderte sie und hielt Bergmann eine Zigarette hin, die dieser ablehnte.

„Anzünden sollst du sie mir, nicht rauchen ..."

„Nur wenn ich auch eine nehmen darf", antwortete Bergmann trotzig und bediente sich aus der Schachtel, die in der Einbuchtung lag, wo eigentlich das Radio hingehörte.

„Aber das Fenster machst wieder zu", ermahnte sie ihn, „sonst fliegt die Asche den Viechern in die Augen und das mögen sie gar nicht."

„Verstehe", Bergmann kurbelte das Fenster wieder hinauf, steckte sich die zwei Zigaretten in den Mund, zündete sie an und hustete.

„Nix gewohnt, die Stadtleute", sagte die Frau kopfschüttelnd.

Schäfer parkte vor einer Bäckerei in einer Parallelstraße zu Wielands Ordination. Bevor er ausstieg, sah er sich eine Zeitlang im Rückspiegel an. Hatte er eigentlich schon einmal einen Vollbart getragen? Eher nicht. Dieses kratzende Gestrüpp fühlte sich nicht an, als ob es dorthin gehörte. Überhaupt, sein gesamtes Äußeres: Am wenigsten auffallen würde er wohl unter einer Brücke am Donaukanal, oder bei einem U-Bahn-Aufgang, versteckt hinter einer Doppelliterflasche Wein. Vielleicht war das auch der Grund, warum er so getrieben war: Weil sich in jedem Moment des Stillstands das richtende Schwert über seinem Haupt einpendelte, Niedergang, Gefängnis, Tod?, etwas Unausweichliches fühlte er heranrollen, gemächlich, aber umso machtvoller, und er wollte sich nicht so locker knicken lassen wie ein Zweig im Sturm, er wollte wüten und kämpfen – ohne zu wissen, wofür oder wogegen. Er stieg aus, sah sich um, versperrte den Wagen und drückte wenig später die Tür zu Wielands Ordination auf.

Als Bergmann vor Wielands Praxis aus dem Taxi stieg, sah er sich kurz und erfolglos nach dem blauen Van von Schäfers Bruder um und lief zur Eingangstür. Er nahm die Treppen in den ersten Stock, zog seine Waffe und drückte das Ohr an die Tür der Ordination. Nichts zu hören, wahrscheinlich schallgedämmt, damit keine der geheimen Perversionen von Wielands Klientel nach außen dringen konnte. Bergmann trat zur Seite und drückte den Klingelknopf. Es dauerte eine Weile, bis er schließlich Schritte hörte und gleich darauf das bleiche Gesicht des Psychiaters in dem schmalen Spalt zwischen Tür und Rahmen erschien, einem Spalt der Größenordnung, die jedem Polizisten klarmachte, dass er, aus welchem Grund auch immer, ungelegen kam.

„Herr ... Chefinspektor ... das ist jetzt ..."

„Ungelegen?", ergänzte Bergmann, hob seine Waffe in Wielands Blickfeld und flüsterte: „Hat er eine Waffe?"

Wieland schüttelte kaum merkbar den Kopf.

„Gehen Sie zur Seite und werfen Sie sich auf den Boden ..."

Wieland tat wie ihm geheißen, worauf Bergmann die Tür aufstieß, blitzschnell den Warteraum scannte und mit der Pistole im Anschlag den Behandlungsraum stürmte.

„Scheiße ... voll in die Schnauze ...", hörte er ein nuschelndes Fluchen und drehte sich um, wo Schäfer zwischen Tür und Schrank stand und sich die blutende Nase hielt. „Bergmann ... was machst du da?"

„Erstens sind wir nicht per du ... und zweitens möchte ich Sie jetzt mit dem Gesicht auf dem Boden sehen ..."

Schäfer ging ungerührt zum Schreibtisch, zog ein Taschentuch aus einer Spenderbox und zerriss es.

„So schlimm ist es also, dass Sie mir das Du entziehen", sagte er und stopfte sich zwei Papierknäuel in die Nasenlöcher.

„Wir waren nie per du", Bergmann ließ die Waffe sinken, wartete aber noch damit, sie zurück in das Holster zu stecken.

„Wirklich?“, Schäfer setzte sich in Wielands Stuhl und legte den Kopf zurück. „Wie lange arbeiten wir schon zusammen?“

„Ist doch egal ... rühren Sie sich nicht vom Fleck ... ich muss mich um den Doktor kümmern ...“

Bergmann ging in den Warteraum, wo Wieland mit dem Kopf in den Ellbogen hinter der Couch kauerte. Offensichtlich hatte Schäfer ihm nicht nur das weiße Maßhemd zerfetzt, sondern auch den eitlen Kittel Selbstsicherheit, den der Psychiater bei ihrem ersten Treffen getragen hatte.

„Stehen Sie auf“, Bergmann zog Wieland am Oberarm hoch, legte ihm Handschellen an, führte ihn in den Behandlungsraum und drückte ihn in das Besucherfauteuil.

„Sie stehen beide unter dem Verdacht, Mitglieder einer terroristischen Organisation zu sein, die ...“

„Bergmann!“, unterbrach Schäfer ihn, „sparen Sie sich Ihren Beamtenscheiß ... die planen einen Anschlag ...“

„Guter Trick ... nur ist der Wagen mit der Bombe bereits in die Luft geflogen ...“

„Nein ... nicht mit Sprengstoff ... mit ... sagt Ihnen Tabun was?“

„Das ist ein Nervengift ... wo soll das passieren?“

„Keine Ahnung ... wirklich nicht ... ich kann mich nur an den Namen erinnern ... und dass die das in der Schweiz ... ich weiß es nicht mehr, wirklich ... aber er da war dabei!“

„Stimmt das?“, Bergmann wandte sich an Wieland, der die Augen geschlossen hatte und lautlos die Lippen bewegte. Bergmann griff ihm ins Gesicht und drückte seinen Daumen fest in die Kuhle hinter dem Ohrläppchen, worauf Wieland laut aufschrie.

„Der Pfad der Gerechten ist gesäumt von Ungläubigen mit spitzen Schwertern und tückischen Zungen“, wimmerte der Psychiater, „doch die Macht der Erzengel ...“, weiter kam er nicht, weil Bergmann ihn mit einem schnellen Hieb gegen das Kinn bewusstlos geschlagen hatte.

„Erinnern Sie sich!“, herrschte er nun Schäfer an.

„Ich ... ich kann hier nicht denken ... ich muss ins Freie ...“

„Wo sind die Autoschlüssel?“ Schäfer griff sofort in seine Hosentasche.

„Und wenn Sie irgendeinen Ihrer Tricks versuchen“, sagte Bergmann beim Hinausgehen, „dann breche ich Ihnen die Knochen.“

60.

„Gehen wir bitte zu Fuß“, sagte Schäfer, als sie beim Auto angelangt waren, „ich kann nicht denken in der engen Kiste ...“

„Dann wird es wohl in den nächsten Jahren überhaupt schwierig werden für Sie mit dem Denken ...“

„Dämonen ... welche Dämonen soll ich nicht töten ...“, murmelte Schäfer vor sich hin.

„Was war das?“, Bergmann blieb stehen und packte Schäfer am Oberarm. „Welche Dämonen?“

„Ich weiß es nicht ... das spukt mir seit ... seit irgendwann durch den Kopf ...“

„Dämonen ... wo leben die ... in der Hölle?“, dachte Bergmann laut, „Tannhäuser ... das ist die Hölle, hat er gemeint ... und ...“, Bergmann nahm sein Handy: „Kovacs! ... Die Liste der BOG-Mitglieder ... ist da nicht der Ehrenreich drauf? ... Der Direktor von Stein ... ja? Danke ... Nein ...“ Bergmann drückte Kovacs weg und rief Lorenz an: die Justizanstalt Stein evakuieren, da dort möglicherweise ein Anschlag mit dem chemischen Kampfstoff Tabun in Vorbereitung sei. Wie, wann, von wem? Hör zu, Lorenz: Ich hab Schäfer hier, der annimmt, dass Direktor Ehrenreich damit in Verbindung steht, und ihm wirst du wohl glauben, oder? Also scheiß auf den Rechtsweg und schick deine Leute dorthin! Zweitens: Schick jemanden zu Doktor Wieland im Dreizehnten und lass seine Praxis auseinandernehmen. Der hängt da auch mit drin. Toi, toi, toi!

Dann saßen sie beide im Auto, schweigend, seltsam, ein Wiedersehen, das so gar nichts mit den Dokusoaps à la „Bitte, melde dich“ oder „Ich vermisse dich“ zu tun hatte, kein In-die-Arme-Fallen, keine Taschentücher bei den Umstehenden, Bergmann hatte Lust, stehen zu bleiben und Schäfer richtig zu verdreschen, ihn zumindest mit den Fäusten zu berühren, gleichzeitig kämpfte er mit den Tränen, die er ebenso zurückhielt wie die Flüche, die ihm auf der Zunge schwollen, Gefühle, die ihm in die Magengrube hämmerten, während ihn weiter oben der Polizist nach Stein trieb, wobei: Schneller als die Kobra konnten sie mit dem Familien-Van ohne Blaulicht und Super Pursuit Mode sowieso nicht sein, Schutzanzüge und Gasmasken hatten sie auch keine dabei, das einzig Sinnvolle, das Bergmann zu diesem Ort einfiel, war, Schäfer und Tannhäuser aneinanderzuketten und in die Donau zu werfen.

„Kommt jetzt der Moment, wo einer von uns sagt: Jetzt wäre doch der richtige Zeitpunkt, die ganze Geschichte zu erzählen?“, nuschelte Schäfer in seinen Bart hinein. Bergmann warf seinem Beifahrer einen misstrauischen Blick zu; wie schon so oft wusste er nicht, ob Schäfer das eben Gesagte ernst oder ironisch meinte.

„Die Version, die Sie Ihrem Pfarrer beichten oder die für den Staatsanwalt?“

„Die Wahrheit ... vielleicht ...“, sagte Schäfer und kramte aus seiner Jackentasche eine Schachtel Zigaretten.

„Sie rauchen sicher nicht im Auto Ihres Bruders!“

„Wieso? Ist doch mein Bruder!“

„Aber sein Auto!“, entgegnete Bergmann streng, worauf die Zigaretten wieder verschwanden.

„Ich bin am Arsch ...“

„Ja ... sehe ich auch so ...“

„Eigentlich sollte ich mich stellen, sofort ...“

„Was?“, Bergmann konnte es nicht fassen, „was glauben Sie, neben wem Sie hier sitzen? Sie sind schon verhaftet!“

„Sie verhaften mich, Bergmann? Auf welcher Grundlage, hä?“

„Wie wär's mit einem toten Installateur am Donaukanal ... als Einstieg ...“

„Das muss Notwehr gewesen sein ... hat mich mit einer tödlichen Waffe angegriffen ...“

„Und darauf haben Sie ein paar Stunden auf einer Bank gewartet?“

„Habe ich?“

„Es gibt ein Video ... wer hat Sie auf die Spur gebracht? Müller?“

„Müller? ... Davon weiß ich nichts ... ehrlich ... mein Gedächtnis ... vor einer Untersuchung durch einen Neurologen können Sie mich sowieso nicht einsperren ...“

Bergmann schüttelte müde den Kopf. Wie hatte er es so lange mit diesem Idioten aushalten können. Glaubte der wirklich, es ginge ihm, seinem einzigen echten Freund, um eine lückenlose Beweiskette? Dieses sture, grenzdemente Halbkind, er sollte an der nächsten Pannenbucht halten und es aussetzen wie einen furzenden Hund.

„Wer war in dem Auto, das in die Luft geflogen ist?“

„Ich weiß es nicht ... ich war an der Sache mit dem Sprengstoff nie beteiligt, das müssen Sie mir glauben ...“

„Nie beteiligt? ... Aber gewusst haben Sie davon?“, Bergmann wechselte auf die rechte Spur, um die nächste Tankstelle anzufahren, zumal die Anzeige schon beim Wegfahren aufgeleuchtet hatte. Schäfer holte die Zigaretten heraus, öffnete das Fenster und zündete sich ohne Bergmanns Widerspruch eine an.

„Als ich es im Radio gehört habe ... ja, es war meine erste Assoziation ... aber wer ... das mit meiner Erinnerung ... dass ich nicht mehr alles weiß ... das stimmt ...“

Bergmann fuhr an der Tankstelle vorbei auf den Parkplatz der Raststation und parkte im Schatten eines Lkw ein. Er war müde. Er wollte nicht mehr. Nach fünf Minuten des Schweigens waren sie beide eingeschlafen.

„Ich hab geträumt ...“, sagte Bergmann und rieb sich die Augen. „Von Ihnen ...“

„Völlig überflüssig, wo ich eh hier bin ...“

„Nein, nicht jetzt ... als ich mit dem Bus zu meinen Eltern gefahren bin ...“

„Ach ...“

„Sie sind auf dem Grund eines Teichs gelegen und haben mich angeschaut ... ich habe nach Ihnen gegriffen, um Sie herauszuziehen, aber das ging nicht ... und aus dem Wald ist eine Stimme gekommen: Töte meine Dämonen nicht ...“

Schäfer öffnete die Wagentür, um frische Luft hereinzulassen. Er sah Bergmann unsicher an und zwickte sich kräftig in den rechten Oberschenkel.

„Ich helfe Ihnen“, sagte Bergmann, holte aus und drosch seine Handkante auf Schäfers Oberarm.

„Aaauuu! ... Sind Sie verrückt?“

„Nur um Ihnen zu beweisen, dass Sie wach sind“, sagte Bergmann und seufzte erleichtert auf.

„Wüstling“, sagte Schäfer und rieb sich den Arm, „ich war in diesem Teich ... in einem Teich, im Wald, in der Schweiz ...“

„Was haben Sie dort gemacht?“

„Gebadet ...“

„In der Schweiz ...“

„Es gab ein Treffen ... Phillipe, Eisert, Foster, Wieland ...“

„Und Breiler, nehme ich an ...“

„Ist das der, den ...“

„Den Sie erschossen haben? ... Vermutlich ... sind Sie in diesem Chalet gewesen?“

„Wir waren in einem Haus ... die haben völlig den Verstand verloren ...“

„Ach, die ... und Sie? Sie waren nur zufällig da, auf ein Käsefondue oder wie?“

„Können wir ... aussteigen und ein paar Schritte gehen?“

„Wenn Sie abhauen, schieße ich auf Sie ... ich laufe Ihnen nicht nach, ich schieße ...“

„Ich laufe nicht weg ... führen Sie sich nicht so auf, Bergmann ...“

Sie hatten den Parkplatz überquert und waren auf einer beschrankten Forststraße in den angrenzenden Wald gegangen. Schäfer riss einen jungen Trieb von einem Laubbaum und begann darauf zu kauen.

„Ich habe mich die ganze Zeit von Pilzen, Beeren, Wurzeln, Blättern und Blumen ernährt ...“

„Und? Hat's geschmeckt?“

„Bergmann ... was ziehen Sie hier ab? Ich bin am Arsch! Ich habe zwei Männer auf dem Gewissen ... den einen habe ich wahrscheinlich sogar mit meiner Dienstwaffe erschossen ...“

„Das war vielleicht wirklich Notwehr ... aber darum geht's nicht ...“

„...“

„Sie haben uns verraten ... mich ... die ganze Gruppe ... Ihre Familie ... haben Sie überhaupt eine Ahnung, was das bedeutet: nicht zu wissen, wo jemand ist, der ... ob er tot ist ... irgendwo zerhackt und verscharrt ... Ihre Eltern ... wissen Sie, was wir die letzten Wochen durchgemacht haben? ... Nein ... weil Sie geglaubt haben, Sie wären die Inkarnation vom Erzengel Scheißchamuel ... weil Sie völlig abgedreht sind und sich für etwas Besseres gehalten haben, den göttlichen Krieger gegen die Dämonen oder was weiß ich ... Sie sind geisteskrank ... ich hoffe, das ist Ihnen bewusst ... Sie gehören in eine Anstalt! ...“

„Ich habe daran geglaubt ... das war alles so ... richtig, plötzlich ... endlich ein Licht in dieser Hölle ... eine Aussicht auf ... Frieden ... keine erschlagenen Kinder mehr, keine aufgeschlitzten Frauen ...“

„Hören Sie auf!“

„Nein ... wissen Sie, was der erste Witz war, den unser Ausbilder erzählt hat? Nein? ... Was ist schlimmer als eine Babyleiche in einem Müllcontainer?“

„Keine Ahnung ...“

„Eine Babyleiche in zwei Müllcontainern!“ Schäfer schleuderte den abgenagten Ast in den Wald und begann, hemmungslos zu weinen. „Aber das war kein Witz! ... Ich hab das erlebt, ich hab das gesehen, das wissen Sie, Sie waren dabei! ... Und jetzt sagen Sie mir, dass es keine Dämonen gibt! ... Dass es kein Böses gibt, das wir aus der Welt schaffen sollen ...“

„Sie hören sich an wie Tannhäuser ...“, sagte Bergmann und wandte den Blick ab. Er wollte sich nicht anstecken lassen von Schäfers loderndem Furor, seiner beschränkten Logik, der Möglichkeit, dass er recht hatte. „Wir sind Polizisten, keine Richter.“

„Nein, Bergmann ... wir, wir beide sind keine Erfüllungsgehilfen ... wir haben diesen Beruf nicht gewählt, weil wir Cowboy spielen wollten oder weil es halt in der Familie so der Brauch ist ...“

„Mein Stiefvater war Gendarm ...“

„Von mir aus ... aber deswegen sind Sie nicht zur Kripo gegangen ... wir sind berufen, wir sind ...“

„Die Hand Gottes?“

„Warum nicht ... die einen schickt der Teufel, die anderen der Himmel ...“

Bergmann wusste nicht mehr, was er erwidern sollte. Mit solch reaktionären Ansichten hatten ihn schon zu viele selbst ernannte Rächer genervt – Pensionisten, die mit dem Luftgewehr auf lärmende Migrantenkinder schossen, Neonazis, die Brandbomben auf Asylheime warfen, Türken, die ihre ehrlose Tochter erstachen – und er hatte keine Lust, Schäfer einen Vortrag über das Wesen des modernen europäischen Rechtssystems und dessen Vorteile für eine soziale und demokratische Gesellschaft zu halten. Mit wem redete er denn hier? Doch nicht mit einem emotional verwahrlosten HTL-Schüler, der wahllos Roma erschoss. Das war Major Schäfer, neben dem er sich auf einem gefällten Baumstamm niedergelassen hatte, juristisches Examen, Offiziersausbildung, zwanzig Jahre im Polizeidienst; wieso musste er dem erklären, dass Selbstjustiz und Todesstrafe alles nur noch schlechter machten. Natürlich: Jeder konnte einmal in diese Falle tappen; dem Einbrecher eins mit dem Baseballschläger überziehen, dem Pädophilen die Hauswand vollschmieren, den Elternmörder im Verhörraum foltern, je brutaler das Verbrechen, desto schmaler wurde der Grat, auf dem sie balancierten, wer konnte etwas dagegen haben, jemanden zu töten, der ein vierjähriges Mädchen auf dem Gewissen hatte; doch so funktionierte es nicht, und das wusste Schäfer – zumindest hatte er es einmal gewusst.

„Wer außer Ihnen ist noch Teil dieser ... Gruppe?"

„Was weiß ich ... jeder, der sich nicht damit abfinden will, dass der Teufel das Kommando übernimmt", erwiderte Schäfer trotzig und legte seinen Kopf in die Hände.

„Ohne mich gehen Sie in eine Anstalt für abnorme Rechtsbrecher", Bergmann ging vor Schäfer in die Hocke, nahm ihn bei den Schläfen und zwang ihn, ihn anzusehen. „Ich kann es so hindrehen, dass Troger das Amulett besessen hat ... dass Sie Plier während Ihres Urlaubs oder kurz danach auf die Schliche gekommen sind ... dass Sie Tannhäuser besucht haben, weil Sie in ihm einen Komplizen vermutet haben ... ich kann den Film verschwinden lassen und Sie waren wirklich zufällig am Donaukanal, sind angegriffen worden und haben in Notwehr gehandelt ... dass Sie sich nicht gemeldet haben, Ihre überstürzte Fahrt in die Schweiz ... das erkläre ich damit, dass Plier Ihnen Drogen gegeben hat, von denen Sie nichts gewusst haben ..."

„Drogen?", Schäfer schüttelte Bergmanns Hände von seinem Kopf, „was für Drogen?"

„Kraft & Zuversicht? Der Tee in Ihrer Küche?"

„Keine Ahnung, wovon Sie reden ... wieso sollte ich Drogen in meiner Küche aufbewahren ... die verstecke ich wenn woanders ..."

„Ich habe bei Ihnen übernachtet, zum Frühstück eine Tasse Tee aus Ihrem Regal getrunken und war danach jenseits von Gut und Böse ... Koller hat die Kräuter analysiert:

Ayucairgendwas, aus Lianen und irgendwelchen anderen Urwaldpflanzen ... ein Zeuge hat uns bestätigt, dass Plier diese Droge den Teilnehmern des Seminars in Ottenstein verabreicht hat ... klingelt da was?“

„Wer ist dieser Plier, von dem Sie dauernd reden? ... Und wieso haben Sie bei mir übernachtet?“

„Egal ... Marsant ... Phillipe ... er heißt eigentlich Jean Plier und war eins der führenden Mitglieder bei den Sonnentemplern ... diese Selbstmordsekte in den Neunzigern ... sagt Ihnen doch etwas, oder?“

„Ja ... nein ... das ist mir zu hoch ... Phillipe ... ich meine ... der war schon ... aber der hätte mir nie ... er war bei mir ... aber dass er ...“

„Er war bei Ihnen? In Ihrer Wohnung?“

„Ja ... wieso nicht ... er ist mein Freund ... habe ich zumindest geglaubt ...“

„Noch einmal: Wer war Mitglied in dieser Gruppe? Wer hat aller diese Anhänger getragen? Eisert, Foster, Breiler, Plier, Sie ... wer noch? Tannhäuser? ... Was ist mit Ihrem Freund aus Tirol, diesem Zacharias Vötter?“

„Tannhäuser? Nein, das ist ein kranker Einzelgänger ... und überhaupt: der Vötter Hias? ... Was hat der damit zu tun?“

„Das frage ich Sie ... wieso haben Sie ihn besucht, kurz bevor Sie in die Schweiz verschwunden sind ...“

„Der Hias ... mit ihm habe ich mir den Vater von der Marlene geschnappt ... die Drecksau ...“

„Das war die, die sich aufs Gleis gelegt hat ...“

„Ja ... wieso wissen Sie das?“

„Ihr Bekannter, Josef Rohrschacher, hat mir davon erzählt ...“

„Der Sepp ... dass der überhaupt noch genug Gehirnzellen hat, dass er sich daran erinnert ...“

„Offensichtlich ... also: Was wollten Sie von Vötter?“

„Reden? Einen alten Freund treffen? ... Scheiße, Bergmann, ich weiß es nicht ... mein Hirn ist wie ein Sieb ... da regnet es rein und das Meiste fällt durch ... ich will schlafen ... eine Woche, einen Monat, den Rest meines Lebens ...“

„Könnte Ihnen so passen ... ich kann Sie auch dem BVT übergeben ... da singen nicht die Vögel im Verhörraum ...“

„Phillipe ... das muss ein Irrtum sein ... der würde nie ... das glaube ich nicht ...“

„Wer dann? Wer ist der Kopf von dieser Bande? Wer ist der Achte? Einer vom BOG? Jemand aus dem Ausland? Aus Amerika? ... Jetzt erinnern Sie sich endlich! ... War er in der Schweiz dabei?“

„Vielleicht ... vielleicht war es doch Phillipe ... oder Eisert ... Nein, Sie haben von ihm geredet, vom Erzengel Michael ... ich habe ihn nie getroffen ... “

„Wem gehört das Auto, mit dem Sie in die Schweiz gefahren sind?“

„Auto? ... Woher wissen Sie das schon wieder? ... Ich habe geglaubt ... stimmt, ich war mit dem Zug unterwegs ... aber nur bis Salzburg ... da war dieses Mädel mit mir im Abteil ... wir haben uns unterhalten ... ihr Auto war in Salzburg am Bahnhof, sie wollte nach Montreux und hat mich gefragt, ob ich mit will, dann können wir uns beim Fahren abtauschen ...“

„Sie haben eine junge Frau getroffen, die zufällig dorthin wollte, wo Sie mit Plier verabredet waren, und die hat sich außerdem angeboten, Sie mitzunehmen“, wiederholte Bergmann, mehr für sich selbst, weil etwas in seinem Kopf herumspukte, Moleküle in einem Teilchenbeschleuniger, die ihre Struktur und Wechselwirkung noch nicht preiszugeben bereit waren.

„Ja, warum nicht ... ich bin ein charmanter, attraktiver Mann ...“

„Sie sind ein Vollidiot ... wie hat sie geheißen?“

„Mandala, Manana ... irgendwas in der Richtung, sicher nicht ihr echter Name ... der Nachname war französisch ...“

„Wieso ist sie auf dem Video von der Tankstelle nicht zu sehen? Da sind nur Sie drauf ...“

„Video? ... Ah, eine Überwachungskamera ... wo war ich tanken ... sie hat geschlafen, auf der Rückbank ...“

„So ein Zufall ... und wohin ...“, Bergmann starrte ein paar Sekunden schweigend vor sich hin, „der Wagen ... das war ein dunkelblauer Passat, älteres Modell ...“

„Weiß ich nicht mehr ... ein Kombi, ja ...“

„Und das Mädel: um die fünfundzwanzig, dunkle Haare, sportlich ... eins siebzig groß?“

Schäfer sah mit zusammengekniffenen Augen in den Wald, als wäre dort die Buchstabentafel eines Augenarztes angebracht.

„Könnte passen, ja ... warum? Kennen Sie die?“

Statt eine Antwort zu geben, nahm Bergmann sein Handy, ging die Anrufliste durch und drückte die Wähltaste. Die Nummer, die Sie gewählt haben ...

„Egal“, Bergmann schloss für einen Moment die Augen, atmete geräuschvoll aus und wandte sich Schäfer zu. „Los ... wir fahren ...“

61.

Was Bergmann – und einige von Schäfers Verwandten, Bekannten, Kollegen et cetera – über den Major meist nur scherzhaft oder wütend oder prophezeiend geäußert hatten, war nun wie selbst erfüllend wahr geworden: Schäfer befand sich in der Obhut des Sozialmedizinischen Zentrums auf der Baumgartner Höhe, 2. Psychiatrische Abteilung. In medizinischer Hinsicht wären die mutmaßlichen Schäden in Schäfers Gehirn bei einem Neurologen mit Schwerpunkt Amnesieerkrankungen besser aufgehoben gewesen; doch Bergmann war mit dem ärztlichen Leiter im Pavillon 16 seit seiner Zeit als Streifenpolizist befreundet und vertraute darauf, dass dieser eine Diagnose und Therapie erstellte, die mit Bergmanns eigenen Vorstellungen in Einklang waren. Will heißen: Der Patient braucht jetzt vor allem viel Ruhe, Besuche nur von Angehörigen, Vernehmungen stehen nicht zur

Diskussion, solange sich der Zustand von Major Schäfer, der durchaus als kritisch zu bezeichnen ist, nicht gebessert hat; das schwöre ich bei Apollon dem Arzte und Asklepios und Hygieia und Panakeia und allen Göttern und Göttinnen (und bei meinem guten Freund Bernhard Bergmann, dem ehrenhaften Polizisten und zärtlichen Exliebhaber, dem ich sowieso nichts abschlagen kann).

Ja, Bergmann hatte noch keine Idee, wie er mit dem Fall Schäfer in weiterer Folge umgehen sollte. Erstens fehlten ihm zu viele Details, als dass er seinen (ehemaligen) Vorgesetzten eindeutig als Tatverdächtigen festnehmen wollte; zweitens fürchtete er, dass eine Befragung durch das BVT den Major tatsächlich um den letzten Rest seines Verstands bringen könnte; drittens: war er befangen. Es war kein Suchen nach der Wahrheit mehr, das ihn jetzt antrieb; wer wo wie was tatsächlich, dafür fehlten ihm die Ruhe und Konzentration; Bergmann suchte nach dem grünen Leuchtkasten mit dem weißen fliehenden Mann; wohin konnte er diesen führen, abgesehen von einem Einzelzimmer mit Waldblick, das Bergmann mit der hilflosen Frage verlassen hatte, ob Schäfer irgendetwas brauche, Zahnbürste, Kleider, ein Buch, ein neues Ich; mit den Schultern hatte er noch gezuckt und andeutungsweise salutiert, da hatte sich Schäfer schon aufs Bett sinken lassen und auf die Seite gerollt, friedlich seufzend, ganz so, als ob dieser kahle Raum am Rande des Wienerwalds das eigentliche Ziel seiner Odyssee wäre.

Bergmann verließ das Klinikgelände, fuhr gut einen Kilometer an der Mauer entlang, die die Steinhofgründe umgibt, und nahm die Straße zur Jubiläumswarte. Auf diesem Turm war er seit ... Ewigkeiten nicht mehr gewesen, dachte er, während er die steinerne Wendeltreppe hinaufstieg. Auf dem Aussichtsplateau ging er die Metallschilder an der Brüstung ab, die auf die Erhebungen hinwiesen, die bei idealen Wetterbedingungen von hier oben zu sehen waren. Hermannskogel, murmelte er, Ötscher, Schneeberg, Lindkogel ... er stützte sich auf das Metallgeländer und sah hinunter, die Straße, die sich durch den Buchenwald zur Feuerwache schlängelte, zum Ottakringer Friedhof, stadteinwärts zum Lerchenfelder Gürtel, diesen Weg würde er nehmen, durch diese hohle Gasse, dachte Bergmann laut, lachte auf in Gedanken an diesen Fall, diese unsäglichen Fälle damals, die Schäfer nahe am Wahnsinn zu einer ebenso wahnwitzigen Serientäterthese zusammengesponnen hatte, in der Wilhelm Tell als Figur auf doppeldeutschen Spielkarten eine Rolle gespielt hatte, dieser Schäfer, dieses Genie, das nun da unten in einem der ziegelbraunen Pavillons lag und wahrscheinlich schlief wie ein Murmeltier im Winter, was sollte er mit ihm tun, wie das alles erklären, wenn er, Bergmann, in spätestens einer Stunde in der Sicherheitsdirektion eintraf? Dass sie von Schäfers Wiederkehr wussten, daran hatte er keinen Zweifel, genug derer, die den weißen Rauch aufsteigen ließen, wenn sich irgendwo etwas zu entzünden fand, habemus Major!, sollte Kardinalprotodiakon Bergmann von diesem steinernen Turm hinabschreien, doch wen kümmerte es wirklich, außer denen, die es bereits wussten? Seinen Nachbarn Wedekind wahrscheinlich, Amos Goldmann ... ja, den bestimmt, sagte sich Bergmann und schrieb Schäfers Freund eine SMS ... doch sonst: ein paar Schlagzeilen, um das Sommerloch zu stopfen, das bislang übergequollen war von der Jahrhundertflut, die sich nun zumindest in Österreich beruhigt zu haben schien. Wochenlang vermisster Polizist lebendig aufgefunden! Mysteriöser Vermisstenfall geklärt! War es das? Auf einer Seehöhe von 449 Metern stand Bergmann und fühlte sich wie ein Rekordschwimmer am Ufer des Ärmelkanals, quasi verpflichtet, in dieses kalte Wasser zu gehen, einzutauchen in die Fragen und Erklärungen und Missverständnisse und Spekulationen, keine Chance, sich jetzt noch zurückzuziehen und zu sagen: Tschuldigung, hab's mir anders überlegt, brauche erst einmal zwei Wochen an einer Strandbar mit einem Blumenkranz um den Hals. Andererseits:

die Insel, war das nicht auch eine Möglichkeit? Klingeling. Lorenz!

„Bergmann! Alles im grünen Bereich ... wir haben das Tabun, der Bau ist sauber, Ehrenreich erstmal verstaut ... gute Arbeit, Bergmann ... Bergmann?“

„Ja ... ich bin da ... Schäfer ist auf der Baumgartner Höhe, völliges Blackout, der Arzt hat gesagt, dass er erst einmal eine Woche Ruhe braucht bis ...“

„Ja ja, verstehe ich, soll sich ausruhen nach dem ganzen Wahnsinn ... vor den Schweizern muss er sich auch nicht fürchten: Der Breiler ist mit einem StG 77 erschossen worden, das sie im Wald gefunden haben ... ist wahrscheinlich einer von seinen Freunden gewesen, der ihn für Schäfer gehalten hat oder wie auch immer ... lassen wir ihn schlafen und dann soll er sich vom Innenminister seinen Orden abholen ...“

„Orden? Wer?“

„Na wer, unser Major Schäfer ... nur kein falscher Neid, du hast super gearbeitet, aber ohne ihn ... ich schmeiß dich hinaus, da klopft wer in die Leitung, ich melde mich ...“

Bergmann setzte sich auf den Betonsockel des Münzfernrohrs und kratzte sich mit beiden Händen den Hinterkopf. Wozu noch zaudern und zagen, wenn seine Umwelt den Ausgang der Geschichte bereits beschlossen hatte? Ganz wie immer: Major Schäfer, der Kriegsheld, der Totgeglaubte, der sich aus den Leichenbergen hervorwühlt, ein dämliches Grinsen aufs Gesicht legt und zurück in den Alltag wankt, wo er einen Orden an die Uniform gesteckt bekommt, über dessen Verdienst er sich selbst nicht im Klaren ist. Sollte er, Bergmann, das zulassen? Nein. Hier ging es nicht nur um den Installateur, dessen Ableben so schnell unter den Teppich gekehrt war, wie der Totengräber sein Grab zuschaufelte. Hier hatte eine Gruppe von Männern die Ermordung von unzähligen Menschen geplant, um etwas zu bewirken, das Bergmann noch immer nicht begriff. Dämonen? Engel? Die

Apokalypse? Hirngespinste! Was ihn als Polizist an der Sache noch interessierte, war zum einen der fehlende Achte. Eisert, Foster, Plier, Breiler, Ehrenreich, Wieland, Schäfer, zählte Bergmann an seinen Fingern ab, sieben, wer war der Achte? Und zum zweiten: Wer hat Breiler in diesem Wald erschossen, wenn es nicht Schäfer war? Ein betrunkener Jäger? Mit einem Sturmgewehr? Angesichts der Schweizer Milizausstattung im Bereich des Möglichen, aber doch eher unwahrscheinlich. Also? Also die unbekannte Dritte; die vermutlich bekannte Dritte, wie sich Bergmann nun eingestehen musste, als er sich ein paar Ereignisse der vergangenen Wochen ins Gedächtnis rief, deren Zusammenhänge er aufgrund ... warum auch immer, nicht gesehen hatte. Dass er das Kennzeichen des Wagens, mit dem Schäfer Richtung Schweiz unterwegs gewesen war, nicht überprüft hatte: das war noch fahrlässiger als sich mit einem Expolizisten und Privatdetektiv einzulassen, über den er so gut wie gar nichts wusste. Sich so zu betrinken, dass er sich mit einem Streifenwagen in die Wohnung seines Vorgesetzten fahren hatte lassen, wo er am Morgen darauf einen Tee getrunken hatte, der ihn so beeinträchtigte, dass er: erstens drei Stunden nackt in seiner Wohnung getanzt und lauthals gesungen hatte. Zweitens fast im Ottensteiner See ertrunken wäre. Drittens unfähig gewesen war, das Gesicht einer jungen Frau wiederzuerkennen, die er doch erst wenige Tage zuvor gesehen hatte. Selma. Sie hatte im Parterre von Eiserts Wohnhaus am Aufzug gestanden und ihm zugelächelt – daran gab es für ihn nun keinen Zweifel mehr, oder? Sie hatte am Ufer des Sees freien Zugriff auf sein Handy und sein Notizbuch gehabt, während er bestimmt eine halbe Stunde im Wasser gewesen war. Und sie hatte ihn in einem alten blauen Passat chauffiert, dessen Kennzeichen in zumindest vier Ziffern mit dem übereinstimmte, das auf besagtem Tankstellen-Überwachungsvideo zu erkennen gewesen war, dessen Auswertung Bergmann aufgrund gewisser emotionaler ... Himmel Arsch und irgendwas ... er hatte sich, wenn schon nicht für den Ermittler mit dem besten Spürsinn, dann doch für einen akkuraten Polizisten gehalten, dem gerade in Bezug auf Zahlen und Gesichter kaum etwas entging ... und dann das ... Selma ... was hatte die mit all dem zu tun?

Während die feuchte Hitze des wassergesättigten Waldes zu Bergmann aufdampfte und sein Hemd bald wie das eines Tropenforschers aussehen ließ, ging es in seinem Kopf zu wie in dem eines Quizshow-Teilnehmers, der es durch unfassbares Glück bis zur Millionenfrage geschafft hatte, die ihn nun vor drei Möglichkeiten stellte. Telefonjoker? Hat schon der ehemalige Geschichtelehrer verprasst. Fünfzig-fünfzig-Joker? War bei der Frage nach dem Herrscher des Olymps entwertet worden. Also die Publikumsbefragung: Warum tritt eine circa fünfundzwanzigjährige Frau namens Selma an verschiedenen Orten auf, die sowohl mit den Aktivitäten einer terroristischen Zelle als auch mit dem Verschwinden eines Polizeibeamten in Zusammenhang stehen? Ist sie ein Konstrukt aus Bergmanns Gehirn, das aus zufälligen Ähnlichkeiten eine eindeutige Übereinstimmung erzwingt und aus ihren blonden bis brünetten Haaren einen roten Faden flicht, der einem sonst zerfallenden Gewebe Halt gibt? Eine umtriebige junge Frau, die sich ihren Lebensunterhalt zwischen Wien und Montreux, zwischen Mountainbike-Touren und Aufzug-Wartungen verdient und dabei einmal zu viel – oder zu wenig – die Aufmerksamkeit von Chefinspektor Bergmann erregte? Oder – wenn es denn schon einen Trupp verrückter Männer gab, die ihren verworrenen Geisteszustand und ihre blinden Aggressionen dem Eintauchen der Erzengel in ihre Seelen zuschrieben – konnte es nicht auch ein weibliches Pendant zu diesen geben: eine geheime Amazonenarmee, die sich dem wahnwitzigen Zerstörungsdrang von Plier und seinen Kampfgefährten entgegenstellte; wahre Schutzengel, die so gut wie unbemerkt ihr hilfreiches Werk vollbrachten, auch wenn es dabei um Mord und Totschlag ging. Wer war denn stets zu Hilfe gewesen, wenn ein Totpunkt erreicht war? Die Untersuchungsrichterin aus Annecy, die Bergmann geholfen hatte, Marsants wahre Identität zu entschleiern; die Schamanin und Familienaufstellerin mit ihren Botschaften aus dem Zwischenreich; Selma, die ihn zu seinen Eltern und Schäfer in die Schweiz begleitet – und möglicherweise auch den Finger am Abzug des Sturmgewehrs gehabt hatte; dann die junge Frau, die Schäfer zurück nach Montreux gebracht hatte; dann die alte Ziegenbäuerin, die Bergmann an der Landstraße aufgeklaubt hatte. Oder. Oder? Also, wie entscheidet sich Bergmann?

Er wählt abermals ihre Nummer. Natürlich: nicht verfügbar. Sie hat ihm ja gesagt, dass sie demnächst nach Südostasien verreisen würde. Wie sich entscheiden? Bergmann sagt: Tut mir leid, das ist mir zu hoch, ich höre hier auf. Mit dem Hemdsärmel wischt er sich den Schweiß aus dem Gesicht, steigt die Treppen der Jubiläumswarte hinab, setzt sich ins Auto und fährt auf direktem Weg ins Kommissariat.

62.

Ein paar Jahrtausende zuvor hätten sie sich ungehemmt auf ihn gestürzt; geifernd, wie sie die letzten Tage und Stunden in ihren Büros ausgeharrt hatten oder knurrend durch die Gänge geschlichen waren, wissensbrünstig, nachdem die Nachricht von Schäfers Rückkehr zu ihnen gedrungen war wie das Vollmondlicht durch die Nachtwolken zu den Wölfen. Und jetzt betrat er das Revier: Chefinspektor Bergmann, mittlerweile Alphatier, zwischen den Lefzen die Beute, die Information, nach der sie monatelang gehungert hatten. Würde es ihm gelingen, sie so lange in Schach zu halten, bis er zu Rudelführer Kamp durchgedrungen war?

Zurück, schäbige Meute, zurück! Nichts dergleichen geschah. Zwei Kollegen von der Sitte grüßten ihn beiläufig im Eingangsbereich, irgendwo läutete ein frustriertes Telefon vor sich hin, auf dem Gang stand eine Beamtin und starrte gedankenverloren auf die Blätter, die der Drucker auswarf. Was passierte hier? Würde jetzt gleich Kovacs auf ihn zutreten, einen guten Tag wünschen und ihn darüber aufklären, dass er die Ereignisse der letzten Monate nur geträumt hatte? Schäfer im Büro, missmutig einen Gummiball an die Wand werfend, Bergmann!, wo waren Sie?!, was ist mit dem Ermittlungsbericht, den ich heute Morgen auf meinem Schreibtisch haben wollte? Langsam drückt Bergmann die Tür auf – sieht den menschenleeren Raum, den Schreibtisch, wie er ihn verlassen hat, geht zum Waschbecken, wäscht sich das Gesicht, schaltet die Kaffeemaschine ein und lässt sich in seinen Sessel fallen. Jetzt läutet das Telefon. Kamp. In mein Büro.

„Wissen Sie, was das ist?“, fragt der Oberst und hält eine durchsichtige Flasche hoch, auf die jemand mit einem Faserschreiber 1951 geschrieben hat.

„Alkohol?“, antwortet Bergmann, der nicht den Füllstand der Flasche sehen muss, um zu erkennen, dass Kamp betrunken ist.

„Ja ... so kann man es nennen ... Calvados ... den habe ich von einem von der Sûreté ... Paris, Quais des Orfèvres ... mit dem habe ich damals ... achtundsiebzig oder neunundsiebzig war das ... den hat er mir geschenkt ... von seinem Geburtsjahr ... den machen wir jetzt leer!“

Bergmann setzt sich und sieht zu, wie der Oberst ihm einen Cognacschwenker zur Hälfte anfüllt und über den Tisch schiebt.

„Für einen besonderen Anlass, habe ich mir immer gesagt ... den behalte ich für einen besonderen Anlass auf ... das ist ein Fehler, wissen Sie, Bergmann! ... Da behält man so einen Schnaps dreißig Jahre in seinem Schreibtisch und dann beißt man ins Gras und die Putzfrau säuft ihn weg ...“

„Wäre schade darum“, erwidert Bergmann, stößt mit Kamp an, nimmt einen kräftigen Schluck und hustet. Das Zeug schmeckt, als ob jemand Zigarren in Benzin aufgelöst hat.

„Ja ... l'esprit des pommes ... das können sie, die Franzosen ... aber um diesen Dings da zu fassen, da haben sie mich gebraucht, ja ... ich sag's Ihnen, Bergmann: Leicht ist das nicht, was wir hier machen ... leicht ist das nicht!"

„Ja, wem sagen Sie das ..."

„Wie geht's ihm?", der Oberst wirkt plötzlich so, als ob der Engel der Nüchternheit ihm für einen Moment den Rausch aus dem Gehirn trompetet hätte.

„Es geht ... er lebt ... ich meine, ja ... er wird's überleben ..."

„Sie haben ihn ... zu Ihrem ..."

„Auf die Baumgartner Höhe, ja ..."

Eine Weile fliegen die Gedanken zwischen ihnen hin und her wie ein Tischtennisball, tock tock, Netzkante, tock tock, scharf geschlagen, tock tock, fast verpasst, tock tock tock.

„Schon seltsam ... wie die Dinge laufen", sagt Kamp schließlich und verteilt den Rest aus der Flasche auf ihre Gläser.

„Ja ... kann man so sagen ..."

„Ich habe mit Lorenz gesprochen ... das alles ist jetzt Sache vom BVT ... zumindest, was diese Engelsbrüder angeht ..."

„Hab ich mir schon fast gedacht ... ehrlich gesagt ..."

„Ja?"

„Verstehen Sie das alles? ... Was die wollten? Die Bomben ... das Giftgas ... Wozu?"

„Es ist vorbei ... zumindest für uns ... Schäfer ist am Leben und ..."

„Und zumindest einer von denen ist noch da draußen ... eher zwei ... dass Plier in dem Wagen mit dem Sprengstoff gewesen ist, kann ich nicht glauben ..."

„Von dem, was übrig geblieben ist, werden wir es nicht herausfinden ..."

„Nein", Bergmann trinkt sein Glas leer. „Ich fühle mich, als ob ich die letzten Monate ... wer anderer gewesen wäre ... diese ganze Geschichte ...", er spürt, wie ihm der Alkohol in den Kopf steigt, „das ist mir alles zu hoch ..."

„Sie haben sich gut gehalten ... so ein Fall ... das erlebt man vielleicht einmal in seiner Karriere ... außer man ist Major Schäfer ...“

„Ja“, Bergmann kann sich nicht gegen ein Lachen wehren, „ich habe mich schon ein paar Mal gefragt, ob nicht er es ist, der diese Fälle produziert, ich meine ...“

„Da sind Sie nicht der Einzige ... aber glauben Sie mir: Wenn wir Schäfer nicht hätten, würden die Menschen auch nicht aufhören, sich auf die seltsamsten Arten Gewalt anzutun ... es würden einfach ein paar mehr ungestraft davonkommen ...“

„Es wird eine interne Untersuchung geben“, sagt Bergmann nach ein paar Minuten unbeholfenen Schweigens, „weil er niemandem ...“

„Natürlich“, Kamp leert sein Glas in einem Zug und verzieht das Gesicht, „und vieles wird von Ihrer Aussage abhängen ...“

„Meine Aussage ... ich weiß nicht, ob ich das jetzt schon so genau überblicke, dass ich ... immerhin hat er ...“

„Er hat sich immer schon gewisse Freiheiten eingeräumt ...“

„Er hat einen Mann getötet ...“

„Den in der Schweiz? ... Lorenz hat gemeint ...“

„Den Prostituiertenmörder ... den Installateur ...“

„Wer sagt das?“

„Er selbst ... er hat es mir gestanden ...“

„Wieso hätte er das tun sollen?“, Kamps Telefon läutet, mit einem Knopfdruck bringt er es zum Verstummen.

„Weil ...“

„Sind Sie sicher, dass Schäfer ... dann war es in Notwehr ...“

„Wie Sie meinen ...“, sagt Bergmann achselzuckend.

„Was soll denn das heißen? Wie Sie meinen! ... Sagen Sie mir, was Sie wissen!“

„Schäfer war zum Zeitpunkt der Tat vor Ort ... der Mann ist durch einen Handkantenschlag gegen den Hals getötet worden ... es hat keine Kampfspuren und keine Zeugen gegeben ... außerdem war Schäfer bewaffnet ... wenn er ihn verhaften hätte wollen, hätte er ihn verhaftet ..."

„Ich verstehe das nicht ... Sie?"

Bergmann zuckt mit den Schultern und weicht Kamps Blick aus.

„Sind Sie sicher, dass nicht irgendwer ihm das anhängen will? ... Das Geständnis, in seinem Zustand, das ist nicht viel wert, vielleicht hat er ..."

„Wenn ich nicht davon überzeugt wäre, würde ich es nicht sagen ..."

„Natürlich ... so eine Scheiße ... weiß sonst noch jemand davon?"

„Bislang nicht", sagt Bergmann, obgleich er davon ausgeht, dass zumindest sieben weitere Männer Bescheid gewusst haben, die allerdings entweder tot oder verschollen sind.

„Dann bleibt das auch weiterhin so", Kamp bemüht sich um einen forschen Ausdruck, dem jedoch seine Trunkenheit entgegensteht. „Den Teufel werden wir und ihm einen Mord anhängen, wo ohne ihn ... das können wir nicht tun, oder?"

„Nein ... zumindest nicht, bis alle Details aufgeklärt sind und sein Zustand sich gebessert hat ... ich denke, wir können ihn ruhig wieder als Held dastehen lassen", Bergmann sieht Kamp in die Augen und versucht zu erkennen, was dieser wirklich weiß. Wie oft hat er das schon probiert. Und auch diesmal scheitert er.

„Ja, aber ... wie gesagt: Von Ihrer Aussage hängt sehr viel ab ...", Kamp hält die leere Flasche hoch und betrachtet sie wie eine Wahrsagerin ihre Kugel. „Schlafen Sie drüber ..."

Bergmann sitzt an seinem Schreibtisch, das Kinn in die linke Hand gestützt, der Kugelschreiber in der rechten zählt auf der Schreibunterlage die Tage von Schäfers Abwesenheit. Dann nimmt er seine Handschellen und schleudert sie auf die gegenüberliegende Wand, wo sie ein Loch in den Verputz schlagen. Er steht auf, öffnet das Fenster und möchte hinausschreien: Ihr Trottel, ihr alle, ihr bornierten Scheißer, keine Ahnung habt ihr, überhaupt keine!

Dann setzt er sich, greift wie in Zeitlupe zum Telefon und ruft Kovacs an. Die Gruppe soll sich um halb sechs im Besprechungsraum treffen. Dort wird er ihnen erzählen, dass Schäfer ... lebt, sein Zustand stabil, aber eben vorübergehend in ärztlicher Behandlung und abzuwarten bleibt ... und solange ... also vorerst bleibt er, Bergmann, in seiner Funktion als Gruppenleiter und am nächsten Tag werden sie ... vielleicht, falls die Umstände es zulassen, wird er sich ein paar Tage Urlaub nehmen, aber das wird sich dann ohnehin zeigen, wenn sie im Laufe der folgenden Tage ... also: einen schönen Abend.

Er fürchtet sich davor, in seine Wohnung zu gehen. Nachdem er bestimmt zwanzig Minuten auf den Bildschirmschoner gestarrt hat, ruft er Martin an. Nein, meint der kühl, er hätte heute schon was vor – Pause –, und das ist offenkundig nichts, wobei Bergmann erwünscht ist. Für einen Moment überlegt er, Isabelle anzurufen; vielleicht ist sie noch in Wien, sie könnten etwas trinken gehen, viel trinken, dann könnte er ihr, würde er ihr alles sagen wollen, was er sich zu verschweigen schriftlich verpflichtet hat; er kann sich gerade noch zurückhalten, mit seinem Handy das Loch in der Wand zu vergrößern, knallt es auf die Tastatur, was den Computer aus dem Ruhestand holt. Arbeit, alles, was mir bleibt, murmelt er, öffnet ein Browserfenster, gibt in eine Suchmaschine „Waldviertel, Ottenstein, Mountainbike-Guide“ ein und klickt auf die Bildersuche. Bereits auf der zweiten Seite wird er fündig: Eine Gruppe von vier jungen Frauen aus Bielefeld hat ihren Österreichurlaub auf einem Blog zusammengefasst und eine Galerie von über hundert Bildern eingestellt. Und auf einem sind sie gemeinsam mit Selma zu sehen, am Rand eines blühenden Mohnfelds, grinsend, strahlend, Bergmann speichert das Bild auf seine Festplatte und druckt es aus. Als er zum Drucker geht, klopft es, im nächsten Moment steht

Lorenz im Raum, klopft Bergmann wortlos auf die Schulter und lässt sich in Schäfers Sessel sinken. Fertig sieht er aus, das Hemd zerknittert, das Gesicht farblos und faltig, Bergmann sieht, wie er die Hände zu Fäusten ballt, um das Zittern in den Griff zu bekommen.

„Willst du einen Tee?", fragt Bergmann anstelle einer Begrüßung, „ich habe so eine Entspannungsmischung da ... Hopfen, Melisse, Minze ... hat mir der Wolkinger geschickt ..."

„*Der* Wolkinger?"

„Ja ... baut jetzt auf dem Hof seiner Eltern Heilkräuter an und verkauft sie an Bioläden ... scheint ganz gut zu laufen ...", Bergmann füllt den Wasserkocher und setzt ihn auf.

„Wenn du mir das vor zehn Jahren erzählt hättest ..."

„Wenn du mir vor drei Monaten erzählt hättest, was auf uns zukommt, hätte ich auch an deinem Verstand gezweifelt ..."

„Kräuter anbauen im Mühlviertel ...", Lorenz steht auf und stellt sich ans Fenster, „vielleicht braucht er noch einen Partner ..."

„Hat dein Ausstiegsszenario nicht immer irgendwas mit dem Bau eines Segelschiffs in Südfrankreich zu tun gehabt?", Bergmann nimmt die Packung mit den Kräutern, zerreibt ein paar zwischen den Fingern, riecht daran und gibt sie in die Teekanne.

„Eh ... aber je älter ich werde, desto mehr Angst bekomme ich vor dem Meer ... das letzte Mal, als wir auf Hvar waren, da bin ich nur mehr am Ufer entlanggeschwommen ... die meiste Zeit hätte ich sogar stehen können ... gegen früher ..."

„Denk dran, was diesem Foster passiert ist, in Vietnam ..."

Lorenz nimmt seine Tasse entgegen, setzt sich wieder und sieht Bergmann müde an.

„Wenn du willst, kannst du bei uns weitermachen ..."

„Wisst ihr schon, wer der Achte ist?"

„Nein ... wir wissen nicht einmal, ob es einen Achten gibt ... klar, die Amulette sind aus acht Metallen, in den Aufzeichnungen, die wir bei Eisert und Breiler gefunden haben, ist von einem Oktagon der Erzengel die Rede ... aber vielleicht haben sie den achten noch gar nicht gefunden gehabt ... bei diesen Wahnsinnigen ist doch alles möglich ..."

„Und das BOG?", fährt Bergmann Lorenz an, weil es ihn nervt, dass dieser dahinschwafelt, als ginge es um einen verpatzten Schlag bei einem Golfturnier.

„Willst du weiter an dem Fall arbeiten?", erwidert Lorenz in altbekannter Schärfe.

„Nein", sagt Bergmann nach einer Nachdenkpause, „nicht meine Kragenweite ..."

„Da wächst du schnell hinein ..."

„Ich meine nicht Qualifikation oder Intelligenz ... da überschätzt ihr euch ... wenn ihr Scheiße baut, kommt es einfach nicht an die Öffentlichkeit ... ich kann mit dieser Arbeit nichts anfangen ... schau dir meine Fälle an und deine ... seit Schäfer verschwunden ist, habe ich einen toten Kroaten gehabt, der bei einem Hahnenkampf verunglückt ist, eine junge Frau, die aus dem Fenster gefallen ist, ein Schüler, der einen Albaner erschießt ... eine Frau, die ihren Ex ersticht ..."

„Schon kapiert ... du bist und bleibst ein Frontschwein ... nichts dagegen zu sagen ... ziemlich gut bist du auch, also warum was anderes probieren ..."

„Ach, leck mich ... sag mir, was ihr in den letzten Monaten erreicht habt ... mit euren hundertzwanzig Leuten und Datenbanken und internationaler Zusammenarbeit ... das schaffe ich mit meinen Leuten auch ..."

„Bergmann, was soll das ... ich will mich nicht streiten mit dir ... du bist angefressen, weil du wahrscheinlich glaubst, dass wir die echten Drahtzieher laufen lassen, weil sie bestens vernetzt sind und ihre mächtigen Freunde im BOG haben und was sonst noch alles bei solchen Verschwörungstheorien immer auftaucht ..."

„Und? Ist es nicht so?", Bergmann beginnt, die Schreibtischlampe mit seinen Handschellen zu malträtieren.

„Nein. Wir haben dreißig Leute drauf ... und die werden mindestens noch ein Jahr an der Sache dranbleiben, das kannst du mir glauben ... wenn es einen Achten gibt, dann finden wir ihn, tot oder lebendig ... wir arbeiten mit den Franzosen zusammen, mit den Schweizern ... die klären alle seine früheren Kontakte ab, das braucht Zeit ... ob was dabei herauskommt, weiß man nie ... aber wenn es im Sand verläuft, kann das genauso gut heißen, dass wir ein paar Anschläge vereitelt haben ... Gewissheit haben wir nie ... das ist unser Job ..."

„Und was habt ihr dann bisher überhaupt erreicht? Kannst du mir das sagen?"

„Also gut ...", Lorenz legt die Hände auf die Tischplatte und betrachtet seine Finger, „wir haben zwölf Mitglieder, die engeren Kontakt zu Eisert gehabt haben, und mehrere, die Foster regelmäßig getroffen haben ... bei Merz, diesem Immobilienkaiser, haben wir ein paar brisante Dokumente beschlagnahmt ..."

„Inwiefern brisant?", will Bergmann wissen, nachdem Lorenz den Faden verloren zu haben scheint oder schlichtweg nicht mehr verraten will.

„Immobilien, die sein Firmennetzwerk besitzt oder verwaltet ... die bezüglich Größe und Eignung als Ersatz hätten dienen können für den Fall, dass einer oder mehrere der geplanten Anschläge stattfinden ... für alle öffentlichen Gebäude, deren Pläne bei Eisert aufgetaucht sind, hätte Merz schneller als jeder andere eine Übergangs- oder Dauerlösung einbringen können ... bei einem seit zwei Wochen fertigen Bürogebäude im Zwanzigsten hat er sich nie um Mieter gekümmert ... da entgehen ihm mindestens Siebzigtausend im Monat ..."

„Er hat darauf gewartet, dass Eisert und Co. etwas in die Luft sprengen, um damit Geld zu verdienen?"

„Wenn du mich fragst: Ja. Wenn du einen Staatsanwalt fragst: Dünne Suppe. Wenn du Merz' Rechtsanwälte fragst: Guter Witz."

„Genau das ist der Grund, warum ich mit dieser Arbeit nichts zu tun haben will", Bergmann steht auf und stützt seine Fäuste aufs Fensterbrett, „bei uns gibt es einen Anfang und ein Ende ... und auch wenn ich das Ende nicht finde, weiß ich, dass es eins gibt: Wenn jemand umgebracht worden ist, gibt es jemanden, der es getan hat, aber bei euch ..."

„Darüber haben wir schon ein paar Mal gestritten", Lorenz lehnt sich zurück und schließt die Augen, als hätte Bergmanns Gutenachtgeschichte jetzt schon ihren Zweck erfüllt.

„Und was ist mit diesem Vötter? ... Habt ihr den gefragt, warum er in Tirol Luxussuiten mit Sicherheitsvorkehrungen baut, als hätte irgendwer Dschingis Khan geklont? ... Der ist doch auch nicht sauber, oder?"

„Die Welt wird immer unsicherer, die Menschen sehnen sich nach Geborgenheit, verstoße ich etwa gegen geltendes Recht, bla, bla, bla ... bitte wenden Sie sich diesbezüglich an meine Anwälte ... was verlangst du von mir?"

„Ja ja, erzähl mir nichts von Anwälten ... also sind mit Eisert, Foster, Breiler drei, mit Plier vielleicht vier tot, Ehrenreich und Wieland schweigen, und Schäfer ...", Bergmann räuspert sich und starrt eine Weile aus dem Fenster. Als er sich zu Lorenz umdreht, hält der das Foto von Selma und den Radfahrerinnen in der Hand.

„Oha, Midlife-Crisis? ... Willst du doch noch einmal ans andere Ufer springen?", fragt Lorenz. Und als Bergmann nichts erwidert: „Wer sind die Miezen?"

„Mögliche Zeugen in einem anderen Fall ... geht dich genauso wenig an wie mich deine BOG-Scheißer ... was passiert denn überhaupt mit dem Ehrenreich? Schickt ihr den jetzt in Frühpension?", Bergmann fährt den Computer herunter und nimmt sein Jackett von der Garderobe. Noch fünf Minuten länger in diesem Raum und er wird zum tollwütigen Tier.

„Sicherheitsverwahrung ... offiziell hat er den Vertrieb von Drogen im Gefängnis mit organisiert ... glaube nicht, dass wir den zum Reden bringen ..."

„Hat er irgendetwas über die anderen gesagt? ... Wenn es wirklich acht sind, fehlt der Oberengel Michael noch ...“, Bergmann dreht sich zur Spüle und wäscht die beiden Teetassen aus.

„Er hat nur versucht, sich mit seinen Brillengläsern die Pulsadern aufzuschneiden ... und wenn du mich fragst, ist er tot, bevor wir auf Winterzeit umstellen ... wenn sie es wirklich wollen, schaffen sie es immer ...“

„Und Plier?“

„Plier ... wenn er in dem Kleinlaster war: Friede seiner Asche ... wenn nicht, kriegen wir ihn ... früher oder später ...“

„Früher oder später ... sicher ... ich gehe jetzt ...“, Bergmann nimmt das Foto vom Schreibtisch und steckt es in die Jacketttasche. „Was ist mit dir?“

„Was dagegen, wenn ich hier ein Nickerchen mache? Glaube nicht, dass mich hier wer sucht ...“

„Von mir aus ... dreh das Licht ab, wenn du gehst.“

„Richte ihm einen schönen Gruß aus“, hört Bergmann noch, als er die Tür ins Schloss drückt.

63.

Bergmann parkt seinen Wagen außerhalb des Klinikgeländes und betritt das Areal durch den Seiteneingang an der Westseite. Anfangs schnellen Schrittes, verlangsamt er sein Tempo, je näher er dem Pavillon 16 kommt. Der Himmel ist graublau, ein warmer Wind bläst, eine Frau um die vierzig kommt ihm entgegen, murmelt: „Im Rosengarten, im Rosengarten, da möchte ich einst begraben sein“, Bergmann sieht ihr nach, wie sie mit ihren Frotteesandalen über den Asphalt schlurft, auf der Rückseite ihres T-Shirts steht: You missed your chance to speak to me. Er geht weiter, reibt seine Stockzähne gegeneinander und verflucht das Verlangen nach Alkohol und Nikotin, das ihn plötzlich überkommt.

„Schöne Grüße von Lorenz ... und von den anderen sowieso ..."

„Danke", erwidert Schäfer und dreht den Fernseher ab.

„Und? Wie geht's?", Bergmann zieht sich einen Stuhl heran.

„Mein Kopf ist tatsächlich etwas beschädigt ..."

„Ach ..."

„Ja ... die haben da ein paar Tests gemacht ... ich weiß, was Ihnen jetzt auf der Zunge liegt, Bergmann: Und diese Schäden, seit wann genau existieren die? ... oder etwas in der Richtung ..."

„Das wäre sogar unter meinem Humorniveau ... und dass Sie nicht ganz dicht sind, das muss mir kein Psychiater sagen ..."

„Ist das jetzt Ihre Strategie? Unzurechnungsfähig ... ab in die Geschlossene ..."

„Sie waren schon unzurechnungsfähig, als ich bei Ihnen angefangen habe ... aber damals hatte das noch einen gewissen Reiz ..."

„Ach ... der Sex war gut, aber heiraten möchten Sie mich nicht?", Schäfer steigt aus dem Bett und zieht sich einen Bademantel über. „Gehen wir eine Runde?"

„Sie immer mit Ihrem Bewegungszwang ... von mir aus ..."

Beide schweigen sie, bis sie vor der Basilika mit der goldenen Kuppel stehen, die trotz der hereingebrochenen Nacht noch immer glänzt, als würde sie das Licht der wenigen Sterne vielfach reflektieren.

„Schön", sagt Schäfer und geht weiter; die Kiesel knirschen unter seinen nackten Sohlen. „Möchten Sie nicht auch die Schuhe ausziehen, Bergmann? ... Das ist ein fantastisches Gefühl ..."

„Ja, kann ich mir vorstellen ... gewisse Privilegien müssen Sie ja haben ..."

„Was passiert jetzt mit mir?", fragt Schäfer und Bergmann merkt an dessen kläglichem Tonfall, dass er Angst hat.

„Sie bleiben eine Zeitlang hier ... und dann ... keine Ahnung ... wie haben Sie es sich denn vorgestellt?"

„Ich mir?“, Schäfer bleibt stehen und sieht Bergmann kopfschüttelnd an, „was meinen Sie: Stein, Karlau, Garsten ... seit wann haben Mörder eine *wild card*?“

„Neben Ihren Engelspinnern bin ich wahrscheinlich der Einzige, der Bescheid weiß über Ihre wahren Verstrickungen in dieser Geschichte ... das BVT hält Sie für einen Helden, Papa Kamp schützt Sie, egal was er weiß ... und ich ... sagen Sie mir, ob es einen Achten gibt und wer er ist ... dann lasse ich mit mir verhandeln ...“, Bergmann setzt sich auf eine Bank und wartet, dass Schäfer es ihm gleichtut.

„Ich weiß es nicht ... ich glaube nicht, dass ich ihn je getroffen habe ... es muss jemand sein, der mich ... empfohlen hat ... zumindest kann ich mich erinnern, dass Phillipe einmal was in der Richtung angedeutet hat ...“

Bergmann greift in sein Jackett und nimmt das Foto heraus.

„Kennen Sie diese Frau? ... Die in der Mitte mit der Sonnenbrille ...“

„Ist das die, die mich in die Schweiz mitgenommen hat?“

„Das war die Frage ...“

„Kann sein ... die Haare waren anders ... ich weiß es nicht ... wer soll die sein? ... die Achte?“

„Nein ... glaube ich nicht ... wenn, dann das Gegenteil ...“

„Verstehe ich nicht ...“

„Auch egal ... glauben Sie, dass Plier in dem Wagen war?“

„Der mit der Bombe? ... Nein ... ich weiß es nicht ... ich habe ihn für den friedlichsten und gütigsten Menschen gehalten, der mir je begegnet ist ... aber ich habe mich selbst auch für etwas gehalten und ...“

„Ja ... das kotzt mich an ...“

„Ich?“

„Auch ... aber am meisten, dass das alles jetzt schon im Sand verläuft ... das BVT hat die Ermittlungshoheit ... ich kann bei denen einsteigen und das Maul halten oder draußen bleiben und das Maul halten ... wieso habe ich es nicht geschafft, mich aus dem ganzen Scheiß herauszuhalten ... wenn Sie nicht gewesen wären ...“

„Genau das habe ich mir auch gesagt ... wie ich auf der Autobahn unterwegs war und an das Mädchen gedacht habe, dass sich vor den Zug geworfen hat ... wenn ich mir nicht ihren Vater geschnappt hätte und der danach gestanden hätte, dass er sie missbraucht hat ... vielleicht wäre ich nie Polizist geworden ... aber ich habe es mir nicht aussuchen können ..."

„Die Stimme des Herrn", sagt Bergmann zynisch.

„Was auch immer ... damals war ich jedenfalls froh, dass ich irgendetwas vernommen habe ... irgendein Ziel, einen Auftrag ... wenn man so verloren ist ..."

„Das hat die Pubertät so an sich ...", murrt Bergmann und steht auf, „gehen wir zur Jubiläumswarte?"

„Ich habe keine Schuhe an ..."

„Selber schuld ..."

„Ich kann Sie nicht zurück lassen ... zum BKA", sagt Bergmann, während Schäfer schwer schnaufend hinter ihm durch den Wald stolpert.

„Wer sagt, dass ich das will?"

„Können Sie nicht einmal aufhören, so zu tun, als ob eh alles nur von Ihnen abhängt, und mir das Wort überlassen? ... Nur einmal?"

„Tschuldigung ... aber so weit kann ich schon denken, dass das keine wirkliche Option ist ... im Asservat vielleicht ..."

„Da werden Sie drogensüchtig ..."

„Und lande wieder auf der Baumgartner Höhe ... mein Gott, welch entsetzliche Vorstellung ..."

„Für Ihre Mitpatienten", ergänzt Bergmann und erlaubt sich ein breites Grinsen, das Schäfer aufgrund der Dunkelheit nicht wahrnehmen kann. „Und dann passiert hier oben ein Mord, der zuständige Chefinspektor Bergmann tappt völlig im Dunkeln, noch ein Toter und noch einer, und wer ist der Mann, dem es gelingt, diese abscheuliche Serie aufzuklären?"

„Der einzigartige Major Schäfer!", tönt es hinter Bergmanns Rücken, worauf das kindische Gelächter zweier Männer zu den Baumwipfeln schallt.

„Pürstl hat mir vorige Woche ein Mail geschickt ...", sagt Bergmann, nachdem sie auf der Plattform der Jubiläumswarte ein paar Minuten so schweigsam wie erfolglos den Kopf nach oben gerichtet haben, um eine Sternschnuppe zu entdecken.

„Und?"

„Ab nächstem Jahr suchen sie irgendwo im Waldviertel einen Postenkommandanten ... der alte geht in Pension und wenn ich jemanden weiß ..."

„Ich habe Hunger ..."

„Ja ... sehr interessant ..."

„Das sage ich nur, weil ... also wenn ich jetzt was zu essen hätte ... und eine Zigarette vielleicht ... dann könnte ich hier die ganze Nacht mit Ihnen verbringen ..."

„Schön für Sie ... was halten Sie davon? ... von dem Angebot?"

„Ich im Waldviertel? Als Postenkommandant bei den Provinzschädeln ... keine Ahnung ... interessiert mich jetzt nicht ... aber: Das heißt, dass Sie wirklich daran denken, mich davonkommen zu lassen?"

„Wem tue ich einen Gefallen, wenn ich ... eigentlich will ich das gar nicht länger diskutieren ... soll Gott oder sonst wer sich um Ihre Bestrafung kümmern ... Scheiß drauf ..."

„Ja ... schauen Sie sich diesen Himmel an, Bergmann ..."

„Als ich in Kitzbühel war", sagt Bergmann gut eine Viertelstunde später, „da wollte ich mir einen Kellner aufreißen ... nachdem ich bei Ihrem Pfarrer war und mitbekommen habe, dass Sie irgendwo im Haus sind ... da war ich so ..."

„Geil! ... Sie Stelzbock!"

„Ja ... aber der ist ins Hotelzimmer gekommen und da sind die Handschellen auf dem Tisch gelegen und der ist aus dem Zimmer wie ...", Bergmann bricht in ein Lachen aus, das Schäfer übergangslos ansteckt.

„Inzwischen sind Sie bestimmt zur Fahndung ausgeschrieben ... im Kitzbüheler Anzeiger ... das dürfen Sie nicht auf die leichte Schulter nehmen ... da war ich vor dreißig Jahren auch schon drinnen ... weil wir ins Speicherwasser für die erste Schneekanone Lebensmittelfarbe gemischt haben … die Piste war blutrot … Skandal!“

„Da war sicher Ihr Bruder mit dabei …“, mutmaßt Bergmann und wischt sich die Tränen aus dem Gesicht.

„Natürlich! … Was glauben Sie denn, von wem die Idee und die Farbe gekommen ist … Hinweise bitte an die Gendarmerie … diese Säcke haben ja zuerst geglaubt, dass da ein paar Gämsen auf dem harten Schnee zu Tode gestürzt sind, und haben den Jagdverband … ah, ich glaube, ich habe mich angepisst …“

„Hierbei nehme ich Sie sicher nicht in Schutz“, ruft Bergmann, als Schäfer zum Geländer geht und in die Tiefe uriniert.

„Trifft höchstens ein Wildschwein … und ich bin zurzeit sowieso unmündig und in Ihrer Verantwortung … einen Patienten hier heraufschleppen! … Chefinspektor Bergmann, was haben Sie sich dabei nur gedacht, also von Ihnen hätte ich so etwas nicht erwartet!“

„Kommt schon hin … ein paar Jahre noch und Sie sind Papa Kamp in Person … der hat mir heute übrigens seinen Franzosenschnaps aufgedrängt …“

„Nein!“, erwidert Schäfer ehrlich verblüfft, „den von dem Kommissar … von der Sûreté … Quais des Orfèvres, 1952 … l'ésprit des pommes? … ich scheiß mich an … da werde ich jetzt richtig neidisch … wie war er?“

„Scheußlich … Zigarre in Diesel … wie man so was nur saufen kann …“

„Placebo … dreißig Jahre Erwartung … der darf nicht schlecht sein …“

„Vor allem, wenn der verlorene Sohn heimkehrt … statt dem besten Ochsen gibt's Apfelschnaps …“

„Bergmann, ich fühle mich betrunken … ohne einen Tropfen … herrlich … das ist dieses Wiedersehen, das …“

„Jetzt werden Sie bloß nicht sentimental“, sagt Bergmann, der ohnehin sehr nahe am Tränenwasser steht.

„Und wenn? … Es wird nie wieder so sein wie vorher, das wissen wir beide … hier oben beenden wir eine Ära … hier können wir dieser verfluchten Stadt alles zuschreien, was wir für sie getan haben!", Schäfer stellt sich ans Geländer und brüllt: „Dreckschweine, Arschtittenfutmörder, Zipflklatscherbeidlsauen! Ihr habt uns gar nicht verdient, ihr ... ihr ..."

„Es reicht ...", sagt Bergmann, steht auf und nimmt Schäfer in den Arm. „Möchten Sie zurück?"

„Nein ..."

„Dann warten wir eben noch so lange, bis wir eine Sternschnuppe sehen ..."

„Sie verklemmter Romantiker ...", Schäfer löst sich aus Bergmanns Armen und wischt sich mit dem Ärmel seines Bademantels über die Augen. „Sollen wir jeder auf einer Seite schauen oder auf der gleichen?"

„Auf der gleichen ..."

„Ich kann die Augen nicht mehr offen halten ...", sagt Schäfer nach fast einer Stunde.

„Dann gehen wir ... die klarsten Nächte kommen eh erst ..."

„Ich hab mich sowieso für keinen Wunsch entscheiden können ..."

„Das sieht Ihnen wieder ähnlich ...", Bergmann gähnt, dreht seinen Hals ein paar Mal von links nach rechts und steht auf.

„Und jetzt ... was soll jetzt werden?", fragt Schäfer, als er auf der obersten Treppe steht.

„Ich weiß es noch nicht ...", antwortet Bergmann leise, „lassen Sie mich vorgehen ... nur falls Sie stolpern ..."

Epilog

Als Amos Goldmann den diensthabenden Arzt nach der Zimmernummer fragte, antwortete dieser, dass Schäfer mit einem Bekannten zu einem kurzen Spaziergang aufgebrochen, wohl aber bald zurück wäre. Ich schaue in einer halben Stunde noch einmal vorbei, meinte Goldmann, wiewohl er wusste, dass es dazu nicht kommen würde. Den ganzen Nachmittag hatte er mit sich gerungen, ob er seinen Freund besuchen sollte. Er hatte sich die Sätze zurechtgelegt, vielfache Erklärungen, die alle irgendwo in seiner eigenen Ohnmacht und Verzweiflung stecken geblieben waren; nur die Einleitung war stets gleich geblieben: Ich wollte mich von dir verabschieden, ich gehe nach Chicago, mein Flieger geht morgen früh. Dann hast du das Angebot endlich angenommen, hätte Schäfer vermutlich gesagt; wenn er sich denn noch daran erinnerte, dass sein Freund seit Jahren darüber nachdachte, einen Lehrauftrag an der Universität von Chicago anzunehmen. Ja, und jetzt wäre wohl ein guter Zeitpunkt. Dann hätte er Schäfer tief in die Augen geblickt und dessen Gedanken zu erraten versucht. Mit den Wahlergebnissen, die diese Drecksfaschisten in Wien zurzeit einfahren, kann es mir wohl niemand verdenken, dass ich mich absetze, so seine Rechtfertigung, wenn Schäfer nichts oder zumindest nichts Zweideutiges erwidert hätte. Dann eine Umarmung, ein Abschied ... und eine Enttäuschung; denn insgeheim wünschte sich Goldmann, dass Schäfer alles verstünde, alles erklären könnte, anstatt in eine Amnesie zu fliehen. Nicht, dass er Schäfer bezichtigte, zu simulieren, nein, er beneidete ihn um seinen Zustand, wenn dieser wahrscheinlich auch nur temporär war, wie Bergmann ihm am Nachmittag mitgeteilt hatte.

Der Chefinspektor hatte sogar eigens auf der Baumgartner Höhe angerufen, um ihm eine Besuchserlaubnis zu erwirken; wenn es denn einen wahrhaft guten Menschen gab, dann Schäfers ewigen Assistenten, wenn es Schutzengel gab, dann

Bergmann, der blindlings in diesen Kampf gerannt war, um seinen Major zu retten, nicht ahnend, dass dieser selbst die Schwerter schliff, mit denen sie zum letzten Krieg ausholen wollten, was für eine Verblendung!, wenn Bergmann blind war, was waren dann seine Widersacher gewesen? Wie hat es so weit kommen können?, das wäre die Frage gewesen, die er Schäfer wirklich hatte stellen wollen.

Jetzt stand er vor dem Pavillon 16, fast zu erschöpft, einen Fuß zu heben, und ging dann doch zielstrebig in Richtung des Gebäudes, in dessen Nähe er seit Jahren nicht mehr gekommen war. Der alte Ziegelbau, der die Ausstellung über die Kinder des Spiegelgrunds beherbergte. Wo auch ein Bild seiner Tante zu sehen war, vierjährig, in einem weißen Metallgitterbett, mit schreckhaft geweiteten Augen, zwei Monate, bevor sie ermordet worden war, wie all die anderen auch, wie die Schwester von Max Bienenfeld, wie ... doch das wäre eine widerliche Entschuldigung, sagte er sich und machte kehrt, bevor er noch der Gedenktafel ansichtig wurde, eine schamlose Ausrede, ein entwürdigendes Betteln um Verständnis für das, was sie in ihren Herzen und Hirnen ausgebrütet hatten. Schäbig. Um nichts besser als die Ideale, die Ideologien, denen Plier, Foster, Eisert und die anderen anheim gefallen waren; Plier noch am wenigsten, er war ein Träumer, der es in einer besseren Welt wohl wirklich zu einem Engel gebracht hätte; Eisert ein Faschist, wenn er sich auch in die Zellen der rechtsextremen Faschisten nur eingeschlichen hatte, um sie zu zerstören, Auge um Auge, Foster ein Abenteurer, der die Kamera auf den Atomblitz gehalten hätte, anstatt vor ihm zu fliehen, Ehrenreich ein Schreibtischtäter, Stein vergasen und weg wäre ein Gutteil des Bösen, ein Eichmann im Büßerhemd, Breiler, der Ästhet, der irre Schweizer, der die Welt reinigen wollte, hinfort ihr stinkenden Dämonen, Nazischmutz, Kapitalistensäue, Verbrecherpack, Tod den nicht Meinesgleichen!, Wieland?, ein medikamentensüchtiger Pyromane, ein Perverser, ein Wiener Nero, dem es gut ging, wenn er von seiner Hietzinger Villa aus zusehen konnte, wie die Welt in Flammen aufging, und lustvoll stöhnte, wenn das Feuer an seinem seidenen Morgenmantel züngelte ... und dann Schäfer ... mein Gott, Schäfer ... wie hatte es so weit kommen können?

Dieser warme Wind, der noch die Hitze des Sommers trug, und doch schon die Ankunft des Herbstes, die Melancholie, das Vergehen, den Tod, Goldmann bekam fürchterliche Angst, als er fast blind den Waldweg von den Steinhofgründen zum Dehnepark hinabstolperte, die Dunkelheit war einer seiner größten Feinde, seltsam, dass er dennoch auch tagsüber fast immer die Vorhänge geschlossen hielt, hatte Schäfer wiederholt bemerkt, ja, aber diese dunklen Mauern, hinter denen wer weiß was lauert, vergiss sie, trink noch einen Schluck, ich habe eh eine Waffe, hatte Schäfer erwidert, wie hatte es so weit kommen können, dass er diesen gottgefälligen Mann in diese Hölle getrieben hatte, diesen herzensguten Narr, der, ohne es zu wissen, doch immer nur Gerechtigkeit wollte, die anderen, ja, Männer, die ohnehin nur darauf gewartet hatten, dass einer sich ihrer erbarmte und ihnen den rechten oder welchen Weg auch immer wies, aber Schäfer? Sein bester Freund. Jetzt war er ein Mörder. Kein Verlust, dieser Installateur, dieser Teufel, dem durch Chamuels Hand nur ... was widerfahren war? Hier ging es zu Ende. Amos Goldmann griff in seine Hosentasche und holte ein Amulett hervor, in dem das Symbol des Erzengels Michael eingraviert war. Kraftlos warf er es ins Wasser. Fast lautlos schluckte es der dunkle Teich.

Georg Haderer
Ohnmachtspiele
Kriminalroman
320 Seiten, gebunden mit Schutzumschlag
ISBN 978-3-85218-630-6
€ 19.90

Nebel, Kälte, Innenpolitik ... als ob Major Schäfer nicht schon genug mit seinen Depressionen und Angstzuständen zu kämpfen hätte, treten ihm auch noch der Wiener November und ein reformwütiger Innenminister in die Rippen. Wie soll Schäfer unter diesen Bedingungen arbeiten – zumal in der Gerichtsmedizin neben zwei ertrunkenen Frauen auch noch die mumifizierte Leiche eines Drogensüchtigen liegt. Unfall, Unfall, Überdosis, so soll es in den Ermittlungsakten stehen, wenn es nach dem Polizeipräsidenten geht – nur keine überflüssigen Ermittlungen. Doch dass nicht nur mit dem toten Junkie etwas faul ist, steht für den sturen Schäfer fest. Bei seinen Untersuchungen entdeckt er Zusammenhänge, die auf einen Serientäter schließen lassen, der sich seine Opfer nach dem Schema eines Kartenspiels aussucht. Mit seiner Theorie steht Schäfer innerhalb der Polizei weitgehend alleine da – was ihn aber nicht daran hindert, mit seinen Ermittlungen in die Offensive zu gehen ...

„eine erfrischende Mischung aus Spannung, Humor und einem überraschenden Ende“
krimi-couch.de, Jörg Kijanski

„Haderers Plots beinhalten den Wahnwitz mancher Verbrechen und erinnern manchmal an harte Schwedenkrimis. Er punktet mit Skurrilität, Österreichkolorit und bietet nebenbei gesagt einen coolen Showdown.“
Tiroler Tageszeitung, Sabine Strobl

Georg Haderer
Der bessere Mensch
Kriminalroman
328 Seiten, gebunden mit Schutzumschlag
ISBN 978-3-85218-631-3
€ 19.90

Schäfer ist zurück – und er ist besser gelaunt denn je. Schließlich war der Polizeimajor in seinem letzten Fall dem Wahnsinn wesentlich näher als der Aufklärung der Morde. Der Pharmaindustrie sei Dank geht es ihm nun bestens. Fast zu gut, findet Assistent Bergmann, als sich sein Chef pillengestärkt und manisch rechthaberisch in die Ermittlungen stürzt: Ein Nationalrat im Ruhestand liegt tot in seinem Arbeitszimmer. Von seinem Kopf ist nicht mehr viel übrig, nachdem der Täter ihn mit Phosphorsäure übergossen hat. Die DNA-Spur allerdings führt zu einem Verbrecher, der seit fünfzehn Jahren tot ist. Wenig später wird ein türkisches Mädchen mit einem Messer in der Brust in der elterlichen Wohnung gefunden. In heiligem Zorn auf den tyrannischen Vater übt Schäfer Selbstjustiz und wird geradewegs nach Salzburg strafversetzt, wo der Fall eine dramatische Wendung erfährt …

In seinem neuen Kriminalroman erschließt Georg Haderer eine neue Ebene der kriminalliterarischen Kunst – furios, komisch und berauschend in jeder Beziehung.

„Georg Haderers Humor ist nie überdreht; mit seinem witzigen Dialogen und packend gezeichneten Figuren ist er zweifellos einer der besten Krimiautoren Österreichs.“
Der Standard, Ingeborg Sperl

„Georg Haderer zeigt sich mit Schäfers drittem Fall von seiner besten Seite.“
Kurier, Anja Gerevini

Franz Friedrich Altmann
Turrinis Bauch
Kriminalroman
264 Seiten, gebunden mit Schutzumschlag
ISBN 978-3-85218-732-7
€ 19.90

Gudrun Wurm – für ihre Freunde: Gucki – verlässt nicht ganz freiwillig ihren Schreibtisch bei den Mühlviertler Nachrichten, um endlich einmal ihren Resturlaub zu verbrauchen. Urlaub bedeutet für Gucki Langeweile – da kommt es nur gelegen, dass sie an ihrem letzten Arbeitstag Zeugin eines Mordes wird: Irgendjemand hat der slowakischen Altenpflegerin einen Nordic-Walking-Stock in die Brust gestoßen. Zwischen Rasenmähertraktor-Rennen und Tarockabenden, Zeltfesten und Harley-Davidson-Treffs ermittelt Gucki, stets begleitet von ihrem treuen und trinkfreudigen Hund Turrini. Schließlich beginnt sie sogar ein Praktikum im Altersheim, um sich die Sache genauer anzuschauen. Doch je näher sie dem Mörder rückt, desto mehr schwebt sie selbst in Gefahr.

Abenteuerlich und umwerfend komisch – Franz Friedrich Altmanns neuer Turrini-Krimi ist einmal mehr eine geniale Mischung aus schrägem Heimatroman und spannendem Provinz-Krimi.

„gediegene Unterhaltung“
Die Presse

„unkonventionell, radikal und urkomisch“
bücherplausch.de